·21世纪高职高专规划课改教材·

计算机操作技术

（第二版）

张清战　主编

科学出版社

北京

内 容 简 介

全书分为两部分。第一部分为基础篇,内容包括:计算机组成及其发展、中文输入法、计算机操作系统;第二部分为实战篇,内容包括:中文 Word 2003、中文 Excel 2003、中文 PowerPoint 2003、网络基础、计算机日常维护及病毒防护。

本书的框架和结构具有鲜明特色,以计算机操作能力的培养为重点,内容系统、全面,从易到难、循序渐进。

本书适用于高等职业教育各专业计算机基础课程教学,也可作为中等职业学校计算机基础教材,还可以作为中高级职业资格与就业培训用书。

图书在版编目(CIP)数据

计算机操作技术/张清战主编. —2 版. —北京:科学出版社,2009
21 世纪高职高专规划课改教材
ISBN 978-7-03-025355-2

Ⅰ.计… Ⅱ.张… Ⅲ.电子计算机—高等学校:技术学校—教材 Ⅳ.TP3

中国版本图书馆 CIP 数据核字(2009)第 150109 号

责任编辑:张颖兵 程 欣/责任校对:翟 菁
责任印制:彭 超/封面设计:苏 波

科 学 出 版 社 出版

北京东黄城根北街 16 号
邮政编码:100717
http://www.sciencep.com

武汉市新华印刷有限责任公司印刷
科学出版社发行 各地新华书店经销
*
2006 年 8 月第 一 版
2009 年 9 月第 二 版 开本:787×1092 1/16
2009 年 9 月第二次印刷 印张:21
印数:7 001—11 000 字数:480 000

定价:35.80 元

(如有印装质量问题,我社负责调换)

《21世纪高职高专规划课改教材·计算机操作技术》
（第二版）编委会

前　言

　　21 世纪是信息时代、计算机时代和网络时代,是科学技术高速发展的时代。高等学校的计算机教育正处于一个发展的关键时期,既面临着极好的机遇,也面临着严峻的挑战。

　　本书第一版于 2006 年 8 月出版以来,深受读者喜爱和专家好评,在此深表谢意。第二版本着科学性、先进性、实用性和简单易学的原则,以教育部 16 号文件为指导,吸收国内外最新实用软件的精华,参考国内外的最新资料,经过精心选材,并根据作者多年的教学经验编写而成。各章既存在着连贯和联系,也都可以独立自成一体,每一章都尽可能反映当前计算机硬件和软件发展的最新变化和潮流。

　　本书具有明确的指导思想:第一,反映最先进而流行的新技术,在策划和编写时,选取市场上最新、最易掌握的中文版软件;第二,注重与实践相结合,以"全面培训"为目标,以"实用、够用"为原则,以最大限度地适用于高职高专教育和体现高职高专特色为宗旨;第三,内容新颖、全面,编写风格独特,突出项目教学、模块教学和案例教学。

　　本书的框架和结构具有鲜明特色。全书以计算机操作能力的培养为重点,内容系统、全面,从易到难、循序渐进。打破原来的章节式教学,取而代之的是项目教学、模块教学和案例教学,项目中含若干模块,模块中包括经典案例引入、相关技术支持和相关任务实战。"相关案例引入"为与该模块相对应的经典案例分析,"相关技术支持"为与该模块相对应的基础知识,"相关任务实战"为与该模块相对应的一些具体任务。

　　全书分为两部分。第 1 部分为基础篇,内容包括计算机组成及其发展、中文输入法、计算机操作系统;第 2 部分为实战篇,内容包括中文 Word 2003、中文 Excel 2003、中文 PowerPoint 2003、网络基础、计算机日常维护及病毒防护。

　　课程讲授时,并不要求每个项目都要详细讲解,也不要求严格按照本教程的顺序组织教学,各校可以根据自己的具体情况有选择地安排教学内容和教学顺序,而且每个项目的部分内容可以留给学生自学,以培养学生的自学能力。

　　本书由张清战主编,何峡峰、赵恒任副主编。其中,项目 1 和项目 2 由张清战编写,项目 3 由何峡峰编写,项目 4 由刘建荣编写,项目 5 由何玉蓉编写,项目 6 由孟中枢编写,项目 7 由张浩方编写,项目 8 由赵恒编写。最后由主编、副主编统稿和定稿。丛书主编张林国教授指导整本书的编写过程,并认真审定全书,丛书编委会主任童加斌教授提出了许多建设性意见,在此表示衷心的感谢!

　　由于计算机学科知识和技术更新很快,新技术和新软件不断涌现,加之我们水平有限,本书定会存在许多不足和疏漏,敬请读者和专家批评指正。

编　者

2009 年 6 月

目　　录

第 1 部分　基础篇

第 2 部分　实战篇

第1部分

基础篇

项目1　计算机的组成与发展

1.1　计算机硬件系统组成

1.1.1　计算机系统概述

计算机系统简单地说是由硬件系统和软件系统两大部分组成。硬件系统由微型计算机(microcomputer system,MCS)、外部设备、电源等部分组成;软件系统是为保证计算机正确运行、管理和维护设备资源而编制的各类应用程序的总和。

软件系统又分为操作系统软件和应用软件两大类。操作系统软件是计算机系统中的一个大型综合性软件,它包括操作系统、编辑程序、汇编程序、编译程序、解释程序、实用程序、装配连接程序等,是实现计算机"自己管理自己"的"大管家"。它主要具有三大功能:管理计算机的硬、软件设备资源,使之有效应用;组织协调计算机各部件的运行,增强系统的处理能力;提供人机接口,为用户提供方便。

应用软件是为用户解决和处理某种实际问题而设计的应用程序,它包括通用软件和用户软件两类。

1.1.2　计算机硬件系统

随着计算机应用领域的不断深入,人类社会也由工业化社会进入数字信息化社会,人们对计算机硬件结构的基本组成评价,也越来越客观地面向现实、面对客户。本节主要介绍目前使用最为广泛的微型计算机的基本结构特点、主要部件的功能和计算机系统。

1. 计算机的基本结构

1945年数学家冯·诺伊曼(von Neumann)等人,提出了以"存储程度"为基础的各类计算机,目前使用的计算机主要是典型的冯·诺伊曼计算机,它是以运算器为中心的计算机组成结构,如图1-1所示。其中输入、输出设备与存储器之间的数据传递都需要通过运算器,图中实线为数据线,虚线为控制线和反馈线。

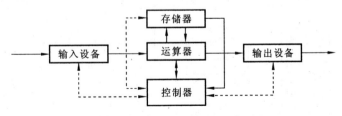

图1-1　典型冯·诺伊曼计算机结构框图

随着微电子技术和超大规模集成电路技术的发展与应用,现代的计算机已转化为以存储器为中心的组成结构,如图1-2所示。图中实线为控制线,虚线为反馈线,双线为数据线。

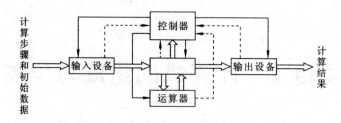

图 1-2　以存储器为中心的计算机结构框图

由于运算器和控制器在逻辑关系、电路结构上联系十分紧密，尤其是大规模集成电路制作工艺的不断更新，往往将这两大部件制作在同一芯片上，因此，人们通常将它们合起来统称为中央处理器(central processing unit，CPU)。而把输入设备(input equipment)与输出设备(output equipment)合称为 I/O 设备，这样，现代计算机的结构可简化为三大部分，即 CPU，I/O 设备及主存储器(main memory，M. M)，如图 1-3 所示。图中主存储器 M. M 是存储器子系统的一类，用来存放程序和数据。将能与 CPU 直接交换信息的一类存储器称为内存储器(简称内存)，将不能与 CPU 直接交换信息的另一类存储器称为外存储器(简称外存)。将 CPU 与 M. M 合起来称为主机，其中算术逻辑运算单元(arithmetic logic unit，ALU)和控制单元(control unit，CU)是 CPU 的核心部件。

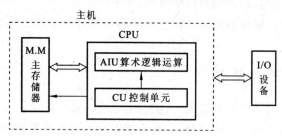

图 1-3　现代计算机的组成框图

为了更加清晰直观地描述计算机内部系统结构组成和各类数据流、信号流之间的关系，常将图 1-3 中各部件的相对位置作一个调整，如图 1-4 所示。图中总线分为地址总线(address bus，AB)、数据总线(date bus，DB)和控制总线(contorl bus，CB)等三种。由于采用了总线结构，提高了计算机的运行速度，使存储器、外设接口与总线的连接标准更加规范化。

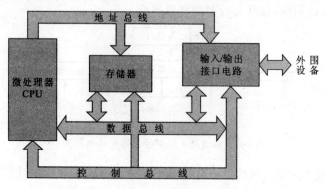

图 1-4　总线结构

2. 计算机主要部件及功能

1）CPU

CPU 是计算机的"大脑"，由运算器和控制器组成，是读取数据和处理数据的核心控制部件。市场上常见的 CPU 有 Intel 和 AMD 等品牌，目前采用 45、65、90 μm 浸润蚀剂四核心控制工艺，三级缓存，最高主频可达 3.4 GHz。CPU 外观如图 1-5 所示。

运算器是用来完成算术运算和逻辑运算，并将运算结果暂存于运算器内或向外输出处埋结果。运算器由累加器、寄存器、移位器、程序计数器和逻辑电路等部分组成。不同规格型号的计算机，其运算器功能差别也比较大，简单的运算器只能完成加法、求反、移位和简单的比较等功能，而高档次计算机运算器只要单条指令就能完成乘、除法等较为复杂的运算功能。

控制器用来控制、指挥、协调各操作部件进行程序运行、数据输入输出及处理运算结果。当控制器按控制需要发出各种控制信号时，能实现控制输入装置接收外界送来的输入信息；能控制存储器的读、写操作；能控制运算器接收并按规定的算法和运行命令进行各种运算与处理；能控制输出装置输出所要输出的处理运行结果等功能。

图 1-5　CPU

2）主板

主板是计算机主电路板的简称，是主机的核心部件。它由微处理器（CPU）插座、高速缓存、芯片集、总线扩展槽和接口电路组成，并对上述各配件起到支承和固定作用。主板外观如图 1-6 所示。

图 1-6　主板

3）存储器

存储器是用来存放数据和程序的空间。程序是指完成数据转换或处理的算法和能使计算机自动进行运算处理而编制的各种命令或指令的集合。存储器按数据存取速度快慢可分为内存储器(又称主存储器)和外存储器(又称辅存储器)两大类。

内存储器通常由存取速度较高的半导体存储器组成,目前市场上常见的有 1 G/条、2 G/条和4 G/条,现又推出 1 TB/条、1 PB/条、1 EB/条、1 ZB/条和 1 YB/条等,主要厂商有现代、金士顿、利屏、勤茂、胜创、海盗船、宇瞻、金邦、威刚等。外存储器通常为存取速度不高,存储容量很大的磁盘、光碟等,磁盘有单个内在容量为 1.44 M 字节的软盘和几十G 到上百 G 字节的硬盘两大类。在这里要特别说明的是,有的人从操作运行角度上看,往往也将外存储器当成输入输出设备;但是,从它在系统中的主要功能看,应该划归为存储器的一部分最为合适。内存外观如图 1-7 所示。

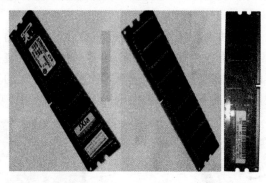

图 1-7　内存

4) 显卡

显示接口卡(video card,graphics card),又称为显示适配器(video adapter),简称为显卡,是个人电脑最基本组成部分之一。显卡的用途是将计算机系统所需要的显示信息进行转换驱动显示器,并向显示器提供行扫描信号,控制显示器的正确显示。

显卡是连接显示器和个人电脑主板的重要元件,是"人机对话"的重要设备之一。它作为电脑主机里的一个重要组成部分,承担输出显示图形的任务,对于喜欢玩游戏和从事专业图形设计的人来说显卡非常重要。目前民用显卡图形芯片供应商主要有 AMD(ATi)和Nvidia 两家。显卡外观如图 1-8 所示。

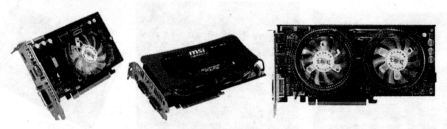

图 1-8　显卡

5) 声卡

声卡(sound card)也叫音频卡(我国港台地区称之为声效卡)。声卡是多媒体技术中最基本的组成部分,是实现声波/数字信号相互转换的一种硬件。声卡的基本功能是把来自话筒、磁带、光盘的原始声音信号加以转换，输出到耳机、扬声器、扩音机、录音机等声响设备，或通过音乐设备数字接口（MIDI）使乐器发出美妙的声音。

声卡是计算机进行声音处理的适配器。它有三个基本功能：一是音乐合成发音功能；二是混音器（Mixer）功能和数字声音效果处理器（DSP）功能；三是模拟声音信号的输入和输出功能。声卡处理的声音信息在计算机中以文件的形式存储。声卡工作应有相应的软件支持，包括驱动程序、混频程序（mixer）和 CD 播放程序等。

声卡还是多媒体电脑中用来处理声音的接口卡。声卡可以把来自话筒、收录音机、激光唱机等设备的语音、音乐等声音变成数字信号交给电脑处理，并以文件形式存盘，还可以把数字信号还原成为真实的声音输出。声卡尾部的接口从机箱后侧伸出，上面有连接麦克风、音箱、游戏杆和 MIDI 设备的接口。声卡外观如图 1-9 所示。

图 1-9　声卡

6）网卡

计算机与网络的连接是通过主机箱内插入一块网络接口板（或者是在笔记本电脑中插入一块 PCMCIA 卡）。网络接口板又称为通信适配器或网络适配器（adapter）或网络接口卡 NIC（network interface card）但是现在更多的人愿意使用更为简单的名称"网卡"。网卡外观如图 1-10 所示。

图 1-10　网卡

7）硬盘

硬盘（hard disc drive，HDD）在我国港台地区称之为硬碟，是电脑主要的存储媒介之一，由一个或者多个铝制或者玻璃制的碟片组成。这些碟片外覆盖有铁磁性材料。绝大多数硬盘都是固定硬盘,被永久性地密封固定在硬盘驱动器中,如图 1-11 所示。

图 1-11　硬盘

(1) 磁头。在硬盘内部结构中,磁头是硬盘中最昂贵的部件,也是硬盘技术中最重要和最关键的一环。传统的磁头是读写合一的电磁感应式磁头,但是硬盘的读、写却是两种截然不同的操作。为此,这种二合一磁头在设计时必须要同时兼顾到读写两种特性,这样就造成了硬盘设计上的局限。而 MR 磁头(magnetoresistive heads),即磁阻磁头,采用的是分离式的磁头结构:写入磁头仍采用传统的磁感应磁头(MR 磁头不能进行写操作),读取磁头则采用新型的 MR 磁头,即所谓的感应写、磁阻读。这样,在设计时就可以针对两者的不同特性分别进行优化,以得到最好的读写性能。另外,MR 磁头是通过阻值变化而不是电流变化去感应信号幅度,因而对信号变化相当敏感,这样读取数据的准确性也相应提高。由于读取的信号幅度与磁道宽度无关,故磁道可以做得很窄,从而提高了盘片密度,达到 200 MB/in²(1 in²＝6.452×10⁻⁴ m²),而使用传统的磁头只能达到 20 MB/in²,这也是 MR 磁头被广泛应用的最主要原因。目前,MR 磁头已得到广泛应用,而采用多层结构和磁阻效应更好的材料制作的 GMR 磁头(giant magnetoresistive heads)也逐渐普及。

(2) 磁道。当磁盘旋转时,磁头若保持在一个位置上,则每个磁头都会在磁盘表面划出一个圆形轨迹,这些圆形轨迹就叫做磁道。这些磁道用肉眼是根本看不到的,因为它们仅是盘面上以特殊方式磁化了的一些磁化区,磁盘上的信息便是沿着这样的轨道存放的。相邻磁道之间并不是紧挨着的,这是因为磁化单元相隔太近时磁性会相互产生影响,同时也为磁头的读写带来困难。一张 1.44 MB 的 3.5 英寸软盘,一面有 80 个磁道,而硬盘上的磁道密度则远远大于此值,通常一面有成千上万个磁道。

(3) 扇区。磁盘上的每个磁道被等分为若干个弧段,这些弧段便是磁盘的扇区。每个扇区可以存放 512 个字节的信息,磁盘驱动器在向磁盘读取和写入数据时,要以扇区为单位。1.44 MB 的 3.5 英寸软盘,每个磁道分为 18 个扇区。

(4) 柱面。硬盘通常由重叠的一组盘片构成,每个盘面都被划分为数目相等的磁道,并从外缘的"0"开始编号,具有相同编号的磁道形成一个圆柱,称之为磁盘的柱面。磁盘的柱面数与一个盘面上的磁道数是相等的。由于每个盘面都有自己的磁头,因此,盘面数等于总的磁头数。硬盘的 CHS 是指 Cylinder(柱面)、Head(磁头)、Sector(扇区)。只要知道了硬盘的 CHS 的数目,即可确定硬盘的容量,硬盘的容量＝柱面数×磁头数×扇区数×512B。

8) 光驱

光驱是台式机里比较常见的一种配件。随着多媒体的应用越来越广泛,光驱在台式机中已经成为标准配置。光驱可分为 CD-ROM 驱动器、DVD 光驱(DVD-ROM)、康宝(COMBO)和刻录机等,如图 1-12 所示。

图 1-12　DVD 光驱和 DVD 刻录机

(1) CD-ROM 光驱。又称为致密盘只读存储器,是一种只读的光存储介质。它是利用原本用于音频 CD 的 CD-DA(digital　audio)格式发展起来的。

(2) DVD 光驱。它是一种可以读取 DVD 碟片的光驱,除了兼容 DVD-ROM,DVD-VIDEO,DVD-R 及 CD-ROM 等常见的格式外,对于 CD-R/RW,CD-I,VIDEO-CD 及 CD-G 等都能很好地支持。

(3) COMBO 光驱。"康宝"光驱是人们对 COMBO 光驱的俗称。COMBO 光驱是一种集 CD 刻录、CD-ROM 和 DVD-ROM 为一体的多功能光存储产品。

(4) 刻录光驱。包括 CD-R,CD-RW 和 DVD 刻录机等,其中 DVD 刻录机又分 DVD＋R,DVD-R,DVD＋RW,DVD-RW(W 代表可反复擦写)和 DVD-RAM。刻录机的外观和普通光驱差不多,只是其前置面板上通常都清楚地标识着写入、复写和读取三种速度。

(5) CD 刻录速度。是指该光储产品所支持的最大的 CD-R 刻录倍速。目前市场主流内置式 CD-RW 产品能达到的最大的刻录速度是 52 倍速,还有部分 40 倍速、48 倍速的产品,在实际工作中受主机性能等因素的影响,三者刻录速度上的差异并不悬殊。52 倍速这基本已经接近 CD-RW 刻录机的极限,很难再有所提升。外置式的 CD-RW 刻录机市场上的产品速度差异较大,有 8 倍速、24 倍速、40 倍速、48 倍速和 52 倍速等,一般外形尺寸小巧,着重强调便携性的产品刻录速度较低;而体积相对较为笨重的外置式 CD-RW 刻录机基本都保持较高的刻录速度,甚至与内置式持平。

(6) DVD 刻录速度。目前市场中的 DVD 刻录机能达到的最高刻录速度为 8 倍速,较多的产品还只能达到 2～4 倍速的刻录速度,每秒数据传输量为 2.76 MB～5.52 MB,刻录一张 4.7 GB 的 DVD 盘片需要 15～27 min 的时间;而采用 8 倍速刻录则只需要 7～8 min,只比刻录一张 CD-R 的速度慢一点,但考虑到其刻录的数据量,8 倍速的刻录速度已达到了很高的程度。DVD 刻录速度是购买 DVD 刻录机的首要因素,如果在资金充足的情况下,尽可能选择高倍速的 DVD 刻录机。

(7) 最大 CD 读取速度。是指光存储产品在读取 CD-ROM 光盘时,所能达到最大光驱倍速。因为是针对 CD-ROM 光盘，所以该速度是以 CD-ROM 倍速来标称，不是采用 DVD-ROM 的倍速标称。目前 CD-ROM 所能达到的最大 CD 读取速度是 56 倍速；DVD-ROM 读取 CD-ROM 速度方面要略低一点，达到 52 倍速的产品还比较少，大部分为 48 倍速；COMBO 产品基本都达到了 52 倍速。

（8）最大 DVD 读取速度。是指光存储产品在读取 DVD-ROM 光盘时，所能达到最大光驱倍速。该速度是以 DVD-ROM 倍速来定义的。目前 DVD-ROM 驱动器的所能达到的最大 DVD 读取速度是 16 倍速；DVD 刻录机所能达到的最大 DVD 读取速度是 12 倍速，相信 16 倍速的产品也不久就会推出；COMBO 中产品所支持的最大 DVD 读取速度主要有 8 倍速和 16 倍速两种。

（9）CD 复写速度。是指刻录机在刻录 CD-RW 光盘，在光盘上存储有数据时，对其进行数据擦除并刻录新数据的最大刻录速度。较快的 CD-RW 刻录机在对 CD-RW 光盘复写操作时可以达到 32 倍速，虽然 DVD 刻录机也支持对 CD-RW 光盘的可写；但一般 CD 复写速度要略低于 CD-RW 刻录机，只有个别的产品才能达到 32 倍速的复写速度。COMBO 产品在 CD-RW 复写方面表现也不错，现在市面上的产品基本都能达到 24 倍速的水平，部分产品也达到了 32 倍速。

（10）DVD 复写速度。是指 DVD 刻录机在刻录相应规格的 DVD 刻录光盘，在光盘上存储有数据时，对其进行数据擦除并刻录新数据的最大刻录速度。目前各种制式的 DVD 刻录机中能达到的最大 DVD 复写速度为 4 倍速，也就是每秒约 5.4 MB/s 的速度。

9）输入与输出设备

输入设备是将人们熟悉的各种信息转换为机器能识别的信息。常用的输入设备有键盘、鼠标、触摸屏、数码照相机和扫描仪等，如图 1-13 所示。当低速输入时，通常是在收到输入数据时就将数据传送给计算机；当快速输入时，通常先将输入数据积累起来（称为缓冲），待积累到一定数量后再传递给计算机，以提高计算机的工作效率；当输入速度更快时，则利用专门的接口电路直接以存储存取（称为 DMA）方式，向存储器和计算机进行高速传送数据。

图 1-13　鼠标和键盘

输出设备是将计算机运行处理的结果转换为人们所熟悉的信息形式。常用的输出设备有打印机、显示器、绘图仪等，如图 1-14 所示。最简单的输出设备是指示灯，最复杂的输出设备是通过实时接口电路控制的一条自动化生产线。当要求高速输出时，需采用专门的接口电路直接存取（DMA）方式，由存储器直接向输出设备传送数据。

10）机箱和电源

机箱有 AT 和 ATX 两种，目前市场上主流产品是 ATX。机箱的外型来看，可分为主机立式和卧式两种，市场上主流产品是立式，如图 1-15 所示。

图 1-14 显示器

电源为计算机其他各配件提供电能。电源质量影响计算机工作稳定性,电源内部有一个变压器,把市用电压 220 V 转变为计算机内各部件需要的工作电压。

图 1-15 机箱外型

1.2 个人计算机配置与选购

当信息时代呈现在人们面前时,真有离开计算机就不能生存的感觉,各种式样的文字报告、策划文案、图形设计都需要利用计算机。人们总希望自己家里有一台计算机,可是真要考虑给自己配置一台计算机,又不知道怎么办最好。配品牌机固然好,但价格太高花得有点冤枉;配兼容机,又担心上计算机商家的当。到底怎么办好呢? 为此,编者根据自己多年实际工作经验,向各位读者阐述个人计算机配置技巧和选购的原则要点,并向大家推荐几款个人计算机的基本配置方案。

1.2.1 明确计算机基本用途

编者根据多年的工作实践经验认为,购买计算机前首先明确所购计算机的基本用途,可以取得比较理想的购机效果。

购机前先要考虑自己手头的资金状况,预算好自己投资多少去购买计算机。

有了预算就应考虑自己购买计算机的基本用途。平时用它做些什么事情,尽可能在购买之前想得全面一些。例如,在娱乐方面,希望达到一个什么样的效果;在作图和图形处理方面,希望达到什么样的效果;什么样的图片处理速度,选定什么样的显示器和显卡最合适。

明确了所要购买的计算机的基本用途后,则需要根据有限的预算资金,确定自己购买计算机的侧重点。例如,新闻工作者主要用途是编写稿件、上网、新闻图片制作、听音乐等,则购买计算机应考虑其性能的稳定,那么购买的侧量点就应放在显示器、显示卡、音箱、键盘、鼠标等部件上;工程技术人员主要用途是大量工程计算、绘图、制图等,则购买计算机的侧重点应该是运算处理速度,以及显示器、显示卡、键盘、鼠标、扫描仪、打印机等部件性能上;一般学生用机应侧重于性价比、速度、稳定性上;一般家庭用户配置应侧重于使用舒服、稳定、速度,外观等上;而对于商业用户配置侧重点应该是功能强、运行稳定、运行速度快。

在确定应用功能之后,优先选择处理器和主板,并尽可能地追求速度、稳定性和兼容性;在突出速度、稳定性的条件下,选定硬盘和内存大小,力求以极优的性价比为其他配件的选购打好基础;最后根据每个人的侧重点,选择和配置其他的配件。

1.2.2　计算机选购的基本原则与要点

明确了计算机的基本用途和配置要求之后,如何实施计算机选购计划,这是难于决断的又一难题。前者是理论决策,决策优劣与否,不会给自己带来直接的经济损失,后者是实施选购计划,弄得不妥真会给自己带来"花钱买气受"的感觉。为此,编者根据自己多年的配机经验,给大家提供如下选购计算机的基本原则与要点。

1. 要走出"频率越高计算机的性能也越好"的误区

两台计算机花费同样的钱,使用起来却大不相同,甚至性能差异也很大,无论是开机时间、3D游戏,还是做办公打字排版、图形设计等都是如此,总有一种上当受骗的感觉。这就是受"买频率更高的计算机,而不买性能更好的计算机"的观念左右所致。因此,在选购计算机时,要走出单纯看计算机频率的误区,全面地考虑计算机的整体性能,这是选购计算机的关键。

2. 选购计算机应遵循的原则

在选购计算机时,不同的构架决定了不同的性价比,不同的购机方案决定所购计算机在性能上的彼此差异。用户在今后使用计算机的过程中,感觉最明显的不是CPU跑多少GHz,更多地是极速的快感和更高的工作效果,因此性能才是选购计算机最重要的因素。

(1) 性能均衡原则。只有CPU、内存、显卡、显示器等部件均衡地发挥最佳性能,才能是一台性能最优的计算机。如果一颗CUP占用的预算资金很多,就只有降低显卡、显示器等其他部件的标准,来维持整机购买预算不变。例如,一台P4 2.8C CPU若用去预算的1300元左右,再加上一块近1000元的P4主板,为了保持整机预算不增加,这台计算机只有采取降低其他购件的价格和性能标准;相反,若只要用500元买赛扬C4 2.8 D(或2.66D)CPU就可以达到与P4 2.8C CPU相近的性能,两者相比就可省下800多元的预算,用它来配置更好的显卡或显示器,计算机的整机综合性能可以提高档次,达到最好的性能效果。

（2）性能够用原则。在选购计算机时应避免追逐 IT 业日新月异的新产品,要找准自己的使用要求,不要盲目地多花一分钱。如果毒龙就可以达到自己的使用需求,就不要买价格昂贵的雷鸟或 P4 产品,尽可能地避免花冤枉钱,买"伤心的计算机"。

　　综合上述,在选购计算机时,除了遵循以上选购原则和一些经验之外,还应考虑市场发展变化。可根据购机者不同的使用需要,接不同的 TIP 值,方便、直观地选购 CPU 和整体性能很好的计算机。

1.2.3　个人计算机选购方案

　　在计算机选购时,针对不同的消费群体,不同的应用领域,不同厂商产品规格与性能差异,将产生多种选购方案。为了便于帮助大家制定最合适地选购方案,编者仅以家用产品配置方案为例,供读者在学习和选购计算机配置时参考,帮助大家正确地掌握选购个人计算机的基本配置方法及其一些选取依据(以 2009 年 7 月中关村市场价为依据)。

推荐配置 1:Intel 经济型
- CPU:Intel 酷睿 2 双核 E7400(盒)(755 元)
- 主板:微星 G41TM-E43(488 元)
- 内存:威刚 1G DDR3 1333(万紫千红)(249 元)
- 硬盘:希捷 500GB 7200.11 32M(串口/盒)(380 元)
- 显卡:七彩虹 逸彩 9600GT-GD3 CF 黄金版 512M N1(499 元)
- 显示器:戴尔 E1909W(980 元)
- 光驱:先锋 DVR-117CH(185 元)
- 机箱:动力火车 绝尘侠×3(180 元)
- 键鼠:双巧星套件(50 元)
- 电源:长城双动力静音 400(BTX-4005EL-P4)(258 元)
- 价格:4024 元

推荐配置 2:AMD 普及型
- CPU:AMD 速龙 II×2240(405 元)
- 主板:超磐手 AK785+DDR3(499 元)
- 内存:威刚 2G DDR3 1333(万紫千红)(249 元)
- 硬盘:希捷 500GB7200.11 32M(串口/盒)(380 元)
- 显卡:逸彩 9600GT-GD3 CF 黄金版 5112M N1(499 元)
- 显示器:三星 943NW(870 元)
- 光驱:先锋 DVD-130D(120 元)
- 机箱:先马网际快马 6 号(配 P43C 电源)(188 元)
- 电源:航嘉冷静王钻石 2.3 版本(240 元)
- 键鼠套装:微软极动套装(黑色版)(140 元)
- 价格:3578 元

1.3 计算机的产生与发展

1642 年法国的帕斯卡设计出机械式加法计算机,通过手工操作完成加减法运算。1674 年德国莱布尼茨又发明了乘法计算机,并提出了二进制运算法则。1946 年 2 月,世界上第一台电子计算机 ENIAC(electronic numerical integrater and computer,电子数值积分计算机)在美国宾夕法尼亚大学诞生,从而开创了一个计算机发展的新时代,掀起了一场由工业化社会向信息化社会的新技术产业的革命。1949 年按冯·诺伊曼设计思想研制的具有存储程序功能的计算机 EDVAC(electronic discrete variable automatic computer,电子离散变量自动计算机),于 1952 年成功投入使用,这种计算机硬件结构的设计思想一直沿至今。因此,目前常说的计算机是一种能接受输入数据、处理数据、存储数据和输出数据,并在程序的控制下能自动、高速地实现某种特定功能的电子控制装置。

自从第一台电子计算机诞生以来,随着微电子技术的应用,计算机的发展先后经历了晶体、集成电路、大规模集成电路、趋大规模集成电路 4 个阶段。其运行速度由最初的每秒 5000 多次的加法运算,提高到目前的每秒 4 亿多次浮点运算。同时,微处理器芯片也经历了 4 位、8 位、16 位、32 位和 64 位等几个发展阶段,主频由 1979 年的 4.77 MHz 提高到 1999 年问世的 600 MHz Pentium III,2003 年以后 Pentium4 系列机型的主频再提高到 2.4 GHz 以上。内存容量从当初的 2 M,4 M,8 M,16 M,32 M,64 M 扩拓至现在的512 M,1 G,2 G。计算机在仅仅半个世纪的发展和应用,就已将人类的社会从工业化社会提升到信息化社会,成为人们工作、学习和生活中不可缺少的基本要求。

1.3.1 计算机的分类

根据计算机的规模大小,处理数据的能力,计算机可分为巨型计算机、大型计算机、小型计算机、微型计算机 4 大类。有的分类方法也将工作站作为计算机的一个分类。

(1) 巨型计算机。巨型计算机又称为超级计算机,简称巨型机。巨型计算机在某一个发展时期,具有运行速度最快、处理数据能力最强、价格最贵、体积最大等特点。现有的巨型计算机大多采用多处理器结构和大规模并行技术,如 IBM 公司生产的 SP2,SGI 公司生产的 Origin2000,Intel 公司生产的 ASCE RED,我国国防大学研制的"深腾 2600"和"深腾 6800"等,它们主要应用于大规模的科学计算和事务的处理。

(2) 大型计算机。大型计算机具有处理大量数据的能力,及时接受多终端的请求,支持批处理系统和分时处理系统等多种工作方式,主要应用于大型企事业的数据处理和事务处理。

(3) 小型计算机。小型计算机具有运算速度较高,价格较低,易于管理维护,操作方便等优点,主要应用于中、小企业的数据采集、计算处理。

(4) 微型计算机。微型计算机是面向个人、家庭和办公用计算机,可以独立使用,也可以联网使用,提高个人办公自动化水平。

1.3.2　计算机的特点

在计算机硬件系统各部分组件中，均采用了超大规模集成电路的器件和部件，极大地提高了计算机的性能，从使用计算机的角度评价，主要具有如下特点。

（1）体积小、耗电量少。由于集成电路工艺技术的提高和微电子技术的应用，计算机硬件系统充分采用了大规模和超大规模集成电路芯片，从而缩小了计算机的体积，降低了计算机的耗电量和能耗。

（2）可靠性高。集成电路芯片的使用，使计算机硬件系统组成的器件数量明显减少，器件间的连线数也相对减少和缩短，从而降低了计算机运行的故障率，提高了计算机系统的可靠性。

（3）价格便宜。集成电路芯片技术易于推广，极为适宜于大规模机械化生产，各厂商间竞争激烈，都在围挠提高生产率，降低生产成本展开角逐，导致计算机价格一跌再跌。目前一台多媒体个人微型计算机价格降至 4000 元左右。

（4）结构灵活、适应性强。目前计算机广泛地采用模块化结构，增强了计算机的组成结构的灵活性，降低了生产成本，增强控制功能。现已广泛地应用于工业、农业、冶金、机械、纺织、化工、电力、国防、交通、通信、银行等各个领域。

1.3.3　计算机的应用

从计算机的传统应用领域来看，主要有如下几个方面。

（1）科学计算。科学计算又称为数值计算，主要指用计算机完成大量、复杂的数学计算。例如，人造卫星的轨道计算，航天飞机的发射和返回的计算与控制，热核化学反应堆的计算与控制，以及天气预报的数据采集与分析计算等。

（2）信息处理。信息处理是指用计算机进行各类数据的加工、操作和管理过程的总称。例如，日常生活中的文字、表格、图片、图像和声音的处理，工作中的人事管理、财务管理、银行资金管理和证券交易管理，都是计算机信息处理的具体应用。

（3）过程控制。过程控制是指用计算机对某一工作过程的数据进行实时采集、检测、处理和比较，采取相应措施，保证整个过程按预定的目标和状态完成各项规定操作任务。例如，炼钢车间加料的自动控制，炉温的自动调节控制，各类导弹的发射和远距命中目标的自动控制，人造卫星的发射和自动遥测控制等。

（4）计算机辅助设计。计算机辅助设计是近 30 年发展起来的计算机应用领域，它可提高工作过程的自动化程度，降低生产成本，目前已广泛地应用于机械、电子、化工、建筑、汽车、教育等行业。例如，计算机辅助设计（CAD）、计算机辅助制造（CAM）、计算机辅助工程（CAE）和计算机辅助教学（CAI）等的应用。

（5）人工智能。人工智能又称为智能化模拟，是指用计算机来实现模仿人类的智能特征，使之具有人类的识别、感觉、学习、推理和决策等综合性能力。目前主要应用于智能机器人、智能检索、语言处理和机器翻译等领域。

（6）计算机网络。计算机网络是指由具有独立运行和信息处理能力的计算机互相连接构成，实现资源共享的计算机系统。例如，目前应用最为广泛的 Internet 网络，它能供人们上网游览、信息检索、收发邮件、网上银行等。

1.4 计算机内部信息表示

1.4.1 计算机中常用的数制及其转换

为了较完整地了解计算机内部数据信息流的传送方式、工作方式和控制方式,下面简单地介绍计算机系统中几种常见的数制。

在计算机系统中,数是由一串为"0"或"1"表示的二进制数构成的,是计算机唯一能够识别的机器代码语言(俗称机器语言);但用二进制数表示一个较大的数据时,往往因书写长而又不好记、不便阅读,人们仍习惯采用十进制数,即通过输入设备给计算机输入的数和计算机通过输出设备输出的数,一般都用十进制数表示。下面逐一介绍每一种数制的基本常识。

1. 三种常用数制

(1) 十进制数。十进制数是可用 0,1,2,3,4,5,6,7,8,9 十个符号表示,且满足"逢十进一"规则的自然数。任何一个十进制数 D 均可表示为

$$D = D_{n-1} \times 10^{n-1} + D_{n-2} \times 10^{n-2} + \cdots + D_0 \times 10^0 + D_{-1} \times 10^{-1} + \cdots + D_{-m} \times 10^{-m}$$

其中,D_i 表示第 i 位的数码为"0~9"中的某一个数;10 为十进制数的基数;10^i 为十进制数的第 i 位的权;m,n 均为正整数;n 为小数点左边整数部分的位数;m 为小数点右边小数部分的位数。

例:$785.32 = 7 \times 10^2 + 8 \times 10^1 + 5 \times 10^0 + 3 \times 10^{-1} + 2 \times 10^{-2}$

$4793.45 = 4 \times 10^3 + 7 \times 10^2 + 9 \times 10^1 + 3 \times 10^0 + 4 \times 10^{-1} + 5 \times 10^{-2}$

(2) 二进制数。二进制数只有 0,1 两个不同数字符号表示,满足"逢二进一"规则的数。任何一个二进制数 B 均可表示为

$$(B)_2 = B_{n-1} \times 2^{n-1} + B_{n-2} \times 2^{n-2} + \cdots + B_0 \times 2^0 + B_{-1} \times 2^{-1} + \cdots + B_{-m} \times 2^{-m}$$

其中,B_i 表示第 i 位的数码为 0 或 1 中的一个;2 为二进制数的基数;2^i 为二进制数第 i 位的权;m,n 均为正整数,其含义同十进制数。

例:$(10.11)_2 = 1 \times 2^1 + 0 \times 2^0 + 1 \times 2^{-1} + 1 \times 2^{-2}$

$(1101.011)_2 = 1 \times 2^3 + 1 \times 2^2 + 0 \times 2^1 + 1 \times 2^0 + 0 \times 2^{-1} + 1 \times 2^{-2} + 1 \times 2^{-3}$

(3) 十六进制数。十六进制数可用 0,1,2,3,4,5,6,7,8,9,A,B,C,D,E,F 16 个不同数字和英文字母表示,满足"逢十六进一"的原则。任何一个十六进制数 H 均可表示为

$$(H)_{16} = H_{n-1} \times 16^{n-1} + H_{n-2} \times 16^{n-2} + \cdots + H_0 \times 16^0 + H_{-1} \times 16^{-1} + \cdots + H_{-m} \times 16^{-m}$$

其中,H_i 表示第 i 位的数码,取值为"0~9"和"A~F"中的一个数;16 为十六进制数的基数;16^i 为十六进制数第 i 位的权;m,n 均为正整数,其含义同十进制数。

例:$(164)_{16} = 1 \times 16^2 + 6 \times 16^1 + 4 \times 16^0$

$(F.16)_{16} = 15 \times 16^0 + 1 \times 16^{-1} + 6 \times 16^{-2}$

目前,绝大多数计算机的字长均为 4 的整数位,故常用十六进制数来表示一个数,但计算机内部仍是采用二进制数。十进制数、二进制数和十六进制数之间的对应互换关系见表 1-1。

表 1-1　十进制、二进制和十六进制数不同数制互换对照表

十进制数	二进制数	十六进制数	十进制数	二进制数	十六进制数
0	0000	0	8	1000	8
1	0001	1	9	1001	9
2	0010	2	10	1010	A
3	0011	3	11	1011	B
4	0100	4	12	1100	C
5	0101	5	13	1101	D
6	0110	6	14	1110	E
7	0111	7	15	1111	F

为了区别这三种常用的不同数制,可在数字的括号外面右下角用数字 10,2,16 来表示数制,或在数字后分别加一个字母 D,B,H 来表示数制,一般用字母 D(decimal)表示十进制数制,用字母 B(binary)表示二进制数制,用字母 H(hexadecimal)表示十六进制数制。

2. 三种不同数制之间的转换

1) 将十进制数转换为二进制数

转换方法一:将十进制数的整数部分不断地用 2 去除,分别记下每次得余数 0 或 1,直到商为 0 时为止,以最后所得非 0 的余数为最高位数。依次排列,即得所要转换为二进制数的整数部分。将十进制数的小数部分不断地用 2 去乘,分别记下每次乘积的整数部分数 0 或 1,作为每次转换的二进制数,直到满足所要求的精度或小数部分等于 0 为止。以最先得到的整数部分数 1 或 0 放在最前或最高位,依次排列,即得所转换二进制的小数部分。将整数部分和小数部分以小数点为界加在一起,即为一个完整的二进制数。

转换方法二:将十进制数按二进制数各位为"1"的权展开式之和,即可得到所转换的二进制数,即二进制数各位为 1 的权所对应的十进制数如下:

权位:……　1　1　1　1　1　1　1　1　$\boxed{.}$　1　1　1　1　……

数值:……　128　64　32　16　8　4　2　1　$\boxed{.}$　0.5　0.25　0.125　0.0625　……

例:将十进制数 37.875 转换为二进制数。

方法 1:

$37/2=18$	$B_0=1$	$0.875 \times 2=1.75$	$B_{-1}=1$
$18/2=9$	$B_1=0$	$0.75 \times 2=1.5$	$B_{-2}=1$
$9/2=4$	$B_2=1$	$0.5 \times 2=1.0$	$B_{-3}=1$
$4/2=4$	$B_3=0$		
$2/2=1$	$B_4=0$		
$1/2=0$	$B_5=1$		

故　　　　　　　　　　　$(37.875)_{10}=(100101.111)_2$

方法 2:

$37=32+4+1$　　　　　　　　$(37)_{10}=(1001010)_2$

$0.875=0.5+0.25+0.125$ 　　　$(0.875)_{10}=(0.111)_2$

故　　　　　　　　　　$(37.875)_{10}=(100101.111)_2$

2）将十进制数转换为十六进制数

由于二进制数与十六进制数之间有一种特殊对应关系，于是给它们之间的转换带来一个很大的方便。也就是说，一位十六进制数对应于四位二进制数，且它们之间的这种转换关系直接又方便。

转换方法：先将十进制数转换为二进制数，以小数点为分界，对于整数部分从右向左，依次将每四位划分为一组，不足四位在其左边用"0"补足到四位；对于小数部分从左向右，依次将每四位划分为一组，不足四位在其右用"0"补足四位，按表 1-1 的对应关系，最后得到所需转换的十六进制数。

例：　$(37.875)_{10}=(0010,0101.1110)_2=(25.E)_{16}$

3. 8 位与 16 位二进制数的表示范围

8 位二进制数的表示范围：①无符号数：0～255；②有符号数：-128～+127。

16 位二进制数表示范围：①无符号数：0～-65535；②有符号数：-32768～+32767。

1.4.2　计算机中数的表示方法

1. 基本概念

（1）位（bit）。位是计算机二进制数据的最小单位。

（2）字节（byte，B）。一个字节等于计算机中的一个 8 位二进制代码所占居的位数，是反映存储容量的基本单位。

（3）字（word，W）。一个字等于计算机中 2 个字节，为 16 位二进制代码所占居的位数；字长常指多少位，一个双字等于 4 个字节，32 位二进制代码所占居的位数。

2. 数据单元表示法

通常用字长来表示一个数据单元的大小，大家常说的 8 位机、16 位机、32 位机就是指计算机的字长是 8 位、16 位和 32 位的机器。根据计算机的应用领域不同，其字长也不一样。一般情况下，计算机字长越长，其功能越强，价格也越贵。

计算机的字长越长，就需要越多的硬件按不同的逻辑控制要求来实现存储器、寄储器、算术逻辑单元及其相应的控制功能，其运行速度提高、结构简化、编程灵活度随之增大；反之，若字长较短，则一个数据单元只表示出少量的数据和指令值，需要使用若干组的字长指令和地址，才能满足控制要求，必然导致系统处理速度和编程灵活性的降低。因此，设计使用者必须根据不同的实际需要，在性能、价格、工艺局限性之间做出用相应的性价比来权衡，选择一个最佳的折衷方案，满足使用需要。

1.4.3　信息编码方式

编码是指对输入到计算机中的各种非数值型数据用二进制数进行编码的方式。对于不同机器、不同类型的数据其编码方式是不同的，编码的方法也很多。为了使信息的表示、交换、存储或加工处理的方便，在计算机系统中通常采用统一的编码方式，制定编码的国家标准或国际标准。在输入过程中，系统自动将用户输入的各种数据按编码的类型转换成相应的二进制形式存入计算机存储单元中。在输出过程中,再由系统自动将二进制编码数据转换成用户直接识别的数据格式输出给用户。常见的信息编码有二-十进制编码、ASCII 码(或 EBCDIC 码)、汉字编码等方式。

1. 二-十进制编码

在计算机外部操作中,数字的输入和输出都是用十进制数进行,而在计算机内部进行数据信息交换时,数据信息都用二进制编码表示,即用"0"和"1"的不同组合形式来表示一个十进制数。凡用若干位二进制数表示一位十进制数的编码,统称为二进制编码的十进制数,即 BCD 码(binary coded decimal),简称二-十进制编码。

二-十进制编码的方法很多,8421 码是最常用的一种,它采用 4 位二进制数表示 1 位十进制数,即每 1 位十进制数要用 4 位二进制数的编码表示。这 4 位二进制数各位的权由高到低分别是 2^3,2^2,2^1,2^0,即 8,4,2,1。

例:十进制数 7985 的 8421 码为 0111100110000101,即

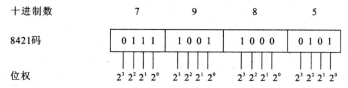

2. ASCII 码

字符是计算机中使用最多的非数值型数据,是人与计算机进行通信、交互的重要媒介,通常使用 ASCII 码(或 EBCDIC 码),ASCII 码(American Standard Code for Information Interchange)是美国标准信息交换码,已被国际标准化组织定为国际标准,是目前最普遍使用的字符编码,ASCII 码有 7 位码和 8 位码两种形式。

因为 1 位二进制数可以表示两种状态,0 或 1($2^1=2$);2 位二进制数可以表示 4 种状态,00、01、10、11($2^2=4$);依次类推,7 位二进制数可以表示 $2^7=128$ 种状态,每种状态都唯一对应一个 7 位二进制码,即对应一个字符。这些二进制码可以排列成一个 0~127 十进制序号,所以,7 位 ASCII 码是用七位二进制数进行编码,可以表示 128 个字符。其中,第 0~32 号及 127 号(共 34 个)为控制字符;包括换行、回车等功能字符;第 33~126 号(共 94 个)为字符,即第 48~57 号为 0~9 十个数字符号,65~90 号为 26 个英文大写字母,97~122 号为 26 个小写字母;其余为一些标点符号、运算符号等。

例如,大写字母 A 的 ASCII 码值为 1000001,即十进制数 65,小写字母 a 的 ASCII 码值为 1100001,即十进制数 97。

注意,在计算机的存储单元中,一个 ASCII 码占一个字节(即 8 个二进制位),其最高位(B_7)用作奇偶校验位。所谓奇偶校验,是指在代码传送过程中用来检验是否出现错误的一种方法,一般分奇校验和偶校验两种。奇校验规定,正确的代码一个字节中 1 的个数必须是奇数,若非奇数,则在最高位 B_7 添 1 来满足;偶校验规定,正确的代码一个字节中 1 的个数必须是偶数,若非偶数,则在最高位 B_7 添 1 来满足。

3. 汉字编码

汉字编码目前国内使用最多的有国标码、机内码两种。

1) 国标码

计算机处理汉字所用的编码标准是我国于 1980 年颁布的国家标准 GB 2312－80,即《中华人民共和国国家标准信息交换汉字编码》,简称国标码。它由连续的两个字节组成,计算机在处理汉字信息时也要将其转化为二进制代码。国标码的主要用途是作为汉字信息交换码使用。

国标码与 ASCII 码属同一制式,可以认为它是扩展的 ASCII 码。在 7 位 ASCII 码中可以表示 128 个信息,其中字符代码有 94 个。国标码是以 94 个字符代码为基础,其中任何两个代码组成一个汉字交换码,即由两个字节表示一个汉字字符。第一个字节称为"区",第二个字节称为"位"。这样,该字符集共有 94 个区,每个区有 94 个位,最多可以组成 8836(94×94)个字。

在国标码表中,共收录了一、二级汉字和图形符号 7445 个。其中图形符号 682 个,分布在 1～15 区;一级汉字(常用汉字)3755 个,按汉语拼音字母顺序排列,分布在 16～55 区;二级汉字(不常用汉字)3008 个,按偏旁部首排列,分布在 56～87 区;88 区以后为空白区,以待扩展。

国标码本身也是一种汉字输入码,由区号和位号共 4 位十进制数组成,通常称为区位码输入法。在区位码中,前两位区号后两位序号,例如,"啊"的区位码是 1601,即在第 16 区的第 01 位;符号"。"的区位码是 0103,这里的 1601 和 0103 都是十六进制数。

区位码最大的特点就是没有重码,虽然不是一种常用的输入方式,但对于其他输入方法难以找到的汉字,通过区位码却很容易得到,但需要一张区位码表与之对应。例如,汉字"丰"的区位码是 2365。

2) 机内码

机内码是指在计算机中表示一个汉字的编码。在计算机内表示汉字的代码是汉字机内码,汉字机内码由国标码演化而来,把表示国标码的两个字节的最高位分别加"1",就变成汉字机内码。这种形式避免了国标码与 ASCII 码的二义性,通过最高位是"⓪"还是"1"来区别是 ASCII 码字符还是汉字字符。

注意,因为汉字的区码和位码的范围都在 01～94 内,所以不直接用区位码作为计算机内码,否则会与基本的 ASCII 码发生冲突。

正是由于机内码的存在,输入汉字时就允许用户根据自己的习惯使用不同的汉字输入码,如拼音、五笔、自然、区位等,进入系统后再统一转换成机内码存储。国标码也属于一种机器内部编码,其主要用途是将不同系统使用的不同编码统一转换成国标码,使不同系统之间的汉字信息进行相互交换。

习 题 1

1. 世界上第一台电子计算机是( )。
   A. ENIAC
   B. EDSAC
   C. EDVAC
   D. UNIVAC

2. 个人计算机属于(　　)。
　　A. 小巨型机　　　　　　　　　　B. 小型计算机
　　C. 微型计算机　　　　　　　　　D. 中型计算机

3. 当前使用的微型计算机,其主要器件是由(　　)构成的。
　　A. 晶体管　　　　　　　　　　　B. 大、超大规模集成电路
　　C. 中、小规模集成电路　　　　　D. 微处理器集成电路

4. 世界上第一台电子计算机 ENIAC 诞生于(　　)年。
　　A. 1945　　　　　　　　　　　　B. 1946
　　C. 1947　　　　　　　　　　　　D. 1948

5. 微机计算机硬件系统中最核心的部件是(　　)。
　　A. 主板　　　　　　　　　　　　B. CPU
　　C. 内存储器　　　　　　　　　　D. I/O 设备

6. 运算器的主要功能是(　　)。
　　A. 实现算术运算和逻辑运算　　　B. 保存各种指令信息供系统使用
　　C. 分析指令并进行译码　　　　　D. 按主频指标规定发出时钟脉冲

7. 微型计算机中,控制器的基本功能是(　　)。
　　A. 进行算运算和逻辑运算　　　　B. 存储各种控制信息
　　C. 保持各种控制状态　　　　　　D. 控制机器各个部件协调一致地工作

8. 断电会使原来存储的信息丢失的存储器是(　　)。
　　A. RAM　　　　　　　　　　　　B. 硬盘
　　C. ROM　　　　　　　　　　　　D. 软盘

9. Pentium III/500 微型计算机,其 CPU 的时钟频率是(　　)。
　　A. 500 KHz　　　　　　　　　　B. 500 MHz
　　C. 250 KHz　　　　　　　　　　D. 250 MHz

10. 微型计算机中,(　　)合称为中央处理单元(CPU)。
　　A. 运算器和控制器　　　　　　　B. 累加器和算术逻辑运算部件(ALU)
　　C. 累计器和控制器　　　　　　　D. 通用寄存器和控制器

11. 冯·诺伊曼计算机工作原理的设计思想是(　　)。
　　A. 程序设计　　　　　　　　　　B. 程序存储
　　C. 程序编制　　　　　　　　　　D. 算法设计

12. 计算机最主要的工作特点是(　　)。
　　A. 程序存储与自动控制　　　　　B. 高速度与高精度
　　C. 可靠性与可用性　　　　　　　D. 有记忆能力

项目 2　中文输入操作法

2.1　键盘输入技术

2.1.1　键盘的种类及其操作

1. 键盘类型

键盘主要用于输入数据、文本、程序或命令，还可用于玩各种游戏。键盘若按键数目不同，可分为 101 键、104 键、105 键和 107 键 4 种，整个键盘分为字母键、控制键、功能键和数字键(小键盘)4 个区域，104 普通键盘如图 2-1 所示。

图 2-1　104 普通键盘示意图

2. 键盘操作

键盘操作分为输入操作和命令操作两大类。输入操作主要是通过键盘向计算机输入字母、汉字、数字和其他各种符号。当屏幕上有光标闪烁时，说明用户处于输入状态，用户可以直接进行输入操作，用户所输入的字符显示在屏幕上。命令操作主要是向计算机发出某一个命令，让计算机完成某一规定的操作功能。命令操作是通过特定的键或几个键组合实现一个特定命令的键，这些键称为快捷键。下面介绍一些常用的快捷键，见表 2-1 和表 2-3。

表 2-1　窗口常用快捷键

快捷键	基本功能
Alt＋Tab	在当前打开的各窗口之间进切换
Alt＋Shift＋Tab	在当前打开名窗口之间进切换,当有两个以上的窗口时,转换的顺序 　与使用快捷键盘 Alt＋Tab 相反
Alt＋Enter	让 DOS 程序在窗口与全屏显示方式间切换
Alt＋Space	打开当前窗口的系统菜单

续表

快捷键	基本功能
PrintScreen	复制当前屏幕图像到剪贴板
Alt＋PrintScreen	复制当前窗口、对话框或其他对象到剪贴板
Alt＋F4	关闭当前窗口或退出程序
Ctrl＋Esc	打开"开始"菜单
F10	激活菜单栏
Alt	激活菜单栏
Shift＋F10	打开选定对象的快捷菜单
Ctrl＋A	选定所有显示的对象
Ctrl＋X	剪切
Ctrl＋C	复制
Ctrl＋V	粘贴
Ctrl＋Z	撤消
Del/Detele	删除选定对象
F1	显示被选定对象的帮助信息
All＋菜单栏上带下划线的字母	打开相应的菜单
Shitf＋Delete	直接删除一个对象而不是将对象删除到回收站中
F5	刷新当前窗口

表 2-2　对话框常用快捷键

快捷键	基本功能
Tab	移到下一选项
Shift＋Tab	移到上一选项
Ctrl＋Tab	打开下一选项
Ctrl＋Shift＋Tab	打开上一选项
Enter/Return	选定当前选项或确认当前输入项，并关闭对话框
F4	打开"另存为"对话框或"打开"框中的"文件名"下拉列表框
F5	刷新"另存为"或"打开"对话框
Alt＋下划线字母	激活相应的命令
BackSpace	在保存或打开对话框中回到所选项目的上一级菜单

表 2-3　桌面、我的电脑和资源管理器中的快捷键

快捷键	基本功能
Alt＋Enter	查看某项的属性
Ctrl＋A	选定所有项
F2	重命名某项

快捷键	基本功能
F5	更新窗口中的内容
F3	显示所有查找到的文件
Shift＋Delete	立即删除某些文件并且不放置在回收站中
拖动该文件时按 Ctrl＋Shift 键	创建快捷方式
拖动该文件时按 Ctrl 键	文件复制
Alt＋左箭头	退回到前一次显示的内容
Alt＋右箭头	前进到下次显示的内容
BackSpace	回到前一级文件夹
当按下关闭按钮时按下 Shift 键(只在我的电脑中使用)	关闭所选定的文件类及其之文件夹

3. 鼠标的操作

Windows 98 以上操作系统均支持两个按钮模式的鼠标,通过按不同的键或采用不同的使用方法,鼠标可完成不同的操作。若用户选择鼠标单击和双击两种触发方式,其中的"指向"和"单击"的含义各不相同。对于某些操作,单击触发和双击触发两种方式都是相同的。

(1) 指向。在双击触发方式下,把鼠标移动到某一对象上,可用于激活或显示工具提示信息;在单击触发方式下,光标指向对象约 2～3 s 即可选定对象,并显示工具提示信息。

(2) 单击。在双击触发方式下,单击鼠标左键可用于选定某个对象或触发按钮;在单击触发方式下,单击鼠标左键用于启动程序或打开窗口,也可用于选定某一选项。

(3) 右击。指向对象后单击右键将弹出该对象的快捷菜单,在快捷菜单中完成对该对象的操作或属性设置。

(4) 双击。通常是鼠标左键按钮双击,即快速"按下—松开—按下—松开"连续操作。在双击触发下,用于启动程序或打开窗口。

(5) 拖动。单击某对象,按住鼠标左键,移动鼠标至另一个地方释放按键即可。常用于复制对象、移动对象等操作。

(6) 持续操作。指向对象,按下鼠标左键,直至达到一个状态,常用于滚动条、标尺及其他数值设定等操作。

2.1.2　基本指法

键盘打字操作是一门独特而又技巧性极强的实用技术,它易学易懂。对打字操作要领的掌握程序不同,操作技术的高低差距也十分明显。开始学时,要特别强调正确的操作姿势和指法,要准确第一、速度第二。因此,要熟记各种规则和方法,持之以恒、勤学苦练,达到熟能生巧的操作水平。

1. 手指的摆放位置

计算机键盘的打字键区仍沿用标准英文打字机的键位排列布置,因此键位基本操作方法大致相同。打字时将左手小指、无名指、中指、食指分别置于 A,S,D,F 键上,右手食指、中指、无名指、小指分别置于 J,K,L,";"键上,左右拇指轻置于空格键上,如图 2-2 所示。左右 8 只手指与基本键的各个键相对应,固定好手指位置后,不得随意离开,千万不能把手指的位置放错,一般来说现在的键盘 F 和 J 键上均有凸起(手指可以明显的感觉到),这两个键就是左右手食指的位置。

图 2-2　左右 8 只手指与基本键的各个键相对应图

打字过程中,离开基本键位置去打其他键,击键完成后,手指应立即返回到对应的基本键上,实行左右手分别管理操作方式,具体分区管理手指见表 2-4。

表 2-4　左右手分区管理表

	左　手	右　手
食指	4,5,R,T,F,G,V,B	6,7,Y,U,H,J,N,M
中指	3,E,D,C	8,I,K,","
无名指	2,W,S,X	9,O,L,"."
小指	1,Q,A,Z,以及左边所有键	0,P,";","/",以及右边所有键

2. 手指操作姿势

手腕略向上倾斜,从手腕到指尖形成一个弧形,手指指端的第一关节要同键盘垂直。进行键盘练习时,必须掌握好手形,一个正确的手形也有助于录入速度的迅速提高。手指分工就是把键盘上的所有键合理地分配给十个手指,且规定每个手指对应哪几个键也是沿用原来英文打字机的分配方式,如图 2-3 所示。

在键盘中,第三排键中的 A,S,D,F 和 J,K,L,";"这 8 个键称为基本键(也叫基准键)。基本键是 8 只手指常驻的位置,其他键都是根据基本键的键位来定位的。在打字过程中,每只手指只能打指法图上规定的键,不要击打规定以外的键,不正规的手指分工对后期速度提升是一个很大的障碍。

空格键由两只大拇指负责,左手打完字符键后需要击空格时用右手拇指打空格,右手

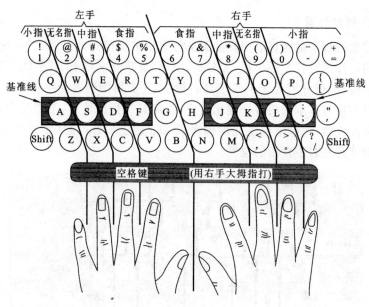

图 2-3　英文打字机的手指分配示意图

打完字符键后需要击空格时用左手拇指打空格。

　　Shift 键是用来进行大小写及其他多字符键转换的,左手的字符键用右手按 Shift,右手的字符键用左手按 Shift 键。

3. 手指操作要点

　　(1) 掌握动作的准确性。击键力度要适中,节奏要均匀。键盘的三排字母键处于同一平面上,在进行键盘操作时,主要用力部分是指关节,而不是手腕,这是初学时的基本要求。待练习到较为熟练后,随着手指敏感度加强,再扩展到与手腕相结合。

　　(2) 掌握击键方法。用指尖垂直向键盘发冲力,要在瞬间发力,并立即反弹。不能用手指去压键,以免影响击键速度,而且压键会造成一下输入多个相同字符。在击打空格键时,也是瞬间发力,立即反弹。

　　(3) 遵守手指分工。各手指严格遵守手指指法的规定,分工明确、各守岗位。有任何不按指法要点的操作,都会造成指法混乱,严重影响速度的提高和正确率的提高。因此,一开始就要严格要求自己,否则一旦养成错误的击打习惯,以后想纠正就很困难。开始可能会有一些手指控制不好,有点别扭,比如无名指、小指,只要坚持几天,就可以得到比较好的效果

　　(4) 遵守操作手指返回基本键的位。每一手指上下两排击键任务完成后,要立即回到基本键的位置。这样,再次击打其他键时,平均移动的距离缩短,有利于提高击键速度。手指寻找键位,必须依靠手指和手腕的灵活运动,不能靠整个手臂的运动来找。

　　(5) 掌握击键力度。击键力度不要过重,过重影响键盘的寿命,易疲劳;另外,击键力度较大,被击的键恢复需要较长时间,影响输入速度。但是,击键也不能太轻,太轻会导致击键不到位,使差错率升高。

　　(6) 操作姿势要正确。操作者在计算机前要坐正,不要弯腰低头,也不要把手腕、手

臂依托在键盘上,否则不但影响仪态,更会影响输入速度。另外,座位的高低要适度,以手臂与键盘盘面相平为宜。座位过低手臂易疲劳,过高不好操作。

(7) 掌握数字键操作方法。在击打主键盘上的数字时,中间隔有一排字母键,手指移动的距离相对较大,击键准确度就会降低。因此,在字母键操作比较熟悉,手指击打比较稳、准后,再训练数字键操作。对经常从事数字的工作者(如财务、金融、统计)来说,因为小键盘范围小,可一只手操作,另一只手翻看原始单据。因此使用小数字键盘比使用主键盘的数字键的输入速度要快得多。

2.1.3　打字姿势

1. 端坐姿势

平坐在椅子上,腰背挺直,身体微向前倾,双脚自然平放在地上。桌椅高度要适当,人体与计算机键盘的距离在两拳左右(大约 15～30 cm)。

手臂、肘、腕、两肩放松,肘与腰部距离 5～10 cm 左右。小臂与手腕略向上倾斜,但是手腕不要拱起,手腕与键盘下边框保持一定的的距离(1 cm 左右),不要放在键盘上,也不要悬太高,如图 2-4 所示。

2. 打字姿势

打字的姿势正确与否,直接影响打字的技术与速度,这一点初学者要特别注意,严格要求自己,按下列标准进行训练:

(1) 打字时身体安定,面对键盘打字区的正中,座椅高度调到合适,以便于操作为准,双脚平放地面,上身稍向前倾,坐姿端正,大、小臂中轴线夹角略大于 90°,自然放松,如图 2-4 所示;

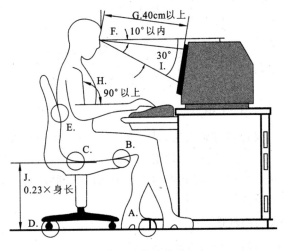

图 2-4　打字姿势

(2) 键盘置于显示器正前方,键盘打字置于中间,稿件紧置于键盘或显示器的左(或右)侧,头部与眼睛偏向稿件,身体不转向;

(3) 两肘轻靠身体,不向外张,手腕自然平直,不可弓起;

(4) 击键前后手指应放在基准键(A,S,D,F,J,K,L,;)上,手指平面与行排列的字键

面呈垂直状,避免两双手指间呈内、外八字形状;

(5)击键时,手指自然弯曲成弧形,用指尖从字键正上方垂直击键,击键要果断,利用手指的弹性一触即发。

2.1.4 击键指法技巧

对于初学者除了掌握好正确的打字姿势外,还要掌握正确的打字规则和熟记各字键盘的位置,然后进行触觉打字法训练,达到眼看稿件,手管打字的打字效果,其基本打字规则如下。

(1)基准字键使用。在键盘上 26 个字母中使用频率最高的 7 个英文字母和一个分号键,它们位于键盘中间第三行位置,称为基准字键(A,S,D,F,J,K,L,;)。由于在打字时,手指上下移动的平均距离最短,有利于提高打字效率。因此,规定每一次打完所需的字符后,手指应立即返回基准字键上待命。

(2)空格键使用。每打完一段或一个单词时,一律采用右手大拇指击打字空格键,实行一指管一键,便于集中注意力。

(3)其他字键管理。键盘字键以外两边的一些接键,左边的由左手小指管,右边的右手小指管。

(4)打字指法。打字时,左、右手手指分别放在基准字键上,手指自然弯曲,手腕自然伸直,前臂键面平行,打字指尖弧形,击打字键中央。打字时要避免手指分工控制范围的越位,击打字键时发生颤抖。

(5)打字要领。打字过程中要利用手指本身的灵活性,不要靠手腕和手臂的运动来击打字键,打字要有节奏,一字一拍,用力适度,不要时快时慢、时重时轻和按压字键。

2.2 拼音输入法

拼音输入法有微软拼音、智能 ABC 拼音、紫光拼音和搜狗拼音等输入法。本教材主要介绍智能 ABC 拼音和紫光拼音等两种基本输入方法。

2.2.1 智能 ABC 输入法

智能 ABC 输入法(又称标准输入法)是中文 Windows 系列操作系统中自带的一种汉字输入方法,它简单易学、快速灵活,受到用户的青睐。但是在日常使用中,许多用户并没有真正掌握这种输入法,而仅仅是将其作为拼音输入法的翻版来使用,使其强大的功能与便利远未能得到充分的发挥。

1. 智能 ABC 输入法的特点

智能 ABC 输入法在使用时,具有如下特点。

(1)内容丰富的词库。智能 ABC 的词库以《现代汉语词典》为蓝本,同时增加了一些新的词汇,共收集有大约六万词条。其中单音节词和词素占 13%,双音节词占 66%,三音节词占 11%,四音节词占 9%,五音节以上词占 1%。词库不仅含有一般的词汇,而且收藏一些常见的方言词语和专门术语,还收录了像"周恩来"等 300 多中外名人,近 2000 条有国家名称及其大都市、名胜古迹和中国的城市、地区一级的地名。此外还有一些常用的口语和数词、序数词。

（2）允许输入长词或短句。智能 ABC 输入法允许输入 40 个字符以内的字符串，这样在输入过程中，能输入很长的词语甚至短句，还可以使用光标移动键，进行插入、删除、取消等操作，如图 2-5 所示。

图 2-5　输入词和短语界面

（3）自动记忆功能。智能 ABC 输入法能够自动记忆词库中没有的新词，这些词都是标准拼音词，和基本词汇库中的词条一样使用。智能 ABC 输入法允许记忆的标准拼音词最大长度为 9 个字。在使用自动记忆功能时需注意两点：①刚被记忆的词不能立即存入用户词库中，至少要使用三次后才被长期保存，新词只能临时保存在记忆栈中，如果记忆栈已满时也不被长期保存，会被后来新词挤出；②刚被记忆的词具有高于普通词语，但低于常用词的频度。

（4）强制记忆。强制记忆一般用来定义那些非标准的汉语拼音词语和特殊符号。利用该功能，只需输入词条内容和编码两部分，就可以直接把新词加入到用户库中。允许定义的非标准词最大长度为 15 字，输入码最大长度为 9 个字符，最大词条容量为 400 条。右击打开的词条上，弹出快捷菜单，单击"定义新词"命令，然后填写弹出的定义新词对话框。在写一篇论文时，需要经常使用特殊符号，例如序号用"No"表示，每次使用都要键入这一符号，十分烦琐。此时可以采用强制记忆的方法，将"No"定义成"n"（当然也可以任意定义其他编码），即在"新词"文本框中填入"No"，在"外码"文本框中填入"n"，单击"添加"按钮，即完成强制记忆，操作方法如图 2-6 所示。

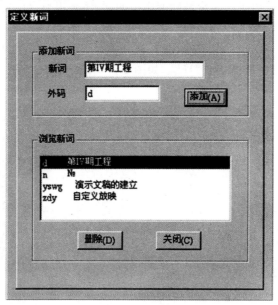

图 2-6　定义新词对话框

(5) 频度调整和记忆。所谓频度是指一个词的使用频繁程度。智能 ABC 输入法标准词库中同音词的排列顺序能反映它们的频度,但对于不同使用者来说,可能有较大的偏差。所以,智能 ABC 输入法设计了词频调整记忆功能。选定属性设置中的"词频调整"复选框后,如图 2-7 所示,词频调整就开始自动进行,不需要人为干预。主要调整是默认转换结果,因为系统把具有最高频度值的候选词条作为默认转换结果。

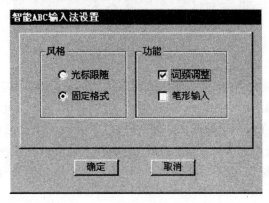

图 2-7　词频调整对话框

(6) 中文输入中改为英文输入。在"标准"或"双打"方式下拼音输入过程中,如果需要输入英文,可不须切换到英文方式,只需键入"v"作为标志符,后面跟随要输入的英文。例如,在输入过程中若欲输入英文"windows",则键入"vwindows",如图 2-8 所示,按空格键即可。

图 2-8　中文输入方式下的英文输入

(7) 以词定字输入功能。无论是标准库中的词,还是用户自己定义的词,都可用来定字。用以词定字的方法输入单字,可以减少重码。其操作方法是:用"["取第一个字、"]"取最后一个字。例如,键入"fudao",如图 2-9(a)所示,若按空格键,则得到"辅导";若先按"[",则得到"辅";再按"]",则得到"导"。如图 2-9(b)所示。

(a)　　　　　　　　　　　　　　　　　　　　　(b)

图 2-9　以词定字的词组输入

2. 智能 ABC 输入法

计算机中文输入是采用 GB 编码,一个汉字对应一个二进制数,作为"码"。输入中文主要是通过键入的字母来判别汉字,然后找出汉字的"码",计算机凭"码"从汉字库中读取汉字。

1) 属性设置和状态窗

对于第一次使用智能 ABC 输入法,要设置属性;在中文输入时,若发现无法输入,则注意"状态窗"的中英文、中文输入法的两种状态、半角全角两种状态、标点符号的切换等 5 个图标的变化。智能 ABC 输入法设置属性操作方法如下:①进入属性设置,将鼠标移到输入法的"状态窗",单击右键,打开快捷菜单,单击"属性设置",可选择固定格式和光标跟随;②风格设置,若设置固定格式,即状态窗、外码窗和候选窗的位置相对固定,不跟随插入符移动;若设置光标跟随,即外码窗和候选窗跟随插入符移动;风格设置选定后,单击"确定"即可;③功能设置,若设置词频调整功能,即复选时具有自动调整词频功能;若设置笔形输入功能,即复选时具有纯笔形输入功能;功能设置结束后,单击"确定"即可。

2) 选择智能 ABC 输入法

选择智能 ABC 输入法的步骤如下:①单击输入法图标,选择"智能 ABC 输入法"并单击,屏幕下边沿提示框出现"状态窗";②使用组合键(Ctrl+Shift)进行切换,输入法都是用 26 个字母代表相应拼音字母,以小写形式输入。

3) 智能 ABC 输入法的一般输入步骤。

(1) 字输入。在显示"外码窗"条件下,键入 Space 在外码窗显示汉字输入法,同时显示"候选框"列出同音词;若"外码窗"显示的不是要输入的字,可用"+、-"符号或"PageUp、PageDown"翻页,在"候选框"上查找,然后键入编码;若输入错误,则键入 Back space 删除,重新输入。

(2) 简拼输入。智能 ABC 输入法的简拼输入,是用输入汉字的声母来代表要输入的汉字,不要求懂拼音,但必须掌握以下表格的 21 个声母和"零"声母,见表 2-5。智能 ABC 输入法在词库中存入包括名词、动词、形容词等六万多条词组,供简拼输入查找。简拼输入有输入词汇(如一马当先、再接再励、醉翁之意不在酒、中国人民解放军)、选择词(例如,登记,输入 dj、输入空格键、选择编号 6;大姐,输入 dj、翻页两次、选择编号 3)、使用隔音(如 sh—上海、生活、社会、说话,ch—称呼、策划、场合,zh—中华、转换、指挥、灾害)和造词(如 laoxiaohaiwangzhan 老小孩网站)等。

表 2-5 21 个声母表

序号	类型	声母
1	塞音	b,p,d,t,g,k
2	鼻音	m,n
3	擦音	f,h,x,sh,s,r
4	边音	l
6	塞擦音	j,q,zh,ch,z,c

续表

序号	类型	声母
7	"零"声母	a—啊、an—按、ai—爱、ang—昂 e—额、er—而、yi—以、ya—压、ye—叶、yao—要、you—有、yan—烟、yin—因、ying—应、yang—样、yong—用、wu—五、wa—蛙、wo—我、wai—外、wei—为、wan—万、wen—文、wang—王、weng—翁

（3）声母加首笔笔画输入。声母加首笔笔画输入见表2-6。

表2-6　声母加首笔笔画代码表

代码	笔画	笔画名称	实例	注解
1	一	横	二、要、厂、政	
2	丨	竖	同、师、少、党	
3	丿	撇	但、箱、斤、月	
4	、	点	写、忙、定、间	
5	丁乛	折	对、队、刀、小	顺时针方向多折笔画
6	丿乚	弯	收、她、绿、以	逆时针方向多折笔画
7	十乂	叉	草、希、档、地	
8	口	方	国、跃、是、吃	

4）简便输入

简便输入即有在中文状态下，要插入少量英文，直接键入 v、再键入要输入的英文字母；要输入中文小写数字，直接键入 i、再键入数字；要输入中文大写数字键入 I，再键入数字；在中文状态中，要插入量词，先输入 I，再输入数字，然后按表2-7选择字母键入，最后再键入 Space。例如五万、六克、二〇〇四年、三克、壹仟六百七十八万元。

表2-7　量词字母键代码表

字母键	量词	字母键	量词	字母键	量词	字母键	量词
G	［个］	S	［十］［拾］	B	［百］［佰］	Q	［千］［仟］
W	［万］	E	［亿］	Z	［兆］	D	［第］
N	［年］	Y	［月］	R	［日］	T	［吨］
K	［克］	$	［元］	F	［分］	L	［里］
M	［米］	J	［斤］	O	［度］	P	［磅］
U	［微］	I	［毫］	A	［秒］	C	［厘］
X	［升］						

3. 智能 ABC 输入法使用技巧

1）选择最适合自己的输入方式

若自己的拼音不错，键盘又熟练，则采用标准变换方式，输入过程以全拼为主，其他方式为辅。若对拼音不熟，存在方言口音，则以简拼加笔形的方式为主，辅之以其他方法。

完全不懂拼音,只能按笔形输入。总之,在使用智能 ABC 输入法时,不要完全局限于某一种方式,应根据自己的特点选择最适合自己的一种输入方式,这才能充分发挥智能 ABC 输入的智能特色。

2）简拼与混拼相结合

简拼的规则是取各音节的第一个字母输入,对于包含"zh、ch、sh"(知、吃、诗)的音节,取前两个字母组成输入。混拼输入是两个音节以上的拼音码输入,有音节全拼和音节简拼。譬如词汇"战争",全拼码为"zhanzheng",简拼码为"zhzh 或 zhz、zzh、zz",混拼码为"zhanzh 或 zzheng"等。在简拼和混拼时,隔音符号","的作用进一步增强,例如"西宁"的混拼码应该为"xi'n",若写成"xin"则为"新"的拼音码。

3）笔形与音形相结合

在不会汉语拼音或不知道某字的读音时,可以使用笔形输入法。按照基本的笔划形状,将笔划分为 8 类,笔形笔划划分见表 2-6。

取码时按照笔顺,最多取 6 笔,在含有笔形"+(7)"和"□(8)"的结构,按笔形代码 7 或 8 取码,而不能将它们分割成简单笔形代码 1~6,例如汉字"簪"笔形描述为"314163","果"笔形描述为"87134"。笔形输入并不方便,在万不得已的情况下才单独使用。通常采用音形混合输入方法,可以减少重码率,提高输入的速度。

音形混合输入规则为:(拼音+[笔形描述])+(拼音+[笔形描述])+……+(拼音+[笔形描述])。其中,"拼音"可以是全拼、简拼或混拼,在多音节词输入时,"拼音"是不可少的一项;"[笔形描述]"项可有可无。几个音形混合输入应用见表 2-8。

表 2-8 几个音形混合输入应用举例

汉字	输入	笔形描述注释
的	d	简拼,不加笔形
对	d5	简拼,加 1 笔:折
刀	d53	简拼,加 2 笔:折、撇
藁	dao7	全拼,加 1 笔:叉
形式	xs	简拼,不加笔形

4）使用双打输入

智能 ABC 输入法为专业录入人员提供了一种快速的双打输入。在双打方式下输入一个汉字,只需要击键两次,奇次为声母,偶次为韵母。双打输入的声母和韵母的定义见表 2-9,2-10。从表中可以看出其使用规则并不复杂,只要记住各个键的含义就行了。

表 2-9 声母表

b	玻	p	坡	m	摸	f	佛	d	得
t	特	n	讷	l	勒	g	哥	k	科
h	喝	j	基	q	欺	x	希	zh	知
ch	蚩	sh	诗	r	日	z	资	c	雌
s	思								

表 2-10　韵母表

		i	衣	u	乌	ü	迂
a	啊	ia	呀	ua	蛙		
o	喔			uo	窝		
e	鹅	ie	耶			üe	约
ai	哀			wai	歪		
ei	欸			wei	威		
ao	熬	iao	腰				
ou	欧	iou	忧				
an	安	ian	烟	uan	弯	üan	冤
en	恩	in	因	uen	温	ün	晕
ang	昂	iang	央	uang	汪		
eng	享的韵母	ing	英	ueng	翁		
ong	轰的韵母	iong	雍				

使用双打能减少击键次数,提高输入速度,例如明枪暗箭、淘汰、重量等双打输入。

注意,在双打方式中,由于字母"v"替代声母"sh",所以不能用"v+区号"的方式来输入 1～9 区的字符,也不能使用"v+ASCII 码字串"输入。

5) 利用朦胧回忆功能

对于刚使用不久的词条,使用最简单的办法和依据不完整的信息进行回忆,这个过程称为朦胧回忆。朦胧回忆功能是通过按(Ctrl+-)组合键完成的。假设不久前输入过词汇:电子计算机、彩色电视机、全自动洗衣机,若想再次输入"彩色电视机",则先键入"彩"字的声母"C",再按(Ctrl+-)组合键,则得到曾输入的词汇,选择相应的条目即可。

6) 掌握按词输入的规律

建立比较明确的"词"的概念,尽量地按词、词组、短语输入。最常用的双音节词可以用简拼输入,一般常用词可采取混拼或者简拼加笔形描述。

注意,少量双音节词,特别是简拼为 zz,yy,ss,jj 等结构的词,需要在全拼基础上增加笔形描述。例如,输入"自主"时,若键入"zz",要翻好多页才能找到这个词,如果键入"ziz",则可直接在该条目中选择;若键入"zizhu",则直接敲空格键即可。

重码高的单字,特别是 yi,ji,qi,shi,zhi 等音节的单字,用全拼加笔形输入。例如,要输入"师",则键入"shi2",重码数量大大减少。另外,利用智能 ABC 输入的记忆功能,将某些常用组合词如短语、地名、人名等记忆下来,可大大提高输入速度。同时还应充分利用"以词定字"功能来输入单字。如果没有现成的恰当的词,可以自己定义一个。

7) 中文数量词简化输入

智能 ABC 输入法提供阿拉伯数字和中文大小写数字的转换能力,对一些常用量词也可简化输入,"i"为输入中文小写数字的前导字符,"I"为输入中文大写数字的前导字符。例如,若输入"i3",则键入"三";若输入"I3",则键入"叁"。

8）输入特殊符号

输入 GB-2312 字符集 1～9 区各种符号的简便输入方法为，在标准状态下，按"字母 v＋数字 1～9"，即可获得该区的符号。例如，要输入"‰"，则键入"v1"，再按若干次"＋"，则可找到该符号。

9）用户词库的备份

若欲备份自己所定义的词库，在 Windows 安装在目录 C:\Windows 下，智能 ABC 的用户词库存放在目录"C:\Windows\System\"下，文件名为 tmmr. rem 和 user. rem。若要重新安装 Windows，则先备份这两个文件，安装完毕后，再将这两个文件复制到目录"Windows\System\"下，覆盖系统默认同名用户词库文件，即可保证在重新安装系统后，仍可使用原有用户自定义的词汇。

10）输入不会读的字

用智能 ABC 输入法输入不知道读音的汉字，可采取前面讲述的笔形输入法来输入，基本条件是记住笔形输入法中 8 个笔形代码的含义和规则。

2.2.2　紫光拼音输入法

紫光拼音输入法的前身是考拉拼音输入法。紫光拼音输入法是一种完全面向用户的，建立于汉语拼音基础之上的中文字、词及短语输入法。它提供全拼和双拼功能，繁体中文输入，可以使用拼音的不完整输入（简拼）。双拼输入时可以实时提示双拼编码信息，无需记忆。大容量精选词库，收录 8 万多条常用词、短语、地名、人名以及数字，优先显示常用字词。紫光拼音输入法可以搜寻相关的字和词，组成所需的词或短语。词和短语输入包括自动造词、动态调整词频、自动隐藏低频词。

1. 安装及界面介绍

紫光拼音输入法的安装过程十分简单，只要按照提示一步一步地进行下去就可以了。安装过后需要重新启动计算机，使输入法生效。重新进入 Windows 后，单击右下角任务栏中的图标。选择紫光拼音输入法版本，若选择"紫光拼音输入法 2.0 版"，此时屏幕上会弹出状态栏，表示系统已进入紫光拼音输入法状态。在状态栏中设置输入法的属性，即右键单击按钮，在弹出的菜单中选择"设置属性"，弹出输入法设置对话框，如图 2-10 所示。

在"设置"对话框中第一项是对"输入"设置，可设置显示汉字"输入风格"的方式，设置"全拼/双拼"输入形式，设置"中/英文输入模式切换"切换热键，设置"词库"词的频率和优先级。第二项是"模糊音"设置，是针对南方人发音而设计的，可以根据自己的口音来设计拼音习惯。第三项是设置输入法的"高级"属性，包括是否支持大字符集，是否支持智能组词，调整字序，甚至还可以设置输入栏的外观。第四项是关于紫光拼音输入法的说明。

2. 状态栏介绍

状态栏窗口用于显示和设置输入法状态。用鼠标左键点按相应的按钮来修改输入法状态设置。状态栏窗口中各种状态说明见表 2-11。

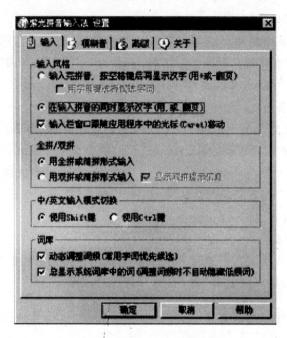

图 2-10　"紫光拼音输入法 设置"对话框

表 2-11　状态栏窗口功能说明

序　号	状　　态	使用说明
1	标题区	用鼠标在此区域按下可以拖动标题条
2	中文输入状态,英文输入状态	两者之间用"Shift"切换
3	中文标点输入状态,英文标点输入状态	两者之间用"Ctrl+."切换
4	半角输入状态,全角输入状态	两者之间用"Shift+空格"切换

3. 输入风格

(1)空格显示字词。使用这种输入风格时,需要先输入拼音,此时由拼音输入栏窗口,编辑输入拼音,按空格键,打开候选字词窗口,进行字词选择输入。例如,输入北京金洪恩则拼音输入:按空格键打开并选择输入字词,如图 2-11 所示。这种用字母键选择候选字词输入风格,对于习惯键入字母的用户来说,使用字母键选择方式加快输入速度。

(2)输入同时显示。输入拼音的同时,在输入栏中直接显示候选字词,选择数字键输入。采用这种输入风格,必须先设置光标跟随选项;否则,输入栏窗口将总处于显示状态。

图 2-11　选择输入字词窗口

4. 常用的输入技巧

(1)全拼方式输入。全拼方式输入是指在输入拼音时,键入字词的全部拼音。全拼输入时,若输入词,部分字词需要手工进行音节切分。紫光拼音输入法支持不完整的拼音(简拼)输入,即在输入中可以省略字词的韵母部分。例如,输入"中国"时,可以省略"中"和"国"的韵母,输入拼音"zh'g",再直接按空格键,则得到"中国"。

(2)音节切分。全拼输入时,两个或多个字的拼音之间需要切分每个字的音节,每个字音节之间使用英文单引号格开。紫光拼音输入法会自动切分各个字的音节,并在大部分情况下是正确的。对于有多重含义而又无法切分的音节,需要用手工切分,此时需要键入英文单引号来切分音节。例如,需要输入"西安"时,键入"xi'an"。其中,单引号需要输入;否则,输入法将理解为可能要输入"现"。

(3)造词。在连续输入多个字的拼音时,输入法将提示词和字的信息。如果没有对应的词,可逐个选择字(或词),输入法将根据选择自动造词;且在下一次输入时,输入法能找到该词。在选择字词过程中,可使用退格键退回一个选择。此外,紫光拼音输入法具有智能组词功能,若选用了该项设置,输入法可以帮助组合一个词库中没有找到的词,若不是所需要的,可以再逐个选择。

(4)删词。紫光拼音输入法提供了词删除功能,具体操作是键入拼音并出现候选词时,使用"Ctrl+Shift+数字键(或字母键)"组合键,则删除数字键(或字母键)所对应的词,删除该词后,随后的词和字会自动上移一个位置。

(5)软键盘的使用。在紫光拼音输入法中,软键盘用于输入各种符号。按照符号的不同意义,输入法共设有 13 类软键盘符号。使用输入法系统菜单中的"软键盘"一项选择需要的符号类别软键盘,使用输入法控制窗口中的软键盘按钮打开、关闭当前软键盘。例如,选择"特殊符号",其操作窗口如图 2-12 所示。此时可以用鼠标点击相应的键就可以显示出您想要的特殊字符了。在打开输入法并处于英文输入模式时,使用软键盘只能输入对应的英文字母。

(6)模糊音。紫光拼音输入法提供了声母和韵母共计 11 组拼音的模糊能力。对某一组拼音的模糊是指输入法不分该组拼音中互相模糊的两个拼音。例如,模糊"z=zh"后,拼音串"zong"和"zhong"都可以用来输入"中"。使用模糊音可以提高输入的方便,但重码较多。在使用时,右键单击图标在"设置属性"中选择"模糊音"一栏,操作窗口如图 2-13 所示。

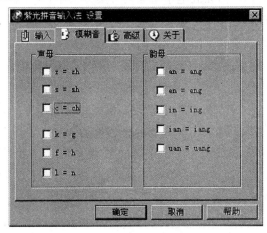

图 2-12　操作窗口　　　　　　　　　　图 2-13　模糊音设置操作窗口

2.3　五笔字型输入法

五笔字型输入法是著名汉字信息处理专家王永民教授在五笔画基础上进一步完善的一种更高效率的汉字输入方法,与其他音形类或纯音类输入法的一个不同点是,它完全根据汉字的字形结构进行编码,编码与一个汉字的读音没有任何关系。掌握了五笔字型输入法,即使碰到不会念的汉字,只要知道它怎样写,通过把字分成几部分,就可以将其输入计算机内。五笔字型输入法自问世以来,广泛地应用于各种机型及各种汉字操作系统上,成为当前中小型计算机中不可缺少的汉字输入方法之一。另外,五笔字型输入法的出现,打破了汉字难以用于计算机处理的观念,对发展汉字处理信息的计算机输入产生了积极的影响。

2.3.1　五笔字型输入法的特点

五笔字型是一种纯字形的编码方案,它分析汉字的结构特点,将所有汉字分解为由130多个基本字形组成,并将这130多个基本字形作为汉字构成的基本单元或基本字根,分布在 A～X 等25个字母键上,再将汉字按一定的规则分成若干个基本字根,最后根据这些基本字根按键组成编码。

五笔字型的汉字码长为4,即用4个字母代表一个汉字,这4个字母的有序排列就是这个汉字的五笔字型编码。在编码过程中,为了提高录入效率,将码长为一、二、三的汉字编码,规定为五笔编码中的一、二、三级简码。

目前使用的五笔字型有86版和98版两种,98版是在86版基础上改进版,字根的排列同86版有一些区别,布局更加合理,但编码方法是一致的。五笔字型汉字输入应遵循汉字结构和书写规则,具有如下特点。

(1)汉字的笔画。从汉字书写形态来看,汉字的笔划有点、横、竖、撇、捺、挑(提)、钩、(左右)折8种,在五笔字型编码方案方法中,汉字的笔划归结为横、竖、撇、捺、折5种,将运笔方向基本一致进行归类,即将"点"归结为"捺","挑"归结为"横"类,"左钩"归结为"竖",其他带转折的笔划都归结为"折"类。

(2)汉字的书写顺序。在书写汉字时,仍遵照先左后右、先上后下、先横后竖、先撇后捺、先内后外、先中间后两边、先进门后关门等规则。

(3)汉字的基本组成单元。汉字都是由笔划或部首组成,将一个汉字拆分成最简单的基本单元,这个基本单元在五笔字型中称为字根。在五笔字型输入编码中,选取了大约130个基本单元作为汉字组字的基本字根。例如,"明"由"日"和"月"组成,"吕"由两个"口"组成。在这些字根中,本身就是一个完整的汉字,譬如日月人火手等,在五笔字型中将这些字根叫做"成字字根"。

(4)汉字的部位结构。基本字根按一定的方式组合成汉字,在组字时这些字根之间的位置关系称为汉字的部位结构。

2.3.2　汉字结构及五笔字型的编码

1. 汉字结构

五笔字型输入法是完全根据汉字的字形结构进行编码输入的,汉字常见结构有单体结构、左右结构、上下结构和内外结构 4 种。

(1) 单体结构。由基本字根独立组成的汉字,如目、一、手、山等。

(2) 左右结构。左右结构字由左右两部分或左中右三部分构成,在左右结构汉字中,包括下面几种情况:①由两个字根组成的汉字,即双合字中,两个字根分列左右,整个汉字中有着明显的界线,并且字根之间有一定的距离,如汉、明、林、极、休等;②在三合字中,组成整个汉字的三个字根从左到右排列,或者单独占据一边的一个字根与另外两个字根呈左右排列,如辩、掰等;③在四合字或多合字中,组成整个汉字的若干字根很明显地分成左右两部分,无论左右那一边字根数多,都将这种汉字定为左右类结构的汉字,如械、讹、键等。

(3) 上下结构。上下结构字由上下两部分或自上往下几部分构成,在上下结构汉字中,包括下面几种情况:①在双合字中,两个字根的位置是上下层关系,这两个字根之间有着明显的界线,且有一定的距离,如节、个、字、另、昌、且等;②在三合字中,三个字根分成两个部分,其中一个部分的字根数要多一些,但两个部分仍然是上下层位置关系,如意、花、怒、想、莒等;③在四合字或多合字中,组成的字根能明显地分成上下两部分,无论是上半部分字根数多一些,或是下半部分字根数多一些,这些汉字均属于上下结构汉字,如赢、离、聚、感、姜、巍等。

(4) 内外结构(杂合型)。内外结构汉字包括单体、内体和包围三种类型,是指组成整个字的各个字根之间没有简单明确的左右或上下结构关系的汉字,字根之间都是内外或包围的关系。在五笔字型内外结构的划分中,遵循下面约定:①凡单笔画与字根相连者,或带点结构,或闭合结构和半闭合结构都视为内外结构,如因、周、半、太、巨、匠、国、连、原、问等;②按"能散不连"的原则区分汉字结构,如矢、卡、严等都视为上下型;③含两字根且相交者属于内外结构,如乐、串、电、本、无、农等;④下含"走之"的字视为内外结构,如进、过、遂等;⑤以下各字视为内外结构,如司、床、厅、龙、尼、式、后、处等,但右、左、有、布、灰等视为上下结构。

2. 五笔字型的编码方案

根据汉字结构和书写规则,五笔字型的编码应与计算机键盘设计相一致。由于五笔字型汉字编码方案中只有 130 多个基本汉字单元,即 130 多个基本字根,但计算机键盘没有这么多,且有很大一部分是功能或数字键,真正的字母键有 26 个,所以必须将 130 多个字根精心安排在键盘上。五笔字型的编码方案在键盘上遵循的原则如下。

1) 键盘的分区管理

汉字在五笔字型编码方案中,只使用了 26 个英文字母键中的 25 个字母键作为基本单元编码,字母 z 键用作学习键。首先将键盘上所使用的 25 个字母键分为 5 个区,再按五笔对汉字笔划(即横、竖、撇、捺、折)的进行分类,根据字根第一笔的类型,将 130 多个基本字根分成 5 个基本部分,对应地分配到每一个区的各个键上。25 个字母键具体划分的

5 个区为第一区 GFDSA，第二区 HJKLM，第三区 TREWQ，第四区 YUIOP，第五区 NBVCX。

2）基本字根在键盘上的分布

在五笔字型编码方案中，将键盘上的 25 个字母键分成 5 个区，每个区再细分为位，构成一区 5 个位，与一区 5 个字母键相匹配，然后将 130 多个基本字根，按起笔分布在 5 个区 25 个位（即 25 个键）上，每个键位平均有 5～6 个基本字根。在同一个键位上的几个基本字根中，选择一个具有代表性的字根，称为键名字根。五笔编码键盘中各个键位左上角的字根定义为键名字根，各字母键与键名字根的对应表见表 2-12。

表 2-12　各字母键与键名字根、位号、区位号的对应表

区序	区号	首笔	字母键	键名字根	位号	区位号
第一区	1	横	GFDSA	王土大木工	1,2,3,4,5	11,12,13,14,15
第二区	2	竖	HJKLM	目日口田山	1,2,3,4,5	21,22,23,24,25
第三区	3	撇	TREWQ	禾白月人金	1,2,3,4,5	31,32,33,34,35
第四区	4	捺	YUIOP	言立水火之	1,2,3,4,5	41,42,43,44,45
第五区	5	折	NBVCX	已子女又纟	1,2,3,4,5	51,52,53,54,55

另外，每一个区的第一个字母键，又作为基本笔划的字母代码，即 G 代表横，H 代表竖，T 代表撇，Y 代表捺，N 代表折，这些字母代码主要用于构成识别码。基本字根在键盘上分布的五笔字型字根图如图 2-14 所示。五笔字型相应的基本字根在键盘上位置的助记忆词见表 2-13。

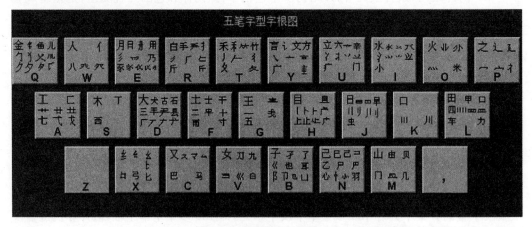

图 2-14　五笔字型的基本字根在键盘上分布示意图

表 2-13　五笔字型 86 版和 98 版字根助记词

区号	区位号	字母键	五笔字型 86 版字根助记词	五笔字型 98 版字根助记词
1	11	G	王旁青头戋（兼）五一	王旁青头五夫一
1	12	F	土士二干十寸雨	土干十寸未甘雨
1	13	D	大犬三羊古石厂	大犬戊其古石厂

区号	区位号	字母键	五笔字型 86 版字根助记词	五笔字型 98 版字根助记词
1	14	S	木丁西	木丁西甫一四里
1	15	A	工戈草头右框七	工戈草头右框七
2	21	H	目具上止卜虎皮	目上卜止虎头具
2	22	J	日早两竖与虫依	日早两竖与虫依
2	23	K	口与川,字根稀	口中两川三个竖
2	24	L	田甲方框四车力	田甲方框四车里
2	25	M	山由贝,下框几	山由贝骨下框集
3	31	T	禾竹一撇双人立,反文条头共三一	禾竹反文双人立
3	32	R	白手看头三二斤	白斤气丘叉手提
3	33	E	月彡(衫)乃用家衣底	月用力豸毛衣白
3	34	W	人和八,三四里	人八登头单人几
3	35	Q	金勺缺点无尾鱼,犬旁留叉儿一点夕,氏无七	金夕鸟儿犭边鱼
4	41	Y	言文方广在四一,高头一捺谁人去	言文方点谁人去
4	42	U	立辛两点六门疒	立辛六羊病门里
4	43	I	水旁兴头小倒立	水族三点鳖头小
4	44	O	火业头,四点米	火业广鹿四点米
4	45	P	之宝盖,摘礻(示)(衣)	之字宝盖补礻衤
5	51	N	已半已满不出己,左框折尸心和羽	已类左框心尸羽
5	52	B	子耳了也框向上	子耳了也乃框皮
5	53	V	女刀九臼山朝西	女刀九艮山西倒
5	54	C	又巴马,丢矢矣	又巴牛厶马失蹄
5	55	X	慈母无心弓和匕幼无力	幺母贯头弓和匕

3) 键盘上字根的特征助记

在五笔字型编码方案中,字根在键盘上的分布是有规律的,大部分都分布在音、形、义相近的区域,概括起来,有下面一些分布特征。

(1) 除字根的第一个基本笔划的代号与这个字根所在键盘"区号"保持一致外,相当一部分字根的第二笔代号与该字根所在键的"位号"相一致。例如,"王与戋"它们的第一笔为横,代号 1 与所在区号一致,第二笔也是横,代号仍为 1,与其所在键的位号一致,因此这些字根的区位号为 11,字母键盘为 G。又如,"文、方、广",它们的首笔是捺,代号为 4,次笔是横,代号为 1,它们的区位号为 41,字母键盘为 Y。

(2) 与键名字根形态相似或相近。例如,"王"字键上,有"五、戋"等字根,"日"字键上有"虫、早"等字根。

(3) 键的区位号还表示组成字根的单笔划的种类和数目,即位号与各键位上的复合散笔字根的笔划数目保持一致。例如,"点"的代号为 4,则 41 代表一个点"、",42 代表两点水"冫",43 代表三点水,44 代表四点脚等。依次类推,一个横"一"一定在 11 区,"二"一定在 12 键上,三个横"三"一定在 13 键上。

掌握以上字根在键盘上的分布特征,整个字根的键位表就较容易熟悉,对于那些与键面上主要字根属于同种类型的次要字根,一是稍微熟悉和联想,二是用练习软件加强记忆。要记住字根,还要熟记口诀,即字根助记词,要通过做拆字练习,拆的字多了,就牢固地记住各个字根所在键位。

3. 五笔字型的编码

在了解五笔字型的编码方案后,五笔字型的编码应满足如下原则。

1) 键名汉字的编码规则

五笔字型编码规定的键名汉字共有 25 个,即"王土大木工,目日口田山,禾白月人金,言立水火之,已子女又纟",25 个键名汉字与 25 个字母键相应,见表 2-13。这些键名汉字的编码相当简单,它们的编码就是 4 个所在字母键字母,在输入键名汉字时,只要连续击四次该字所在的字母键即可。例如,"言"字的编码为"YYYY","纟"字的编码为"XXXX"等。

2) 成字字根的编码规则

在五笔字型字根键盘的每个字母键上,除一个键名字根外,还有一些其他类型的基本字根,有些字根其本身就是一个汉字,这个字根称为成字字根。成字字根的编码规则是,键名码+首笔码+次笔码+末笔码。

当成字字根仅为两笔时,编码只有三码,编码规则是,键名码+首笔码+末笔码。

例如,"石"的字根所在的键为 D,第一笔"横"的编码是 G,第二笔为"撇"的编码是 T,末笔"横"的编码也是 G 键,所以"石"的五笔编码是 DGTG;"虫"的字根所在的键是 J,第一笔"竖"的编码是 H,第二笔"折"的编码是 N,最末一笔"捺"的编码是 Y,所以"虫"的五笔编码是 JHNY。

3) 键外字的编码规则

在国标 GB 2312-80 中,上述键名和成字字根这样的键面字总共有 100 多个,绝大部分汉字都不是成字字根。因此五笔字型汉字编码主要是键外字的编码,它分为纯字根码和识别码两类。如果一个汉字的字根是 4 个及其以上,就用"前三后一"共 4 个字根码组成该汉字的编码。不足 4 个字根的汉字补充一个字型结构识别码,以增加汉字的识别能力,减少重码,提高汉字输入速度。识别码是用该汉字最后一个笔画和字型结构共同确定的,具体规则见表 2-14。

表 2-14 识别码使用规则

汉字末笔走向	左右结构	上下结构	杂合结构
末笔是"横"	G	F	D
末笔是"竖"	H	J	K
末笔是"撇"	T	R	E
末笔是"捺"	Y	U	I
末笔是"折"	N	B	V

从上表可以看出,识别码的确定分为两个步骤:①根据汉字的最后一笔确定在哪个一区;②再根据汉字的字型结构确定在哪一位,然后得到具体识码。例如,"音"字的最末笔是横,在一区,是上下结构,即识别码是 F。若加识别码后仍不足四码时,击空格键结束。

2.3.3　五笔字型输入方法

熟悉每个汉字的编码,掌握汉字的编码规则,是五笔字型输入的基础,是五笔字型输入的汉字拆分原则,是五笔字型输入的基本方法。五笔字型编码的汉字拆分有以下原则。

1)单字根汉字

单字根汉字就是大家所说的成字字根,这类汉字只有一个基本字根,不用再拆,有单独规定。单字根汉字的五笔字型编码规则歌诀:

> 五笔字型均直观,依照笔顺把码编;
>
> 键名汉字打四下,基本字根请照搬;
>
> 一二三末取四码,顺序拆分大优先;
>
> 不足四码要注意,交叉识别补后边。

从歌诀可以看出五笔字型编码规则的大致面貌,同时口诀也概括了五笔字型拆字取码的五项原则:①从形取其顺序按书写规则,即从左到右、从上到下、从外到内;②以 130多个字根为基本单位;③对于字根数超过 4 个的汉字,按一二三末字根的顺序,最多只取4 码;④单体结构拆分取大优先;⑤末笔与字型交叉识别。

2)散结构汉字

散结构汉字各组成字根之间没有什么关联,各部分字根相对独立,所以拆分时,只需要简单地将这些字根孤立出来就行。例如,"只"的字根是"口"和"八"组成,"数"字的字根是"米"、"女"和"文"组成。

3)交叉结构或交连混合结构的汉字

这类汉字是由单笔划与基本字根相连组成,则这数汉字直接拆份成单笔划和基本字根即可。例如,"上"可拆分为"卜"和"一","太"可拆分为"大"和"、"。

4)复杂结构的汉字

除上述三种简单结构拆字外,更多的汉字是比较复杂的结构,组成这些汉字的各字根之间存在包含或嵌套的关系,没有明显的界限,对于初学者来说,难以拆分。对于这类汉字,拆分时要按以下原则进行,即"取大优先、兼顾直观、能连不交、能散不连"。

(1)书写顺序原则。拆分"合体字"时,一定要按照正确的书写顺序进行。例如,"新"只能拆成"立、木、斤",不能拆成"立、斤、木";"中"只能拆成"口、丨",不能拆成"丨、口";"夷"只能拆成"一、弓、人",不能拆成"大、弓"等。

(2)取大优先原则(也称优先取大)。按书写顺序拆分汉字时,应以"再添一个笔画便不能成其为字根"为限,每次都拆取一个"尽可能大"的字根,即尽可能笔划多的字根。例如,"世"字只能拆成"廿、乙",不能拆成"一、凵、乙"。

(3)兼顾直观原则。在拆分汉字时,为了照顾汉字字根的完整性,有时也要牺牲"书写顺序"和"取大优先"的原则,形成个别特殊情况。例如,"国"按"书写顺序"只能拆成"冂、王、、一",但这样便破坏了汉字构造的直观性,故只好拆成"口、王、、";"自"按"取大优先"只能拆成"丿、乙、三",这样有悖于"一个手指指着鼻子"的字源,只能拆成"丿、目",这就叫做"兼顾直观"。

(4) 能连不交原则。当一个字既可拆成相连的几个部分,也可拆成相交的几个部分时,"相连"的拆法是正确的,"连"比"交"更为"直观"。例如,"于"按相连应拆成"一、十",按相交应拆成"二、丨";"丑"按相连应拆成"乙、土",按相交应拆成"刀、二"。

(5) 能散不连原则。笔画和字根之间,字根与字根之间的关系,可以分为"散"、"连"和"交"的三种关系。当几个字根都"交"、"连"在一起时,肯定是"杂合型",如"夷"、"丙"等。"倡"是三个字根之间"散"的关系,"自"是"丿、目"二个字根之间"连"的关系;当遇到既能"散",又能"连"时,只要不是单笔画,一律按"能散不连"判定,如"占"和"严"是"上下结构"。

2.3.4　输入技巧

五笔字型汉字输入是一个理论性和技术性很强的课题,目前五笔字型输入法在国内外得到广泛的应用,是公认的一种较好的汉字编码输入方法。为了提高五笔字型输入速度、工作效率,在五笔字型输入时常用到下面输入技巧。

1. 使用简码

为了提高输入速度,五笔字型编码方案还设计有简码输入,它将常用汉字只取其前边的一个、两个或三个字根构成,省去部分汉字的"识别码"的判别,给击键带来了很大方便。简码汉字共分 3 级。

(1) 一级简码。在五笔字型中,根据每个字母键上的字根形态特征,每键安排一个最常用的高频汉字,共 25 个,它们的编码只有一位,输入时只要击键一次再加一次空格键即可。这些高频字及其编码见表 2-15。这些高频字实际情况的键位记忆可以与键名联想起来进行。

表 2-15　高频字及其编码表

区域	字母键	高频汉字
一区	G,F,D,S,A	一、地、在、要、工
二区	H,J,K,L,M	上、是、中、国、同
三区	T,R,E,W,Q	和、的、有、人、我
四区	Y,U,I,O,P	主、产、不、为、这
五区	N,B,V,C,X	民、了、发、以、经

(2) 二级简码。二级简码是指编码取单字全码的前两个字根代码。25 个键位代码,其两码组合共计有 625(25×25)个二级简码,即用两位码给 625 个汉字编码。五笔字型选取使用频率较高的 600 多个汉字与之对应,其编码为二级简码。

(3) 三级简码。三级简码由一个汉字的前三个字根代码组成。只要一个汉字的前三个字根码在整个编码体系中是唯一的,一般都作为三级简码,三个字根可以组成的编码数是:15 625(25×25×25)个。在国际基本集的 5763 个汉字中,三级简码汉字实际上有

4400 多个。要输入这些汉字，只要依次键入三个字根代码，再加上空格键即可。这样看上去击键次数并没有减少，仍为四键，但是由于省略了前三个字根之后的字根判定或者交叉识别代码的判定，则达到提高编码速度和提高输入速度的目的。

在五笔字型编码方案中，具有简码的汉字总数达 5000 多个，占国际基本集的 5763 个的绝大多数。因此，简码不仅使编码输入变得简明直观，而且极大地提高输入效率。当然，由于简码都是四码简略而得，所以有的汉字会同时出现几种简码，如"经"字，即可用一级简码、二级简码输入，又可用三级简码输入，还可以用四位编码输入。所以，操作者最好能够背熟一些简码汉字，对于有几种简码的汉字，尽量减少击键次数为好，提高输入速度。

2. 重码与容错码

若一个编码对应几个汉字，则这几个字称为重码字；若几个编码对应一个汉字，则这几个编码称为汉字的容错码。在五笔字型中，当输入重码时，重码字显示在提示行中，较常用的字排在第一个位置上，并用数字指出重码字的序号，若要输入汉字是第一个字，击空格键选取即可，然后继续输入下一个字，该字自动跳到当前光标位置；若是其他的重码字，则需要用数字键加以选择。例如，"嘉"字和"喜"字，其编码都是 FKUK，但是"喜"字较为常用，排在第一位，"嘉"字排在第二位，若需要输入"嘉"字，则要用数字键 2 来选择。

在汉字中有些字的书写顺序往往因人而异，为了能适应这种情况，允许一个字有多种输入码，这些字就称为容错字。在五笔字型编码输入方案中，容错字有 500 多个。

3. 词组编码规则

实践证实，词汇编码输入可以有效降低重码率，并显著缩短码长，极大地提高速度和效率。在五笔字型输入方法中增强了词汇输入的功能，给出开放式结构，有利于操作员根据自己专业需要自行组织词库。可以说，词汇输入五笔字型最有效的输入方法。词语编码输入方法有以下几种。

（1）二字词的编码输入。二字词在汉语词汇中占有相当大的比重，二字词的编码由两个所输入汉字的前两个字根码组成，即每个汉字按书写顺序的前两个字根进行编码。例如，"机器"取"木、几、口、口"字根，编码为"SMKK"；"计算"取"言、十、竹、目"字根，编码为"YFTH"；"数量"取"米、女、日、一"字根，编码为"OVJG"。

（2）三字词的编码。三字词的编码与二字词的编码类似，只不过它的编码是由前两个汉字的第一个字根码和后一个汉字的前两个字根码构成。例如，"计算机"取"言、竹、木、几"字根，编码为"YTSM"；"工艺品"取"工、艹、口、口"字根，编码为"AAKK"。

（3）四字词的编码。四字词的编码是由每个汉字的前一字根码组成，共四码，例如，"巧夺天工"取"工、大、一、工"字根，编码为"ADGA"；"原原本本"取"厂、厂、大、大"字根，编码为"DDSS"。

（4）多字词的编码。多字词是指构成词的单个汉字数超 4 个，多个词的编码按"一、二、三、末"的规则，即分别取第一、第二、第三及最末一个汉字的第一个字根码来构成的编码。如"中华人民共和国"取"口、亻、人、国"字根，编码为"KWWL"。

习　题　2

1. 键盘的主要作用是什么？整个键盘按其功能不同,可划为哪几个区域。
2. 打字姿势正确要求有哪些？
3. 智能 ABC 拼音输入法具有哪些基本特点？
4. 在五笔字型输入法中,汉字字型常见结构有哪几种？

项目 3 中文版 Windows XP 系统的使用

    Microsoft 公司于 2001 年推出了中文版 Windows XP 操作系统。根据用户对象的不同，中文版 Windows XP 可以分为家庭版的 Windows XP Home Edition 和专业版的 Windows XP Professional。

    Windows XP 采用的是 Windows NT 的核心技术，它具有运行可靠、稳定而且速度快的特点，这将为用户的计算机安全、正常、高效运行提供保障。它不但使用更加成熟的技术，而且外观设计也焕然一新，桌面风格清新明快、优雅大方，用鲜艳的色彩取代以往版本的灰色基调，使用户有良好的视觉享受。Windows XP 系统大大增强了多媒体性能，对其中的媒体播放器进行了彻底的改造，使之与系统完全融为一体，用户无需安装其他的多媒体播放软件，使用系统的"娱乐"功能，就可以播放和管理各种格式的音频和视频文件。在中文版 Windows XP 系统中增加了众多的新技术和新功能，使用户能轻松地在其环境下完成各种管理和操作。Windows 使更多人能够更方便地使用电脑。从这点来看，它对 PC 时代的贡献简直是无与伦比的。

3.1 Windows XP 的基本操作

3.1.1 Windows XP 启动、注销及退出

    当用户按下计算机开关启动计算机，就表明开始 Windows XP 启动，直到进入桌面才算完成启动，如图 3-1 所示。

图 3-1 Windows XP 桌面

　　为了便于不同的用户快速登录计算机，中文版 Windows XP 提供了注销的功能，应用注销功能，使用户不必重新启动计算机就可以实现多用户登录，这样既快捷方便，又减少了对硬件的损耗。

　　中文版 Windows XP 的注销，可执行下列操作：①当用户需要注销时，在"开始"菜单中单击"注销"按钮 ，这时桌面上会出现一个对话框，询问用户是否确认要注销，用户单击"注销"按钮，系统将实行注销，单击"取消"按钮，则取消此次操作，如图 3-2 所示；②用户单击"注销"按钮后，桌面上出现另一个对话框，"切换用户"指在不关闭当前登录用户的情况下而切换到另一个用户，用户可以不关闭正在运行的程序，而当再次返回时系统会保留原来的状态。而"注销"将保存设置关闭当前登录用户，如图 3-3 所示。

图 3-2　"注销 Windows"对话框之一

图 3-3　"注销 Windows"对话框之二

　　当用户不再使用计算机时，可单击"开始"按钮，在"开始"菜单中选择"关闭计算机"命令按钮 ，这时系统会弹出一个"关闭计算机"对话框，用户可在此做出选择，如图 3-4 所示。

图 3-4　"关闭计算机"对话框

　　当用户选择"待机"选项后，系统将保持当前的运行，计算机将转入低功耗状态，当用户再次使用计算机时，在桌面上移动鼠标即可以恢复原来的状态，此项通常在用户暂时不使用计算机，而又不希望其他人在自己的计算机上任意操作时使用。

　　选择"关闭"选项后，系统将停止运行，保存设置退出，并且会自动关闭电源。用户不再使用计算机时选择该项可以安全关机。选择"重新启动"选项将关闭并重新启动计算机。

　　另外，用户也可以在关机前关闭所有的程序，然后使用 Alt＋F4 组合键快速调出"关闭计算机"对话框进行关机。

3.1.2 图标及其操作

"图标"是指在桌面上排列的小图像,它包含图形、说明文字两部分,如果用户把鼠标放在图标上停留片刻,桌面上会出现对图标所表示内容的说明或者是文件存放的路径,双击图标就可以打开相应的内容。

3.1.3 窗口及对话框的操作

当用户打开一个文件或者是应用程序时,都会出现一个窗口,窗口是用户进行操作时的重要组成部分,熟练地对窗口进行操作,会提高用户的工作效率。

1. 窗口的组成

在中文版 Windows XP 中有许多种窗口,其中大部分都包括了相同的组件,如图 3-5 所示是一个标准的窗口,它由标题栏、菜单栏、工具栏等几部分组成。

图 3-5　示例窗口

(1)标题栏。位于窗口的最上部,它标明了当前窗口的名称,左侧有控制菜单按钮,右侧有最小化、最大化或还原以及关闭按钮。

(2)菜单栏。在标题栏的下面,它提供了用户在操作过程中要用到的各种访问途径。

(3)工具栏。在其中包括了一些常用的功能按钮,用户在使用时可以直接从上面选择各种工具。

(4)状态栏。它在窗口的最下方,标明了当前有关操作对象的一些基本情况。

(5)工作区域。它在窗口中所占的比例最大,显示了应用程序界面或文件中的全部内容。

(6)滚动条。当工作区域的内容太多而不能全部显示时,窗口将自动出现滚动条,用户可以通过拖动水平或者垂直的滚动条来查看所有的内容。

（7）键按区域。在中文版 Windows XP 系统中,有的窗口左侧新增加了链接区域,这是以往版本的 Windows 所不具有的,它以超链接的形式为用户提供了各种操作的便利途径。一般情况下,链接区域包括几种选项,用户可以通过单击选项名称的方式来隐藏或显示其具体内容。

（8）"任务"选项。为用户提供常用的操作命令,其名称和内容随打开窗口的内容而变化,当选定一个对象后,在该选项下会出现可能用到的各种操作命令,可以在此直接进行操作,而不必在菜单栏或工具栏中进行,这样会提高工作效率,其类型有"文件和文件夹任务"、"系统任务"等。

（9）"其他位置"选项。以链接的形式为用户提供了计算机上其他的位置,在需要使用时,可以快速转到有用的位置,打开所需要的其他文件,如"我的电脑"、"我的文档"等。

（10）"详细信息"选项。在这个选项中显示了所选对象的大小、类型和其他信息。

2. 窗口的操作

窗口操作在 Windows 系统中是很重要的,不但可以通过鼠标使用窗口上的各种命令来操作,而且可以通过键盘来使用快捷键操作。基本的操作包括打开、缩放、移动等。

1）打开窗口

当需要打开一个窗口时,可以通过下面两种方式来实现:①双击要打开的窗口图标;②右击要打开的窗口图标,在弹出的快捷菜单中选择"打开"命令,如图 3-6 所示。

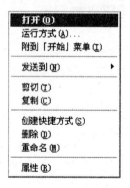

图 3-6　快捷菜单

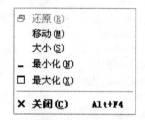

图 3-7　快捷菜单

2）移动窗口

用户在打开一个窗口后,不但可以通过鼠标来移动窗口,而且可以通过鼠标和键盘的配合来完成。移动窗口时用户只需要在标题栏上按下鼠标左键拖动,移动到合适的位置后再松开,即可完成移动的操作。

用户如果需要精确地移动窗口,可以右击标题栏,在弹出的快捷菜单中选择"移动"命令,如图 3-7 所示。当屏幕上出现"✛"标志时,再通过按键盘上的方向键来移动,到合适的位置后用鼠标单击或者按回车键确认。

3）缩放窗口

窗口不但可以移动到桌面上的任何位置,而且还可以随意改变大小将其调整到合适的尺寸。

（1）当用户只需要改变窗口的宽度时，可将鼠标指针放在窗口的垂直边框上，当其变成双向的箭头时，可以任意拖动。如果只需要改变窗口的高度时，可以将鼠标指针放在水平边框上，当其变成双向箭头时进行拖动。当需要对窗口进行等比缩放时，可以将鼠标指针放在边框的任意角上进行拖动。

（2）用户也可以用鼠标和键盘的配合来完成，右击标题栏，在打开的快捷菜单中选择"大小"命令，屏幕上出现"↔"标志时，通过键盘上的方向键来调整窗口的高度和宽度，调整至合适位置时，用单击或者按回车键结束。

4）最大化、最小化窗口

当用户在对窗口进行操作的过程中，可以根据自己的需要，将窗口最小化、最大化等。

（1）最小化按钮▣。在暂时不需要对窗口操作时，可把它最小化以节省桌面空间，用户直接在标题栏上单击此按钮，窗口会以按钮的形式缩小到任务栏。

（2）最大化按钮▣。窗口最大化时铺满整个桌面，这时不能再移动或者是缩放窗口。用户在标题栏上单击此按钮即可使窗口最大化。

（3）还原按钮▣。当把窗口最大化后想恢复原来打开时的初始状态，单击此按钮即可实现对窗口的还原。

用户在标题栏上双击可以进行最大化与还原两种状态的切换。

每个窗口标题栏的左方都会有一个表示当前程序或者文件特征的控制菜单按钮，单击即可打开控制菜单，它和在标题栏上右击所弹出的快捷菜单的内容是一样的，如图 3-8 所示。

图 3-8　控制菜单

用户也可以通过快捷键来完成以上的操作。用 Alt＋空格键来打开控制菜单，然后根据菜单中的提示，在键盘上输入相应的字母，比如最小化输入字母"N"，通过这种方式可以快速完成相应的操作。

5）切换窗口

当用户打开多个窗口时，需要在各个窗口之间进行切换，下面是几种切换的方式：

（1）当窗口处于最小化状态时，用户在任务栏上选择所要操作窗口的按钮，然后单击即可完成切换。当窗口处于非最小化状态时，可以在所选窗口的任意位置单击，当标题栏的颜色变深时，表明完成对窗口的切换。

（2）用 Alt＋Tab 组合键来完成切换。用户可以在键盘上同时按下 Alt 和 Tab 两个键,屏幕上会出现切换任务栏,在其中列出了当前正在运行的窗口,用户这时可以按住Alt 键,然后在键盘上按 Tab 键从"切换任务栏"中选择所要打开的窗口,如图 3-9 所示,选定后再松开两个键,选定的窗口即可成为当前窗口。

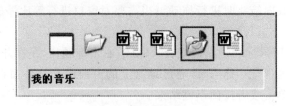

图 3-9　切换任务栏

（3）用户也可以使用 Alt＋Esc 组合键,先按下 Alt 键,然后再通过按 Esc 键来选择所需要打开的窗口,但是它只能改变激活窗口的顺序,而不能使最小化窗口放大。所以,多用于切换已打开的多个窗口。

6）关闭窗口

用户完成对窗口的操作后,在关闭窗口时有下面几种方式：① 直接在标题栏上单击"关闭"按钮⊠；② 双击控制菜单按钮；③ 单击控制菜单按钮,在弹出的控制菜单中选择"关闭"命令；④ 使用 Alt＋F4 组合键。

如果用户打开的窗口是应用程序,在"文件"菜单中选择"退出"命令,同样也能关闭窗口。

如果所要关闭的窗口处于最小化状态,可以右击任务栏上该窗口的按钮,然后在弹出的快捷菜单中选择"关闭"命令。

用户在关闭窗口之前要保存所创建的文档或者所做的修改,如果忘记保存,当执行了"关闭"命令后,会弹出一个对话框,询问是否要保存所做的修改,选择"是"后保存关闭,选择"否"后不保存关闭,选择"取消"则不能关闭窗口,可以继续使用该窗口。

3. 对话框的组成

对话框在中文版 Windows XP 中占有重要的地位,是用户与计算机系统之间进行信息交流的窗口,在对话框中用户通过对选项的选择,对系统进行对象属性的修改或者设置。

对话框的组成和窗口有相似之处,如都有标题栏,但对话框要比窗口更简洁、更直观、更侧重于与用户的交流,它一般包含有标题栏、选项卡与标签、文本框、列表框、命令按钮、单选按钮和复选框等几部分。

（1）标题栏。位于对话框的最上方,系统默认的是深蓝色,上面左侧标明了该对话框的名称,右侧有关闭按钮,有的对话框还有帮助按钮。

（2）选项卡和标签。在系统中有很多对话框都是由多个选项卡构成的,选项卡上写明了标签,以便于进行区分。用户可以通过各个选项卡之间的切换来查看不同的内容,在选项卡中通常有不同的选项组。例如,在"显示属性"对话框中包含了"主题"、"桌面"等 5个选项卡,在"屏幕保护程序"选项卡中又包含了"屏幕保护程序"、"监视器的电源"两个选项组,如图 3-10 所示。

图 3-10　"显示属性"对话框

（3）文本框。在有的对话框中需要用户手动输入某项内容，还可以对各种输入内容进行修改和删除操作。一般在其右侧会带有向下的箭头，可以单击箭头在展开的下拉列表中查看最近曾经输入过的内容。比如在桌面上单击"开始"按钮，选择"运行"命令，可以打开"运行"对话框，这时系统要求用户输入要运行的程序或者文件名称，如图 3-11 所示。

图 3-11　"运行"对话框

（4）列表框。有的对话框在选项组下已经列出了众多的选项，用户可以从中选取，但是通常不能更改。比如前面所说讲到的"显示属性"对话框中的桌面选项卡，系统自带了多张图片，用户是不能进行修改的。

（5）命令按钮。它是指在对话框中圆角矩形并且带有文字的按钮，常用的有"确定"、"应用"、"取消"等。

（6）单选按钮。它通常是一个小圆形，其后面有相关的文字说明，当选定后，在圆形中间会出现一个绿色的小圆点，在对话框中通常是一个选项组中包含多个单选按钮，当选定其中一个后，别的选项是不可以选的。

(7)复选框。它通常是一个小正方形,在其后面也有相关的文字说明,当用户选定后,在正方形中间会出现一个绿色的"√"标志,它是可以任意选定的。

另外,在有的对话框中还有调节数字的按钮<mark>⬍</mark>,它由向上和向下两个箭头组成,用户在使用时分别单击箭头即可增加或减少数字,如图 3-12 所示。

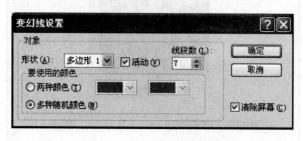

图 3-12　"变幻线设置"对话框

4. 对话框的操作

对话框的操作包括对话框的移动、关闭、对话框中的切换及使用对话框中的帮助信息等。

1) 对话框的移动和关闭

(1)移动。用户要移动对话框时,可以在对话框的标题上按下鼠标左键拖动到目标位置再松开,也可以在标题栏上右击,选择"移动"命令,然后在键盘上按方向键来改变对话框的位置,到目标位置时,用鼠标单击或者按回车键确认,即可完成移动操作。

(2)关闭。关闭对话框的方法有下面两种:①单击"确认"按钮或者"应用"按钮,可在关闭对话框的同时保存用户在对话框中所做的修改;②如果用户要取消所做的改动,可以单击"取消"按钮,或者直接在标题栏上单击关闭按钮,也可以在键盘上按 Esc 键退出对话框。

2) 在对话框中的切换

由于有的对话框中包含多个选项卡,在每个选项卡中又有不同的选项组,在操作对话框时,可以利用鼠标来切换,也可以使用键盘来实现。

(1)在不同的选项卡之间的切换。切换的主要方法如下:①用户可以直接用鼠标来进行切换,也可以先选定一个选项卡标签,即该选项卡标签出现一个虚线框时,然后按键盘上的方向键来移动虚线框,这样就能在各选项卡之间进行切换;②用户还可以利用 Ctrl+Tab组合键从左到右切换各个选项卡,而 Ctrl+Tab+Shift 组合键为反向顺序切换。

(2)在相同的选项卡中的切换。切换的主要方法如下:①在不同的选项组之间切换,可以按 Tab 键以从左到右或者从上到下的顺序进行切换,而 Shift+Tab 键则按相反的顺序切换;②在相同的选项组之间的切换,可以使用键盘上的方向键来完成。

3) 使用对话框中的帮助

对话框不能像窗口那样任意改变大小,在标题栏上也没有最小化、最大化按钮,取而代之的是帮助按钮<mark>?</mark>,当用户在操作对话框时,如果不清楚某选项组或者按钮的含义,可以在标题栏上单击帮助按钮,这时在鼠标旁边会出现一个问号,然后用户可以在自己不明白的对象上单击,就会出现一个对该对象进行详细说明的文本框,在对话框内任意位置或者在文本框内单击,说明文本框消失。

用户也可以直接在选项上右击,这时会弹出一个文本框,再次单击这个文本框,会出现和使用帮助按钮一样的效果,如图3-13 所示。

这是什么(W)?

图 3-13　"帮助"文本框

3.2　磁盘管理与文件资源管理

3.2.1　磁盘管理

1. 磁盘格式化

格式化磁盘就是在磁盘内进行分割磁区,做内部磁区标示,以方便存取。格式化磁盘可分为格式化硬盘和格式化 U 盘两种。格式化硬盘又可分为高级格式化和低级格式化。高级格式化是指在 Windows XP 操作系统下对硬盘进行的格式化操作;低级格式化是指在高级格式化操作之前,对硬盘进行的分区和物理格式化。

进行格式化磁盘的具体操作如下:

(1) 若要格式化的磁盘是 U 盘,应先将其插入 U 盘接口中;若要格式化的磁盘是硬盘,可直接执行第二步。

(2) 单击"我的电脑"图标,打开"我的电脑"对话框。

(3) 选择要进行格式化操作的磁盘,单击"文件→格式化"命令,或右击要进行格式化操作的磁盘,在打开的快捷菜单中选择"格式化"命令。

(4) 打开"格式化"对话框,如图 3-14 所示。

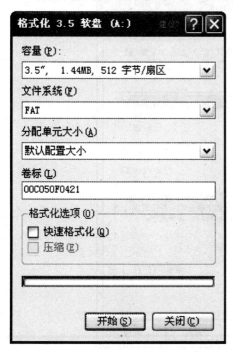

图 3-14　"格式化"对话框　　　　　图 3-15　"格式化完毕"对话框

（5）若格式化的是 U 盘,可在"容量"下拉列表中选择要将其格式化为何种容量,"文件系统"为 FAT,"分配单元大小"为默认配置大小,在"卷标"文本框中可输入该磁盘的卷标;若格式化的是硬盘,在"文件系统"下拉列表中可选择 NTFS 或 FAT 32,在"分配单元大小"下拉列表中可选择要分配的单元大小;若需要快速格式化,可选定"快速格式化"复选框。

（6）单击"开始"按钮,将弹出"格式化警告"对话框。若确认要进行格式化,单击"确定"按钮即可开始进行格式化操作。

（7）这时在"格式化"对话框中的"进程"框中可看到格式化的进程。

（8）格式化完毕后,将出现"格式化完毕"对话框。如图 3-15 所示,单击"确定"按钮即可。

2. 磁盘清理

使用磁盘清理程序可以帮助用户释放硬盘驱动器空间,删除临时文件、Internet 缓存文件和可以安全删除不需要的文件,腾出它们占用的系统资源,以提高系统性能。

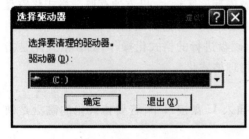

图 3-16　"选择驱动器"对话框

执行磁盘清理程序的具体操作如下:

（1）单击"开始"按钮,选择"更多程序→附件→系统工具→磁盘清理"命令。

（2）打开"选择驱动器"对话框,如图 3-16所示。

（3）在该对话框中可选择要进行清理的驱动器。选择后单击"确定"按钮可弹出该驱动器的"磁盘清理"对话框,选择"磁盘清理"选项卡,如图 3-17 所示。

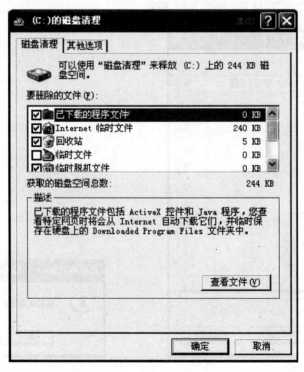

图 3-17　"磁盘清理"选项卡

（4）在该选项卡中的"要删除的文件"列表框中列出了可删除的文件类型及其所占用的磁盘空间大小，选定某文件类型前的复选框，在进行清理时即可将其删除；在"获取的磁盘空间总数"中显示了若删除所有选定复选框的文件类型后，可得到的磁盘空间总数；在"描述"框中显示了当前选择的文件类型的描述信息，单击"查看文件"按钮，可查看该文件类型中包含文件的具体信息。

（5）单击"确定"按钮，将弹出"磁盘清理"确认删除对话框，单击"是"按钮，弹出"磁盘清理"对话框，如图 3-18 所示。清理完毕后，该对话框将自动消失。

图 3-18　"磁盘清理"对话框

（6）若要删除不用的可选 Windows 组件或卸载不用的安装程序，可选择"其他选项"选项卡，如图 3-19 所示。

（7）在该选项卡中单击"Windows 组件"或"安装的程序"选项组中的"清理"按钮，即可删除不用的可选 Windows 组件或卸载不用的安装程序。

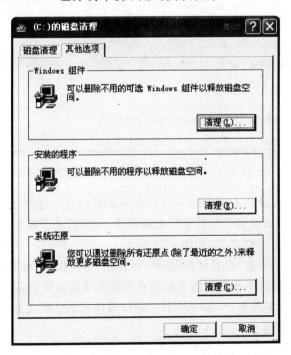

图 3-19　"其他选项"选项卡

3. 整理磁盘碎片

磁盘(尤其是硬盘)经过长时间的使用后,难免会出现很多零散的空间和磁盘碎片,一个文件可能会被分别存放在不同的磁盘空间中,这样在访问该文件时系统就需要到不同的磁盘空间中去寻找该文件的不同部分,从而影响了运行的速度。同时由于磁盘中的可用空间也是零散的,创建新文件或文件夹的速度也会降低。使用磁盘碎片整理程序可以重新安排文件在磁盘中的存储位置,将文件的存储位置整理到一起,同时合并可用空间,实现提高运行速度的目的。

运行磁盘碎片整理程序的具体操作如下:

(1)单击"开始"按钮,选择"所有程序→附件→系统工具→磁盘碎片整理程序"命令,打开"磁盘碎片整理程序"之一对话框,如图 3-20 所示。

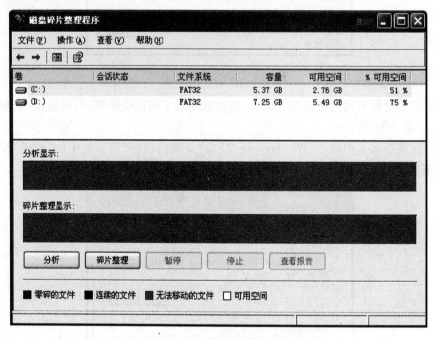

图 3-20　"磁盘碎片整理程序"对话框之一

(2)在该对话框中显示了磁盘的一些状态和系统信息。选择一个磁盘,单击"分析"按钮,系统既可分析该磁盘是否需要进行磁盘整理,并弹出是否需要进行磁盘碎片整理的"磁盘碎片整理程序"对话框之二,如图 3-21 所示。

(3)在该对话框中单击"查看报告"按钮,可弹出"分析报告"对话框,如图 3-22 所示。

(4)该对话框中显示了该磁盘的卷标信息及最零碎的文件信息。单击"碎片整理"按钮,即可开始磁盘碎片整理程序,系统会以不同的颜色条来显示文件的零碎程度及碎片整理的进度,如图 3-23 所示。

(5)整理完毕后,会弹出"磁盘整理程序"对话框之三,提示用户磁盘整理程序已完成,如图 3-24 所示。

(6)单击"确定"按钮即可结束"磁盘碎片整理程序"。

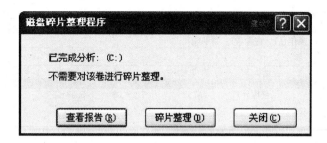

图 3-21　"磁盘碎片整理程序"对话框之二

图 3-22　"分析报告"对话框

4. 查看磁盘属性

磁盘的属性通常包括磁盘的类型、文件系统、空间大小、卷标信息等常规信息,以及磁盘的查错、碎片整理等处理程序和磁盘的硬件信息等。

1) 查看磁盘的常规属性

磁盘的常规属性包括磁盘的类型、文件系统、空间大小、卷标信息等,查看磁盘的常规属性可执行以下操作。

(1) 双击"我的电脑"图标,打开"我的电脑"对话框。

(2) 右击要查看属性的磁盘图标,在弹出的快捷菜单中选择"属性"命令。

(3) 打开"磁盘属性"对话框,选择"常规"选项卡,如图 3-25 所示。

(4) 在该选项卡中,用户可以在最上面的文本框中键入该磁盘的卷标;在该选项卡的中部显示了该磁盘的类型、文件系统、打开方式、已用空间及可用空间等信息;在该选项卡

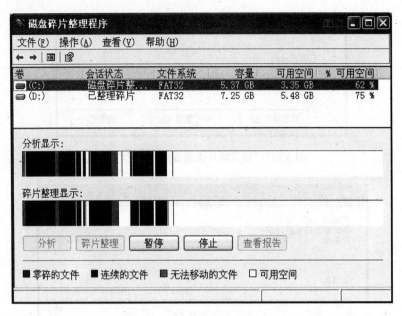

图 3-23　整理磁盘碎片

图 3-24　"磁盘整理程序"对话框之三

的下部显示了该磁盘的容量,并用饼图的形式显示了已用空间和可用空间的比例信息。单击"磁盘清理"按钮,可启动磁盘清理程序,进行磁盘清理。

(5) 单击"应用"按钮,既可应用在该选项卡中更改的设置。

2) 进行磁盘查错

用户在经常进行文件的移动、复制、删除及安装、删除程序等操作后,可能会出现坏的磁盘扇区,这时可执行磁盘查错程序,以修复文件系统的错误、恢复坏扇区等。

执行磁盘查错程序的具体操作如下:

(1) 双击"我的电脑"图标,打开"我的电脑"对话框。

(2) 右击要进行磁盘查错的磁盘图标,在弹出的快捷菜单中选择"属性"命令。

(3) 打开"磁盘属性"对话框,选择"工具"选项卡,如图 3-26 所示。

(4) 在该选项卡中有"查错"和"碎片整理"两个选项组。单击"查错"选项组中的"开始检查"按钮,弹出"检查磁盘"对话框,如图 3-27 所示。

(5) 在该对话框中用户可选择"自动修复文件系统错误"和"扫描并试图恢复坏扇区"选项,单击"开始"按钮,即可开始进行磁盘查错,在"进度"框中可看到磁盘查错的进度。

(6) 磁盘查错完毕后将弹出"正在检查磁盘"对话框,如图 3-28 所示。

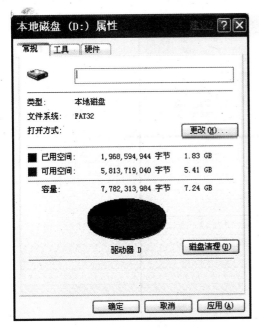

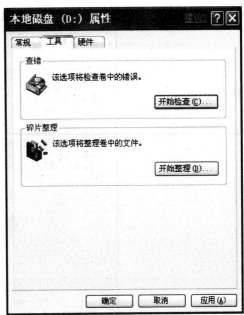

图 3-25 "常规"选项卡   图 3-26 "工具"选项卡

（7）单击"确定"按钮即可。

（8）单击"碎片整理"选项组中的"开始整理"按钮,可执行"磁盘碎片整理程序"。

3）查看磁盘的硬件信息及更新驱动程序

若用户要查看磁盘的硬件信息或要更新驱动程序,可执行下列操作:

（1）双击"我的电脑"图标,打开"我的电脑"对话框。

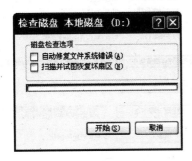

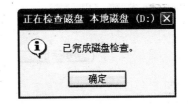

图 3-27 "检查磁盘"对话框   图 3-28 "正在检查磁盘"对话框

（2）右击要进行磁盘查错的磁盘图标,在弹出的快捷菜单中选择"属性"命令。

（3）打开"磁盘属性"对话框,选择"硬件"选项卡,如图 3-29 所示。

（4）在该选项卡中的"所有磁盘驱动器"列表框中显示了计算机中的所有磁盘驱动器。单击某一磁盘驱动器,在"设备属性"选项组中即可看到关于该设备的信息。

（5）单击"属性"按钮,可打开设备属性对话框,如图 3-30 所示。在该对话框中显示了该磁盘设备的详细信息。

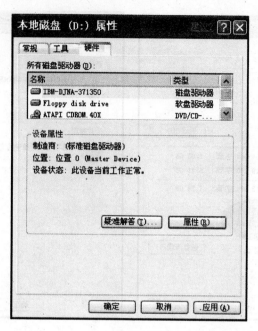

图 3-29　"硬件"选项卡

（6）若用户要更新驱动程序，可选择"驱动程序"选项卡，如图 3-31 所示。

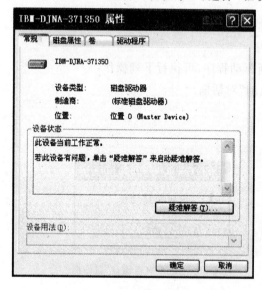

图 3-30　设备属性对话框

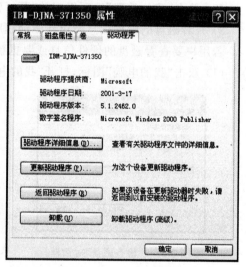

图 3-31　"驱动程序"选项卡

（7）单击"更新驱动程序"按钮，即可在弹出的"硬件升级向导"对话框中更新驱动程序。单击"驱动程序详细信息"按钮，可查看驱动程序文件的详细信息；单击"返回驱动程序"按钮，可在更新失败后，用备份的驱动程序返回到原来安装的驱动程序；单击"卸载"按钮，可卸载该驱动程序。

（8）单击"确定"或"取消"按钮，可关闭该对话框。

3.2.2　文件和文件夹的操作与管理

文件就是用户赋予了名字并存储在磁盘上的信息的集合,它可以是用户创建的文档,也可以是可执行的应用程序或一张图片、一段声音等。文件夹是系统组织和管理文件的一种形式,是为方便用户查找、维护和存储而设置的,用户可以将文件分门别类地存放在不同的文件夹中。在文件夹中可存放所有类型的文件和下一级文件夹、磁盘驱动器及打印队列等内容。

1. 设置文件和文件夹

1) 创建新文件夹

用户可以创建新的文件夹来存放具有相同类型或相近形式的文件,创建新文件夹的操作步骤如下。

(1) 双击"我的电脑"■图标,打开"我的电脑"对话框,如图 3-32 所示。

图 3-32　"我的电脑"窗口

(2) 双击要新建文件夹的磁盘,打开该磁盘。

(3) 选择"文件→新建→文件夹"命令,或单击右键,在弹出的快捷菜单中选择"新建→文件夹"命令即可新建一个文件夹。

(4) 在新建的文件夹名称文本框中输入文件夹的名称,单击 Enter 键或用鼠标单击其他地方即可。

2）移动和复制文件或文件夹

在实际应用中,有时用户需要将某个文件或文件夹移动或复制到其他地方以方便使用,这时就需要用到移动或复制命令。移动文件或文件夹就是将文件或文件夹放到其他地方,执行移动命令后,原位置的文件或文件夹消失,出现在目标位置;复制文件或文件夹就是将文件或文件夹复制一份,放到其他地方,执行复制命令后,原位置和目标位置均有该文件或文件夹。移动和复制文件或文件夹的操作步骤如下。

（1）选择要进行移动或复制的文件或文件夹。

（2）单击"编辑→剪切→复制"命令,或单击右键,在弹出的快捷菜单中选择"剪切→复制"命令。

（3）选择目标位置。

（4）选择"编辑→粘贴"命令,或单击右键,在弹出的快捷菜单中选择"粘贴"命令即可。

3）重命名文件或文件夹

重命名文件或文件夹就是给文件或文件夹重新命名一个新的名称,使其可以更符合用户的要求。重命名文件或文件夹的具体操作步骤是这样的:选择要重命名的文件或文件夹,单击"文件→重命名"命令或单击右键,在弹出的快捷菜单中选择"重命名"命令。这时文件或文件夹的名称将处于编辑状态(蓝色反白显示),用户可直接键入新的名称进行重命名操作。

4）删除文件或文件夹

当有的文件或文件夹不再需要时,用户可将其删除掉,以利于对文件或文件夹进行管理。删除后的文件或文件夹将被放到"回收站"中,用户可以选择将其彻底删除或还原到原来的位置。删除文件或文件夹的操作如下:

（1）选定要删除的文件或文件夹。若要选定多个相邻的文件或文件夹,可按着 Shift 键进行选择;若要选定多个不相邻的文件或文件夹,可按着 Ctrl 键进行选择。

（2）选择"文件→删除"命令,或单击右键,在弹出的快捷菜单中选择"删除"命令。

（3）弹出"确认文件夹删除"对话框,如图 3-33 所示。

图 3-33　"确认文件夹删除"对话框

（4）若确认要删除该文件或文件夹,可单击"是"按钮;若不删除该文件或文件夹,可单击"否"按钮。

5）删除或还原"回收站"中的文件或文件夹

"回收站"为用户提供了一个安全的删除文件或文件夹的解决方案,用户从硬盘中删除文件或文件夹时,Windows XP 会将其自动放入"回收站"中,直到用户将其清空或还原到原位置。

删除或还原"回收站"中文件或文件夹的操作步骤如下：

（1）双击桌面上的"回收站"图标。

（2）打开"回收站"对话框，如图 3-34 所示。

图 3-34　"回收站"窗口

（3）若要删除"回收站"中所有的文件和文件夹，可单击"回收站任务"窗格中的"清空回收站"命令；若要还原所有的文件和文件夹，可单击"回收站任务"窗格中的"恢复所有项目"命令；若要还原文件或文件夹，可选中该文件或文件夹，单击"回收站任务"窗格中的"恢复此项目"命令，若要还原多个文件或文件夹，可按着 Ctrl 键，选定文件或文件夹。

也可以选中要删除的文件或文件夹，将其拖到"回收站"中进行删除。若想直接删除文件或文件夹，而不将其放入"回收站"中，可在拖到"回收站"时按住 Shift 键，或选定该文件或文件夹，按 Shift＋Delete 键。

6）更改文件或文件夹属性

文件或文件夹包含三种属性：只读、隐藏和存档。若将文件或文件夹设置为"只读"属性，则该文件或文件夹不允许更改和删除；若将文件或文件夹设置为"隐藏"属性，则该文件或文件夹在常规显示中将不被看到；若将文件或文件夹设置为"存档"属性，则表示该文件或文件夹已存档，有些程序用此选项来确定哪些文件需做备份。

更改文件或文件夹属性的操作步骤如下：

（1）选定要更改属性的文件或文件夹。

（2）选择"文件→属性"命令，或单击右键，在弹出的快捷菜单中选择"属性"命令，打开"属性"对话框。

（3）选择"常规"选项卡，如图 3-35 所示。

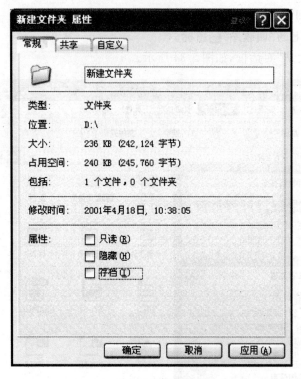

图 3-35 "常规"选项卡

(4) 在该选项卡的"属性"选项组中选定需要的属性复选框。

(5) 单击"应用"按钮,将弹出"确认属性更改"对话框,如图 3-36 所示。

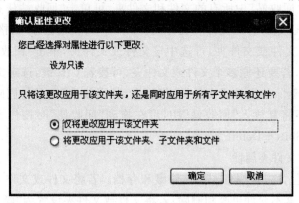

图 3-36 "确认属性更改"对话框

(6) 在该对话框中可选择"仅将更改应用于该文件夹"或"将更改应用于该文件夹、子文件夹和文件"选项,单击"确定"按钮即可关闭该对话框。

(7) 在"常规"选项卡中,单击"确定"按钮即可应用该属性。

2. 搜索文件和文件夹

有时候用户需要察看某个文件或文件夹的内容,却忘记了该文件或文件夹存放的具体的位置或具体名称,这时候 Windows XP 提供的搜索文件或文件夹功能就可以帮用户查找该文件或文件夹。

搜索文件或文件夹的具体操作如下:

(1) 单击"开始"按钮,在弹出的菜单中选择"搜索"命令;

(2) 打开"搜索结果"对话框,如图 3-37 所示;

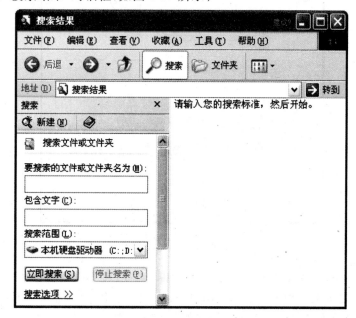

图 3-37　"搜索"对话框

(3) 在"要搜索的文件或文件夹名为"文本框中,输入文件或文件夹的名称;

(4) 在"包含文字"文本框中输入该文件或文件夹中包含的文字;

(5) 在"搜索范围"下拉列表中选择要搜索的范围;

(6) 单击"立即搜索"按钮,即可开始搜索,Windows XP 会将搜索的结果显示在"搜索结果"对话框右边的空白框内;

(7) 若要停止搜索,可单击"停止搜索"按钮;

(8) 双击搜索后显示的文件或文件夹,既可打开该文件或文件夹。

3. 设置共享文件夹

Windows XP 网络方面的功能设置更加强大,用户不仅可以使用系统提供的共享文件夹,也可以设置自己的共享文件夹,与其他用户共享自己的文件夹。

系统提供的共享文件夹被命名为"Shared Documents",双击"我的电脑"图标,在"我的电脑"对话框中可看到该共享文件夹。若用户想将某个文件或文件夹设置为共享,可选定该文件或文件夹,将其拖到"Shared Documents"共享文件夹中即可。设置用户自己的共享文件夹的操作如下:

(1) 选定要设置共享的文件夹。

(2) 选择"文件→共享"命令,或单击右键,在弹出的快捷菜单中选定"共享"命令。

(3) 打开"属性"对话框中的"共享"选项卡,如图 3-38 所示。

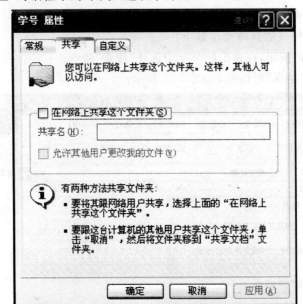

图 3-38 "共享"选项卡

(4) 选定"在网络上共享这个文件夹"复选框,这时"共享名"文本框和"允许其他用户更改我的文件"复选框变为可用状态。用户可以在"共享名"文本框中更改该共享文件夹的名称;若清除"允许其他用户更改我的文件"复选框,则其他用户只能看该共享文件夹中的内容,而不能对其进行修改。

(5) 设置完毕后,单击"应用"按钮和"确定"按钮即可。

4. 自定义文件夹

在 Windows XP 中提供了自定义文件夹功能,用户可以将文件夹定义成模板,或者在文件夹上添加一个图片来说明该文件夹的内容,或者更改文件夹的图标以区分不同类型的文件。

自定义文件夹的具体操作步骤如下:

(1) 右键单击要自定义的文件夹,在弹出的快捷菜单中选择"属性"命令。

(2) 打开"属性"对话框,选定"自定义"选项卡,如图 3-39 所示。

(3) 在该选项卡中有"您想要哪种文件夹"、"文件夹图片"和"文件夹图标"三个选项组,各选项组功能如下:

① "您想要哪种文件夹"选项组。在该选项组中的"用此文件夹类型作为模板"下拉列表中可选择将该文件夹类型作为何种模板使用,用户可选择文档、图片、相册、音乐等多种模板类型。例如,选择"图片"模板作为一个文件夹的模板类型,则在打开该文件夹时,系统默认其为图片。若选定"把此模板应用到所有子文件夹"复选框,则该文件夹下的所有子文件夹也应用该所选模板。

② "文件夹图片"选项组。在该选项组中,单击"选择图片"按钮,可打开"浏览"对话

框,在该对话框中可选择图片,将其应用到文件夹上,如图 3-40 所示。若不想再使用"文件夹图片",可单击"还原默认图标"按钮,还原系统默认的标准文件夹显示方式。

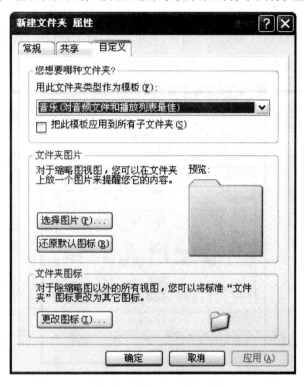

图 3-39 "自定义"选项卡

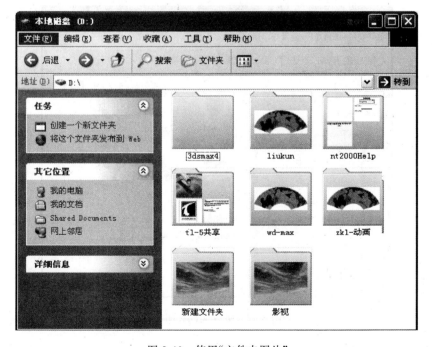

图 3-40 使用"文件夹图片"

　　③"文件夹图标"选项卡。在该选项卡中,单击"更改图标"按钮,打开"更改图标"对话框,如图 3-41 所示。在该对话框中,可选择需要的图标,单击"确定"按钮关闭该对话框,效果如图 3-42 所示。

　　若要还原系统默认的标准文件夹图标,可单击"还原为默认值"按钮。

　　(4) 设置完毕后,单击"应用"和"确定"按钮即可。

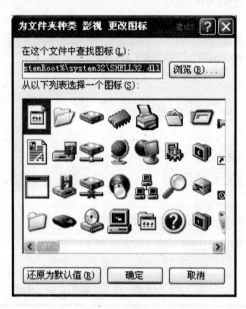

图 3-41 "更改图标"对话框

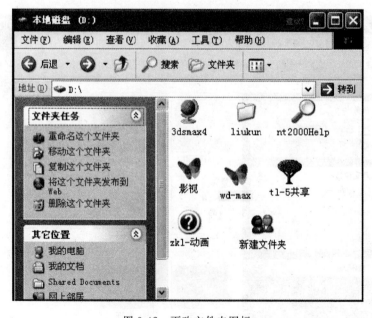

图 3-42 更改文件夹图标

5. 认识"文件夹选项"对话框

"文件夹选项"对话框,是系统提供给用户设置文件夹的常规及显示方面的属性,设置关联文件的打开方式及脱机文件等的窗口。

打开"文件夹选项"对话框的步骤如下:

(1) 单击"开始"按钮,选择"控制面板"命令。

(2) 打开"控制面板"对话框,如图 3-43 所示。

图 3-43　"控制面板"对话框

(3) 双击"文件夹选项"图标,即可打开"文件夹选项"对话框。

也可以通过双击"我的电脑"图标,打开"我的电脑"对话框,单击"工具→文件夹选项"命令,打开"文件夹选项"对话框。在该对话框中有"常规"、"查看"、"文件类型"和"脱机"文件 4 个选项卡。下面我们就来讲解这 4 个选项卡中各命令所能实现的功能。

1)"常规"选项卡

该选项卡用来设置文件夹的常规属性,如图 3-44 所示。该选项卡中的"Web 视图"选项组可设置文件夹显示的视图方式,可设定文件夹以 Web 页的方式显示,还是以 Windows 的传统风格显示;"浏览文件夹"选项组可设置文件夹的浏览方式,在打开多个文件夹时是在同一窗口中打开还是在不同的窗口中打开;"打开项目的方式"选项组用来设置文件夹的打开方式,可设定文件夹通过单击打开还是通过双击打开;若选择"通过单击打开项目"单选按钮,则"根据浏览器设置给图标标题加下划线"和"仅当指向图标标题时加下划线"选项变为可用状态,可根据需要选择在何时给图标标题加下划线;在"打开项目的方式"选项组下面有一个"还原为默认值"按钮,单击该按钮,可还原为系统默认的设置方式。单击"应用"按钮,即可应用设置方案。

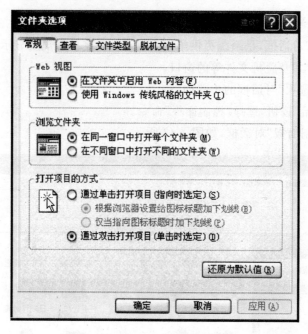

图 3-44　"常规"选项卡

2)"查看"选项卡

该选项卡用来设置文件夹的显示方式,如图 3-45 所示。在该选项卡中的"文件夹视图"选项组中有"与当前文件夹类似"和"重置所有文件夹"两个按钮。单击"与当前文件类似"按钮,弹出"文件夹视图"对话框,如图 3-46 所示。单击"是"按钮,可使所有文件夹应

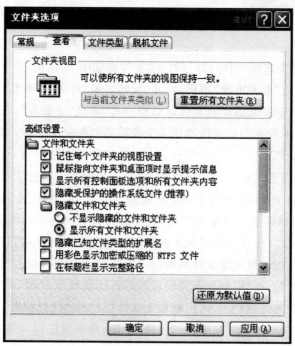

图 3-45　"查看"选项卡

用当前文件夹的视图设置；单击"重置所有文件夹"按钮，弹出"文件夹视图"对话框，如图 3-47 所示。单击"是"按钮，可将所有文件夹还原为默认视图设置。

图 3-46　"文件夹视图"对话框　　　　　　图 3-47　"文件夹视图"对话框

在"高级设置"列表框中显示了有关文件和文件夹的一些高级设置选项，用户可根据需要选择需要的选项。单击"应用"按钮既可应用所选设置；单击"还原为默认值"按钮，可还原为系统默认的选项设置。

3）"文件类型"选项卡

该选项卡用来更改已建立关联文件的打开方式，如图3-48所示。在该选项卡中的"以注册的文件类型"列表框中，列出了所有已经注册的文件扩展名和文件类型。单击"新建"按钮，弹出"新建扩展名"对话框，如图 3-49 所示。

图 3-48　"文件类型"选项卡

图 3-49　"新建扩展名"对话框

　　在该对话框中的"文件扩展名"文本框中可输入新建的文件扩展名,单击"高级"按钮,可显示"关联的文件类型"下拉列表,在该列表中可选择所输入的文件扩展名要建立关联的文件类型。设置完毕后,单击"确定"按钮即可退出该对话框。选定某种已注册的文件类型,单击"删除"按钮,弹出"文件类型"对话框,询问用户是否要删除所选的文件扩展名,单击"是"按钮即可删除该文件扩展名。

　　在"扩展名的详细信息"选项组中显示了所选的文件扩展名的打开方式和详细信息。单击"更改"按钮,在弹出的"打开方式"对话框中可更改文件的打开方式,如图3-50所示。

图 3-50 　"打开方式"对话框

　　单击"高级"按钮,将打开"编辑文件类型"对话框,如图 3-51 所示。在该对话框中,单击"更改图标"按钮,将打开"更改图标"对话框,如图 3-52 所示。可更改所选文件类型的显示图标,选定合适的图标后单击"确定"按钮回到"编辑文件类型"对话框中。在"操作"列表框中显示了该文件类型的有关操作,单击"新建"按钮,弹出"新操作"对话框,在该对话框中可新建一种操作,如图 3-53 所示。选择一种操作,单击"编辑"按钮,可弹出"编辑这种类型的操作"对话框,在该对话框中可对该操作进行编辑修改,如图 3-54 所示。

　　选定一种操作,单击"删除"按钮,可删除该操作。单击"设为默认值"按钮,可还原为系统默认的操作设置;选定"下载后确认打开"复选框,则在下载完成后,即用此类型打开该文件;选定"始终显示扩展名"复选框,则将该文件类型的扩展名显示在文件夹窗口中;选定"在同一窗口中浏览"复选框,则在打开该类型的文件时在同一窗口中打开。

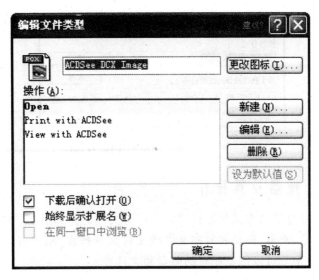

图 3-51 "编辑文件类型"对话框

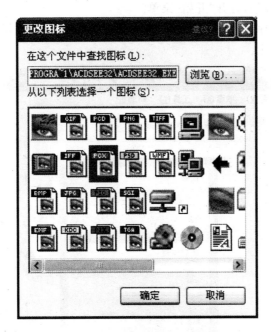

图 3-52 "更改图标"对话框

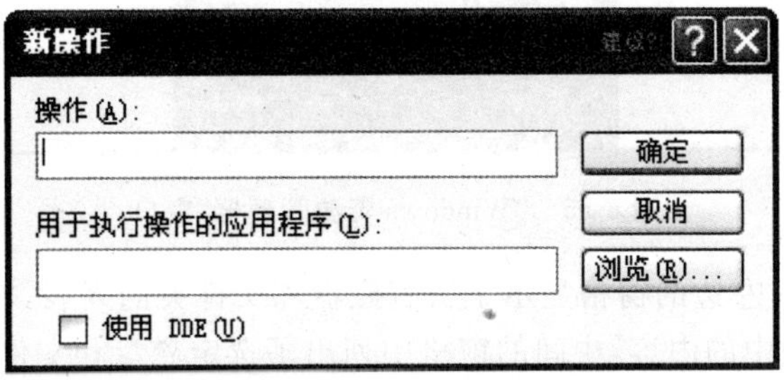

图 3-53 "新操作"对话框

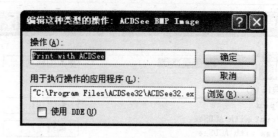

图 3-54 "编辑这种类型的操作"对话框

3.2.3　资源管理器及其操作

资源管理器可以分层的方式显示计算机内所有文件的详细图表。使用资源管理器可以更方便地实现浏览、查看、移动和复制文件或文件夹等操作，用户可以不必打开多个窗口，而只在一个窗口中就可以浏览所有的磁盘和文件夹。

打开资源管理器的步骤如下：

（1）单击"开始"按钮，打开"开始"菜单。

（2）选择"更多程序→附件→Windows 资源管理器"命令，打开"Windows 资源管理器"窗口，如图 3-55 所示。

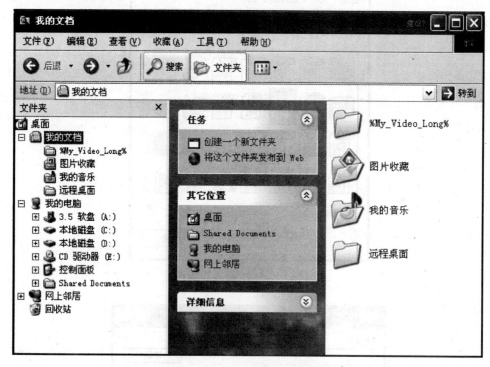

图 3-55 "Windows 资源管理器"窗口

（3）在该窗口中，左边的窗格显示了所有磁盘和文件夹的列表，右边的窗格用于显示选定的磁盘和文件夹中的内容，中间的窗格中列出了选定磁盘和文件夹可以执行的任务、其他位置及选定磁盘和文件夹的详细信息。

（4）在左边的窗格中，若驱动器或文件夹前面有"＋"号，表明该驱动器或文件夹有下一级子文件夹，单击该"＋"号可展开其所包含的子文件夹。当展开驱动器或文件夹后，"＋"号会变成"－"号，表明该驱动器或文件夹已展开，单击"－"号，可折叠已展开的内容。例如，单击左边窗格中"我的电脑"前面的"＋"号，将显示"我的电脑"中所有的磁盘信息，选择需要的磁盘前面的"＋"号，将显示该磁盘中所有的内容。

（5）若要移动或复制文件或文件夹，可选中要移动或复制的文件或文件夹。单击右键，在弹出的快捷菜单中选择"剪切"或"复制"命令。

（6）单击要移动或复制到的磁盘前的加号，打开该磁盘，选择要移动或复制到的文件夹。

（7）单击右键，在弹出的快捷菜单中选择"粘贴"命令即可。

3.3　桌面管理

3.3.1　桌面图标的排列

当用户在桌面上创建了多个图标时，如果不进行排列，会显得非常凌乱，这样不利于用户选择所需要的项目，而且影响视觉效果。使用排列图标命令，可以使用户的桌面看上去整洁而有条理。用户需要对桌面上的图标进行位置调整时，可在桌面上的空白处右击，在弹出的快捷菜单中选择"排列图标"命令，在子菜单项中包含了多种排列方式，如图3-56所示。

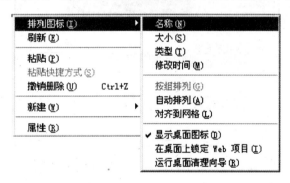

图 3-56　"排列图标"命令

- 名称：按图标名称开头的字母或拼音顺序排列。
- 大小：按图标所代表文件的大小的顺序来排列。
- 类型：按图标所代表的文件的类型来排列。
- 修改时间：按图标所代表文件的最后一次修改时间来排列。

当用户选择"排列图标"子菜单其中几项后，在其旁边出现"√"标志，说明该选项被选定，再次选定这个命令后，"√"标志消失，即表明取消了此选项；如果用户选定了"自动排列"命令，在对图标进行移动时会出现一个选定标志，这时只能在固定的位置将各图标进行位置的互换，而不能拖动图标到桌面上任意位置；而当选定了"对齐到网格"命令后，如果调整图标的位置时，它们总是成行成列地排列，也不能移动到桌面上任意位置；选择"在桌面上锁定 Web 项目"可以使活动的 Web 页变为静止的图画；当用户取消了"显示桌面图标"命令前的"√"标志后，桌面上将不显示任何图标。

3.3.2　自定义"开始"菜单

用户不但可以方便地使用"开始"菜单,而且可以根据自己的爱好和习惯自定义"开始"菜单,下面分别介绍一下中文版 Windows XP 默认和经典"开始"菜单的自定义方式。

1. 自定义默认"开始"菜单

当用户第一次启动中文版 Windows XP 后,系统默认的是 Windows XP 风格的"开始"菜单,用户可以通过改变"开始"菜单属性对它进行设置。

(1) 右击任务栏的空白处或者"开始"按钮,选定弹出的快捷菜单中"属性"命令,打开"任务栏和「开始」菜单属性"对话框,在"「开始」菜单"选项卡中,用户可以选择系统默认的"「开始」菜单",或者选择经典的"「开始」菜单"。选择默认的"「开始」菜单"会使用户很方便地访问 Internet、电子邮件和经常使用的程序,如图 3-57 所示。

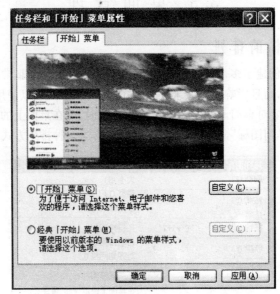

图 3-57　"任务栏和「开始」菜单属性"对话框

(2) 单击"「开始」菜单"选项卡中"自定义"按钮,打开"自定义「开始」菜单"对话框,如图 3-58 所示。在"为程序选择一个图标大小"选项组中,用户可以选择在"开始"菜单显示大图标或者是小图标。在"开始"菜单中会显示用户经常使用程序的快捷方式,用户可以在"程序"选项组中定义所显示程序名称的数目,系统默认为 6 个。用户可以根据需要任意调整其数目,系统会自动统计使用频率最高的程序,然后在"开始"菜单中显示,这样用户在使用时可以直接单击快捷方式启动,而不用在"所有程序"菜单项中启动。

如果用户不需要在"开始"菜单中显示快捷方式或者要重新定义显示数目时,可以单击"清除列表"按钮清除所有的列表,它只是清除程序的快捷方式并不会删除这些程序。

在"「开始」菜单上显示"选项组中,用户可以选择浏览网页的工具和收发电子邮件的程序。在"Internet"下拉列表框中提供了 Internet Explorer 和 MSN Explorer 两种浏览工具;在"电子邮件"选项组中,为用户提供了用于收发电子邮件的 4 种程序。当用户取消了这两个复选框的选择时,"开始"菜单中将不显示这两项。

图 3-58　"常规"选项卡

（3）用户在完成常规设置后，可以切换到"高级"选项卡中进行高级设置，如图 3-59 所示。

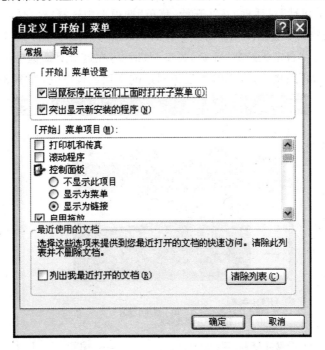

图 3-59　"高级"选项卡

在"「开始」菜单设置"选项组中，"当鼠标停止在它们上面时打开子菜单"指用户把鼠标放在"开始"菜单的某一选项上，系统会自动打开其级联子菜单，如果不选择这个复选框，用户必须单击此菜单才能打开。"突出显示新安装的程序"指用户在安装完一个新应用程序后,在"开始"菜单中将以不同的颜色突出显示,以区别于其他程序。

在"「开始」菜单项目"列表框中提供了常用的选项,用户可以将它们添加到"开始"菜单,在有些选项中用户可以通过单选按钮来让它显示为菜单、链接或者不显示该项目。当显示为"菜单"时,在其选项下会出现级联子菜单,而显示为"链接"时,单击该选项会打开一个链接窗口。

在"最近使用的文档"选项组中,用户如果选定"列出我最近打开的文档"复选框,"开始"菜单中将显示这一菜单项,用户可以对自己最近打开的文档进行快速的再次访问。当打开的文档太多需要进行清理时,可以单击"清除列表"按钮,这时在"开始"菜单中"我最近打开的文档"选项下为空,此操作只是在"开始"菜单中清除其列表,而不会对所保存的文档产生影响。

(4) 当用户在"常规"和"高级"选项卡中设置好之后,单击"确定"按钮,回到"任务栏和「开始」菜单属性"对话框中,在对话框中单击"应用"按钮,然后"确定"关闭对话框,当用户再次打开"开始"菜单时,所做的设置就会生效了。

2. 自定义经典"开始"菜单

在中文版 Windows XP 中,用户不但可以自定义系统默认的"开始"菜单,如果用户使用的仍然是经典的"开始"菜单,也可以对它做出适当的调整。

右击任务栏的空白处或者"开始"按钮,在弹出的快捷菜单中选择"属性"命令,打开"任务栏和「开始」菜单属性"对话框,在"「开始」菜单"选项卡中选择"经典「开始」菜单"单选按钮,在上面的预览窗口中会出现相应的菜单样式,如图3-60所示。用户要进行设置时,单击"自定义"按钮,打开"自定义经典「开始」菜单"对话框,在这个对话框中用户可以通过增减项目来自定义"开始"菜单,可以删除最近访问过的文档或程序等,如图 3-61 所示。

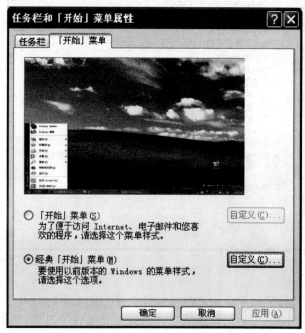

图 3-60 "任务栏和「开始」菜单属性"对话框

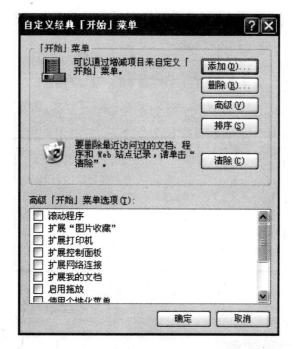

图 3-61　"自定义经典「开始」菜单"对话框

1）添加"开始"菜单项目

用户在安装一个程序后,在"开始"菜单的"程序"菜单项下会自动添加这个程序名称,如果要经常用到某程序、文件或者文件夹等,可以直接在"开始"菜单中添加,这样在使用时可以很方便地启动,而不需要在其他位置查找。

（1）单击"「开始」菜单"选项组中的"添加"按钮,会打开创建快捷方式向导,利用这个向导,用户可以创建本地或网络程序、文件、文件夹、计算机或 Internet 地址的快捷方式。

（2）在"请键入项目的位置"文本框中输入所创建项目的路径,或者单击"浏览"按钮,在打开的"浏览文件夹"对话框中可以选择快捷方式的目标,选定目标后,单击"确定"按钮,如图 3-62 所示。

（3）这时在"创建快捷方式"对话框中的"请键入项目的位置"文本框中会出现用户所选项目的路径,如图 3-63 所示,单击"下一步"按钮。

（4）在打开的"选择程序文件夹"对话框中,用户要选择存放所创建的快捷方式的文件夹,系统默认是"程序"选项,用户为了使用更方便,可以考虑选择"「开始」菜单",这样该选项会直接在"开始"菜单中出现。当然,用户可以根据自己的需要存放在其他位置,也可以单击"新建文件夹"按钮来创建一个新的存放位置,如图 3-64 所示。

（5）当用户选择了存放快捷方式的位置后,单击"下一步"按钮继续,这时会出现"选择程序标题"对话框,如图 3-65 所示。在"键入该快捷方式的名称"文本框中,用户可以使用系统推荐的名称,也可以输入自己为快捷菜单所命的名,单击"完成"按钮,就完成了快捷方式的创建全过程,当用户再次打开"开始"菜单后,就可以在菜单中找到自己刚刚添加的快捷项目了。

图 3-62　"浏览文件夹"对话框

图 3-63　"创建快捷方式"对话框

2) 删除"开始"菜单项目

在"自定义经典「开始」菜单"对话框中,用户不但可以添加项目,而且可以随时删除不再使用的项目,这样有利于保持"开始"菜单的简洁有序。删除"开始"菜单项目有以下步骤。

(1) 在"「开始」菜单"选项组中单击"删除"按钮,系统会打开"删除快捷方式→文件夹"对话框,在这个对话框中列出了"开始"菜单中的所有项目,如图 3-66 所示。

(2) 用户可以在对话框中选择所要删除的选项,单击"删除"按钮,这时会出现一个"确认文件删除"对话框询问用户是否将此项目放入回收站,如图 3-67 所示,单击"是"即可将该项目删除。在"「开始」菜单"选项组中,单击"高级"按钮,可以打开"「开始」菜单"窗口对所有的选项进行查看,也可以添加或者删除选项;单击"排序"按钮,可以对"开始"菜单中的项目进行重新排序,使各菜单项恢复在系统中默认的位置;选择"清除"按钮,可以

图 3-64　"选择程序文件夹"对话框

图 3-65　"选择程序标题"对话框

帮助用户删除最近访问过的文档、程序和网站记录等内容。

3）高级「开始」菜单选项

在用户完成对"开始"菜单的一些基本设置后,可以再进行一些更高级的设置,在"高级「开始」菜单选项"列表中为用户提供了多种选项,下面来详细介绍这几种选项。

(1) 滚动程序。如果用户在自己的计算机中安装了很多的程序,可以选择此选项,它将以卷轴形式显示"开始"菜单。在打开时会显示用户常用的程序,而将不常用的程序隐藏起来,当需要使用隐藏的程序时,可以单击向下的箭头即可显示全部的内容,这样不至于一下子打开很多的程序,造成用户视觉的混乱。

(2) 扩展选项。在列表框中有扩展图片收藏、打印机、控制面板等,当选择这些复选框后,在"开始"菜单中将显示这些选项中的详细内容;否则,将以窗口链接的形式显示这些选项的具体内容。

图 3-66　"删除快捷方式|文件夹"对话框　　　　图 3-67　"确认文件删除"对话框

（3）启用拖放。当选择这个复选框后，在"开始"菜单中可以任意拖动项目而改变它们的排列顺序。

其他的复选框比较容易理解，比如"在「开始」菜单显示小图标"即指的是在"开始"菜单中会以小图标形式显示，如图 3-68 所示。

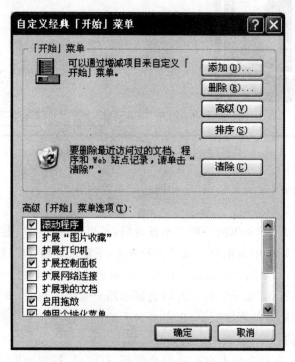

图 3-68　"自定义经典「开始」菜单"对话框

3.3.3　自定义任务栏

任务栏是位于桌面最下方的一个小长条,它显示了系统正在运行的程序和打开的窗口、当前时间等内容,用户通过任务栏可以完成许多操作,而且也可以对它进行一系列的设置。

1. 任务栏的组成

任务栏由"开始"菜单按钮、快速启动工具栏、窗口按钮栏和通知区域几部分组成,如图 3-69 所示。

图 3-69　任务栏

(1)"开始"菜单按钮。单击此按钮,可以打开"开始"菜单,在用户操作过程中,要用它打开大多数的应用程序,详细内容会在以后的章节中讲到。

(2)快速启动工具栏。它由一些小型的按钮组成,单击可以快速启动程序,一般情况下,它包括网上浏览工具 Internet Explorer 图标、收发电子邮件的程序 Outlook Express 图标和显示桌面图标等。

(3)窗口按钮栏。当用户启动某项应用程序而打开一个窗口后,在任务栏上会出现相应的有立体感的按钮,表明当前程序正在被使用。在正常情况下,按钮是向下凹陷的,而把程序窗口最小化后,按钮则是向上凸起的,这样可以使用户观察更方便。

(4)语言栏。在此用户可以选择各种语言输入法,单击"EN"按钮,在弹出的菜单中进行选择可以切换为中文输入法,语言栏可以以最小化按钮的形式在任务栏显示,单击右上角的还原小按钮,它也可以独立于任务栏之外。

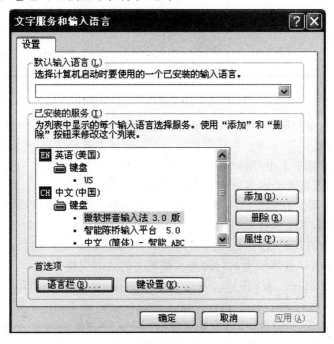

图 3-70　"文字服务和输入语言"对话框

　　如果用户还需要添加某种语言，可在语言栏任意位置右击，在弹出的快捷菜单中选择"设置"命令，即可打开"文字服务和输入语言"对话框，用户可以进行设置默认输入语言，对已安装的输入法进行添加、删除，添加世界各国的语言以及设置输入法切换的快捷键等操作，如图 3-70 所示。

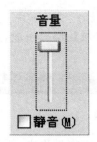

图 3-71　音量按钮器

　　（5）隐藏和显示按钮。按钮"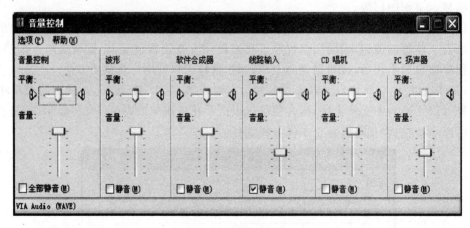"的作用是隐藏不活动的图标和显示隐藏的图标。如果用户在任务栏属性中选择"隐藏不活动的图标"复选框，系统会自动将用户最近没有使用过的图标隐藏起来，以使任务栏的通知区域不至于很杂乱，它在隐藏图标时会出现一个小文本框提醒用户。

　　（6）音量控制器。即桌面上小喇叭形状的按钮，单击它后会出现一个音量控制对话框，用户可以通过拖动上面的小滑块来调整扬声器的音量，当选择"静音"复选框后，扬声器的声音消失，如图 3-71 所示。

　　当用户双击音量控制器按钮或者右击该按钮，在弹出的快捷菜单中选择"打开音量控制"命令，可以打开"音量控制"窗口，用户可以调整音量控制、波形、软件合成器等各项内容，如图 3-72 所示。

图 3-72　"音量控制"窗口

　　当用户右击音量控制器按钮，在弹出的快捷菜单中执行"调整音频属性"命令，打开"声音和音频设备属性"对话框，在其中显示了有关音频设备的信息，也可以做音频的进一步调整。在"声音"选项卡中，用户可以改变应用于 Windows 和程序事件中的声音方案，单击"浏览"按钮，系统将提供多种声音方案，如图 3-73 所示。

　　（7）日期指示器。在任务栏的最右侧，显示了当前的时间，把鼠标在上面停留片刻，会出现当前的日期，双击后打开"日期和时间属性"对话框，在"时间和日期"选项卡中，用户可以完成时间和日期的校对，在"时区"选项卡中，用户可以进行时区的设置，而使用与 Internet 时间同步可以使本机上的时间与互联网上的时间保持一致。

　　（8）Windows Messenger 图标。双击这个小图标，可以打开"Windows Messenger"窗口中，如果用户已连入了 Internet，可以在此进行登录设置，用户既可以用"Windows Messenger"进行像现在流行 OICQ 所能实现的网上文字交流或者语音聊天，也可以轻松地实现视频交流，看到对方的即时图像，还能够通过它进行远程控制。

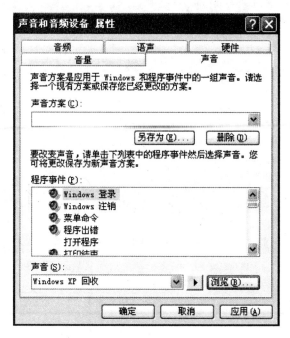

图 3-73　"声音"选项卡

2. 自定义任务栏

系统默认的任务栏位于桌面的最下方,用户可以根据自己的需要把它拖到桌面的任何边缘处及改变任务栏的宽度,通过改变任务栏的属性,还可以让它自动隐藏。

1)任务栏的属性

右击任务栏上的非按钮区域,在弹出的快捷菜单中选择"属性"命令,即可打开"任务栏和菜单属性"对话框,如图 3-74 所示。在"任务栏外观"选项组中,用户可以通过对以下复选框的选择来设置任务栏的外观。

(1)锁定任务栏。当锁定后,任务栏不能被随意移动或改变大小。

(2)自动隐藏任务栏。当用户不对任务栏进行操作时,它将自动消失,当用户需要使用时,可以把鼠标放在任务栏位置,它会自动出现。

(3)将任务栏保持在其他窗口的前端。如果用户打开很多的窗口,任务栏总是在最前端,而不会被其他窗口盖住。

(4)分组相似任务栏按钮。把相同的程序或相似的文件归类分组使用同一个按钮,这样不至于在用户打开很多的窗口时,按钮变得很小而不容易被辨认,使用时,只要找到相应的按钮组就可以找到要操作的窗口名称。

(5)显示快速启动。选择后将显示快速启动工具栏。在"通知区域"选项组中,用户可以选择是否显示时钟,也可以把最近没有点击过的图标隐藏起来以便保持通知区域的简洁明了。单击"自定义"按钮,在打开的"自定义通知"对话框中,用户可以进行隐藏或显示图标的设置,如图 3-75 所示。

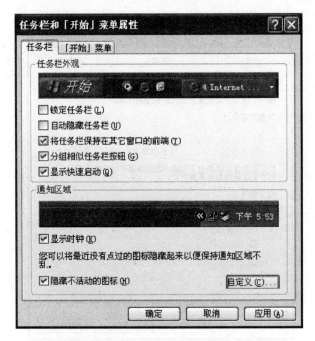

图 3-74 "任务栏和开始菜单"对话框

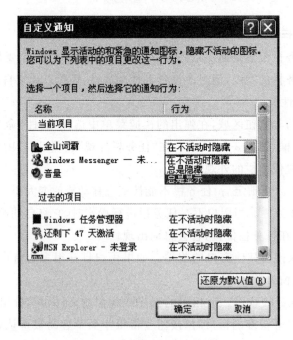

图 3-75 "自定义通知"对话框

2) 改变任务栏及各区域大小

当任务栏位于桌面的下方妨碍了用户的操作时,可以把任务栏拖动到桌面的任意边缘,在移动时,用户先确定任务栏处于非锁定状态,然后在任务栏上的非按钮区按下鼠标左键拖动,到所需要边缘再放手,这样任务栏就会改变位置,如图 3-76 所示。

图 3-76　移动后的任务栏

有时用户打开的窗口比较多而且都处于最小化状态时,在任务栏上显示的按钮会变得很小,观察起来会很不方便。这时,可以改变任务栏的宽度来显示所有的窗口,把鼠标放在任务栏的上边缘,当出现双箭头指示时,按住鼠标左键拖动到合适位置再松开手,任务栏中即可显示所有的按钮,如图 3-77 所示。

图 3-77　改变后的任务栏

任务栏中的各组成部分所占比例也是可以调节的。当任务栏处于非锁定状态时,各区域的分界处将出现两竖排凹陷的小点,将鼠标放在上面,出现双向箭头后,按下鼠标左键拖动即可改变各区域的大小。

3.3.4　自定义桌面

在中文版 Windows XP 系统中为用户提供了设置个性化桌面的空间,系统自带了许多精美的图片,用户可以将它们设置为墙纸;通过显示属性的设置,用户还可以改变桌面的外观,或选择屏幕保护程序,还可以为背景加上声音,通过这些设置,可以使用户的桌面更加赏心悦目。

在进行显示属性设置时,可以右击桌面上的空白处,在弹出的快捷菜单中选择"属性"命令,这时会出现"显示属性"对话框,其中包含了 5 个选项卡,用户可以在各选项卡中进行个性化设置。

1)"主题"选项卡

在此选项卡中用户可以为背景加一组声音,在"主题"选项中单击向下的箭头,在弹出的下拉列表框中有多种选项。

2)"桌面"选项卡

在此选项卡中用户可以设置自己的桌面背景,在"背景"列表框中,提供了多种风格的图片,可根据自己的喜好来选择,也可以通过浏览的方式从已保存的文件中调入自己喜爱的图片,如图 3-78 所示。

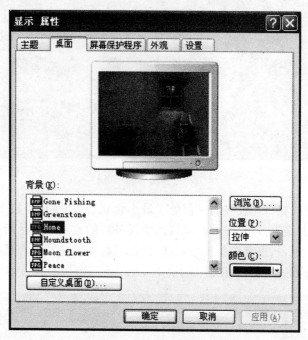

图 3-78 　"桌面"选项卡

3)"自定义桌面"选项卡

单击"自定义桌面"按钮,将弹出"桌面项目"对话框,在"桌面图标"选项组中可以通过对复选框的选择来决定在桌面上图标的显示情况。用户可以对图标进行更改,当选择一个图标后,单击"更改图标"按钮,出现"更改图标"对话框,如图 3-79 所示。

用户可以在其中选择自己所喜爱的图标,也可以单击"浏览"按钮,在弹出的对话框中进一步查找自己喜欢的图标。当选定图标后,单击"确定"按钮,即可应用所选图标。

用户不但可以将各种格式的图片设置为桌面,如果用户连上了 Internet,而且从网上下载保存了很多精美的网页,也可以将活动的网页设置为桌面背景,具体操作如下:

(1)在"桌面项目"对话框中,单击"Web"标签切换到"Web"选项卡,如图 3-80 所示。

(2)用户可以在"网页"列表框中选择某网页,单击"属性"按钮可以对它的属性进行查看。

(3)单击"同步"按钮,当前桌面上的网页将和互联网上的保持一致,这样可以更新现有的网页。

图 3-79　"桌面项目"及"更改图标"对话框

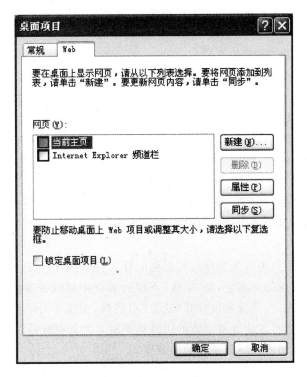

图 3-80　"Web"选项卡

（4）当用户需要在"网页"列表框中添加一个活动网页时，单击"新建"按钮，这时弹出"新建桌面项目"对话框，如图 3-81 所示。

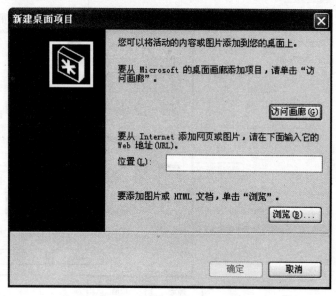

图 3-81 "新建桌面项目"对话框

（5）用户可以在"位置"文本框中输入所要添加的网页或图片的 Web 地址，然后单击"确定"按钮，即可从网上得到活动的内容或图片，也可以单击"浏览"直接添加已下载好的网页。

4）"屏幕保护程序"选项卡

当用户暂时不对计算机进行任何操作时，可以使用"屏幕保护程序"将显示屏幕屏敝掉。这样可以节省电能，有效地保护显示器，并且防止其他人在计算机上进行任意的操作，从而保证数据的安全。

选择"屏幕保护程序"选项卡，在"屏幕保护程序"下拉列表框中提供了各种静止和活动的样式，当用户选择了一种活动的程序后，如果对系统默认的参数不满意，可以根据自己的喜爱来进一步设置。

如果用户要调整监视器的电源设置来节省电能，单击"电源"按钮，可打开"电源选项属性"对话框，可以在其中制定适合自己的节能方案。

5）"外观"选项卡

在此选项卡中，用户可以改变窗口和按钮的样式，系统提供了三种色彩方案：橄榄绿、蓝色和银色。系统默认的是蓝色，在"字体"下拉列表框中可以改变标题栏上字体显示的大小。用户单击"效果"按钮就可以打开"效果"对话框，在这个对话框中可以为菜单和工具提示使用过渡效果，可以使屏幕字体的边缘更平滑。尤其对液晶显示器的用户来说，使用这项功能可以大大地增加屏幕显示的清晰度。

除此之外，用户还可以使用大图标、在菜单下设置阴影显示等。

3.4 Windows XP 控制面板

"控制面板"提供丰富的专门用于更改 Windows 的外观和行为方式的工具。有些工具可帮您调整计算机设置,从而使得操作计算机更加有趣。例如,可以通过"鼠标"将标准鼠标指针替换为可以在屏幕上移动的动画图标,或通过"声音和音频设备"将标准的系统声音替换为自己选择的声音。其他工具可以帮您将 Windows 设置得更容易使用。例如,如果您习惯使用左手,则可以利用"鼠标"更改鼠标按钮,以便利用右按钮执行选择和拖放等主要功能。如图 3-82 所示,为控制面板窗口。

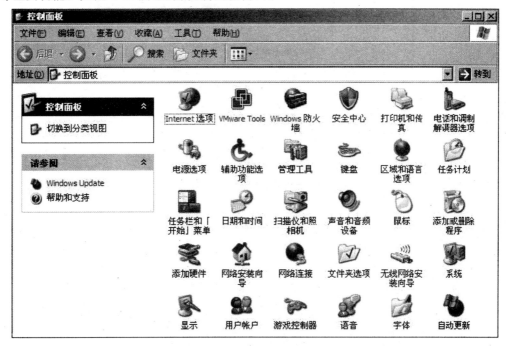

图 3-82 控制面板

3.4.1 系统日期和时间的设置

在任务栏的右端显示有系统提供的时间和星期,将鼠标指向时间栏稍有停顿即会显示系统日期。若用户需要更改日期和时间可按以下步骤进行操作。

(1)单击"开始"按钮,选择"控制面板"命令,打开"控制面板"对话框,双击"日期和时间"图标。

(2)打开"日期和时间属性"对话框,选择"时间和日期"选项卡,如图 3-83 所示。

(3)在"日期"选项组中的"年份"框中可按微调按钮调节准确的年份;在"月份"下拉列表中可选择月份;在"日期"列表框中可选择日期和星期;在"时间"选项组中的"时间"文本框中可输入或调节准确的时间。

(4)更改完毕后,单击"应用"和"确定"按钮即可。

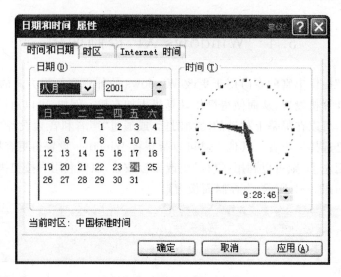

图 3-83 "时间和日期"选项卡

3.4.2 添加和删除应用程序

如果用户需要删除或添加应用程序,可以按照下列步骤来进行操作。

(1) 单击"开始"按钮,在"开始"菜单中选择"控制面板"命令,在打开的"控制面板"窗口中双击"添加/删除程序"图标,这时打开"添加或删除程序"窗口,如图 3-84 所示。

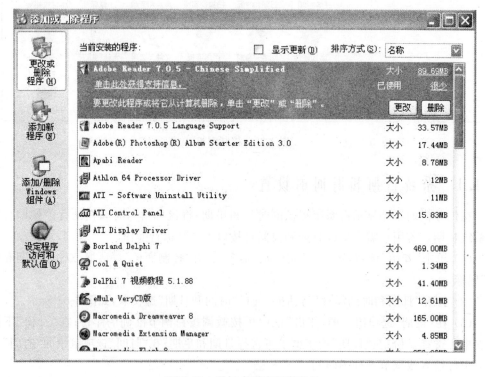

图 3-84 添加或删除程序窗口

　　（2）要删除应用程序，应找到要删除的程序，点击"删除"按钮，开始操作。

　　（3）要添加应用程序，就单击"添加新程序"按钮，出现如图 3-85 所示的窗口，选择
"CD 或软盘"进行安装。

3.4.3　系统属性

　　通过"控制面板"中的"系统"可以查看并更改控制计算机如何使用内存以及查找特定
信息的设置，查找有关和属性的信息，还可配置硬件配置文件、查看有关计算机连接和登
录配置文件的信息，发生系统或程序错误时将其报给 Microsoft 或系统管理员。

　　单击"开始"按钮，在"开始"菜单中选择"控制面板"命令，点击打开的"控制面板"窗口
中"系统"图标，这时打开"系统属性"窗口，如图 3-86、3-87、3-88 所示。

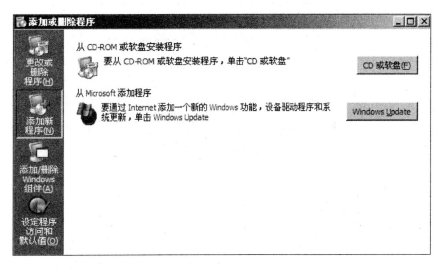

图 3-85　添加新程序窗口

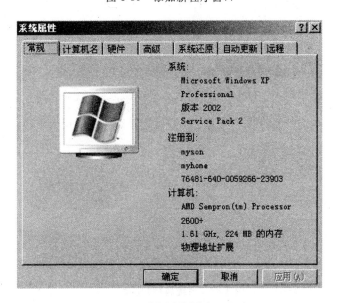

图 3-86　系统属性"常规"选项

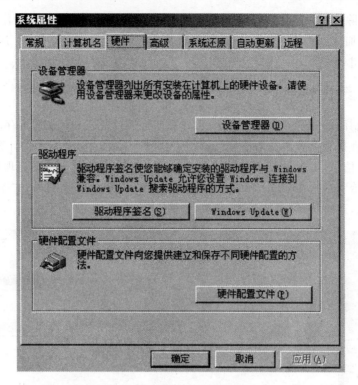

图 3-87　系统属性"硬件"选项

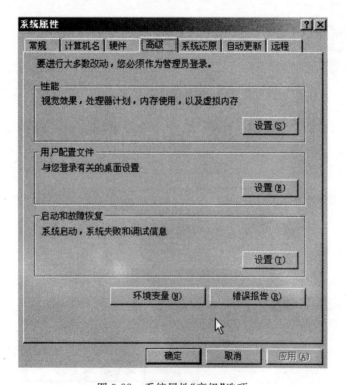

图 3-88　系统属性"高级"选项

3.4.4   添加打印机

在用户使用计算机的过程中,有时需要将一些文件以书面的形式输出,如果用户安装了打印机就为用户的工作和学习提供极大的方便。

在中文版 Windows XP 中,用户不但可以在本地计算机上安装打印机,也可以安装网络打印机,使用网络中的共享打印机来完成打印作业。

1. 安装本地打印机

在安装本地打印机之前要进行打印机的连接,用户可在关机的情况下,把打印机的信号线与计算机的 LPT1 端口相连。接通电源之后,就可以开机启动系统,准备安装其驱动程序了。

由于中文版 Windows XP 自带了一些硬件的驱动程序,在启动计算机的过程中,系统会自动搜索新硬件并加载其驱动程序,在任务栏上会提示其安装的过程,如"查找新硬件"、"发现新硬件"、"已经安装好并可以使用了"等文本框。

如果用户所连接的打印机的驱动程序没有在系统的硬件列表中显示,就需要用户使用打印机厂商所附带的光盘进行手动的安装,用户可以参照以下步骤进行安装:

(1)单击"开始"按钮,在"开始"菜单中选择"控制面板"命令,双击"控制面板"窗口中的"打印机和传真"图标,这时打开"打印机和传真"窗口。

(2)单击窗口链接区域的"打印机任务"选项下的"添加打印机"图标,即可启动"添加打印机向导"。在这个对话框中提示用户应注意的事项,如果用户是通过 USB 端口或者其他热插拔端口来连接打印机,就没有必要使用这个向导,只要将打印机的电缆插入计算机或将打印机面向计算机的红外线端口,然后打开打印机,中文版 Windows XP 系统会自动安装打印机,如图 3-89 所示。

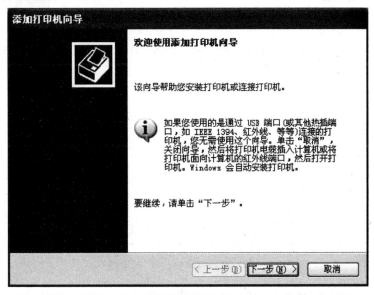

图 3-89   "欢迎使用添加打印机向导"对话框

（3）单击"下一步"按钮,打开"本地或网络打印机"对话框,用户可以选择安装本地或者是网络打印机,在这里应该选择"连接到这台计算机的本地打印机"单选项,如图 3-90 所示。

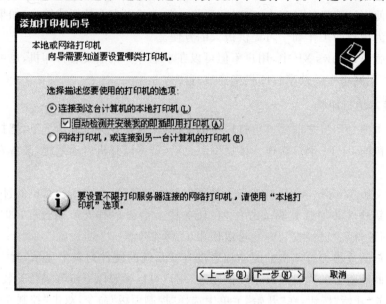

图 3-90　"本地或网络打印机"对话框

当选择"自动检测并安装我的即插即用打印机"复选框时,在随后会出现"新打印机检测"对话框,添加打印机向导自动检测并安装新的即插即用的打印机。当搜索结束后,会提示用户检测的结果,如果用户要手动安装,单击"下一步"按钮继续,如图 3-91 所示。

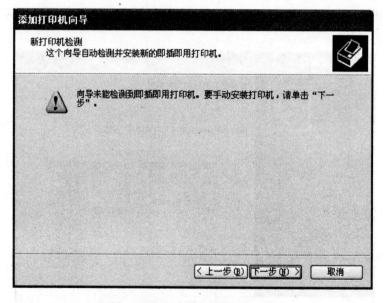

图 3-91　"新打印机检测"对话框

（4）这时向导打开"选择打印机端口"对话框,要求用户选择所安装的打印机使用的端口,在"使用以下端口"下拉列表框中提供了多种端口。系统推荐的打印机端口是

LPT1,大多数的计算机也是使用 LPT1 端口与本地计算机通信。如果用户使用的端口不在列表中,可以选择"创建新端口"单选项来创建新的通讯端口,如图 3-92 所示。

图 3-92 "选择打印机端口"对话框

(5)当用户选定端口后,单击"下一步"按钮,打开"安装打印机软件"对话框。在左侧的"厂商"列表中显示了世界各国打印机的知名生产厂商,当选择某制造商时,在右侧的"打印机"列表中会显示该生产厂相应的产品型号,如图 3-93 所示。

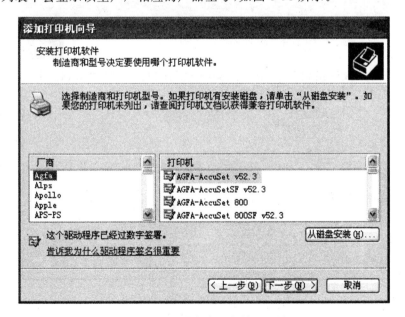

图 3-93 "安装打印机软件"对话框

如果用户所安装的打印机制造商和型号未在列表中显示,可以使用打印机所附带的安装光盘进行安装。单击"从磁盘安装"按钮，打开如图 3-94 所示的对话框，插入厂商的安装盘。然后在"厂商文件复制来源"文本框中输入驱动程序文件的正确路径，或者单击"浏览"按钮，在打开的窗口中选择所需的文件，然后单击"确定"按钮，可返回到"安装打印机"对话框。

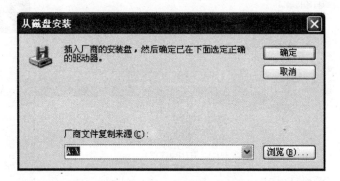

图 3-94　"从磁盘安装"对话框

（6）当用户确定驱动程序文件位置后，单击"下一步"打开"命名您的打印机"对话框。用户可以在"打印机名"文本框中为自己安装的打印机取个名，并提醒用户有些程序不支持超过 31 个英文字符或 15 个中文字符的服务器和打印机名称组合，最好取个短一点的打印机名称，如图 3-95 所示。用户可以在此将这台打印机设置为默认的打印机。当设置为默认打印机之后，如果用户是处于网络中，而且网络中有多台共享打印机，那么在未指定打印机的情况下，将在这台默认的打印机上输出。

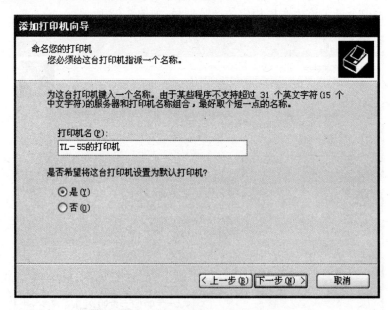

图 3-95　"命名您的打印机"对话框

（7）打印机命名完成后，单击"下一步"打开"打印机共享"对话框。该项设置主要用于连入网络的用户，如果将安装的打印机设置为共享打印机，网络中的其他用户就可以使用这台打印机进行打印作业。用户可以使用系统建议的名称,也可以在"共享名"文本框中重新键入一个其他网络用户易于识别的共享名,如图 3-96 所示。

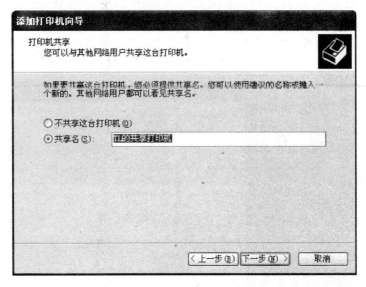

图 3-96　"打印机共享"对话框

（8）如果用户个人使用这台打印机,可以选择"不共享这台打印机"单选项。单击"下一步"按钮继续该向导,这时出现"位置和注解"对话框,用户可以为这台打印机加入描述性的内容,比如它的位置、功能以及其他注释。这个信息对用户以后的使用很有帮助,如图 3-97 所示。

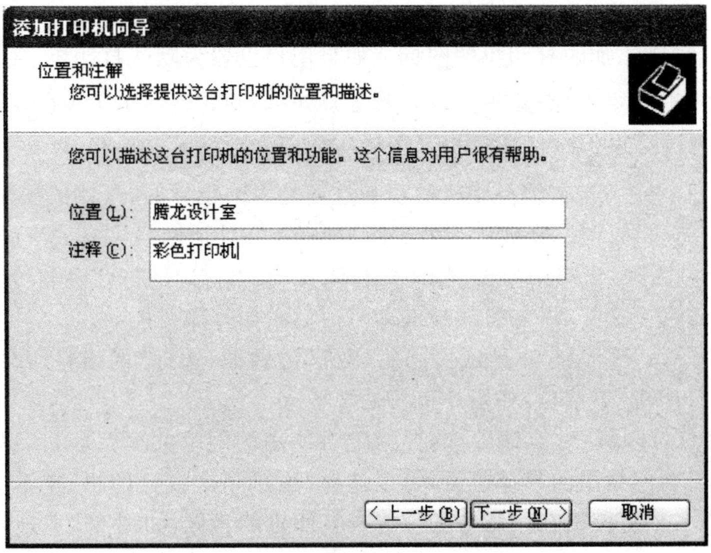

图 3-97　"位置和注解"对话框

（9）单击"下一步"按钮,打开"打印测试页"对话框,如果用户要确认打印机是否连接正确,并且是否顺利安装了其驱动程序,在"要打印测试页吗?"选项下单击"是"单选按钮,这时打印机就可以开始进行测试页的打印。

(10) 这时已基本完成添加打印机的工作,单击"下一步"按钮,出现"正在完成添加打印机向导"对话框,在此显示了所添加的打印机的名称、共享名、端口以及位置等信息。如果用户需要改动的话,可以单击"上一步"返回到上面的步骤进行修改,当用户确定所做的设置无误时,可单击"完成"按钮关闭"添加打印机向导",如图 3-98 所示。

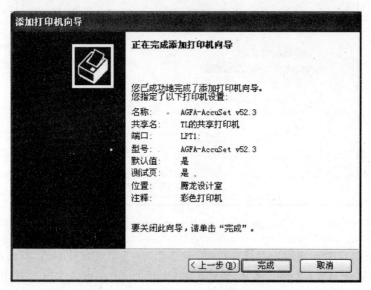

图 3-98　"正在完成添加打印机向导"对话框

(11) 在完成添加打印机向导后,屏幕上会出现"正在复制文件"对话框,它显示了复制驱动程序文件的进度,当文件复制完成后,全部的添加工作就完成了,在"打印机和传真"窗口中会出现刚添加的打印机的图标。如果用户设置为默认打印机,在图标旁边会有一个带"√"标志的黑色小圆,如果设置为共享打印机,则会有一个手形的标志。

2. 安装网络打印机

网络打印机的安装与本地打印机的安装过程是大同小异的,具体的操作步骤如下:

(1) 用户在安装前首先要确认是处于网络中的,并且该网络中有共享的打印机。

(2) 在"控制面板"窗口中单击"打印机和传真"选项,打开"打印机和传真"窗口,在其"打印机任务"选项下选择"添加打印机",即可启动添加打印机向导。

(3) 单击"下一步"打开"本地或网络打印机"对话框,选择"网络打印机,或连接到另一台计算机的打印机"单选项,如图 3-99 所示。

(4) 在"指定打印机"对话框中,需要指定将使用的网络共享打印机。如果知道所使用的共享打印机在网络中的具体位置,可以选择"连接到这台打印机"单选项,然后在"名称"文本框中输入该打印机在网络中的位置及打印机的名称,如图 3-100 所示。

如果要使用 Internet、家庭或办公网络中的打印机,可以选择"连接到 Internet、家庭或办公网络上的打印机"单选项,用户可以参照"例如"中的格式,在"URL"文本框中输入网络地址及打印机名称等内容。

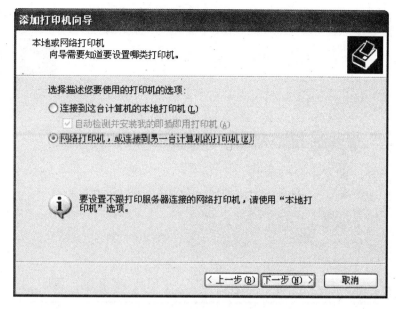

图 3-99　"本地或网络打印机"对话框

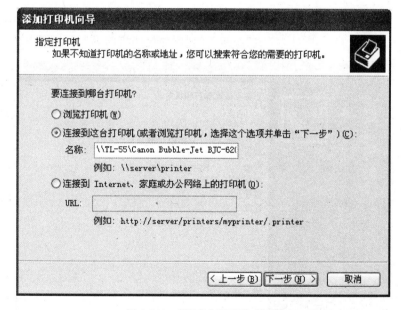

图 3-100　"指定打印机"对话框

（5）如果不清楚网络中共享打印机的位置等相关信息,可以选择"浏览打印机"单选项,让系统搜索网络中可用的共享打印机,单击"下一步"按钮继续。这时会打开"浏览打印机"对话框,在"共享打印机"列表中将显示目前可用的打印机。当选择一台共享打印机后,在"打印机"文本框中将出现所选择的打印机名称,如图 3-101 所示。

（6）当选定所要使用的共享打印机后,单击"下一步"按钮所出现的对话框中要求进行默认打印机的设置,提示在使用打印机过程中,如果不指定打印机,系统会把打印文档送到默认打印机,用户可以根据自己的需要进行选择。

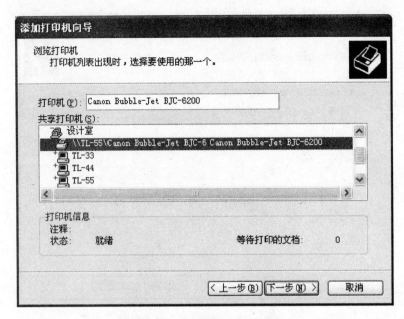

图 3-101 "浏览打印机"对话框

(7) 在"正在完成添加打印机向导"对话框中,显示了所添加的打印机的详细信息,比如名称、位置以及注释等,单击"完成"按钮关闭"添加打印机向导",如图 3-102 所示。

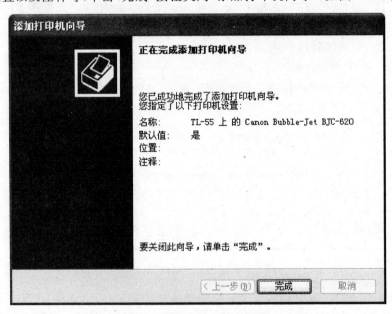

图 3-102 "正在完成添加打印机向导"对话框

这时,用户已经完成了添加网络打印机的全过程,网络共享打印机可启动打印测试页,在"打印机和传真"窗口中会出现新添加的网络打印机,在其图标下会有电缆的标志,用户就可以使用网络共享打印机进行打印作业了。

3.5　Windows XP 的多媒体技术

3.5.1　Windows XP 的多媒体特性

1. 媒体播放器

中文版 Windows XP 系统中"Windows Media player 11.0"是一个功能强大的数字媒体播放器,它可以播放 CD、VCR、DVD 等格式的音频、视频文件。使用该播放器,用户不仅可以欣赏各种音乐和影片,还可以自定义播放器的外观,创建自己的播放列表,系统将这些文件自动存放在"我的音乐"文件夹,用户可以有效地进行各种管理。

2. 对扫描仪和照相机的支持

在中文版 Windows XP 中提供了对扫描仪和照相机的支持,用户可以在"控制面板"窗口中启动"扫描仪和照相机安装向导"给自己的计算机添加这两种外部设备。当添加设备完成后,用户可以将扫描仪和照相机中的图片或者相片转移到硬盘中系统指定的文件目录下。这样,用户就可以在各种图形、图像处理软件中对所获得的资料进行编辑。

3. 对 CD-RW 及 CD-R 的支持

在中文版 Windows XP 环境下,如果用户在自己的计算机上安装了 CD-RW 或者是 CD-R设备,那么就可以将图片、音乐以及各种文档做成 CD,这样用户可以很方便地下载各种信息。不仅如此,用户还可以制作自己的音乐 CD,在个人相册中加入音乐做成光盘。

4. "Windows Movie Maker"程序

中文版 Windows XP 中提供了"Movie Maker"这个程序,它可用于视频影片的编辑。用户可以将便携式摄像机或者是数码摄像机中的影音资料导入到自己的计算机中,然后利用这个程序进行编辑,也可以将计算机中现存的音频、视频文件合成一个电影,可以在其中加入插曲、旁白甚至静物照片。

"Windows Movie Maker"程序采用超压缩技术,使用户所制作的影片所占的空间很小,所以用户不必担心自己所制作的影片会占用太多的硬盘空间。当编辑完成后,用户可以通过这个程序以电子邮件的方式发送给自己的家人和朋友或者发送到网站,在网上进行公布。

3.5.2　多媒体属性设置

多媒体使电脑具有了听觉、视觉和发音的能力,使其变得更加亲切自然、更具人性化,赢得了大多数用户的喜爱。要想充分发挥 Windows XP 的多媒体功能,就需要先对各种多媒体设备进行设置,使其可以发挥最佳的性能。

1. 设置声音和音频设备

设置声音和音频设备的音频、语声、声音及硬件等可执行以下操作。

(1)单击"开始"按钮,选择"控制面板"命令,打开"控制面板"对话框。

(2)双击"声音和音频设备"图标,打开"声音和音频设备属性"对话框,选择"音量"选项卡,如图 3-103 所示。

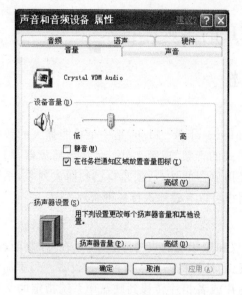

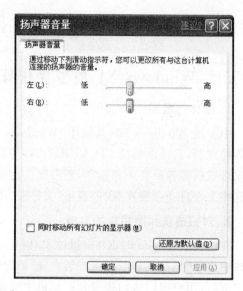

图 3-103　"音量"选项卡　　　　　　　　图 3-104　"扬声器音量"对话框

　　在该选项卡中,用户可在"设备音量"选项组中拖动滑块调整音频设备的音量。若选定"静音"复选框,则不输出声音;若选定"在任务栏通知区域放置音量图标"复选框,则在任务栏的通知区域中将出现"音量"图标,单击该图标可弹出音量调整框,拖动滑块可调整输出的音量。在"扬声器设置"选项组中单击"扬声器音量"按钮,就出现"扬声器音量"对话框,调整扬声器的音量,如图 3-104 所示。

　　(3) 选择"声音"选项卡,如图 3-105 所示。在该选项卡中的"声音方案"下拉列表中可选择一种声音方案。在"程序事件"列表框中将显示该声音方案的各种程序事件声音。选择一种程序事件声音,单击"浏览"按钮,可为该程序事件选择另一种声音。单击"应用"按钮,即可应用设置。

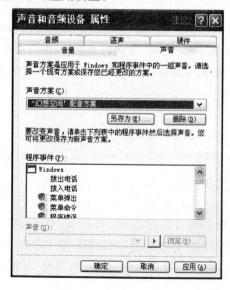

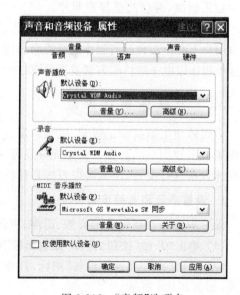

图 3-105　"声音"选项卡　　　　　　　　图 3-106　"音频"选项卡

（4）选择"音频"选项卡，如图 3-106 所示。在该选项卡中的"声音播放"选项组中的"默认设备"下拉列表中可选择声音播放的设备；在"录音"选项组中的"默认设备"下拉列表中可选择录音的设备；在"MIDI 音乐播放"选项组中的默认设备下拉列表中可选择播放 MIDI 音乐的设备。设置完毕后，单击"应用"按钮即可应用设置。

（5）选择"语声"选项卡，如图 3-107 所示。在该选项卡中的"播音"选项组中的"默认设备"下拉列表中可选择播音的默认设备；在"录音"选项组中的"默认设备"下拉列表中可选择录音的默认设备；单击"语音测试"按钮，可在弹出的"声音硬件测试向导"对话框中进行录音及播音的测试。

图 3-107　"语声"选项卡

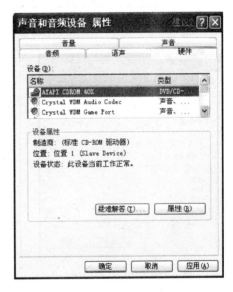

图 3-108　"硬件"选项卡

（6）选择"硬件"选项卡，如图 3-108 所示。在该选项卡中的"设备"列表框中显示了所有声音和音频设备的名称和类型。单击一种声音和音频设备，可在"设备属性"选项组中看到该设备的详细信息；单击"属性"按钮，可查看该设备的属性及详细信息、驱动程序等；单击"应用"和"确定"按钮即可。

2. 控制音量及录音控制

控制音量及录音控制的具体操作步骤如下：

（1）双击任务栏通知区域中的"音量"图标。

（2）打开"主输出"对话框，如图 3-109 所示。

（3）在该对话框中的"主输出"选项组中可调整主输出的平衡、音量；在"波形"、"数字"、"迷笛"、"CD 音频"、"路线输入"等选项组中可分别调整其平衡及音量。

（4）单击"选项→属性"命令，可弹出"属性"对话框，如图 3-110 所示。

（5）在该对话框中的"混音器"下拉列表中可选择混音器。在"调节音量"选项组中选择"播放"选项，出现如图 3-109 所示的控制播放音量的"主输出"对话框；若选择"录音"选项，则弹出"录音控制"对话框，如图 3-111 所示。

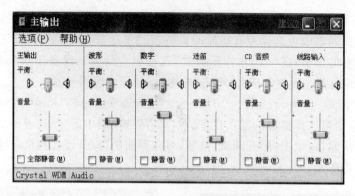

图 3-109 "主输出"对话框

图 3-110 "属性"对话框

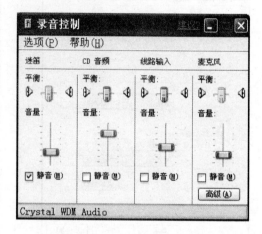

图 3-111 "录音控制"对话框

（6）在该对话框中可调整录音的各种音频效果的平衡及音量。

（7）在"属性"对话框中的"显示下列音量控制"列表框中选中各选项前的复选框，单击"确定"按钮，即可在"主输出"或"录音控制"对话框中显示该选项。

3.5.3 多媒体程序应用

使用 Windows Media Player 可以播放、编辑和嵌入多种多媒体文件，包括视频、音频和动画文件。Windows Media Player 不仅可以播放本地的多媒体文件，还可以播放来自 Internet 的流式媒体文件。

1. 播放多媒体文件、CD 唱片

使用 Windows Media Player 播放多媒体文件、CD 唱片的操作步骤如下：

（1）单击"开始"按钮，选择"更多程序→附件→娱乐→Windows Media Player"命令，打开"Windows Media Player"窗口，如图 3-112 所示。

（2）若要播放本地磁盘上的多媒体文件，可选择"文件→打开"命令，选中该文件，单击"打开"按钮或双击即可播放。

（3）若要播放 CD 唱片，可先将 CD 唱片放入 CD-ROM 驱动器中，单击"CD 音频"按钮，再单击"播放" 按钮即可。

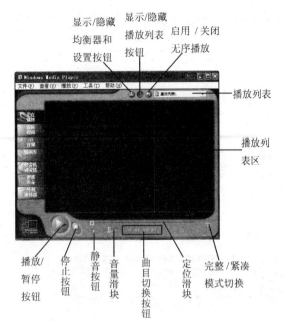

图 3-112   "Windows Media Player"窗口

2．更换 Windows Media Player 面板

Windows Media Player 提供了多种不同风格的面板供用户选择。要更换 Windows Media Player 面板，可执行以下操作：

（1）打开 Windows Media Player 窗口。

（2）单击"外观选择器"按钮，如图 3-113 所示。

图 3-113   更换面板

（3）在"面板清单"列表框中可选择一种面板，在预览框中即可看到该面板的效果。单击"应用外观"按钮，即可应用该面板。单击"更多外观"按钮，可在网络上下载更多的面板，图 3-114 显示了更换面板后的效果。

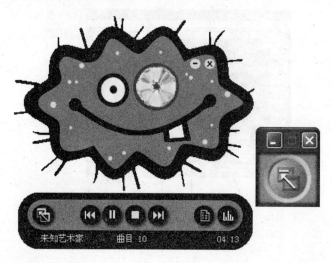

图 3-114　更换面板后的效果

3．复制 CD 音乐到媒体库中

利用 Windows Media Player 复制 CD 音乐到本地磁盘中，可执行以下操作：

（1）打开 Windows Media Player。

（2）将要复制的音乐 CD 盘放入 CD-ROM 中。

（3）单击"CD 音频"按钮，打开该 CD 的曲目库，如图 3-115 所示。

图 3-115　打开 CD 的曲目库

（4）清除不需要复制的曲目库的复选标记。

（5）单击"复制音乐"按钮，即可开始进行复制。

（6）复制完毕后，单击"媒体库"按钮，即可看到所复制的曲目及其详细信息。

（7）选择一个曲目，单击"播放"按钮或单击右键在弹出的快捷菜单中选择播放即可播放该曲目，也可在弹出的快捷菜单中选择将其添加到播放列表中，或将其删除。

将曲目添加到播放列表的操作步骤为：

（1）单击"媒体库"按钮，打开 Windows Media Player 媒体库。

（2）单击"选择新建播放列表"按钮，弹出"新建播放列表"对话框，如图 3-116 所示。

（3）在"输入新播放列表名称"文本框中可输入新建的播放列表的名称，单击"确定"按钮即可。

（4）选中要添加到播放列表中的曲目，单击"添加到播放列表"按钮，在其下拉列表中选择要添加到的播放列表即可。

　　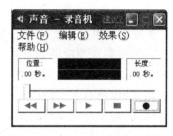

图 3-116　"新建播放列表"对话框　　　　图 3-117　"声音-录音机"窗口

4. 使用录音机

使用"录音机"可以录制、混合、播放和编辑声音文件（wav 文件），也可以将声音文件链接或插入到另一文档中。

1）使用"录音机"进行录音

使用"录音机"进行录音的操作如下：

（1）单击"开始"按钮，选择"更多程序→附件→娱乐→录音机"命令，打开"声音－录音机"窗口，如图 3-117 所示。

（2）单击"录音" ● 按钮，即可开始录音。最多录音长度为 60 秒。

（3）录制完毕后，单击"停止" ■ 按钮即可。

（4）单击"播放" ▶ 按钮，即可播放所录制的声音文件。

2）调整声音文件的质量

用"录音机"所录制下来的声音文件，用户还可以调整其声音文件的质量。调整声音文件质量的具体操作如下：

（1）打开"录音机"窗口；

（2）选择"文件→打开"命令，双击要进行调整的声音文件；

（3）单击"文件→属性"命令，打开"声音文件属性"对话框，如图 3-118 所示。

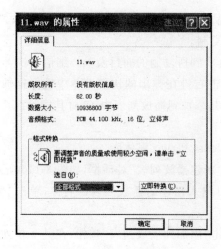

图 3-118　"声音文件属性"对话框　　　　　图 3-119　"声音选定"对话框

（4）在该对话框中显示了该声音文件的具体信息，在"格式转换"选项组中单击"选自"下拉列表，其中各选项功能如下：

　　·全部格式：显示全部可用的格式。

　　·播放格式：显示声卡支持的所有可能的播放格式。

　　·录音格式：显示声卡支持的所有可能的录音格式。

（5）选择一种所需格式，单击"立即转换"按钮，打开"声音选定"对话框，如图 3-119 所示。

（6）在该对话框中的"名称"下拉列表中可选择"无题"、"CD 质量"、"电话质量"和"收音质量"选项。在"格式"和"属性"下拉列表中可选择该声音文件的格式和属性。

3）混合声音文件

混合声音文件就是将多个声音文件混合到一个声音文件中。利用"录音机"进行声音文件的混音的操作方法为：打开"录音机"窗口，选择"文件→打开"命令，双击要混入声音的声音文件；将滑块移动到文件中需要混入声音的地方，选择"编辑→与文件混音"命令，打开"混入文件"对话框，如图 3-120 所示。双击要混入的声音文件即可。

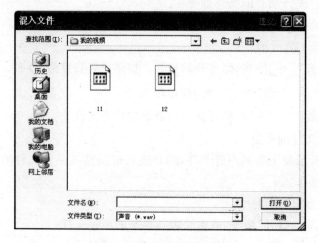

图 3-120　"混入文件"对话框

"录音机"只能混合未压缩的声音文件。如果在"录音机"窗口中未发现绿线,说明该声音文件是压缩文件,必须先调整其音质,才能对其进行修改。

4)插入声音文件

若想将某个声音文件插入到现有的声音文件中,而又不想让其与插入点后的原有声音混合,可使用"插入文件"命令。

插入声音文件的具体步骤是:打开"录音机"窗口,选择"文件→打开"命令,双击要插入声音的声音文件;将滑块移动到文件中需要插入声音的地方,选择"编辑→插入文件"命令,打开"插入文件"对话框,双击要插入的声音文件即可。

5)为声音文件添加回音

用户也可以为录制的声音文件添加回音效果,操作步骤为:打开"录音机"窗口,选择"文件→打开"命令,打开要添加回音效果的声音文件;单击"效果→添加回音"命令即可为该声音文件添加回音效果。

3.6　常用附件程序

3.6.1　画图程序

"画图"程序是一个位图编辑器,可以对各种位图格式的图画进行编辑,用户可以自己绘制图画,也可以对扫描的图片进行编辑修改,在编辑完成后,可以以 BMP,JPG,GIF 等格式存档,用户还可以发送到桌面和其他文本文档中。

1. 认识"画图"界面

当用户要使用画图工具时,可单击"开始"按钮,单击"所有程序"→"附件"→"画图",这时用户可以进入"画图"界面,如图 3-121 所示,为程序默认状态。

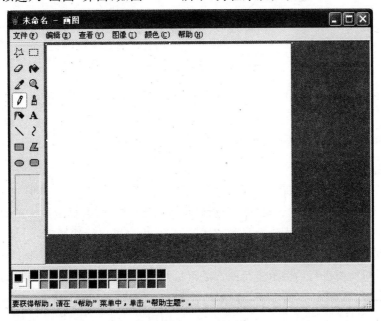

图 3-121　"画图"界面

下面简单介绍一下程序界面的构成：

（1）标题栏。标明了用户正在使用的程序和正在编辑的文件。

（2）菜单栏。提供了用户在操作时要用到的各种命令。

（3）工具箱。包含了 16 种常用的绘图工具和一个辅助选择框，为用户提供多种选择。

（4）颜料盒。由显示多种颜色的小色块组成，用户可以随意改变绘图颜色。

（5）状态栏。它的内容随光标的移动而改变，标明了当前鼠标所处位置的信息。

（6）绘图区。处于整个界面的中间，为用户提供画布。

2. 页面设置

在用户使用画图程序之前，首先要根据自己的实际需要进行画布的选择，也就是要进行页面设置，确定所要绘制的图画大小以及各种具体的格式。用户可以通过选择"文件"菜单中的"页面设置"命令来实现，如图 3-122 所示。

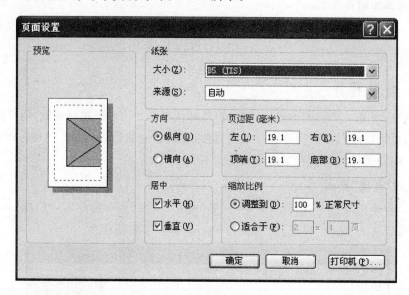

图 3-122　"页面设置"对话框

在"纸张"选项组中，单击向下的箭头，会弹出一个下拉列表框。用户可以选择纸张的大小及来源，可从"纵向"和"横向"复选框中选择纸张的方向，还可进行页边距离及缩放比例的调整，当一切设置好之后，用户就可以进行绘画的工作了。

3. 使用工具箱

在"工具箱"中，为用户提供了 16 种常用的工具，当每选择一种工具时，在下面的辅助选择框中会出现相应的信息。例如，当选择"放大镜"工具时，会显示放大的比例；当选择"刷子"工具时，会出现刷子大小及显示方式的选项，用户可自行选择。

（1）裁剪工具。此工具用来对图片进行任意形状的裁切。单击此工具按钮，按住左键不松开，对所要进行的对象进行圈选后再松开手，此时出现虚框选区，拖动选区，即可看到效果。

（2）选定工具。此工具用于选定对象，使用时单击此按钮，拖动鼠标左键，可以拉出一个矩形选区对所要操作的对象进行选择。用户可对选定范围内的对象进行复制、移动、剪切等操作。

（3）橡皮工具 ⌀。用于擦除绘图中不需要的部分，用户可根据要擦除的对象范围大小，来选择合适的橡皮擦。橡皮工具根据背景而变化，当用户改变其背景色时，橡皮会转换为绘图工具，类似于刷子的功能。

（4）填充工具 ⬤。运用此工具可对一个选区内进行颜色的填充，来达到不同的表现效果。用户可以从颜料盒中进行颜色的选择，选定某种颜色后，单击改变前景色。右击改变背景色，在填充时，一定要在封闭的范围内进行，否则整个画布的颜色会发生改变，在填充对象上单击填充前景色，右击填充背景色。

（5）取色工具 ⌖。此工具的功能等同于在颜料盒中进行颜色的选择。单击该工具按钮，单击要操作的对象，颜料盒中的前景色随之改变，而对其右击，则背景色会发生相应的改变，当用户需要对两个对象进行相同颜色填充，而这时前、背景色的颜色已经调乱时，可采用此工具，能保证其颜色的绝对相同。

（6）放大镜工具 🔍。此工具用于对某一区域进行详细观察，可以使用放大镜进行放大，选择此工具按钮，绘图区会出现一个矩形选区，选择所要观察的对象，单击即可放大，再次单击回到原来的状态，用户可以在辅助选框中选择放大的比例。

（7）铅笔工具 ✎。此工具用于不规则线条的绘制。线条的颜色依前景色而改变，可通过改变前景色来改变线条的颜色。

（8）刷子工具 🖌。使用此工具可绘制不规则的图形。单击该工具按钮，在绘图区按下左键拖动即可绘制显示前景色的图画，按下右键拖动可绘制显示背景色图画。用户可以根据需要选择不同的笔刷粗细及形状。

（9）喷枪工具 ✴。使用喷枪工具能产生喷绘的效果，选择好颜色后，单击此按钮，即可进行喷绘，在喷绘点上停留的时间越久，其浓度越大，反之，浓度越小。

（10）文字工具 A。此工具可在图画中加入文字。单击此按钮，"查看"菜单中的"文字工具栏"便可以用了；用户在文字输入框内输完文字并且选择后，可以设置文字的字体、字号，给文字加粗、倾斜、加下划线，改变文字的显示方向等，如图 3-123 所示。

（11）直线工具 ＼。此工具用于直线线条的绘制，先选择所需要的颜色以及在辅助选择框中选择合适的宽度，单击直线工具按钮，拖动鼠标至所需要的位置再松开，即可得到直线。在拖动的过程中同时按 Shift 键，可起到约束的作用，这样可以画出水平线、垂直线或与水平线成 45°的线条。

（12）曲线工具 ⌇。此工具用于曲线线条的绘制，先选择好线条的颜色及宽度，然后单击曲线按钮，拖动鼠标至所需要的位置再松开。在线条上选择一点，移动鼠标则线条会随之变化，调整至合适的弧度即可。

（13）矩形工具 ▭、椭圆工具 ⬭、圆角矩形工具 ▢。这三种工具的应用基本相同，当单击工具按钮后，在绘图区直接拖动即可拉出相应的图形。在其辅助选择框中有三种选项：以前景色为边框的图形、以前景色为边框背景色填充的图形和以前景色填充没有边框的图形，在拉动鼠标的同时按 Shift 键，可以分别得到正方形、正圆、正圆角矩形工具。

图 3-123　文字工具

（14）多边形工具 。此工具用于绘制多边形，选定颜色后，单击工具按钮，在绘图区拖动鼠标左键，当需要弯曲时松开手，如此反复，到最后时双击鼠标，即可得到相应的多边形。

4. 图像及颜色的编辑

在画图工具栏的"图像"菜单中，用户可对图像进行简单的编辑，下面来具体学习：

（1）在"翻转和旋转"对话框内，有三个复选框：水平翻转、垂直翻转及按一定角度旋转。用户可以根据自己的需要进行选择，如图 3-124 所示。

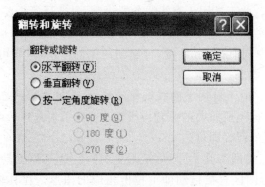

图 3-124　"翻转和旋转"对话框

（2）在"拉伸和扭曲"对话框内，有拉伸和扭曲两个选项组，用户可以选择水平和垂直方向拉伸的比例和扭曲的角度，如图 3-125 所示。

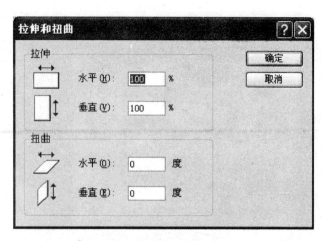

图 3-125　"拉伸和扭曲"对话框

（3）选择"图像"下的"反色"命令，图形即可呈反色显示，图 3-126、图 3-127 是执行"反色"命令后的两幅对比图。

（4）在"属性"对话框内，显示了保存过的文件属性，包括保存的时间、大小、分辨率以及图片的高度、宽度等。用户可在"单位"选项组下选用不同的单位进行查看，如图 3-128 所示。

图 3-126　"反色"前

图 3-127　"反色"后

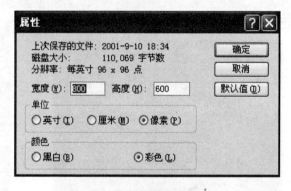

图 3-128　"属性"对话框

　　在生活中的颜色是多种多样的,在颜料盒中提供的色彩也许远远不能满足用户的需要,当"颜色"菜单中为用户提供了选择的空间,执行"颜色→编辑颜色"命令,弹出"编辑颜色"对话框,用户可在"基本颜色"选项组中进行色彩的选择,也可以单击"规定自定义颜色"按钮,自定义颜色后再添加到"自定义颜色"选项组中,如图 3-129 所示。

　　当用户的一幅作品完成后,可以设置为墙纸,还可以打印输出,具体的操作都是在"文件"菜单中实现的,用户可以直接执行相关的命令根据提示操作,这里不再过多叙述。

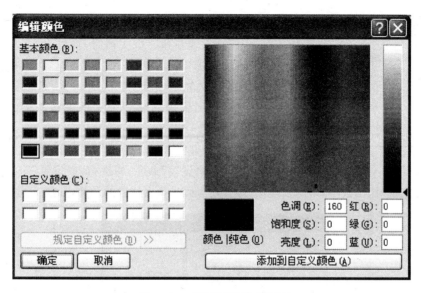

图 3-129　"编辑颜色"对话框

3.6.2　写字板

"写字板"是一个使用简单,但却功能强大的文字处理程序,用户可以利用它进行日常工作中文件的编辑。它不仅可以进行中英文文档的编辑,而且还可以图文混排,插入图片、声音、视频剪辑等多媒体资料。

1. 认识写字板

当用户要使用写字板时,可执行以下操作:

在桌面上单击"开始"按钮,在打开的"开始"菜单中执行"所有程序→附件→写字板"命令,这时就可以进入"写字板"界面,如图 3-130 所示。从图中用户可以看到,它由标题栏、菜单栏、工具栏、格式栏、水平标尺、工作区和状态栏几部分组成。

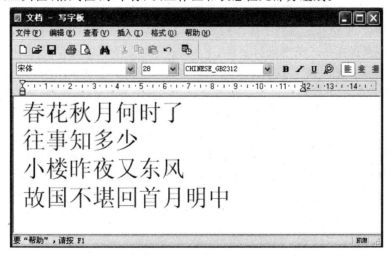

图 3-130　"写字板"界面

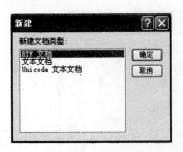

图 3-131 "新建"对话框

2. 新建文档

当用户需要新建一个文档时,可以在"文件"菜单中进行操作,执行"新建"命令,弹出"新建"对话框,用户可以选择新建文档的类型,默认的为 RTF 格式的文档。单击"确定"后,即可新建一个文档进行文字的输入,如图 3-131 所示。

设置好文件格式后,还要进行页面的设置,在"文件"菜单选择"页面设置"命令,弹出"页面设置"对话框,在其中用户可以选择张的大小、来源及使用方向,还可以进行页边距的调整,如图 3-132 所示。

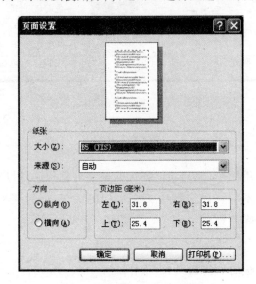

图 3-132 "页面设置"对话框

3. 字体及段落格式

当用户设置好文件的类型及页面后,就要进行字体及段落格式的选择了。文件如果用于正式的场合,要选择庄重的字体。反之,可以选择一些轻松活泼的字体。

用户可以直接在格式栏中进行字体、字形、字号和字体颜色的设置,也可以利用"格式"菜单中的"字体"命令来实现。选择这一命令后,出现"字体"对话框,如图 3-133 所示。

(1)在"字体"的下拉列表框中有多种中英文字体可供用户选择,默认为"宋体"。在"字形"中用户可以选择常规、斜体等。在字体的大小中,字号用阿拉伯数字标识的,字号越大,字体就越大,而用汉语标识的,字号越大,字体反而越小。

(2)在"效果"中可以添加删除线、下划线,用户可以在"颜色"的下拉列表框中选择自己需要的字体颜色,"示例"中显示了当前字体的状态,它跟随用户的改动而变化。

在用户设置段落格式时,可选择"格式"菜单中的"段落"命令,这时弹出一个"段落"对话框,如图 3-134 所示。缩进是指用户输入段落的边缘离已设置好的页边距的距离,可以分为三种:

① 左缩进。指输入的文本段落的左侧边缘离左页边距的距离。

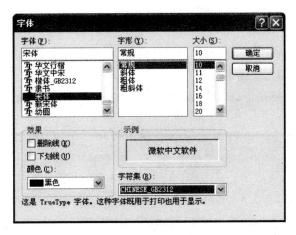

图 3-133　"字体"对话框

　　② 右缩进。指输入的文本段落的右侧边缘离右页边距的距离。

　　③ 首行缩进。指输入的文本段落的第一行左侧边缘离左缩进的距离。在"段落"对话框中，输入所需要的数值，它们都是以厘米为单位的。确定后，文档中的段落会发生相应的改变。调整缩进时，用户也可通过调节水平标尺上的小滑块的位置来改变缩进设置。在"段落"中，有三种对齐方式：左对齐、右对齐和居中对齐。当然，用户

图 3-134　"段落"对话框

可以直接在格式栏上单击按钮左对齐 、居中对齐 和右对齐 来进行文本的对齐。

　　如果是编写一些属于并列关系的内容，这时要加上项目符号，可以使全文简洁明了，更加富有条理性。用户可以先选中所要操作的对象，然后执行"格式"→"项目符号样式"命令，或者可以在格式栏上单击项目符号按钮来添加项目符号。

4. 编辑文档

　　编辑功能是写字板程序的灵魂，通过各种方法，比如复制、剪切、粘贴等操作，使文档能符合用户的需要，下面来简单介绍几种常用的操作：

　　(1) 选择。按下鼠标左键不放手，在所需要操作的对象上拖动，当文字呈反白显示时，说明已经选中对象。当需要选择全文时，可执行"编辑→全选"命令，或者使用快捷键 Ctrl＋A 即可选定文档中的所有内容。

　　(2) 删除。当用户选定不再需要的对象进行清除工作时，可以在键盘上按下 Delete键，也可以在"编辑"菜单中执行"清除"或者"剪切"命令，即可删除内容。所不同的是，"清除"是将内容放入到回收站中，而"剪切"是把内容存入了剪贴板中，可以进行还原粘贴。

（3）移动。先选中对象，当对象呈反白显示时，按下鼠标左键拖到所需要的位置再放手，即可完成移动的操作。

（4）复制。用户如要对文档内容进行复制时，可以先选定对象，使用"编辑"菜单中的"复制"命令，也可以使用快捷键 Ctrl＋C 来进行。

移动与复制的区别在于：进行移动后，原来位置的内容不再存在，而复制后，原来的内容还存在。

（5）查找和替换。有时，用户需要在文档中寻找一些相关的字词，如果全靠手动查找，会浪费很多时间，利用"编辑"菜单中"查找"和"替换"就能轻松地找到所想要的内容。这样，会提高用户的工作效率。

在进行"查找"时，可选择"编辑→查找"命令，弹出"查找"对话框，用户可以在其中输入要查找的内容，单击"查找下一个"即可，如图 3-135 所示。

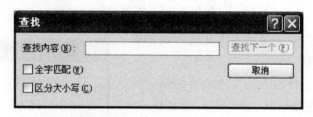

图 3-135　"查找"对话框

·全字匹配：主要针对英文的查找，选择后，只有找到完整的单词后，才会出现提示，而其缩写则不会查找到。

·区分大小写：当选择后，在查找的过程中，会严格地区分大小写。

这两项一般都默认为不选择，用户如需要时，可选择其复选框。如果用户需要某些内容的替换时，可以选择"编辑→替换"命令，出现"替换"对话框，如图 3-136 所示。在"查找内容"中输入原来的内容，即要被替换掉的内容，在"替换为"输入要替换后的内容。完成后，单击"查找下一处"按钮，即可查找到相关内容，单击"替换"只替换一处的内容，单击"全部替换"则在全文中都替换掉。

为了提高工作效率，用户可以利用快捷键或者通过在选定对象上右击后所产生的快捷菜单中进行操作，同样也可以完成各种操作。

图 3-136　"替换"对话框

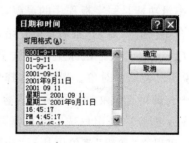

图 3-137　"日期和时间"对话框

5. 插入菜单

用户在创建文档的过程中,常常要进行时间的输入,利用"插入"菜单可以方便地插入当前的时间而不用逐条输入,而且可以插入各种格式的图片以及声音等。用户在使用时,先选定将要插入的位置,然后选择"编辑→日期和时间"命令,弹出"日期和时间"对话框,在其中为用户提供了多种格式的日期和时间,用户可随意选择,如图 3-137所示。

在写字板中用户可以插入多种对象,当选择"插入→对象"命令后,即可弹出"插入对象"对话框,选择要插入的对象,在"结果"中显示了对所选项的说明。单击"确定"后,系统将打开所选的程序,用户可以选择所需要的内容插入,如图 3-138 所示。

图 3-138　"插入对象"对话框

3.6.3　记事本

记事本用于纯文本文档的编辑,功能没有写字板强大,适于编写一些篇幅短小的文件。由于它使用方便、快捷,应用也比较多,比如一些程序的 READ ME 文件通常是以记事本的形式打开的。

在 Windows XP 系统中的"记事本"又新增了一些功能,比如可以改变文档的阅读顺序,可以使用不同的语言格式来创建文档,能以若干不同的格式打开文件。

启动记事本时,用户可这样来操作:单击"开始"按钮,选择"所有程序→附件→记事本"命令,即可启动记事本,如图 3-139 所示,它的界面与写字板的基本一样。

关于记事本的一些操作几乎都和写字板一样,在这里不再过多讲述,用户可参照上节关于写字板的介绍来使用。为了适应不同用户的阅读习惯,在记事本中可以改变文字的阅读顺序。在工作区域右击,弹出快捷菜单,在"从右到左的阅读顺序",则全文的内容都移到了工作区的右侧。在记事本中用户可以使用不同的语言格式创建文档,而且可以用不同的格式打开或保存文件,当用户使用不同的字符集工作时,程序将默认保存为标准的 ANSI 文章。用户可以用不同的编码进行保存或打开,如 ANSI、Unicode、big-endian Unicode 或 UTF-8 等类型。

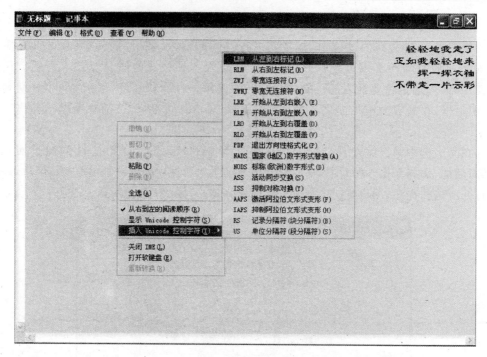

图 3-139　记事本

3.6.4　计算器

　　计算器可以帮助用户完成数据的运算,它可分为"标准计算器"和"科学计算器"两种。"标准计算器"可以完成日常工作中简单的算术运算;"科学计算器"可以完成较为复杂的科学运算,比如函数运算等,运算的结果不能直接保存,而是将结果存储在内存中,以供粘贴到别的应用程序和其他文档中。它的使用方法与日常生活中所使用的计算器的方法一样,可以通过鼠标单击计算器上的按钮来取值,也可以通过从键盘上输入来操作。

1. 标准计算器

　　在处理一般的数据时,用户使用"标准计算器"就可以满足工作和生活的需要了,单击"开始"按钮,选择"所有程序→附件→计算器"命令,即可打开"计算器"窗口,系统默认为"标准计算器",如图 3-140 所示。

图 3-140　标准计算器

　　计算器窗口包括标题栏、菜单栏、数字显示区和工作区几部分。

　　工作区由数字按钮、运算符按钮、存储按钮和操作按钮组成。当用户使用时可以先输入所要运算的算式的第一个数,数字显示区内会显示相应的数,然后选择运算符,再输入第二个数,最后选择"＝"按钮,即可得到运算后数值。在键盘上输入时,也是按照同样的方法,到最后敲回车键即可得到运算结果。

　　当用户在进行数值输入过程中出现错误时,可以单击

Backspace 键逐个进行删除；当需要全部清除时，可以单击"CE"按钮；当一次运算完成后，单击"C"按钮即可清除当前的运算结果，再次输入时可开始新的运算。

　　计算器的运算结果可以导入到别的应用程序中，用户可以选择"编辑→复制"命令把运算结果粘贴到别处，也可以从别的地方复制好运算算式后，选择"编辑→粘贴"命令，在计算器中进行运算。

2. 科学计算器

　　从事非常专业的科研工作时，要经常进行较为复杂的科学运算，可以选择"查看→科学型"命令，弹出"科学计算器"窗口，如图 3-141 所示。

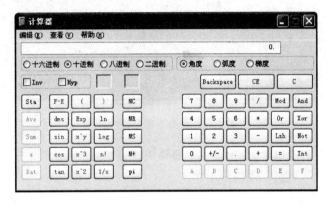

图 3-141　科学计算器

　　此窗口增加了基数数制选项、单位选项及一些函数运算符号，系统默认的是十进制，当用户改变其数制时，单位选项、数字区、运算符区的可选项将发生相应的改变。

　　用户在工作过程中，也许需要进行数制的转换，这时可以直接在数字显示区输入所要转换的数值，也可以利用运算结果进行转换，选择所需要的数制，在数字显示区会出现转换后的结果。

　　另外，科学计算器可以进行一些函数的运算，使用时要先确定运算的单位，在数字区输入数值，然后选择函数运算符，再单击"＝"按钮，即可得到结果。

3.7　Windows XP 的命令提示符

　　"命令提示符"也就是 Windows 95/98 下的"MS-DOS 方式"，虽然随着计算机产业的发展，Windows 操作系统的应用越来越广泛，DOS 面临着被淘汰的命运。但是因为它运行安全、稳定，有的用户还在使用，所以一般 Windows 的各种版本都与其兼容，用户可以在 Windows 系统下运行 DOS，中文版 Windows XP 中的命令提示符进一步提高了与 DOS 下操作命令的兼容性，用户可以在命令提示符直接输入中文调用文件。

1. 应用

　　当用户需要使用 DOS 时，可以在桌面上单击"开始"按钮，选择"所有程序→附件→命令提示符"命令，即可启动 DOS。系统默认的当前位置是 C 盘下的"我的文档"，如图 3-142

所示。这时用户已经看到熟悉的 DOS 界面了，可以执行 DOS 命令来完成日常工作。

图 3-142 "命令提示符"窗口

在工作区域内右击鼠标，会出现一个编辑快捷菜单，用户可以先选择对象，然后可以进行"复制"、"粘贴"、"查找"等编辑工作。

2. 设置

在命令提示符中，默认的是白字黑底显示，用户可以通过"属性"来改变其显示方式、字体字号等一些属性。在命令提示符的标题栏上右击，在弹出的快捷菜单中选择"属性"命令，这时进入"命令提示符属性"对话框。

（1）在"选项"中，用户可以改变光标的大小，改变其显示方式，包含"窗口"和"全屏显示"两种方式，在"命令记录"选项组中可以改变缓冲区的大小和数量，如图 3-143 所示。

（2）在"字体"选项卡中，为用户提供了"点阵字体"和"新宋体"两种字体，用户还可以选择不同的字号。

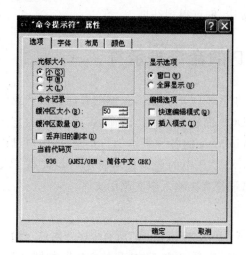

图 3-143 "选项"选项卡

图 3-144 "布局"选项卡

（3）在"布局"选项卡中，用户可以自定义屏幕缓冲区大小及窗口的大小，在"窗口位置"选项组中，显示了窗口在显示器上所处的位置，如图 3-144 所示。

（4）在"颜色"选项卡，用户可以自定义屏幕文字、背景以及弹出窗口文字、背景的颜色，用户可以选择所列出的小色块，也可以在"选定的颜色值"中输入精确的 RGB 比值来确定颜色，如图 3-145 所示。

图 3-145 "颜色"选项卡

习　题　3

一、选择题

1. 在一个窗口中使用"Alt＋空格"组合键可以（　　）。

   A. 打开快捷菜单　　　　　　　　B. 打开控制菜单

   C. 关闭窗口　　　　　　　　　　D. 以上答案都不对

2. 如果在对话框要进行各个选项卡之间的切换，可以使用的快捷键是（　　）。

   A. Ctrl＋Tab 组合键　　　　　　B. Ctrl＋Shift 组合键

   C. Alt＋Shift 组合键　　　　　　D. Ctrl＋Alt 组合键

3. 在 Windows XP 风格的"开始"菜单中，系统默认显示的程序快捷方式为（　　）个。

   A. 4　　　　　　　　　　　　　B. 6

   C. 7　　　　　　　　　　　　　D. 8

4. 资源管理器可以（　　）显示计算机内所有文件的详细图表。

   A. 在同一窗口　　　　　　　　　B. 多个窗口

   C. 分节方式　　　　　　　　　　D. 分层方式

5. 使用（　　）可以帮助用户释放硬盘驱动器空间，删除临时文件、Internet 缓存文件和可以安全删除不需要的文件,腾出它们占用的系统资源,以提高系统性能。

A. 格式化　　　　　　　　　B. 磁盘清理程序

C. 整理磁盘碎片　　　　　　D. 磁盘查错

6. 双击任务栏通知区域中的"音量"图标,将弹出(　　)对话框。

A. 音量　　　　　　　　　　B. 主输出

C. 声音　　　　　　　　　　D. 音频属性

二、简答题

1. 简单叙述"桌面清理向导"的操作以及还原步骤。

2. 叙述运行磁盘整理程序的步骤。

3. 叙述使用 Windows Movie Maker 进行多媒体的录制、打开、导入、制作剪辑及将其存储为电影的操作步骤。

4. 叙述新建通讯簿联系人的具体操作。

三、实训题

练习一　设置共享文件夹。

系统提供的共享文件夹被命名为"Shared Documents",双击"我的电脑"图标,在"我的电脑"对话框中即可看到该共享文件夹。若用户想将某个文件或文件夹设置为共享,可选定该文件或文件夹,将其拖到"Shared Documents"共享文件夹中即可。

设置用户自己的共享文件夹的操作如下:

(1) 选定要设置共享的文件夹。

(2) 选择"文件"→"共享"命令,或单击右键,在弹出的快捷菜单中选择"共享"命令。

(3) 打开"属性"对话框中的"共享"选项卡。

(4) 选中"在网络上共享这个文件夹"复选框,这时"共享名"文本框和"允许其他用户更改我的文件"复选框变为可用状态。用户可以在"共享名"文本框中更改该共享文件夹的名称;若清除"允许其他用户更改我的文件"复选框,则其他用户只能看该共享文件夹中的内容,而不能对其进行修改。

(5) 设置完毕后,单击"应用"按钮和"确定"按钮即可。

练习二　添加网卡。操作步骤如下:

(1) 单击"开始"按钮,在"开始"菜单中选择"控制面板"打开"控制面板"窗口。在其中双击"添加硬件"选项,即可启动"添加硬件向导"。

(2) 在接下来的对话框中会询问用户是否已连接好新硬件,选择"是,硬件已连接好"单选项,单击"下一步"按钮继续。

(3) 这时会出现显示已安装硬件列表的对话框,选择"添加新的硬件设备"选项,单击"下一步"按钮。

(4) 在接下来的对话框中选择"安装我手动从列表选择的硬件"单选项,然后单击"下一步"按钮。

(5) 在出现的"选择安装硬件类型"对话框中选择"网络适配器"选项,单击"下一步"按钮继续安装。

(6) 在接下来的"选择网卡"对话框中,单击"从磁盘安装"按钮,在打开的对话框中单击"浏览"按钮,从光盘中找到正确的文件路径,单击"下一步"按钮继续。

(7)在"选择网卡"对话框中单击"下一步"按钮,出现"向导准备安装您的硬件"对话框,如果要开始安装新硬件,单击"下一步"按钮。

(8)在添加硬件完毕后,出现"正在完成添加硬件向导"提示框,提示用户已完成该设备的安装,单击"完成"按钮,关闭"添加硬件向导"。

第2部分

实 战 篇

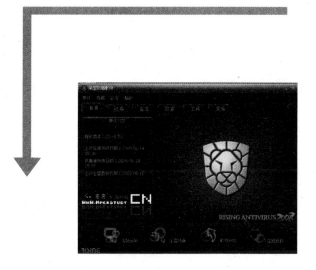

项目4　中文 Word 2003 文字处理系统

2002 年 11 月,Microsoft 公司推出了套装办公自动化软件 Office 2003。Microsoft Office 2003 版包含许多新增的增强功能的效能工具,有助于大家进行协作、更好地使用信息和改进业务流程,从而轻松提高生产效率并获得更好的效果。Office 2003(中文版)主要包括 Word 2003、Excel 2003、PowerPoint 2003、Outlook 2003、FrontPage 2003、Access 2003 和语言选择套件等组件。

Word 2003 是 Office 2003 的主要套件之一。Word 2003 新增加了许多引人注目的功能,功能非常强大,集成了包括文字编辑、表格制作、图文混排以及 Web 文档等各项功能,并且具有良好的图形界面和所见即所得的显示方式以及完善的在线帮助系统,易学易用。因此,它是目前最受广大中文用户欢迎的字处理软件之一。

4.1　中文 Word 2003 基本操作

4.1.1　案例引入

1. 案例

在就业供需见面会上,用人单位都会要求毕业学生提供个人简历。

2. 案例分析

美国金融危机大爆发并引发全球金融危机和经济危机后,大学生就业的问题就显得尤为突出,如何在竞争激烈的就业市场脱颖而出,谋求到自己理想的职位? 准备一份完美而有力度的简历就变得十分重要。这就要应用到启动 Word 2003,文件的相关操作,文字的输入方法。

3. 相关操作步骤

(1) 启动 Word 2003,新建 Word 文档,命名为:XXX 个人简历(例:张华个人简历)。

(2) 输入文字,输入文本。

(3) 格式化文档,完成结果如图 4-1 所示。

4.1.2　Word 2003 的启动和退出

1. 启动 Word 2003

使用 Word 进行工作时,启动的具体步骤是:

(1) 单击屏幕左下角"开始"菜单;

(2) 在"开始"菜单中,选择"程序"项,出现如图 4-2 所示的子菜单,然后选择"Microsoft Office"下一级的"Microsoft Office Word 2003"。

双击桌面上"Microsoft Word"的快捷方式图标,也可启动 Word。

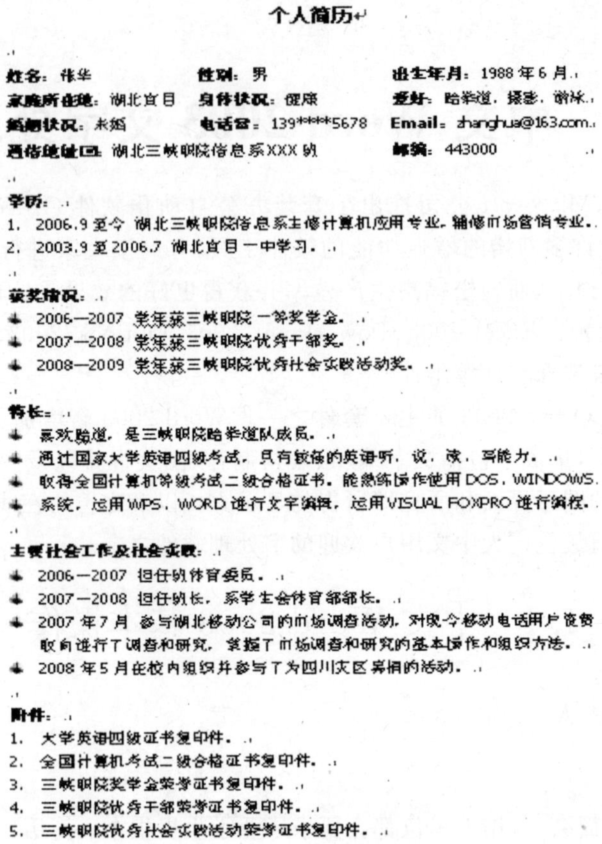

个人简历

姓名：张华	性别：男	出生年月：1988 年 6 月
家庭所在地：湖北宜昌	身体状况：健康	爱好：哈拳道，摄影，游泳
婚姻状况：未婚	电话号：139****5678	Email：zhanghua@163.com
通信地址：湖北三峡职院信息系XXX 班		邮编：443000

学历：
1. 2006.9 至今 湖北三峡职院信息系主修计算机应用专业，辅修市场营销专业。
2. 2003.9 至 2006.7 湖北宜昌一中学习。

获奖情况：
- 2006—2007 学年获三峡职院一等奖学金。
- 2007—2008 学年获三峡职院优秀干部奖。
- 2008—2009 学年获三峡职院优秀社会实践活动奖。

特长：
- 喜欢跆拳道，是三峡职院跆拳道队成员。
- 通过国家大学英语四级考试，具有较强的英语听，说，读，写能力。
- 取得全国计算机等级考试二级合格证书，能熟练操作使用 DOS，WINDOWS。
- 系统，运用 WPS，WORD 进行文字编辑，运用 VISUAL FOXPRO 进行编程。

主要社会工作及社会实践：
- 2006—2007 担任班体育委员。
- 2007—2008 担任班长，系学生会体育部部长。
- 2007 年7月 参与湖北移动公司的市场调查活动，对现今移动电话用户资费取向进行了调查和研究，掌握了市场调查和研究的基本操作和组织方法。
- 2008 年5月在校内组织并参与了为四川灾区募捐的活动。

附件：
1. 大学英语四级证书复印件。
2. 全国计算机考试二级合格证书复印件。
3. 三峡职院奖学金荣誉证书复印件。
4. 三峡职院优秀干部荣誉证书复印件。
5. 三峡职院优秀社会实践活动荣誉证书复印件。

图 4-1　张华个人简历

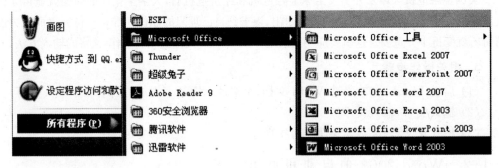

图 4-2　启动 Word 2003

2. 退出 Word 2003

完成工作后，退出 Word 2003 有三种方法：

方法一：单击"文件"菜单中的"退出"命令。

方法二：按 Alt＋F 键，再按 X 键。

方法三：按 Alt＋F4 键。

4.1.3　Word 2003 工作窗口的组成

Word 的窗口由标题栏、菜单栏、工具栏、文档编辑区和状态栏等部分组成，如图 4-3 所示。

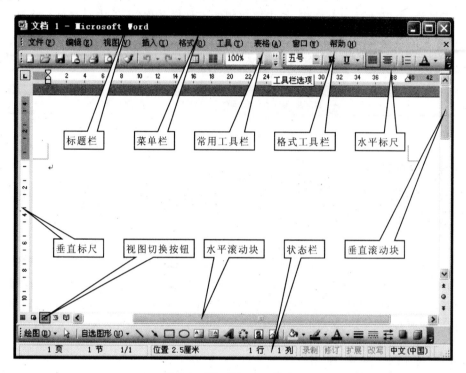

图 4-3　Word 2003 工作窗口

1. 标题栏

标题栏位于工作窗口的最上端，用于标识所打开的程序及文件名称，标题栏最左端的图标是 Word 2003 的窗口控制图标，单击该图标会弹出 Word 窗口的控制菜单，如图4-4所示。标题栏的右边分别是最小化、最大化/还原、关闭按钮。

图 4-4　Word 2003 控制菜单图标

2. 菜单栏

Word 提供了丰富的命令，几乎所有的命令都可以从菜单中选中、执行。菜单栏中包括 9 个菜单，分别为"文件"、"编辑"、"视图"、"插入"、"格式"、"工具"、"数据"、"窗口"、"帮助"。

3. 工具栏

位于菜单栏的下面，默认情况下分为常用工具栏、格式工具栏。其中"常用工具栏"包含许多常用命令，是 Word 编辑过程中最常用工具，单击工具栏中的按钮可以执行相同的命令。"格式"工具栏是 Word 排版工具之一，与"常用"工具栏相似，只是各个按钮的功能不一样。如图 4-5 所示。

工具栏具有浮动性,即用户可根据需要,单击菜单栏"视图"菜单,选择"工具栏"命令,在子菜单中选取需要的工具(选中复选框),如"绘图"、"表格和与边框"等,窗口则会弹出选中的工具栏。工具栏的位置可以用鼠标拖动,摆放在窗口的任意位置。对于一些暂不需要的工具栏,可以通过如上操作,单击要关闭的工具栏名称(不选中复选框),将其关闭。

图 4-5　"常用"工具栏和"格式"工具栏

4. 文档编辑区

在文档编辑区可进行文档输入、编辑、格式化设置、排版等一系列操作。它是由水平、垂直标尺,水平、垂直滚动条和切换视图按钮等组成。

5. 状态栏

状态栏位于 Word 窗口的底部,其上显示了文档当前的状态,如插入点所在的页号、行号、列号。在其右端还有"录制"、"修订"、"扩展"、"改写"等状态选项,双击可以激活或者关闭其功能,如双击"改写"后,"改写"字体变黑,表示输入处于改写状态;再次双击,"改写"字体又变成灰色,此时输入状态为"插入"。

4.1.4　文档的基本操作

1. 创建文档

Word 程序启动之后,将自动产生一个以"文档 1"命名的新文档,用户即可在这个文档中进行文字录入和编辑。Word 允许同时创建若干个新文档,分别命名为"文档 2"、"文档 3"等。创建文档的方式有两种:

图 4-6　新建文档

①从"文件"下拉菜单中选择"新建"命令。屏幕上将显示"新建文档"任务窗格,如图 4-6 所示。鼠标指向"空白文档",出现下画线,单击即可完成创建。②用鼠标直接单击工具栏上的"新建空白文档"图标,可快速实现完成一个新建文档。

2. 保存文档和关闭文档

(1) 新建文档的保存。将 Word 自动产生的临时文档名字保存为正式名称,常用的有三种方式。一是单击工具栏上的"保存"按钮 ![保存],二是通过"文件"菜单中的"保存"命令,还可以用组合键 Ctrl+S 保存文档。之后 Word 将弹出一个"另存为"对话框,如图 4-7 所示。选择文档的保存位置、保存类型,并输入文档的正式名称,最后单击"保存"按钮即可。

(2)已命名文档的保存。单击工具栏上的"保存"按钮 ▦,或选择"文件"菜单中的
"保存"命令,或用组合键 Ctrl+S 都可以保存已命名的文档。

如果要以新文件名保存已命名的文档,可通过选择"文件"菜单中的"另存为"命令,在
"另存为"对话框中输入新的文件名,保存即可。

需要注意的是,在对已命名的文档进行编辑时,为防止因死机、断电等意外造成文件
的丢失,需要及时地对文档进行保存。Word 也提供了自动保存功能,可以通过在菜单栏
上选择"工具→选项→保存"选项卡,选择自动保存,并设置自动保存间隔,此间 Word 将
文档存放在临时文件中。当文档编辑完成时,还需要进行保存文档的操作。

另外,若要同时保存已打开的 Word 多个文件,则可先按住 Shift 键不放,再选择"文
件"菜单中的"全部保存"命令。

图 4-7　另存为对话框

(3)关闭文档。关闭文档的方式由若干个,通过单击菜单栏上的"关闭"按钮,或选择
"文件"下拉菜单中的"关闭"命令,或按组合键 Alt+F4 等,都可以关闭当前文档。对于编
辑后没有存盘的文档,系统会给出提示信息,如图 4-8 所示。若单击"是"按钮,文档保存
后退出;若单击"否"按钮,文档不存盘退出;单击"取消"按钮,则重新返回编辑窗口。

图 4-8　提示信息对话框

3. 打开文档

打开文档是将已经存储在磁盘上的文档通过 word 程序装入计算机内存。打开文档

的常用方式有：①通过"资源管理器"或"我的电脑"进行浏览，找到需要打开的 Word 文档后用鼠标双击，即可启动 Word 程序并同时打开该文档。②通过已经启动的 Word 程序窗口，单击"常用"工具栏中的"打开"按钮，或选择"文件"菜单中的"打开"命令，此时会弹出"打开"对话框，如图 4-9 所示。

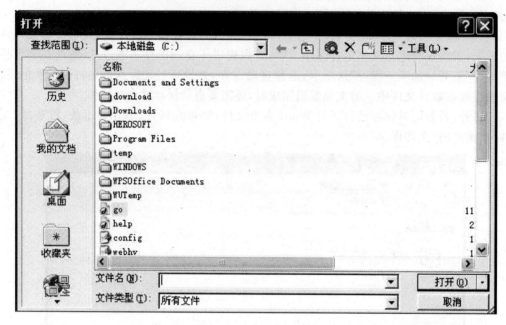

如图 4-9　"打开"对话框

　　在上图中"查找范围"列表框内依次选择要打开文件所在的驱动器名、文件夹名，单击找到的文档，再单击"打开"按钮。也可以用鼠标双击选择的文件名，快速打开文档。当然如果要打开的文件是最近使用的 Word 文档，也可通过单击"文件"菜单的底部列出的最近所用的文件列表打开文档。

　　Word 还可以使用"打开"对话框一次打开多个文档。其操作方法是：在"打开"对话框中，若先按住 Shift 键不放，再用鼠标单击文档区的首尾，则可以选中连续多个文档；若按住 Ctrl 键单击文档，则可以选择多个不连续的文档。选定文档后，单击"打开"按钮，即可同时打开多个文档。Word 还可以打开非 Word 类型的文件，如文本文件（.txt），但一般要只能先启动 Word，然后利用"打开"对话框打开文件。此时应注意在"文件类型"下拉列表中选择相应的文件类型。

4.1.5　文档编辑

1. 文本输入及修改

1）汉字输入

　　将输入法切换成中文输入法，既可在光标闪烁处输入汉字。若需在文档中插入文字，先将鼠标定位至需插入文字处，再输入文字内容，插入点右边的字符会自动向后移动。

如果一段文字到行末还未结束，只需继续键入，Word 会自动换行移到下一行行首，而不必按 Enter 键；在输完一段文字后，可按 Enter 键换行或产生空行，此时生成一个新的段落，并在段落结束处显示一个段落标记符号"↵"；单击"常用"工具栏上的 ↲ 按钮，可以打开或关闭段落标记符号。

如果要对键入的内容进行修改，可将光标插入点移至需要修改的位置，按下退格键 Backspace 可删除插入点左边的一个字符，按下 Del 键可删除插入点右边的一个字符。

2）特殊符号的插入

输入文本时，有时需要输入一些键盘上找不到的特殊符号或者生僻字。这时可以通过 Word 提供的符号集直接调用。打开菜单栏的"插入"菜单，选择"符号"命令，弹出"符号"对话框，如图 4-10 所示。在"符号"类表框或者"特殊字符"列表框中选择所需要的符号。另外，还可以通过"插入"菜单里的"日期与时间"对话框，选择所需要的语言类型和日期与时间的显示格式，直接插入当前日期和时间。

图 4-10　"符号"对话框

2. 文本内容的选定

在 Word 中可以对文字进行格式设置，在设置时应先选定文字，选定文字有两种方法。

1）使用鼠标

选定文字将鼠标移至所选文字开始处，按住鼠标左键不放移动到所选文字结束处，松开鼠标左键。这一步操作称为"拖动"，是使用计算机的常用操作，拖动的方向可以是上、下、左、右。拖动时，光标所扫过的各行文字将变成白色，而背景则变成黑色，称为"颜色反转"。结束拖动后，这些文字就被选定了，见图 4-11。

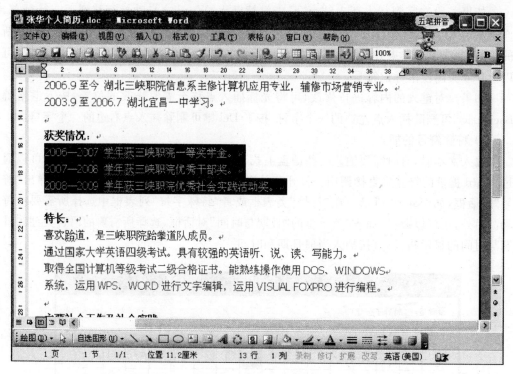

图 4-11　文本选定示意图

2）使用键盘选定文字

将插入点光标移至文档中某处后，接着按下键盘上的 Shift 键不要放，然后配合键盘上的其他键来选定内容，可以这样用键盘选定文字：

（1）按下键盘上的"左方向箭头键"，选定左边的一个字符；按下键盘上的"右向箭头键"，选定右边的一个字符。

（2）按下 Ctrl＋→键组合键选定至单词结尾处的所有字符。

（3）按下 Ctrl＋←键组合键选定至单词开始处的所有字符。

（4）按下 End 键选定至当前行结尾处的所有字符。

（5）按下 Home 组合键选定至当前行开始处的所有字符。

（6）按下↓键选定下一行；↑键选取定上一行。

（7）按下 Ctrl＋↓键选定至当前段结尾处的所有字符；Ctrl＋↑键选定至当前段开始处的所有字符。

（8）按下 Page Down 键选定至下一页的所有内容，Page Up 键则选定至上一页的所有内容。

（9）按下 Alt＋Ctrl＋PageDown 组合键选定至当前操作窗口末尾处的所有内容，Atl＋Ctrl＋Home 组合键则选定至当前操作窗口开始处的所有内容。

还可以按下 Ctrl＋A 组合键来选定整篇文档。按下键盘上的 Ctrl＋Shift＋F8 组合键，则可以选定"纵向文本块"。"纵向文本块"所包含的内容是文档中某几行中的某几列，如图 4-12 所示。

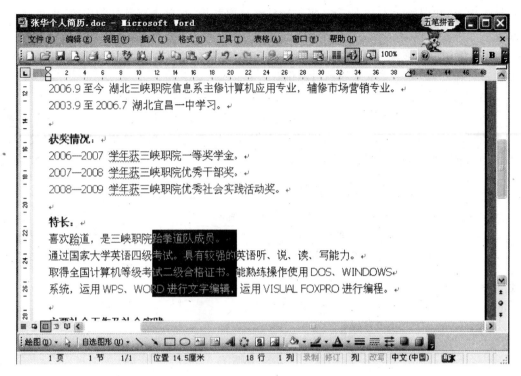

图 4-12　选定"纵向文本块"

3．移动、复制及删除文本

1）移动文本

移动文本是将选定的文本从原来的位置移动到新的位置，同时原来位置上的文本内容被删除。操作方法常用的有以下两种。

（1）使用剪贴板移动。选定要移动的文本，单击"常用"工具栏上的"剪切"按钮 （也可或选择"编辑"菜单中的"剪切"命令），此时被选择的内容消失，并被存储在剪切板上。将插入点移至需移动的位置，单击工具栏上的"粘贴"按钮 ，保存在剪切板上的内容便移动到插入点。

（2）使用鼠标拖动移动。用鼠标指向选定要移动的文本，按下鼠标左键即可拖动文本；并通过已经变为虚线的光标的指引将移动的文本拖动到目标位置，松开鼠标左键后文本移动操作结束。

2）复制文本

复制文本是将选定的文本进行复制，再将其粘贴到新的位置，原有的文本内容和相对位置不变。常用的操作方法有以下两种。

（1）使用剪贴板复制。选定要移动的文本，单击"常用"工具栏上的"复制"按钮 ，也可或选择"编辑"菜单中的"复制"命令，此时被选择的内容被存储在剪切板上。将插入点移至目标位置，单击工具栏上的"粘贴"按钮 既可。Word 2000 提供的剪贴板容量很大，可以同时保存多达 24 次的剪切或复制内容。打开"编辑"菜单，选择其中的"Office 剪贴板"命令，弹出"剪贴板"对话框。对话框中"单击要粘贴的项目"下显示的是用户复制或剪贴的内容,如图所示 4-13 所示。将鼠标移动至剪贴板中,单击要粘贴的内容,即可将其粘贴到光标所在位置。

(2) 使用鼠标拖动复制。用鼠标指向选定要复制的文本,先按下 Ctrl 键,再按下鼠标左键进行拖动,即可将文本复制到目标位置。

3) 删除文本

光标位置选定后,按 Del 键则可删除光标后面的文字,按退格键(Backspace)则可删除光标前面的文字。若需一次性删除若干文字或若干段文字,则先选定所需删除的文本,再按 Del 键或退格键即可。

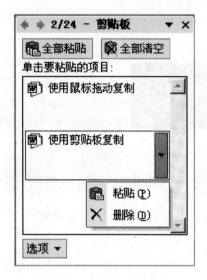

图 4-13 "剪贴板"对话

4. 撤消与恢复操作

在进行文档编辑时,如果用户出现了误操作,可以使用 Word 提供的撤销与恢复命令。操作方式如下:

单击"常用"工具栏上的撤销按钮 ↶ ▾,或者使用菜单栏"编辑"菜单中的"撤销"命令,或按快捷键 Ctrl＋Z 可以撤销最近的一次操作。恢复操作是取消上一次的撤销操作,可单击"常用"工具栏上的恢复按钮 ↷ ▾,或者使用菜单栏"编辑"菜单中的"恢复"命令。

5. 查找与替换文本

在编辑文本时,通常需要查找和替换某些特定内容,如普通文字、段落标记、标注等。使用 Word 的查找和替换功能,可以很快捷地在长文档中完成操作。

1) 查找

通过菜单栏上的"编辑"菜单,选择"查找"命令,弹出"查找和替换"对话框,如图 4-14 所示。在"查找内容"文本框中输入要查找的字符,如"我们"两字,单击"查找下一处"按钮即可开始查找,查找的内容找到后将以反显的方式显示,否则将出现"未找到搜索项"的提示。

2) 替换

通过菜单栏上的"编辑"菜单,选择"替换"命令,弹出"查找和替换"对话框,如图 4-14

所示。在"替换内容"文本框中输入要替换的字符,如"他们"两字。单击"查找下一处"按钮,查找的内容找到后若需替换,则单击"替换"按钮;若需将所有的查找内容全部替换,则单击"全部替换"按钮。

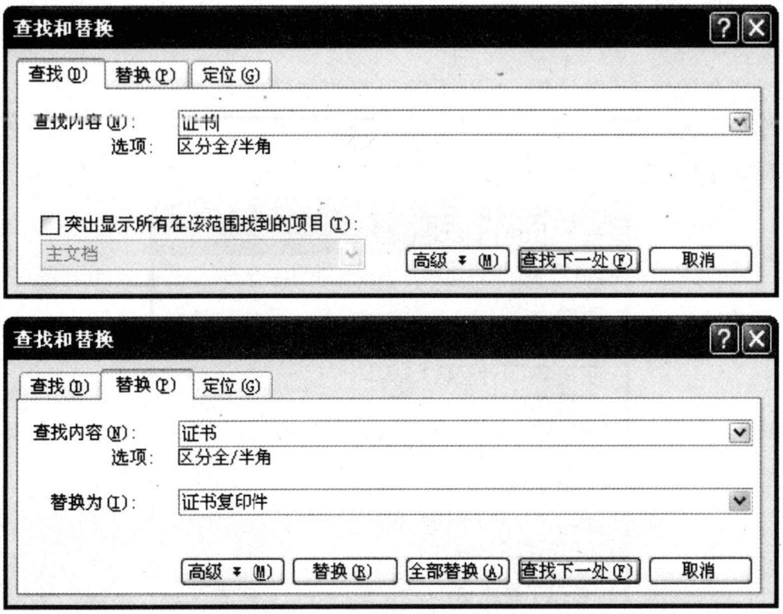

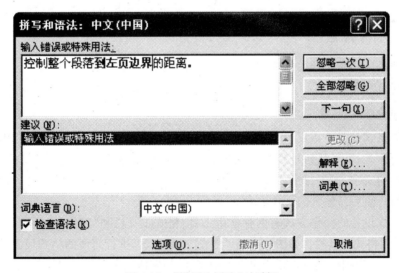

图 4-14　"查找和替换"对话框

图 4-15　"拼写和语法"对话框

6. 拼写和语法检查及字数统计

1) 拼写和语法检查

自动拼写检查工具会检查新录入的文字和原有的文字,并且用红色波形的下划线来标记可能出现拼写错误或者语法错误的地方。

　　单击"工具"菜单,选择"拼写和语法"命令,可在"拼写和语法:中文(中国)"对话框中对检查到的有可能出现错误的对象进行设置,如图 4-15 所示。选择"全部忽略"表示在全部文档范围内认可用户输入的拼写和语法;在"词典语言"栏选中"检查语法",则系统会对文本执行语法检查;若单击"选项"命令,则可在弹出的对话框中对"拼写"和"语法"的各项复选框进行选择。

　　2) 字数统计

　　用户通过"自述统计"对话框,可以了解当前的文档的有关统计信息,如页数、字数、段落数、行数等。单击菜单栏上的"工具"菜单,选择"字数统计",即可打开"字数统计"对话框,如图 4-16 所示。

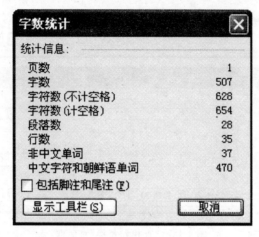

图 4-16 "字数统计"对话框

4.1.6 文档排版

　　文档的排版是对文档中的文字进行字体、字号及段落对齐或缩进等进行设置,从而使文档更加规范和美观。

1. 字符的格式设置

　　字符的格式设置是指设置字符的字体、字号、字形、颜色和字间距等。常用的字体宋体、黑体、楷体等;字号从初号到八号有若干种,依次越来越小。在设置字符的格式时,先选定要设置的文字,在进行格式设置。也可以在光标插入点设置格式,但此时所作的格式设置只对插入点后新输入的文本有效。

　　进行格式设置的操作方式有两种常用工具:格式工具栏和"字体"对话框。

　　(1) 使用格式工具栏。如图 4-17 是"格式"工具栏,可进行简便的格式设置。选定文本后,单击其上相应图标,即可设置设定文本的字体(如宋体)、字号(如五号)等,还可以设置字符的加粗、斜体、下划线、字体颜色等。使用"格式工具栏"上的格式刷 ✐ ,可以快速复制已设定好的字符格式。先选定带有格式的文本,然后单击格式刷按钮,此时鼠标指针变为带有小刷子的光标,若在需要设置格式的文本上拖动,即可将格式复制到被拖动过的文本上。

　　如果双击格式刷按钮,就可以在多个地方重复进行格式复制,再一次单击格式刷按钮或按键盘上的 Esc 键,可取消格式刷的使用。

図 4-17　"格式"工具栏

（2）使用"字体"对话框。使用"字体"对话框可以对字符进行完整的格式设置。单击菜单栏上的"格式"菜单，选择"字体"，弹出"字体对话框"，如图 4-18 所示。用户可以进一步选取"阴影"、"空心"等修饰效果。设置字符间距。单击"字体"对话框中的"字符间距"选项卡，可以设置文档中字符之间的距离，如图 4 19 所示。

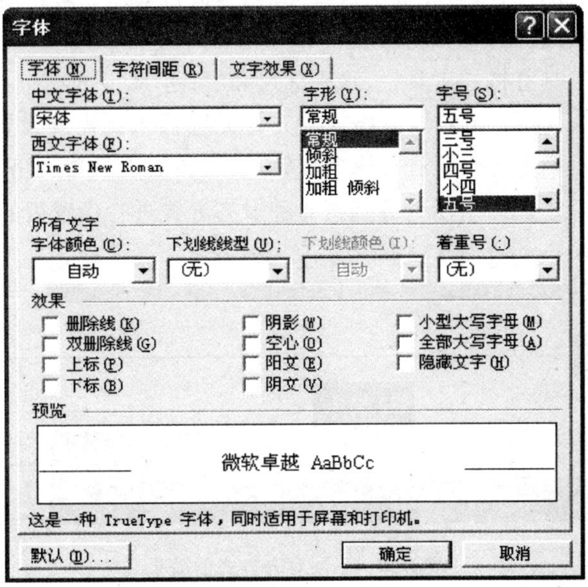

図 4-18　"字体"对话框

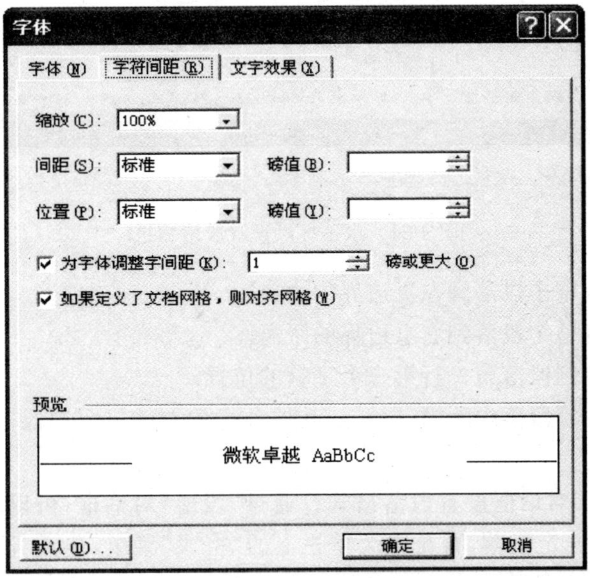

図 4-19　"字符间距"选项卡对话框

①"缩放"可以使文字在横向方向扩展或压缩文字。如"压缩文字"

②"间距"可以使文字加大或缩小字符间的距离,如"加大字符间的距离"。

③"位置"可以使文字相对于基准点提高或降低指定的磅值,如"降低"

2. 段落的格式设置

段落设置包括段落的对齐方式、缩进方式、行间距和段间距等内容。

设置段落格式时,将光标插入到所选段落中的人以位置,即可进行格式设置。若对多个段落进行同样格式的设置,可先选中这些段落,再进行操作。若在输入字符前设置段落格式,则输入后的内容按用户的设置显示。

格式设置常用工具有格式工具栏、水平标尺和"段落"对话框。

(1)使用"格式工具栏"设置段落格式。先将光标插入到需要设置格式的段落内,即可通过单击格式工具栏中的按钮进行格式设置,设置内容有两端对齐▤、居中▤、右对齐▤、分散对齐▤等。图 4-20 所示为分别按 4 种对齐方式进行设置后的效果。

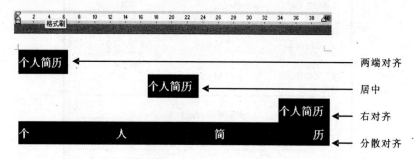

图 4-20　不同对齐方式的效果

(2)使用"水平标尺"设置段落缩进。水平标尺上有段落缩进设置标志,如图 4-21 所示。用鼠标拖动相应的标志,可以设置段落的各种缩进。

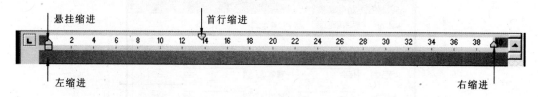

图 4-21　水平标尺设置段落缩进

· 左缩进:控制整个段落到左页边界的距离。

· 右缩进:控制整个段落到右页边界的距离。

· 首行缩进:控制段落第一行第一个字符的位置。

· 悬挂缩进:控制段落中除第一行外,其他各行的左缩进。即段落第一行顶格排,其余各行相对缩进。

(3)使用"段落"对话框设置段落格式。通过"段落"对话框,可以对段落的所有格式进行精确设置。先选定段落,再单击菜单栏上的"格式"菜单,选择"段落"命令,弹出"段落"对话框,如图 4-22 所示。

　　另外,"段落"对话框中还有"换行和分页"、"中文版式"选项卡,可以设置段落与页面的关系等。如段前是否分页、是否允许标点溢出边界等。

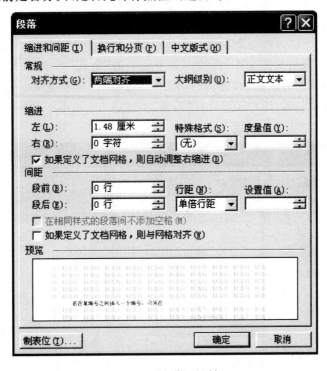

图 4-22　"段落"对话框

3. 设置分栏

　　分栏是指在同一页面中,将文档分成几个竖向区域,且内容彼此连接。先选定要分栏的段落,单击常用工具栏上的"格式"菜单,选择"分栏"命令,弹出"分栏"对话框,如图4-23所示。通过选择"预设"区域的按钮、确定栏数和栏间距等设置,即可完成分栏操作。

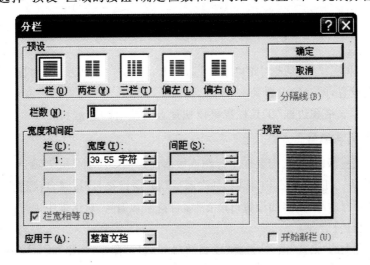

图 4-23　"分栏"对话框

4. 设置边框和底纹

设置边框和底纹是指文档中的某些段落、某个表格或者某页加上边框或底纹的修饰，使得文档的局部内容更加清楚和突出。

1）设置边框

先选定需要设置边框的文本，再单击菜单栏上的"格式"菜单，选择"边框和底纹"命令，弹出"边框和底纹"对话框，如图 4-24 所示。"边框"选项卡提供了可供选择的边框类型、边框线型以及颜色等，用户还可以在"预览"中选择只在段落的某些边添加边框。

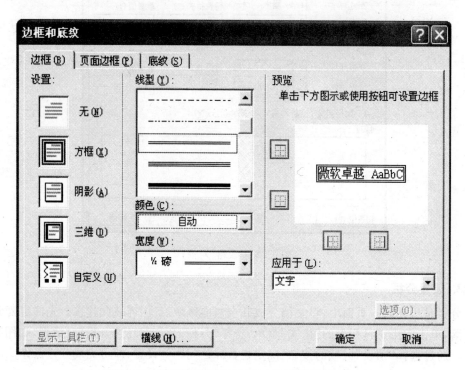

图 4-24　"边框和底纹"对话框中的"边框"选项卡

2）设置底纹

单击"边框和底纹"对话框中的"底纹"选项卡，如图 4-25 所示，可对段落进行文本背景颜色和样式设置，即底纹设置。

另外，使用"表格和边框"工具栏也可以快速设置段落的边框和底纹。

5. 项目符号与编号

在进行文档排版时，经常需要在小标题或段落前添加顺序编号或者项目符号，如"1、2、3…"、"●"、"◆"等。使用"格式"工具栏上的"编号"和"项目符号"按钮，可以为选定的段落添加系统编号和项目符号，更多的设置可以在"项目符号和编号"对话框中进行设置。

1）插入项目符号

单击菜单栏上的"格式"菜单，选择"项目符号和编号"命令，弹出"项目符号和编号"对话框，选择"项目符号"选项卡，如图 4-26 所示。选择其中的一种项目符号，单击"确定"按钮即可。

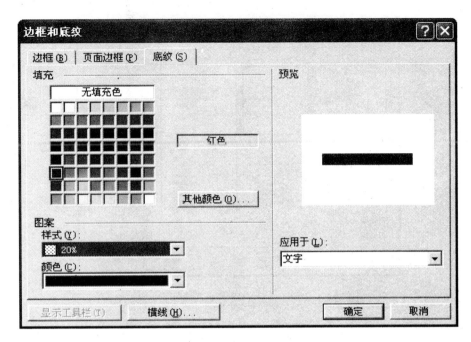

图 4-25　"边框和底纹"对话框中的"底纹"选项卡

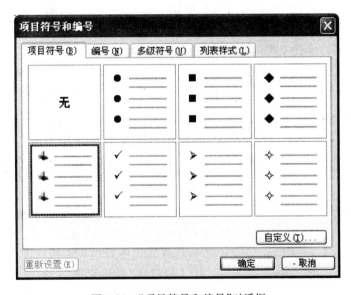

图 4-26　"项目符号和编号"对话框

2）插入编号

单击"项目符号和编号"对话框的"编号"选项卡，如图 4-27 所示。选择适当的编号形式后，单击"确定"按钮即可完成编号的插入操作。若要进行进一步细致的设置，单击"自定义"按钮，进入"自定义编号列表"对话框。若需要取消某一段的编号，可以将光标插入到该段前面，选择"项目符号和编号"对话框中的"无"，单击"确定"即可。

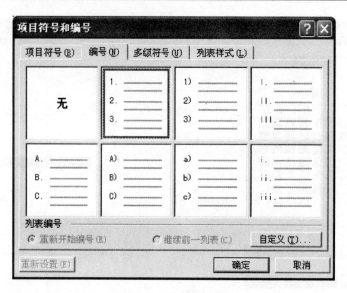

图 4-27 "编号"选项卡

6. 样式与模板

1) 样式

一篇完整的文档,有时可能要求各处格式一致,为避免重复设置,可以事先对统一的格式进行组合设置,并加以命名,即为样式。如文章的章节标题的字体、字号、对齐方式、行间距等,可以通过样式来统一设置。

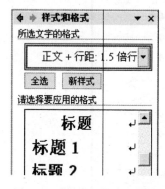

图 4-28 "样式和格式"对话框

(1) 查看样式。Word 提供了一些样式,用户可以直接使用,也可以根据需要自定义样式,如标题样式、正文样式、页码样式、页眉样式等。选择"格式"菜单中的"样式和格式"命令,在弹出的对话框中可以查看到许多样式名,如图 4-28 所示。

(2) 应用样式。应用样式可以快速设置文档的格式,操作时先选定需要设置样式的文本,单击"格式"工具栏中的"样式和格式"命令,在打开的对话框中"请选择要应用的格式"列选项中选择所需要的样式。

(3) 创建样式。用户也可以根据需要自己来创建样式。在"样式和格式"对话框中单击"新样式"按钮,打开"新建样式"对话框,如图 4-29 所示。在"名称"文本框中输入新样式名,在"样式类型"列表框中选择段落或字符类型;在"样式基于"列表框中选择新样式的基准等。

单击"格式"按钮设置新样式的字符、段落、文本框等格式,单击"快捷键"按钮可设置新样式的快捷键;还可以根据需要对"添至模板"、"自动更新"等复选框进行选择,单击"确定"按钮后,在返回的"样式和格式"对话框中将显示新建的样式名称。

2) 模板

模板是包括正文格式、图形以及文档类型的排版信息的文档,其扩展名为". dot"。Word默认的模板名是 Normal. dot,同时还有备忘录、信件、报告等模板。用户可以直接使用现有

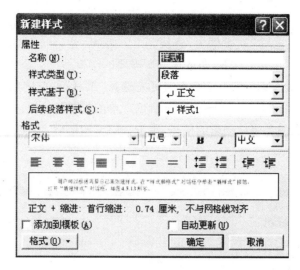

图 4-29　"新建样式"对话框

的模板,也可以自己创建或者修改原来的模板。以下将介绍如何创建模板和使用模板。

(1) 创建模板。选择"文件"菜单中的"新建"命令,在弹出的"新建文档"菜单中选择"根据模板新建"栏中的"通用模板",然后在弹出的"模板"对话框中"常用"选项卡下选择"空白文档",在"新建"栏中选择"模板",单击"确定"按钮。此时,将产生一个与普通 Word 文档完全相同的窗口,但其文件名称为"模板 1"。

在该模板文档中进行正文格式等内容的设置之后,须进行保存。在"另存为"对话框中,输入模板的名称,其保存位置一般遵从默认的文件夹。单击"保存"按钮,模板创建结束。

用原有模板或文档建立新模板:先将需要修改的模板或文档打开,进行样式和格式的设置,选择"文件"菜单中的"另存为"命令,在弹出的"另存为"对话框中输入模板文件名,在"保存类型"列表框中选择"文档模板",如图 4-30 所示,单击"保存"按钮,模板创建结束。

图 4-30　新建模板"另存为"对话框

（2）使用模板。直接使用 Word 自带模板。可选择"文件"菜单的"打开"命令,在"打开"对话框中的"查找范围"列表框中,查找到 Microsoft Word 安装目录,并在其下选择 Templates 文件夹,打开该文件夹,即可选取所需要的模板。

若在已有的文档中套用其他模板。则可先选择"工具"菜单中的"模板和加载项"命令,打开"模板和加载项"对话框,如图 4-31 所示。单击"选用"按钮,在"选用模板"对话框中选择 Word 自带的或者用户创建的模板,单击"确定"按钮后,当前文档便应用了所选用的模板。

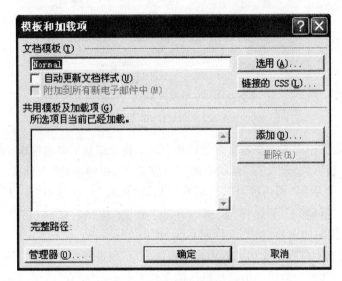

图 4-31　"模板和加载项"对话框

4.2　中文 Word 2003 表格排版技术

Word 中提供了功能强大的制表功能,以满足在文档中使用表格或统计图表表达一些数据的需要。表格是按行列排布的网格单元构成的,单元格内可输入文本和插入图片,也可对单元格内的数字进行计算和排序。单元格的内容可视为是一个独立的文本,单击需要输入内容的单元格,即可输入文本,输入方法和一般文本的输入方法相同。若需对单元格的内容进行修改,可单击该单元格,或用键盘上的移动光标键,将插入点移动到该单元格内,用文本编辑方式修改单元格的内容。

4.2.1　案例引入

1. 案例

新学期开始,学校会制定出每个班的新学期课表,第个学生都会自己制作一份课表。

2. 案例分析

新的学期每位同学都会按学院教务处制定的新的全院总课表来设计自己的该学期课

程表以安排好自己的学习和其他时间。这就要应用到启动 Word 2003，文件的相关操作，表格的排版操作及文字的输入方法。

3. 相关操作步骤

(1) 启动 Word 2003，新建 Word 文档，命名为：XX 班 XX 学期课程表(例：计算机应用 3 班 2009 春季学期课程表)。

(2) 插入表格，格式化表格。

(3) 在表格中输入文本，完成结果如图 4-32 所示。

计算机应用 3 班 2009 春季学期课程表

课节 星期 课程 节次		星期一	星期二	星期三	星期四	星期五
上午	1～2	3DMAX 建模	JAVA 语言	就业与创业指导	自习	VB.NET 程序设计
	3～4	3DMAX 建模	JAVA 语言	自习	自习	VB.NET 程序设计
午　休						
下午	5～6	自习	自习	Delphi 设计	网页设计与制作	网页设计与制作
	7～8	互联网应用	自习	Delphi 设计	互联网应用	VB.NET 程序设计

图 4-32　计算机应用 3 班课表

4.2.2　创建表格

1. 插入表格

先将光标插入到需要创建表格的位置，单击菜单栏上的“表格”菜单，选择“插入/表格”命令，弹出“插入表格”对话框，如图 4-33 所示。分别在“列数”和“行数”文本框中输入所需要的数值，确定即可。列宽可以由用户设置，也可默认系统平均分配列宽。若选择“自动套用格式”，则会弹出“表格自动套用格式”对话框，用户可以进一步选取系统预存的各种形式的表格。

2. 绘制表格

Word 提供了绘制表格的功能，可绘制相对不规则或复杂的表格。单击菜单栏上的“表格”菜单，选择“绘制表格”命令，此时光标变成一只笔的形状，点击鼠标左键并拖动，即可自由进行表格的绘制。再次单击该命令，则退出绘制表格状态。

绘制表格的命令也可以通过单击“表格和边框”工具栏中的按钮 来获得，如图 4-34 所示。若想删除表格中的某条线，则单击该工具栏中的“擦除”按钮 ，此时光标变成一只橡皮擦的形状，点击鼠标左键并拖动经过要删除的线段即可将其清除。

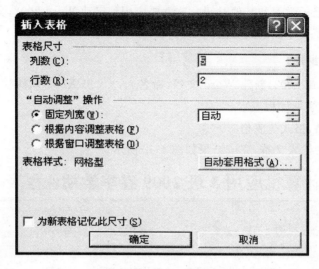

图 4-33 "插入表格"对话框

图 4-34 "表格和边框"工具栏

3. 绘制斜线表头

很多表格需要有斜线表头,Word 提供了多种斜线表头的样式,可供用户选择使用。绘制方式如下:

(1)将光标插入到要绘制斜线表头的单元格中,通常位于第一行、第一列的第一个单元格中。

(2)单击"表格"菜单中的"绘制斜线表头"命令,弹出"插入斜线表头"对话框,如图 4-35所示。在"表头样式"列表中,单击所需样式,"预览"框中可看到所选的表头。

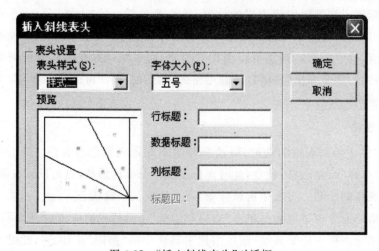

图 4-35 "插入斜线表头"对话框

（3）在各个标题框中输入所需的行、列和数据标题，并在"字体大小"列表框中选择字号，单击"确定"即可。

需要注意的是，斜线表头中的字号要适当，否则单元格容纳不下的内容将显示不出来。另外，斜线表头的性质与在文本中绘制的自选图形类同，当斜线表头所在的单元格大小发生变化的时候，可以用单击斜线部分，通过调整斜线的 8 个控点来适应单元格的变化。

4.2.3　编辑表格

编辑表格是指调整表格和编辑单元格，编辑前需要先选定编辑对象，如选定整个表格或单元格区域，之后进行编辑操作。

1. 选定单元格、行、列、整个表格

（1）选定一个或多个连续的单元格。将鼠标指向单元格的左边线，当指针变为➡时单击左键即可选中该单元格。若按住鼠标左键拖动，则指针所经过的单元格、或者行、列、甚至整个表格都可以被选中。

（2）选中行。将鼠标指针移至某行左侧空白区域，单击鼠标左键即可选中该行。或者将鼠标指向某行任一个单元格的左边线，当指针变➡时，双击鼠标即可选中当前行，若连续三击鼠标左键则选中整个表格。

（3）选中列。将鼠标指向某列的顶部边线，当指针变为向下的黑色箭头，单击鼠标即可选中该列。

（4）选定整个表格。当鼠标指向表格任意位置时，表格左上角会将出现"表格移动控点"，如图 4-36 所示。单击该控点即可选定整个表格。或者在光标位于表格内的任意单元格内时，单击"表格"菜单中的"选择"菜单，并选择其子菜单中的"表格"命令。

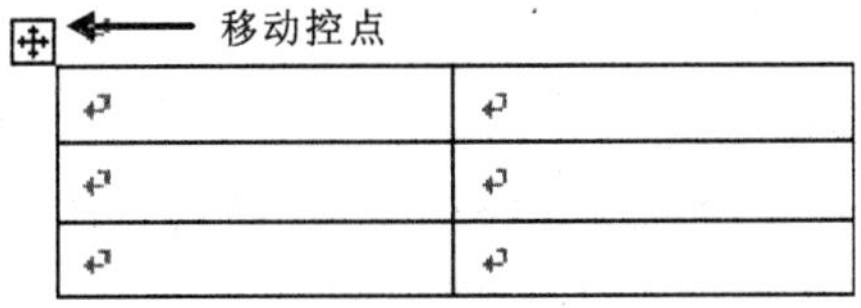

图 4-36　移动控点示意图

2. 插入行、列

首先选中某行或某列，单击鼠标右键，在弹出的快捷菜单中选择行或列，则可在某行或者某列的上方或者右侧插入一行或者一列。或者将光标定位到需要插入的行或列的位置，单击"表格"菜单中的"插入"命令，在其子菜单中选择插入行或列的位置（在上方、在下方、在左侧、在右侧），即可在指定位置插入行或列，如图 4-37 所示。若需在表尾插入行，可进行如下操作：将光标定位到表格右下角的单元格内，按 Tab 键即可插入一个空行；或将光标定位在表格右下角的单元格外右侧，按 Enter 键也可插入一个空行。

3. 删除行、列、表格

首先须选中要删除的行、列或整个表格，在"表格"菜单的"删除"命令中选择相应命令即

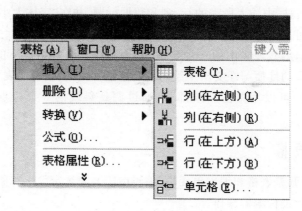

图 4-37　表格"插入"菜单

可；或者单击鼠标右键，在弹出的快捷菜单中选择"删除"或"剪切"命令，也可完成删除操作。

4. 设置单元格的行高、列宽

1）用鼠标调整行高、列宽

用鼠标可以粗略地调整行高和列宽。当鼠标指向单元格的水平或者垂直边线时，指针会变为水平或者垂直双向箭头的形状，如图 4-38、图 4-39 所示，单击鼠标并左右或者上下拖动，即可对列宽或者行高进行调整，此时将会影响相邻行或列的尺寸。若先按下 Shift 键，再拖动鼠标，则不会对相邻单元格的尺寸产生影响，但会影响整个表格的宽度和高度尺寸。

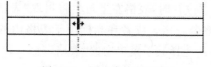　　　　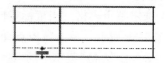

图 4-38　调整表格的列宽　　　　　图 4-39　调整表格的行高

2）用"表格属性"对话框调整行高、列宽

在"表格属性"对话框中，可对表格的宽度、行高、列宽、单元格的边距，表格的边框和底纹等进行设置。先将光标定位于表格内的任意位置，单击"表格"菜单中的"表格属性"命令，则弹出"表格属性"对话框。如图 4-40 所示。通过单击鼠标右键弹出的快捷菜单，也可以打开"表格属性"对话框。对话框中有 4 个选项卡："表格"、"行"、"列"、"单元格"。

（1）在"表格"选项卡中，可以选择"指定宽度"复选框，输入或选择表格的宽度；在"对齐方式"栏内可以选择表格在页面上的对齐方式（左对齐、居中、右对齐）；在"文字环绕"栏内选择环绕类型，可设置表格和文字的混排，并可通过单击"定位"按钮，在弹出的对话框中设置表格与文字的距离。

（2）在"行"选项卡中，如图 4-41 所示，可在"尺寸"栏内选中"指定高度"复选框，设置行高，并可以选择行高值为"最小值"或者"固定值"。单击"上一行"、"下一行"按钮，可以对各行进行分别设置。若选中"允许跨页断行"复选框，则表示可以允许行数较多的表格行中的文字跨页显示。

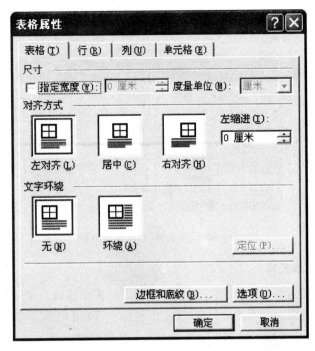

图 4-40　"表格属性"对话框

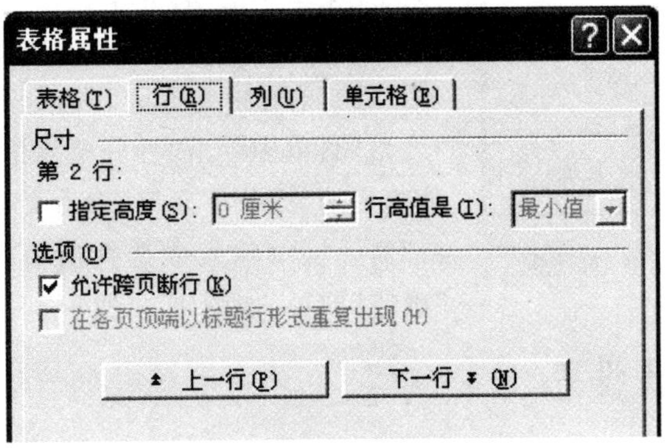

图 4-41　"行选项卡"对话框

（3）在"列"选项卡中，如图 4-42 所示，可选择"指定宽度"复选框，并在右侧文本框内选择或者输入列宽值。单击"前一列"、"后一列"按钮，可以对各列进行分别设置。

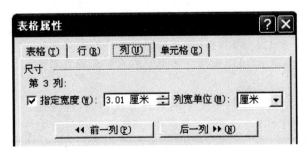

图 4-42　"列选项卡"对话框

(4) 在"单元格"选项卡中,如图 4-43 所示,可以对单元格的宽度、文本在单元格中的垂直对齐方式等进行设置。

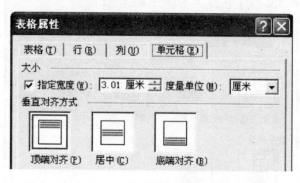

图 4-43　"单元格"选项卡对话框

5. 合并与拆分单元格

根据制作表格的需要,可以将行方向或者是列方向多个连续的单元格以及包含若干行列的单元格区域合并成一个大的单元格,反之也可将一个单元格拆分成若干个小的单元格。

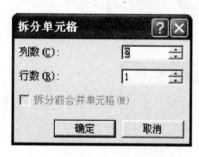

图 4-44　"拆分单元格"对话框

(1) 单元格的合并。选定需要合并的若干单元格,在"表格"菜单中单击"合并单元格"命令,也可选择快捷菜单中的"合并单元格"命令等,即可将选定的单元格区域合并成一个单元格。

(2) 单元格的拆分。选定需要拆分的单元格,在"表格"菜单中单击"拆分单元格"命令,也可选择快捷菜单中的"拆分单元格"命令等,在弹出的"拆分单元格"对话框中输入或选择所需拆分的行、列数,单击"确定"即可,如图 4-44 所示。

4.2.4　表格格式设置

表格格式设置操作类同文本和段落的格式设置,要先选择单元格区域或者整个表格,再进行格式设置。

1. 文字对齐方式设置

表格中文字对齐方式有水平对齐与垂直对齐两种。先选定需要设置垂直对齐方式的单元格、行、列或整个表格。单击"表格和边框"工具栏上的对齐方式按钮,在打开的对齐方式列表框中进行选择设置,如图 4-45 所示,可以选择 9 种不同的水平和垂直对齐方式。

图 4-45　单元格对齐方式

另外,水平对齐设置与文档中文字的对齐方法相同,也可通过单击"格式"工具栏上的"左对齐"、"右对齐"、"居中"或"分散对齐"按钮进行设置。

2. 边框和底纹设置

先在表格中选定需要修饰的单元格、行、列或整个表格,单击"格式"菜单中"边框和底纹"命令,打开"边框和底纹"对话框,如图 4-24 所示。设置方式与文本的边框和底纹设置类同,不再赘述。

4.2.5 表格数据处理

Word 的表格可以进行简单的数据处理,即可使用公式来计算单元格中的数值。如可对一行或者一列各单元格的数值进行求和,也可在"公式"对话框中调用 Word 的函数进行计算。

1. 单元格的编号

在 Word 表格中,每个单元格都有一个唯一的编号。其编号的方法是以英文字母 A,B,C,D,…代表单元格所在的列号,以阿拉伯数字 1,2,3,…代表单元格所在的行号,例如 C2 代表位于第二行和第三列的单元格,内容为"88",如图 4-46 所示。有了单元格编号,便于引用单元格中的数字进行计算。

2. 表格的数据计算

以图 4-46 所示的表格为例,计算表格中的"总分"和"平均分"。先将鼠标点击指定的单元格位置,如单元格 F2,选择"表格"菜单中的"公式"命令。在弹出的"公式"对话框中系统默认的公式是"=SUM(LEFT)",即计算左边所有数字之和,单击"确定"按钮,计算的总分结果便显示在单元格 F2 中。用同样的方法可分别计算出 F3,F4 的值。

	A	B	C	D	E	F	G
1	姓名	高等数学	大学物理	计算机基础	应用写作	总分	平均分
2	王光荣	85	88	87	70		
3	蔡文明	76	79	85	65		
4	张红艳	92	82	90	80		

图 4-46 单元格的编号

若要计算平均分,先将鼠标点击指定的单元格位置,如单元格 G2,选择"表格"菜单中的"公式"命令,在弹出的"公式"对话框中先删除"="右边原有公式,再选择"粘贴函数"列表框里的求平均数函数"AVERAGE",在该函数右边的括号内填入"B2:E2",表示计算从 B2 到 E2 连续 4 个单元格数字之和的平均数,如图 4-47 所示。单击"确定"按钮,计算的"平均分"结果便显示在单元格 G2 中。用同样的方法可分别计算出 G3,G4 的值。

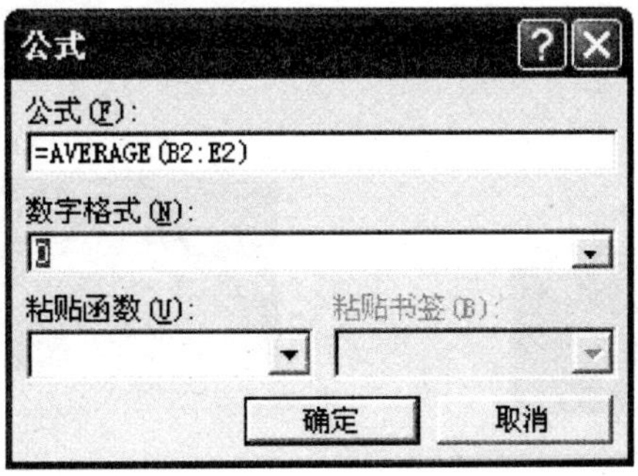

图 4-47 "公式"对话框

常用的函数有:求和函数 SUM,求最大值函数 MAX,求最小值函数 MIN,求平均值函数 AVERAGE。

4.3　图形操作

4.3.1　案例引入

1. 案例

奥运会结束后,班内拟举办一次个人电子报展。

2. 案例分析

百年奥运,百年梦想。一百多年的奔跑,奥林匹克从爱琴海跑到了北京。北京奥运会开幕式,在全球 40 亿观众惊呆的目光中,李宁高擎火炬,如夸父追日般的凌空奔跑,仿若向世界宣告:五千年文明历史的东方巨龙,在奥林匹克圣殿上华丽亮相。开幕式上,那敦煌飞天的曼舞、郑和远行的桨歌、手持竹简的儒生,把东西方的目光扯回到那神话般的遥远东方……中国超越了自己,中国融入了世界。

3. 相关操作步骤

(1) 启动 Word 2003,新建 Word 文档,命名为:奥运电子报(例:同一个世界,同一个梦想)。

(2) 输入文字。输入文本,格式化文本,插入图片、文本框等。

(3) 格式化文档,完成结果如图 4-48 所示。

图 4-48　李若诗电子报

4.3.2　绘 制 图 形

　　Word 提供了可使用户在文档中插入自己绘制的图形的功能,设置了 100 多种自选图形。用这些图形可以绘制出线段、箭头以及各种基本几何图形,并可以根据需要对图形进行组合、叠放和旋转等操作。通过"视图"菜单,选择子菜单"工具栏"下的"绘图"命令,"绘图"工具栏便显示在编辑区的底部,如图 4-49 所示。

图 4-49　绘图工具栏

1. 绘制基本图形

　　单击"绘图"工具栏中的"自选图形"按钮,在打开的菜单中选择 Word 提供的 7 大类自选图形,每一类下面都有若干种具体的几何图形,如图 4-50 所示。单击选中的图形后,在编辑区显示出一个虚线框,称为"绘图画布",并在框中提示"在此处创建图形"。此时鼠标指针变为十字状,在画布内单击鼠标左键并拖动,可绘出所需图形,也可以在画布外的区域绘图。

　　画布的大小可以用鼠标进行调整,但受到所绘图形的限制,必须要能包容所绘的图形。需要注意的是,"画布"的属性与插入的图片类似,而绘制图形的属性和文本框类似。

　　若仅绘制简单的"直线"、"箭头"、"矩形"和"椭圆"等,可直接单击工具栏中相应的按钮进行绘制。若按下 Shift 键,则可用"矩形"绘制正方形,用"椭圆"绘制正圆,用"直线"画出水平或者垂直或者角度是 15°倍数的直线。

图 4-50　"自选图形"菜单

2. 修饰基本图形

　　单击自选图形,图形周围显示出若干控点。其中黄色菱形状的控点为形状控点,用鼠标拖动该控点可以对图形的形状进行调整;绿色圆状控点为图形角度控点,鼠标指针放到该控点上面后,会变成旋转状箭头,拖动指针可以使图形围绕自身几何中心任意旋转。如图 4-51 所示,通过拖动控点,可将箭头的宽度调整到虚线位置。

　　在"绘图工具栏"的右侧,排列了 8 个按钮,可以对已绘制的图形进行各种修饰,如"填充颜色"、"线条颜色"、"字体颜色"、"线型"等按钮。选定要修饰的图形后,单击需要的效果修饰按钮,选择所需的样式即可。

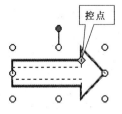

图 4-51　图形控点操作

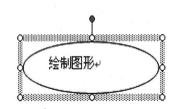

图 4-52　添加文字

3. 图形的组合

通过组合功能,可以把绘制的基本图形组成用户所需要的各种图形,并可进行图文混排。

按下 Shift 键,用鼠标单击需要组合的若干图形,打开"绘图"菜单,选择"组合"命令,即可将被选中的若干图形组合成为一个整体。组合操作是可逆的,若选定需要分解的组合图形,选择"绘图"菜单中"取消组合"命令,则可将组合的整体分解。

组合后的图形虽然是一个整体,但仍可以对其文字区域进行文字编辑和格式设置。

4. 图形上添加文字

选定要添加文字的图形,单击鼠标右键,在弹出快捷菜单中选择"添加文字"命令,显示出包容图形的文本框,在文本框内添加文字如图 4-52 所示。

4.3.3　插 入 图 片

Word 除了具有绘制图形的功能以外,还允许插入外来的以文件形式存在的图片,如 BMP、JPG、JPEG、GIF 等格式。同时 Word 提供了一个含有大量图片的剪辑库,可直接在文档中插入使用,这种图片也称为剪贴画。

1. 从剪贴板粘贴图片

该操作类似文本的粘贴操作,若剪贴板上已复制有图片,则先确定要插入图片的位置,再单击工具栏上的"粘贴"命令即可。

2. 插入剪贴画(或图片)

先将光标移至需插入剪贴画的位置,单击"插入"菜单中的"图片"命令,在子菜单中选中"剪贴画",打开"插入剪贴画"菜单,如图 4-53 所示。

在"搜索范围"下拉列表中选择搜藏集位置,如"我的搜藏集"或者"Offices 搜藏集";在"结果类型"下拉列表中选中"剪贴画"复选框,也可以选取其他媒体类型,如"照片"、"影片"等。单击"搜索"命令后,"插入剪贴画"菜单中将显示搜索到的剪贴画对象,如图 4-54 所示。单击需要的剪贴画,即可在光标当前位置插入该剪贴画。单击"插入剪贴画"菜单右上角的"关闭"按钮,关闭该窗口。

图 4-53　"插入剪贴画"菜单

图 4-54　剪贴画搜索结果

3. 插入图片文件

先将光标移动到要插入图片的位置,再单击"插入"菜单中的"图片"命令,在其子菜单中选择"来自文件"命令,弹出"插入图片"对话框,在"查找范围"列表框中查找图片存放的位置,选中所需图片文件名,单击"插入"命令即可。该操作类同 Word 文件的"打开"文件命令,不再赘述。

4.3.4 编辑图片

1. "图片"工具栏

Word 提供有简单的图片处理功能,通过"图片"工具栏处理图片。打开"视图"菜单中的"工具栏"菜单,选择"图片"命令,可以显示"图片"工具栏,如图 4-55 所示。

图 4-55 "图片"工具栏

该工具栏上设置了色彩调整、裁剪图片尺寸、文字环绕等功能的诸多按钮,用户可在选定图片之后,根据需要选取相应的按钮对图片进行编辑。

2. 图片格式设置

图片的格式设置通常在"设置图片格式"对话框中进行。选中图片后,再双击图片或者单击"图片"工具栏中的"设置图片格式"按钮,弹出"设置图片格式"对话框,如图4-56所示。在"版式"选项卡中,可选择图片周围文本的"环绕方式",以及图片在水平方向上的对齐方式。若单击"高级"按钮,则如图 4-57 所示,可以对文字环绕方式和图片位置作进一步的设置。

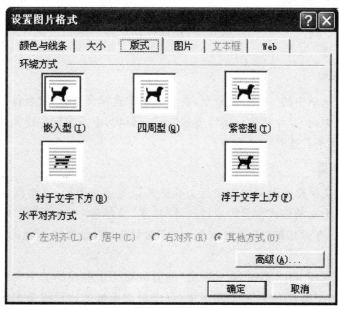

图 4-56 "设置图片格式"对话

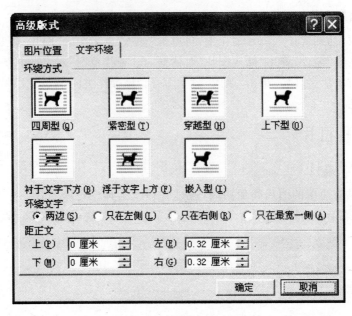

图 4-57　"高级版式"对话框

在"大小"选项卡中,可以精确地设置图片的大小,若选中"锁定纵横比"复选框,可使得图片的大小在改变时仍然保持原有高宽比例关系;若选中"相对于图片的原始尺寸"复选框,则图片的大小在变动时以原始尺寸为基础计算缩放比。当然,通过拖动图片四周的控制点也可以改变图片的大小,只是图片尺寸不易精确控制而已。在"颜色和线条"选项卡中,可以设置图片的边框和填充色,常用来为图片添加底色和边框。

4.3.5　编辑文本框

文本框内可以插入文字、图片或表格,并且可以放置在编辑区的任意位置,便于在文档中进行图文混排。

1. 创建文本框

单击"插入"菜单中的"文本框"命令,在子菜单中选择文本框的"横排"或"竖排"(文本框中文字的排列方向)。此时鼠标指针变成"+"字形状,单击鼠标左键并拖动指针即可呈现出文本框,当大小合适时松开左键。

2. 编辑文本框

文本框中的文字格式设置的方法与文本格式设置方法类同,文本框的编辑也类同于图片的编辑。文本框的格式设置可通过选择"格式"菜单的"文本框"命令,或用鼠标右键单击文本框边框,在弹出的"设置文本框格式"对话框中,设置文本框的格式,如图 4-58 所示。

在"文本框"选项卡中,调整"内部距离"的值可对文本框中的文字与边框之间的距离进行精确设置。在"颜色与线条"选项卡中,可以对文本框的边框线条形状、颜色、背景色等进行设置。

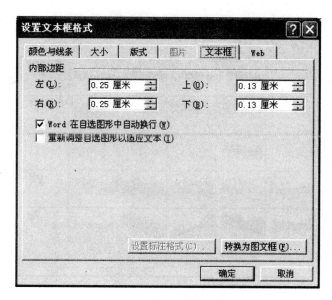

图 4-58　"设置文本框格式"对话框

3. 链接文本框

在图文混排过程中,有时需要设置若干个文本框,若文本框之间的文本内容有关联,则可在文本框之间设置链接功能。当需要调整文本框大小或者设置文本格式时,各文本框之间的内容可以自动进行调整,极大地方便了文档排版。

先插入两个文本框,用鼠标右键单击第一个文本框的边线,在弹出的快捷菜单中选择"创建文本框链接"命令,此时鼠标指针变成中间有向下黑箭头的茶杯形状。移动鼠标至另一个文本框内,茶杯状指针发生倾斜,单击鼠标左键后,这两个文本框就有了链接关系。即当第一个文本框中的文本内容容纳不下时,多余部分将自动排列在与之有连接关系的文本框中。

4.3.6　编辑艺术字

Word 具有艺术字的功能,可以实现丰富多彩的文字效果。如三维效果、阴影效果、波浪效果等。

1. 选择艺术字样

选择"插入"菜单的"图片"命令,在子菜单中选取"艺术字"命令,弹出""艺术字"库"对话框,如图 4-59 所示。选择一种艺术字样式,单击"确定"按钮后,弹出编辑"艺术字"文字对话框。在"文字"文本框中输入文字,并可进行字号、字体、加粗和倾斜等设置。

2. 编辑艺术字

由于艺术字属于图片,其编辑方法与编辑图片的方法类同。选定已插入的艺术字,在"格式"菜单中选择"艺术字"命令,或在艺术字上单击鼠标右键,可弹出"设置艺术字格式"对话框,如图 4-60 所示。在此对话框中,可在"颜色与线条"、"大小"、"版式"等选项卡下对艺术字进行各项设置,其中"版式"选项卡可以设置艺术字的环绕类型。

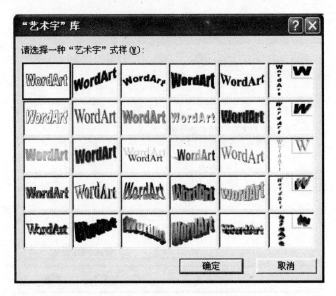

图 4-59　"艺术字"库对话框

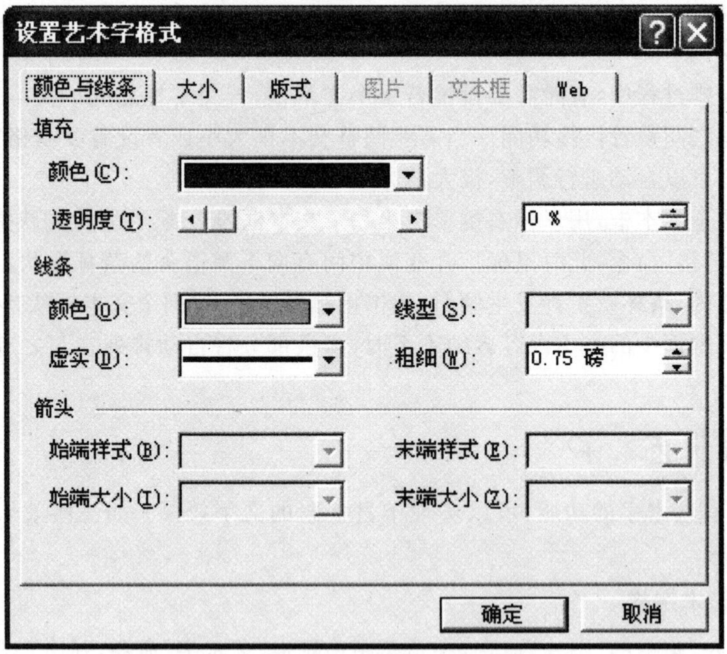

图 4-60　设置艺术字格式对话框

　　也可以打开"视图"菜单"工具栏"命令中"艺术字"工具栏,如图 4-61 所示。用其上分列的各种工具对艺术字进行设置。

图 4-61　"艺术字"工具栏

4.4　插入数学公式

4.4.1　案例引入

1. 案例

学期结束,教务科要求各数学任课教师提供所任课程 A、B 两套试卷。

2. 案例分析

数学试卷的编辑是数学任课教师必须完成的工作。一份规范的数学试卷是完成教学任务必备条件之一。这就要应用到 Word 2003 中文件的相关操作、文字的输入方法及数学公式的编辑方法。

3. 相关操作步骤

(1) 启动 Word 2003,新建 Word 文档,命名为:XX 年 XX 学期数学试卷(例:2008 秋季学期高等数学考试试卷)

(2) 输入文字。输入文本,利用公式编辑器输入数学公式。

(3) 格式化文档,完成结果如图 4-62 所示。

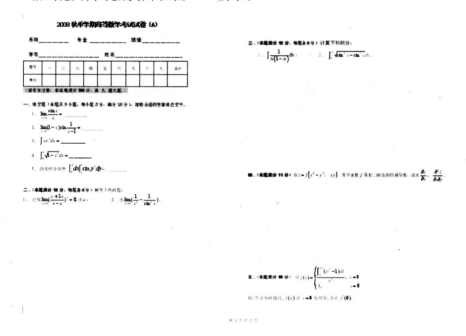

图 4-62　数学试卷

4.4.2　公式编辑器的使用

Word 提供了公式编辑器,可以在文档中输入和编辑数学公式。先将光标移至需要插入数学公式的位置,选择"插入"菜单中的"对象"命令,弹出"对象"对话框,如图 4-63 所示。在"新建"选项卡中选择"Microsoft 公式 3.0",单击"确定"按钮,弹出"公式"工具栏,如图 4-64 所示。同时打开公式编辑框,见图 4-64 右侧矩形区域。

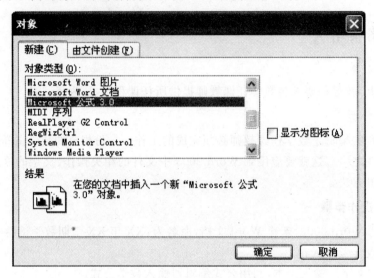

图 4-63　插入"对象"对话框

在编辑框中可以直接输入文本,当需要插输入数学公式中的符号时,如分式、根号、指数、积分符号等,可先单击"公式"工具栏中的相应模板按钮,再在相应位置输入符号或数字。

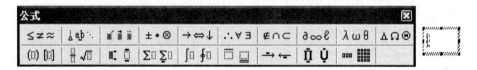

图 4-64　"公式"工具栏

如在文本中插入公式,$y = \dfrac{\sqrt{x-3}+1}{x^2}$,操作步骤如下:

(1) 在编辑框中输入"y=",点击"公式"工具栏上的"分式和根式"模板，选择列表中的，编辑框中即出现分式编辑符号，此时光标在分式分子的位置闪烁。

(2) 选择"分式和根式"模板列表中，分式分子上出现，输入"x−3"。

(3) 按下键盘右移方向键,使插入点脱离根式,输入"+1",完成分子输入。

(4) 用鼠标或者键盘方向键,将光标插入点移至分母,输入"x",单击"公式"工具栏上的"下标和上标"模板，选择模板列表中的，输入"2"。

(5) 用鼠标单击公式编辑框以外的部分,插入公式操作结束,"公式"工具栏自动关闭。

若需要对已插入的公式进行修改编辑,可用鼠标双击公式,"公式"工具栏自动打开,进入公式编辑状态,再按上述步骤进行操作即可。

4.4.3　页面排版和文档打印

1. 页面设置

页面设置的主要内容有：设置纸张大小、页边距、纸张来源、版面以及每页行数和每行字符等。

（1）纸张大小。选择"文件"菜单中的"页面设置"命令，在弹出的"页面设置"对话框中选择"纸张"选项卡，如图 4-65 所示，在该选项卡中进行纸型设置。单击"纸型"列表框中的下拉箭头，可从纸张类型列表中选择纸张大小，如 A3、A4、B5 等。若在纸型中选择"自定义大小"，则需在"宽度"和"高度"文本框中输入自定义纸张相应的尺寸。

图 4-65　纸张选项卡

（2）页边距。文档中文本与纸张边缘的距离称为页边距。在"页面设置"对话框中的页边距选项卡中可对页边距上下左右的尺寸进行设置，如图 4-66 所示。也可以通过调整标尺的方式来调整页边距。在页边距选项卡的"方向"栏内可以对纸张的"纵向"或"横向"进行设置。

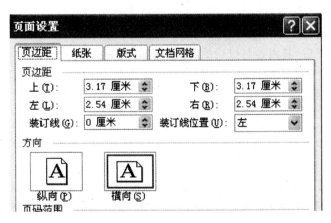

图 4-66　"页边距"选项卡

2. 页眉与页脚

页眉和页脚可以进一步丰富文档页面的信息，它是在页面的顶部或底部加入的文字或图形构成的，内容通常包括文件名、章节标题、页码、日期和作者姓名等。

1)添加页眉与页脚

添加页眉和页脚设置的操作步骤是:在菜单栏上选择"视图"菜单中的"页眉和页脚"命令,文档的窗口中即会出现"页眉和页脚"工具栏,进入页眉和页脚的编辑状态,上页边距内出现页眉,下页边距内出现页脚,如图 4-67 所示。在页眉或页脚的文本框内可输入文字或字符等内容,并可以通过单击"页眉和页脚"工具栏中的⊞、▦、⊘按钮等插入"页码"、"当前日期"、"当前时间"。页眉与页脚的对齐方式的设置和文档编辑的操作方法一致,如使用"格式"工具栏上的对齐按钮。

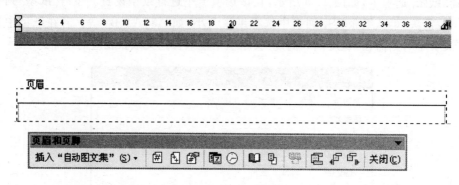

图 4-67 "页眉编辑区"及"页眉和页脚"工具栏

单击"页眉和页脚"工具栏上的"页眉和页脚切换按钮🖭",可以在页眉和页脚间进行切换编辑。页眉和页脚设置完成后,单击"页眉和页脚"工具栏上的"关闭"按钮,即可返回文档。若需对已经添加的页眉与页脚进行修改编辑,可用鼠标双击页眉或页脚,即可进入页眉与页脚的编辑状态。

2)页眉和页脚的特殊设置

(1)首页设置不同的页眉与页脚。若需要设置首页与其他页不同的页眉和页脚,可在"页面设置"对话框中选择"版式"选项卡中,选择"首页不同"复选框,即可达到对首页进行页眉与页脚设置后,其内容与以后的各页不同的效果。

(2)奇偶页设置不同的页眉与页脚。若要求奇数页和偶数页的页眉与页脚不同,可在"页面设置"对话框中选择"版式"选项卡中,选择"奇偶页不同"复选框。

3. 打印预览

文档正式打印之前,可利用 Word 提供的"打印预览"功能检查整个文档排版后的外观。

(1)进入与退出打印预览。选用"文件"菜单的"打印预览"命令,或者单击"常用"工具栏上的"打印预览"按钮🔍,便会进入"打印预览"视图。单击预览状态下的"关闭"按钮即可退出打印预览。

(2)预览的设置。鼠标移至预览页面时,指针即呈🔍状,此时单击鼠标,预览页面显示 100%大小,而鼠标指针变为🔍。再次单击鼠标,则回到原来的显示比例。若单击"全屏显示"按钮▢,则可以全屏显示文档外观。

一般情况下默认预览页数为单页,若需多页预览,则可单击预览视图工具栏中的"多页"

按钮 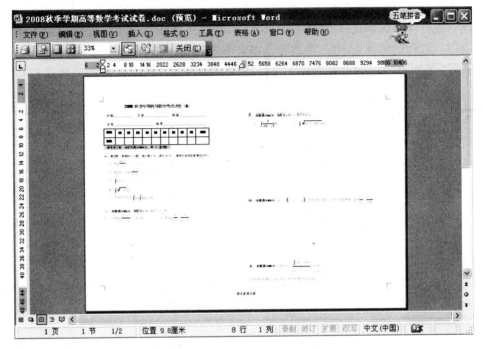，在列表框中选择页数，最多可以同时显示 6 页。图 4-68 为预览状态下的文档界面。

图 4-68　文档预览状态示意图

4. 打印文档

选择"文件"菜单中的"打印"命令，在弹出的如图 4-69 所示的"打印"对话框中进行适当的设置。

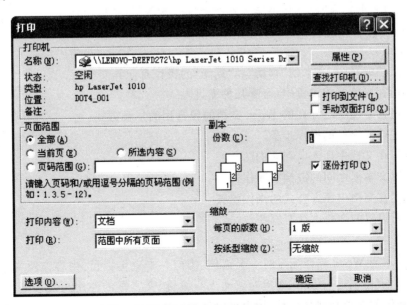

图 4-69　"打印"对话框

　　在"页面范围"项中,选择"全部",则将打印完整的文档;选择"当前页",只打印光标插入点所在的页面;选择"所选内容",则只打印事先在文档中选定的区域;"页码范围",并按提示键入需打印的页码,将打印指定的页面。

　　在"打印"项的列表中,有三个选项。如选择了"奇数页",则只打印奇数页面;同样的,如选择了"偶数页",则只打印"偶数页"。利用这种设置,可以快捷地对纸张进行双面打印。

习　题　4

一、填空题

　　1. Word 窗口由_____、_____、_____、文档编辑区和_____等部分组成。

　　2. Word 文档的扩展名是_____。

　　3. Word 窗口中,状态栏上的"改写"字体为灰色时,表明目前文档处于_____状态。

　　4. 在文档编辑中,按_____键可删除插入点前面的字符;按_____键可删除插入点后面的字符。

　　5. Word 剪贴板可以储存_____次用户复制或剪切操作的内容。

　　6. 段落对齐的方式有_____、_____、_____、_____、_____。

　　7. 在 Word 表格中,单元格对齐方式有种。

　　8. 拆分单元格是指_____。

　　9. 处于编辑状态的图片,其四周有_____个控点。

　　10. 进行页面设置时,若在纸型中选择了自定义大小,则还需在_____和_____文本框中输入相应的尺寸。

二、简答题

　　1. 在文档编辑中,文本的"移动"和"复制"的操作有何异同?

　　2. 简述在段落格式设置中,有哪几种缩进方式。

　　3. 简述打开一个已存在的 Word 文档的较常用的三种方式。

　　4. 简述插入表格的操作步骤。

　　5. 如何在文档中插入已存在的图片?

　　6. 设置文本框之间的链接有何作用?

　　7. 简述在文档中插入公式的操作步骤。

　　8. 页面设置的主要内容有哪些?

三、实训题

　　下图所示为 Word 综合练习的一个范例,类似一个宣传栏目,内容涉及文本录入、文本格式设置、表格创建与编辑、图形对象插入与编辑、文本框的使用与链接等。每个部分都提出了具体的要求和评分标准,用户可以根据具体情况参照练习。

页面：A4，上下边距：2.5 厘米，左右边距：3.6 厘米。10

非典预防常识

插入艺术字大小：1.2×6，其余自定。10

段后 0.5 行，行距：固定值：22 磅；字体：幼圆，小四号，桔黄色。5

一、什么是非典型肺炎

行距：固定值 22 磅；字体：宋体五号。5

非典型肺炎是指一组具有类似肺炎临床表现、胸部 X 线特征和对抗生素治疗无反应的肺炎，也曾广泛指通常细菌以外的病原体所致的肺炎，该名称起源于 1930 年末。

科学家将其命名为"SARS 病毒"（SARS 是"非典"学名的英文缩写）。

二、非典型肺炎的症状

段前、段后 0.5 行，行距：单倍行距；字体：幼圆，小四号，桔黄色。5

非典型肺炎患者主要表现为急性起病：

项目符号：五号、红色、菱形；正文字体：五号黑体 10

◆ 以发热为首发症状，体温 38℃～40℃（发烧越高，病情发展将越重，偶有畏寒）；
◆ 同时伴有头痛、关节酸痛和全身酸痛、乏力，可有胸痛或腹泻；
◆ 有逐渐明显的呼吸道症状，干咳、少痰；
◆ 个别病人可发展成为呼吸窘迫综合征，导致呼吸衰竭，多数病人症状较轻。
◆ 肺部体征变化不是很明显，听诊时可有一些干罗音或湿罗音，但不明显，发病 10 到 14 天为病情进展期，14 天后逐渐恢复，体温正常。

1.插入两个文本框；5
2.文本框大小为 50×70；5
3.文本框线形及颜色见图示。5

三、"非典"的预防措施

预防措施之一□自然通风
预防措施之二□空气消毒
预防措施之三□环境卫生
预防措施之四□从业人员应根据规定讲究卫生
预防措施之五□加强锻炼，增强身体素质。

插入一剪贴画大小：2.5×6 10

四、防治非典四字歌

□□预防为主，未雨绸缪；
□□远离病源，隔断源头；
□□住宅通风，空气对流；
□□佩戴口罩，进门洗手；
□□规律起居，免疫力强；
□□家人有病，观察周详；
□□疑似症状，医生帮忙；
□□突发事件，无惧有防。

1.表格结构正确 10
2.外部框线：2.25 磅蓝色；5
3.内部框线：1.5 磅淡紫色；5
4.表内文字为五号宋体中部居中对齐。5
5.干部名单填充完整。5

预防非典学生干部值班表

时间 ＼ 星期		一	二	三	四	五	六	日
上午	1、2 节							
	3、4 节							
中午		护校队全体成员						
下午	5、6 节							
	7、8 节							
晚上		护校队全体成员						
说明		值班任务及要求见"预防非典工作实施细则"						

项目 5 中文 Excel 2003 电子表格

Excel 是 Office 办公套装软件家庭中的一个重要成员,是目前公认的功能最强大、技术最先进、使用最广泛的电子表格处理软件之一,它可以进行各种数据处理、统计分析和辅助决策操作,被广泛应用于公司企业、政府机关等各种办公领域。

5.1 中文 Excel 2003 基本操作

5.1.1 案例引入

1. 案例

学期结束时,学校教务处要求各班级任课教师上交学生各科成绩,教务处根据学生各科成绩建立新学生成绩档案。

2. 案例分析

为了便于建立学生成绩档案,在建立各科成绩表时应考虑到按学生学号顺序录入数据。首先建立一个新工作簿,在工作表中按学号顺序输入学号、姓名、平时成绩、期末成绩。这就要应用到启动 Excel 2003,文件的相关操作,数据的输入方法。

3. 相关操作步骤

(1) 启动 Excel 2003,新建工作簿,命名为:××班××课程成绩表(例:09 级计算机应用班《计算机基础》课程成绩表)

(2) 输入数据。应用填充柄功能输入学号,然后输入文本,输入其他数字等。

(3) 格式化工作表,完成结果如图 5-1 所示。

09级计算机应用班《计算机基础》课程成绩表					
学 号	姓 名	平时成绩	期末成绩	学期成绩	备注
20093070001	程邵博	95.0	82.5	86.3	
20093070002	陈浩	90.0	89.5	89.7	
20093070003	陈军	70.0	64.0	65.8	
20093070004	陈雅	78.0	90.2	86.5	
20093070005	邓中赛	78.0	80.0	79.4	
20093070006	丁春有	85.0	80.4	81.8	
20093070007	方林超	86.0	87.4	87.0	
20093070008	方曼	92.0	90.2	90.7	
20093070009	韩卫香	95.0	84.6	87.7	
20093070010	韩娟	90.0	80.9	83.6	
20093070011	郝晶霞	80.0	75.5	76.9	
20093070012	何小冬	78.0	86.0	83.6	
20093070013	何秀清	50.0	48.0	48.6	
20093070014	贺孟税	85.0	86.7	86.2	
20093070015	胡冬青	86.0	79.0	81.1	
20093070016	胡梅	92.0	79.0	82.9	
20093070017	黄洁春	60.0	56.5	57.6	

图 5-1 成绩表

5.1.2   Excel 2003 的启动和退出

1. 启动 Excel 2003

使用 Excel 进行工作时,启动的操作步骤如下:

(1) 单击屏幕左下角"开始"菜单。

(2) 在"开始"菜单中,选择"程序"项,出现如图 5-2 所示的子菜单,然后选择"Microsoft Office"下一级的"Microsoft Office Excel 2003"。

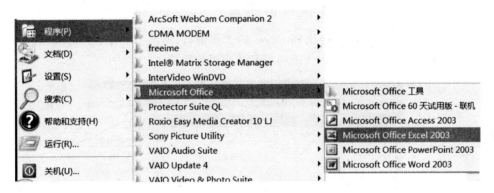

图 5-2   启动 Excel 2003

2. 退出 Excel 2003

完成工作后,退出 Excel 环境有三种方法:

方法一:单击"文件"菜单中的"退出"命令;

方法二:按 Alt+F 键,再按 X 键;

方法三:直接按 Alt+F4 键。

5.1.3   Excel 2003 的基本概念

1. 工作簿

一个 Excel 文件就是一个工作簿,由一个或多个工作表组成,扩展名为". xls"。工作簿是 Excel 用来运算和存储数据的文件。每一个工作簿可以包含多个工作表,就像财务科里有一本全年的工资簿,它包含有 12 个月的工资表(工作表)。默认状态下,一个工作簿中有 3 个工作表,最多可有 256 个工作表。

2. 工作表

工作表是工作簿的一部分,是 Excel 进行一次完整作业的基本单位,通常称为电子表格。一个工作表是由 65 536 行、256 列组成的一个二维表格。工作表是通过工作标签来标示的,默认名为:Sheet1,Sheet2,…。工作表可增、删,单击工作表标签可以在不同工作表间切换。在使用工作表时,只有一个工作表是活动工作表。

3. 单元格

单元格是工作表行和列交叉处列成的矩形,它是工作表的基本单位。用户可以向单元格中输入文字、数据、公式,也可以对单元格进行各种格式的设置,如字体、颜色、长度、宽度、对齐方式等。

单元格的名称是通过它所在的行号和列号来确定的。行号是由 1,2,3,4,…表示,列号是由 A,B,C,D,…X,Y,Z,AA,AB,AC,…表示,例如,C10 单元格是第 C 列和第 10 行交汇处的小方格。每一个工作表中只有一个单元格为当前工作单元格,称为活动单元格。活动单元格名在屏幕上的名称框中反映出来,只有在活动单元勤务员中才能输入文字、数据、公式等数据。

5.1.4　Excel 2003 工作窗口的组成

启动 Microsoft Excel 后,会出现 Excel 的工作窗口,如图 5-3 所示。它由标题栏、菜单栏、工具栏、滚动条、编辑栏、工作表标签和状态栏等组成。

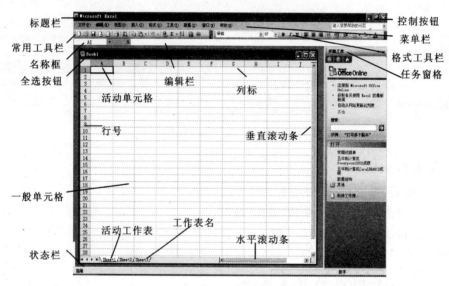

图 5-3　中文 Excel 2003 的工作窗口

图 5-4　控制菜单

1. 标题栏

标题栏位于工作窗口的最上端,用于标识所打开的程序及文件名称,标题栏最左端的图标是 Excel 2003 的窗口控制图标,单击该图标会弹出 Excel 窗口的控制菜单,如图 5-4 所示。标题栏的右边是最小化、最大化/还原、关闭按钮。

2. 菜单栏

Excel 提供了丰富的命令,几乎所有的命令都可以从菜单中选中、执行。菜单栏中包括 9 个菜单,分别为"文件"、"编辑"、"视图"、"插入"、"格式"、"工具"、"数据"、"窗口"、"帮助"菜单。

3. 工具栏

位于菜单栏的下面,默认情况下分为常用工具栏、格式工具栏。其中"常用工具栏"包含许多常用命令,是 Excel 编辑过程中最常用工具,单击工具栏中的按钮可以执行相同的命令。"格式"工具栏是 Excel 排版工具之一,与"常用"工具栏相似,只是各个按钮的功能不一样。如图 5-5 所示。

图 5-5　"常用"工具栏和"格式"工具栏

4. 编辑栏

用于输入或修改工作表单元格中的数据。编辑栏包括名称框、取消输入按钮、确定输入按钮、输入公式及函数按钮。

5. 状态栏

位于 Excel 窗口底部,用来显示当前工作表区的状态。在大多数情况下,状态栏的左端显示"就绪"字样,表明工作表正在准备接收新的数据。在向单元格中输入数据时,则显示"输入"字样。

5.1.5　向工作表中输入数据

在 Excel 系统中,单元格中可以存储多种形式的数据,除了通常的文字、日期、数字外,还可以储存声音、图形等数据。

在日常工作中,一般输入两类数据。第一类是常量,常量是可以直接键入到单元格中的数据;它可以是数字值(包括日期、时间、货币、百分比、分数、科学记数),或者是文字,且数据值都是常量并且不能改变。第二类是公式,公式是一个常量值、单元格引用、名字、函数或操作符的序列。在中文 Excel 2003 中对打开的工作表进行操作都是建立在对单元格或单元格区域操作的基础上,因此对表格的编辑就显得格外重要。

1. 输入数据

单元格内的数据通常有文本型、数值型、日期和时间型、逻辑型。每种类型都有其输入规则。Excel 能自动识别所输入法的数据类型,并进行转换。

1) 输入文本型数据

在 Microsoft Excel 2003 中的文字通常是指字符或者是任何数字和字符的组合。任何输入到单元格内的字符集,只要不被系统解释成数字、公式、日期、时间、逻辑值,则Excel 一律将其视为文字,可以是汉字、英文字母、数字、空格等键盘输入的符号。

在 Excel 中输入文字时,默认对齐方式是单元格内靠左对齐。对于全部由数字组成的字符串,例如:邮政编码、电话号码等这类字符串的输入,为了避免被 Excel 认为是数字型数据,Excel 2003 提供了在这些输入项前添加"'"的方法,来区分是"数字字符串"而非"数字"数据;要在"B5"单元格中输入"02323223333",则可在输入框中输入"'02323223333"。文本默认为左对齐。

2) 输入数值型数据

在 Microsoft Excel 2003 中,当建立新的工作表时,所有单元格都采用默认的通用数字格式,对齐方式为右对齐。通用格式一般采用整数(123)、小数(5.12)格式,而当数字的长度超过单元格的宽度时,Excel 将自动使用科学计数法来表示输入的数字。例如输入"123456789"时,Excel 会在单元格中用"1.23E+08"来显示该数字,如图 5-19 所示。

要作为常量值输入数字,选定单元格并键入数字。数字可以是包括数字字符（0～9）和下面特殊字符中的任意字符:+、-、(、)、/、$、%、E(指数)等。在输入数字时,可参照这些的规则:

(1) 可以在数字中包括一个逗号,如"2,640,800"。

(2) 数值项目中的单个句点作为小数点处理。

(3) 在数字前输入的正号被忽略。

(4) 在负数前加上一个减号或者用圆括号括起来。

(5) 可以输入分数,若没有整数部分,则系统往往将其作为日期型数据。只要将 0 作为整数部分加上就可避免这种情况,例如,5/6 就应写成 0 5/6 的形式。

3）输入日期、时间型数据

日期/时间型数据默认为右对齐,如果日期数据的长度超过了单元格的宽度,单元格内显示为"＃＃＃＃",但可以通过调整列宽将其显示出来。时间格式中有"AM"和"PM"之分,写在时间的后面,但"AM"和"PM"之前必须有空格。

输入日期的格式有以下 6 种:"月/日";"月－日";"×月×日";"年/月/日";"年－月－日";"×年×月×日"。输入时间的格式有以下 6 种:"时:分";"时:分 AM";"时:分 PM";"时:分:秒";"时:分:秒 AM";"时:分:秒 PM"。

4）输入逻辑型数据

逻辑值一般是用来判断表达式和公式计算的结果,逻辑值"真"为 True,逻辑值"假"为 False,True 和 False 在公式计算时是转换成 1 和 0 参加计算的。

2. 输入序列

在输入一张工作表的时候,可能经常遇到一些输入一个序列数字的情况。例如,对于表格中的项目序号,对于一个工资表中的工资序号序列,或者对于一个日期序列等等。这些特殊的数据系列都有一定的特殊规律。例如,对于一个周销售统计表来讲,就需要将每周中的每一天的销售情况反映出来,而其中的日期数据星期一、星期二、……就是一个有着特定规律的日期序列数据。要在每一个单元格中输入这些数据不仅很烦琐的,而且还会降低工作效率。通过使用 Excel 2003 中的"填充"功能,可以非常轻松地完成。

1）使用命令输入序列

对于选定的单元格区域,可以使用"填充"菜单中的"序列"命令,来实现数据的自动填充。其操作步骤如下:

(1) 在第一个单元格中输入一个起始值,选定一个要填充的单元格区域。执行"编辑"菜单中的"填充"命令,如图 5-6 所示。

(2) 选择"序列"命令,弹出"序列"对话框,如图 5-7 所示。

(3) 在对话框的"序列产生在"中选择"行"或者"列"。随后在"类型"框中选择需要的序列类型,在本例中选定"等差序列"。在"步长值"输入框中设定"1",按下"确定"按钮,就能看到如图 5-8 所示。

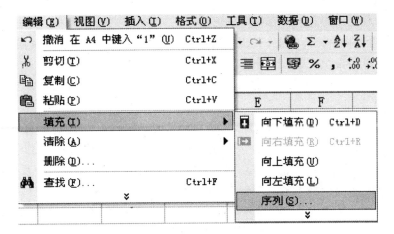

图 5-6 "填充→序列"命令

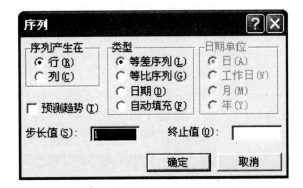

图 5-7 "序列"对话框

图 5-8 等差序列示例

2）使用鼠标输入序列

被选中的单元格的右下角有一个黑色的小正方形,称之为填充柄。通过拖动填充柄来填充数据,可以将填充柄向上、下、左、右4个方向拖动,以填入数据。其操作步骤如下:①将光标指向单元格填充柄,当指针变成十字光标后,沿着要填充的方向拖动填充柄。②松开鼠标按钮时,数据便填入区域中。

3）自定义序列

对于需要经常使用特殊数据的序列,例如产品的清单或中文序列号,可以将其定义为一个序列。这样,当使用"自动填充"功能时,就可以将数据自动输入到工作表中。

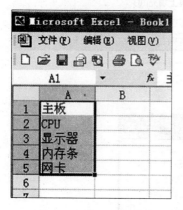

图 5-9 等差序列的输入

对于建立自定义序列,可以使用"工具"菜单中的"选项"命令来建立它们。有两种建立自定义序列的方法,分别是选定已经输入到工作表的序列,或者直接在对话框里的"自定义序列"中输入。

（1）从工作表导入序列。先选定工作表中已经输入的序列,如图 5-9 所示。再选择"工具"菜单中的"选项"命令,在屏幕上出现选项对话框,选择"自定义序列"选项卡,如图 5-10 示;然后可以从图中的"导入序列所在的单元格"中看到地址为"＄A＄1：＄A＄5"。按下"导入"按钮,就可以看到定义的序列已经出现在对话框中了,如图 5-11 所示。单击"确定"按钮即可。这时输入以上这一序列,就可利用填充柄进行拖动了。

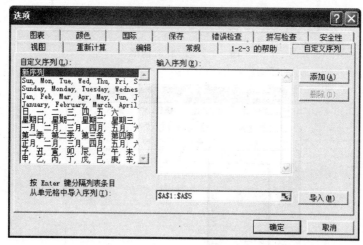

图 5-10 "自定义序列"对话框

（2）直接在"自定义序列"中建立序列。选择"工具"菜单中的"选项"命令,屏幕上出现"选项"对话框,选择"自定义序列"选项卡。在"输入序列"框中输入"主板",按下 Enter 键,然后输入"CPU",再次按下 Enter 键,如图 5-12 所示。重复该过程,直到输入完所有的数据。按下"增加"按钮,就可以看到定义的微机硬件格式已经出现在对话框中了,单击"确定"按钮。

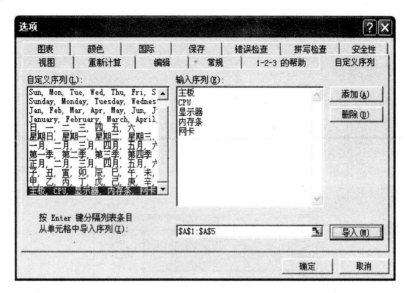

图 5-11 "自定义序列"选项卡

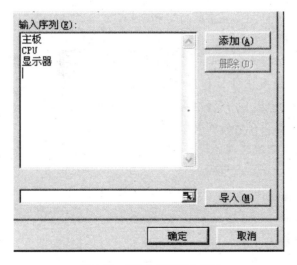

图 5-12 "输入序列"列表框

对于自定义的序列,在定义过程中必须遵循这样的规则:使用数字以外的任何字符作为序列的首字母;建立序列时,错误值和公式都被忽略。

4)编辑或删除自定义序列

可以对已经存在的序列进行编辑或者将不再使用的序列删除掉。要编辑或删除自定义的序列,可以按照下列步骤执行:

(1)在"自定义序列"选项卡中选定要编辑的自定义序列,就会看到它们出现在"输入序列"框中。

(2)选择要编辑的项,进行编辑。若要删除序列中的某一项,按 Backspace 键,若要删除一个完整的自定义序列,可以按"删除"按钮。

（3）再按下"确定"按钮即可。

注意：对系统内部的序列不能够编辑或者删除。

5.1.6 单元格操作

1. 单元格和区域的引用及表示形式

单元格是指工作表中行列交叉部分，引用其所在的行列位置，例如 D4。单元格区域。由若干连续的单元格组成，如图 5-13 所示。引用"左上角：右下角"，例如，A1：C3。区分不同工作表上的单元格：加"工作表名称！"，如"Sheet1！B5"、"Sheet2！A3：E7"。单元格地址有三种表示形式。

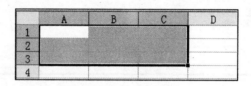

图 5-13 单元格区域

（1）相对地址。仅包含单元格的行号和列号，如"A2"、"D3"、"IV65636"，相对地址是 Excel 中默认的单元格引用方式。在复制或移动公式时，系统会根据移动的位置自动调节公式中的相对地址。

（2）绝对地址。是指在列号和行号前均加上"＄"符号的地址，如"＄A＄2"、"＄D＄3"，在复制或移动公式时，系统不会改变公式中的绝对地址。

（3）混合地址。是指在行号和列号之一前加上"＄"符号的地址，如"＄A2"、"A＄2"、"＄D3"、"D＄3"，在复制或移动公式时，系统会改变公式中的相对部分，（不带"＄"者），不改变公式中的绝对部分（带"＄"者）。

2. 单元格的具体操作

1）插入单元格

在菜单中选择"插入→单元格"命令，出现如下对话框，如图 5-14 所示。选择相应的单选按钮，然后单击"确定"。

图 5-14 "插入"对话框

图 5-15 "删除"对话框

2）删除单元格

在菜单中选择"编辑→删除"命令（Delete 只删除单元格内容），弹出如图 5-15 所示的对话框。选择相应的单选按钮，然后单击"确定"。

3）清除单元格中的内容

（1）选定要清除的单元格，例如清除单元格区域"A1：A4"。

（2）执行"编辑"菜单中的"清除"命令，之后出现一个子菜单，见图 5-16 所示。

（3）选择其中的"内容"命令，清除"A1：A4"单元格区域中的内容。

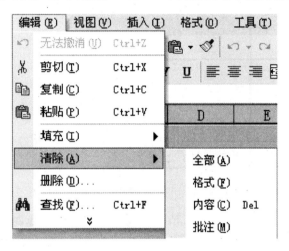

图 5-16 "清除"命令

清除单元格和删除单元格不同。清除单元格只是从工作表中移去了单元格中的内容，单元格本身还留在工作表上；而删除单元格则是将选定的单元格从工作表中除去，同时和被删除单元格相邻的其他单元格做出相应的位置调整。

4）复制和移动单元格中的内容

（1）鼠标拖放。选中要移动的单元格，将鼠标放在单元格的边框上，拖动鼠标移动到目标单元格；选中要复制的单元格，将鼠标放在单元格的边框上，按下 Ctrl 键，然后拖动鼠标到目标单元格。

（2）利用菜单复制和移动。选中要复制的单元格，选择菜单栏中的"编辑→复制"命令，移动光标到目标单元格，再选择"编辑→粘贴"命令；选中要移动的单元格，选择菜单栏中的"编辑→剪切"，移动光标到目标单元格，再选择"编辑→粘贴"。

在 Excel 中除了能够复制选定的单元格外，还能够有选择地复制单元格数据。例如，只对单元格中的公式、数字、格式进行复制。利用该项功能，还能够实现将一行数据复制到一列中，或者反之将一列数据复制到一行中。该功能是通过执行"编辑"菜单中的"选择性粘贴"命令实现的。值得注意的是，"选择性粘贴"命令对使用"剪切"命令定义的选定区域不起作用，而只能将"复制"命令定义的数值、格式、公式或附注粘贴到当前选定区域的单元格中。

粘贴区域可以是一个单元格、单元格区域或不相邻的选定区域。若粘贴区域为一个单一单元格，则"选择性粘贴"将此单元格用作粘贴区域的左上角，并将复制区域其余部分粘贴到此单元格下方和右方；若粘贴区域是一个区域或不相邻的选定区域，则它必须能包

含与复制区域有相同尺寸和形状的一个或多个长方形。使用"选择性粘贴"的操作步骤如下:

① 先对选定区域执行复制操作并指定粘贴区域。

② 执行"编辑"菜单中的"选择性粘贴"命令,屏幕上出现一个如图 5-17 的对话框。

图 5-17　"选择性粘贴"对话框

③ 在"粘贴"复选框中设定所要的粘贴方式,按下"确定"按钮即可完成。

④ "选择性粘贴"命令还可用于将复制单元格中的公式或数值与粘贴区域单元格中的公式或数值合并。可在"运算"框中指定是否将复制单元格中的公式或数值与粘贴区域单元格的内容相加、相减、相乘或相除等。使用"选择性粘贴"的另一个极重要的功能就是"转置"功能。所谓"转置"就是可以完成对行、列数据的位置转换。例如,可以把一行数据转换成工作表的一列数据,反之亦然。当粘贴数据改变其方位时,复制区域顶端行的数据出现在粘贴区域左列处;左列数据则出现在粘贴区域的顶端行上。要"转置"数据,在屏幕上出现如图 5-17 的对话框时,设置其中的"转置"复选框,按下"确定"按钮。例如,把上例中的统计表的第一行,转置为统计表的第一列,如图 5-18 和 5-19 所示。

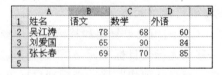

图 5-18　数据示例　　　　　　　　　　图 5-19　转置后数据示例

5) 插入或删除行和列

执行"插入"菜单中的"列/行"命令,会在当前光标所在的列/行前插入一列/行。删除行和列操作一样,即先选定要删除的"行"或"列"编号,然后执行"编辑"菜单中的"删除"命令,就可以删除选定的"行"或"列"。

6) 撤消与恢复操作

"撤消"操作有两种方法:一是按下工具栏上的撤消按钮　；二是进入到"编辑"菜单下,执行"撤消"命令。如果要撤消多步操作可以单击撤消按钮旁边的下拉按钮,如图5-20

所示。从中选择需要撤消的步骤即可。另外,在工具栏上还有一个恢复按钮 ⌃,可以用鼠标单击该按钮来达到恢复操作的目的。当按 F4 键恢复某些命令时,屏幕会出现被恢复命令的对话框,也有时不出现被恢复命令的对话框,而直接恢复执行命令一遍。如果要恢复多步操作可以单击恢复按钮旁边的下拉按钮,如图 5-21 所示。从中选择需要恢复的步骤即可。

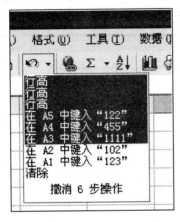

图 5-20　"撤消"下拉列表框

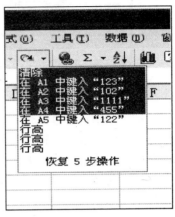

图 5-21　"恢复"下拉列表框

7) 查找与替换操作

在 Excel 中除了可查找和替换文字外,还可查找和替换公式和附注,其应用更为广泛,进一步提高了编辑处理的效率。

(1) 查找命令的操作的步骤。执行"编辑"菜单中的"查找"命令,屏幕显示对话框,如图 5-22 所示;在"查找内容"框中输入要查找的字符串,然后指定"搜索方式"和"搜索范围",最后按"查找下一个"按钮即可开始查找工作;当 Excel 找到一个匹配的内容后,单元格指针就会指向该单元格。之后可以决定下一步的操作,如果还需要进一步查找,可以选择并按下"查找下一个"按钮,也可选择"关闭"按钮,退出查找对话框。

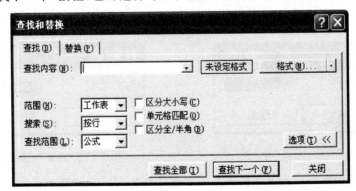

图 5-22　"查找"选项卡

(2) 替换命令的操作步骤。执行"编辑"菜单中的"替换"命令,屏幕显示对话框,如图 5-23 所示;

在"查找内容"中输入要查找的字符串,然后在"替换值"中输入新的数据,接着按

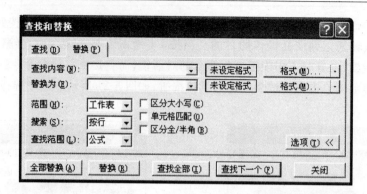

图 5-23 "替换"选项卡

"替换"按钮即可。最后,也可以按"查找下一个"按钮,找到它后,会将单元格指针指向所找到的单元格,这时再按替换按钮来替换目标字符串,若不想替换找到的字符串,可直接再按"查找下一个"按钮。如果需将所有被找到的字符串都换成新字符串,可按"全部替换"按钮,则所有该字符串都被新的字符串所取代。而不逐次要求确认,以节省时间。

5.1.7 工作表格式化

在 Excel 2003 中对于工作表,系统提供了丰富的格式化命令。利用这些命令,可以完成:数字如何显示、文字如何对齐、字型和字体、框线、图案颜色等多种对工作表的修饰,制作出各种美观的表格。

1. 改变行高

在 Excel 2003 中可以使用两种方法来改变某列或者选定区域的行高。

(1) 通过执行 Excel 菜单中的命令实现执行选定区域操作,在这里选定第 4 行。执行"格式"菜单中的"行高"命令,这时屏幕上出现如图 5-24 所示的行高对话框。利用该方法可以实现对行高的精确设定。在"行高"框中输入要定义的高度值,按下"确定"按钮。

图 5-24 "行高"对话框

图 5-25 "列宽"对话框

(2) 直接使用鼠标操作来进行行高的调整。操作方法是这样的:将鼠标指针指向要改变行高的工作表的行编号之间的格线上;当鼠标指针变成一个两条黑色横线并且带有分别指向上下的箭头时,按住鼠标右键拖动鼠标,将行高调整到需要的高度,松开鼠标键。

2. 改变列宽

在 Excel 2003 中,如果输入的文字超过了默认的宽度,则单元格中的内容就会溢出到右边的单元格内。或者单元格的宽度如果太小,无法以所规定的格式将数字显示出来时,单元格会用"♯♯♯♯"号填满,此时只要将单元格的宽度加宽,就可使数字显示出来。可以通过调整该列的列宽,来达到不让字符串溢出到相邻的单元格内。调整列宽的步骤如下:

(1) 使用列宽命令。执行"格式"菜单中的"列"命令中的"列宽"命令,这时屏幕上出现列宽命令对话框,如图 5-25 所示。在列宽框中输入要设定的列宽,比如"12",按下"确定"按钮,完成设定列宽。

(2) 直接使用鼠标操作来进行列宽的调整。将鼠标指针指向要改变列宽的工作表的列编号之间的格线上。当鼠标指针变成一个两条黑色竖线并且带有一个分别指向左右的箭头时,按住鼠标左键,拖动鼠标,将列宽调整到需要的宽度,松开鼠标键。

3. 取消网格线

当进入到一个新的工作表中后,都会看到在工作表里设有虚的表格线,这些格线可以不显示出来。其操作步骤如下:

(1) 选用"工具"菜单中的"选项"命令,在屏幕上出现一个"选项"对话框。在"视图"选项卡上单击,在屏幕上出现"视图"选项卡,如图 5-26 所示。

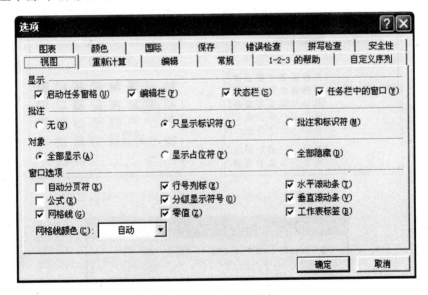

图 5-26　"视图"选项卡

(2) 单击"网格线",可以看到在其前面复选框里"√"符号消失了,按下"确定"按钮后表格线就消失了,如图 5-27 所示。在该对话框中还可以为网格线指定颜色。在图 5-26 中,打开"网格线颜色"列表框,如图 5-28 所示,从中选择需要的颜色即可。

4. 改变单元格的颜色

可以使用工具栏上的调色板来改变单元格区域的颜色,达到区分表格不同部分以及使表格更加美观的目的。其操作过程如下:

(1) 选定要改变颜色的单元格区域,在工具栏上的颜色调色板上单击,就可以看到如图 5-29 的调色板。

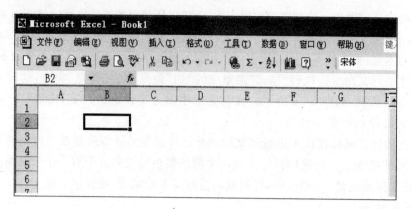

图 5-27 取消网格线示例

（2）在调色板上单击要使用的颜色，即可看到选定区域增加了颜色。也可用另一种方法来改变单元格的颜色，单击"格式→单元格"命令，选"图案"选项卡，如图 5-30 所示。

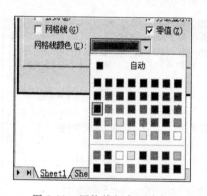

图 5-28 网格线颜色列表框

图 5-29 颜色调色板

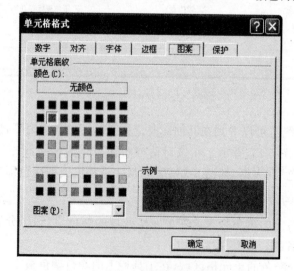

图 5-30 "图案"选项卡

5. 为表格增加边框

可以为选定的单元格区域加上框线,使之更加美观。加上框线的步骤如下:

(1) 选取要加上框线的单元格区域。

(2) 选用"格式"菜单中的"单元格"命令,就会在屏幕上看到一个对话框。在"边框"选项卡上单击,出现如图 5-31 所示的边框选项卡。

(3) 选择"线条"、"颜色"、"预置"后,单击"确定"按钮。

同理,也可为表格内的单元格指定需要的表格线,即先选定需要的线形,然后按下相应的按钮。此外,在工具栏上也有一个框线按钮,当按下该按钮后,出现一个框线列表框,见图 5-32,在需要的格式上单击后,就可以看到选定的部分采用了设定的格式。

图 5-31 "边框"选项卡

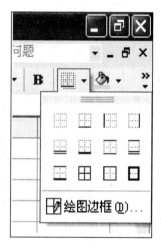

图 5-32 "框线"按钮

6. 改变字体、大小、颜色、修饰及排列方式

在日常工作中,为了使表格美观或者突出表格中的某一部分,需要用不同风格的字体或大小来达到这一目的。在 Excel 环境中,可以对包含文字的单元格,使用不同的字体格式。例如对于表格的标题行使用黑体、20 点字。

在 Excel 2003 中对于单元格中使用的字体,即可以在输入前设定,也可以在完成输入后来改变单元格中数据的字体。改变字体的步骤如下:

(1) 选定要改变字体的所有单元格。执行"格式"菜单中的"单元格"命令,这时屏幕上出现"单元格"对话框。选择其中的"字体"选项卡,这时屏幕上的"单元格"对话框会变成如图 5-33 所示。

(2) 选择其中的"字体"列表框,从中选择所需要的字体。例如:选择"宋体",如果要改变所选字体默认的字形,则从"字形"列表框中选择所需要的字形;如果要改变字体的大小,在字号列表框中选择需要的尺寸;在"颜色"框中选择要使用的色彩。最后按下"确定"按钮。也可以使用工具栏上的字体列表框改变单元格中的字体、字形、字号、颜色。

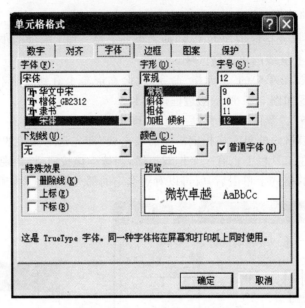

图 5-33　"字体"选项卡

如果在工作中经常使用某种字体,可以将其设定为默认字体和大小。操作步骤是:执行"工具"菜单中的"选项"命令,然后选择"常规"选项卡,如图 5-34 所示。在"标准字体"框中指定需要的字体,在"大小"框中选定大小,最后按下"确定"按钮完成设定。这样在以后的输入中,文本就会以此设定的字体和大小作为默认值。

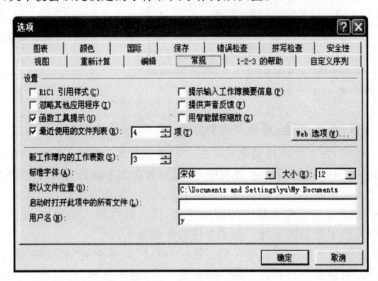

图 5-34　"常规"选项卡

7. 标题合并居中

一般情况下,对于表格的标题都是采用居中的方式,在 Excel 中实现该功能是通过"合并和居中"命令,而不是通常的"居中"命令。使标题跨列居中的执行步骤如下:

（1）按照实际表格的最大宽度选择要跨列居中的标题，如图 5-35 所示。

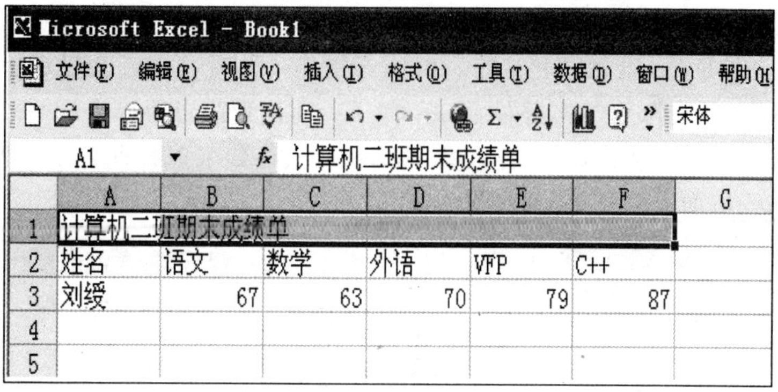

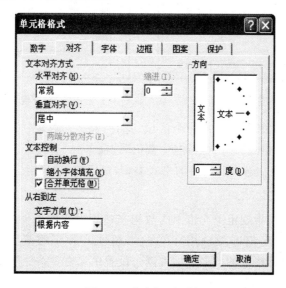

图 5-35　选择标题示例

（2）选择"格式"菜单中的"单元格"命令，出现一个对话框。选择"对齐"选项卡，如图 5-36 所示。选定"合并单元格"复选框。

图 5-36　"对齐"选项卡

（3）按下"确定"按钮，就会看到表格的标题已经居中显示了。

操作中，也可以先选定"合并单元格"的标题，然后单击"格式工具栏"上的 田 按钮，即可完成标题的居中，这种方式最简便。如果要取消"合并单元格"，则可在上述操作的第二步中，取消选择"合并单元格"复选框即可。

8．对齐工具的使用

在 Microsoft Excel 中，对于单元格中数据的对齐方式，包括水平对齐格式和垂直对齐格式。先选定单元格区域，然后按下工具栏中相应的格式按钮。或执行"格式"菜单中的"单元格"命令，出现一个对话框。选择"对齐"选项卡，在"水平对齐"列表框中选项择所需的对齐方式，如图 5-37 所示；在"垂直对齐"列表框中选择需要的对齐方式。如图 5-38 所示。

9. 改变数字格式

默认情况下,在键入数值时,Excel 查看该数值,并将该单元格适当地格式化,例如:当键入 $ 2000 时,Excel 会格式化成 $ 2,000,当键入 4/1 时,Excel 会显示 4 月 1 日,当键入 30%时,Excel 会认为是 0.3,并显示 30%。Excel 认为适当的格式,不一定是正确的格式,例如:单元格键入日期后,若再存入数字,Excel 会将数字以日期表示。可以利用命令或"工具"将单元格加以格式化,其步骤如下:

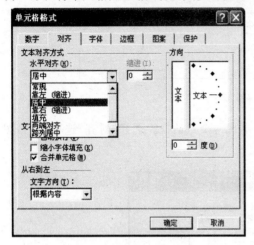 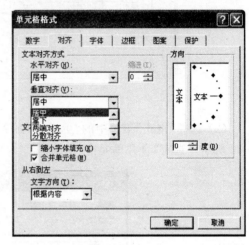

图 5-37 "水平对齐"列表框 　　　　图 5-38 "垂直对齐"列表框

(1) 选定要格式化的单元格或一个区域,选择"格式"菜单中的"单元格格式"命令。在屏幕上出现"单元格格式"对话框,选定"数值"选项卡。

(2) 在"分类"列表中选择所需要的格式类型,最后按下"确定"按钮。

10. 使用条件格式化

所谓条件格式化是指规定单元格中的数据当达到设定的条件时的显示方式。例如,可以规定数字在 1000 至 3000 之间用红色显示,超过 3000 的用蓝色显示等等。通过使用条件格式化可以使单元格中的数据更加可读。设置单元格中条件格式的步骤如下:

(1) 选择要设置格式的单元格。

(2) 执行"格式"菜单中的"条件格式"命令,出现如图 5-39 所示的对话框。

图 5-39 "条件格式"对话框

(3) 要把选定单元格中的数值作为格式的条件,单击"单元格数值"选项,接着选定比较词组,例如"介于"、"未介于"、"等于"、"不等于"、"大于"等。

（4）然后在合适的框中键入数值。

（5）单击"格式"按钮,出现如图 5-40 的对话框。

图 5-40　满足条件的"格式"对话框

（6）选择要应用的字体样式、字体颜色、边框、背景色或图案,指定是否带下划线。只有单元格中的值满足条件或是公式返回逻辑值真时,Microsoft Excel 才应用选定的格式。最后按下"确定"按钮返回到 5-39 所示的对话框。

（7）要加入另一个条件,单击"添加"按钮,出现第二个输入框,如图 5-41 所示。

（8）重复步骤（3）到（6）,继续设定条件,最后按下"确定"按钮。

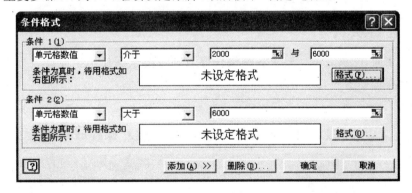

图 5-41　"多条件格式"对话

11. 自动套用表格格式

Excel 提供了自动格式化的功能,它可以根据预设的格式,将制作的报表格式化,产生美观的报表,也就是表格的自动套用。这种自动格式化的功能,可以节省使用者将报表格式化的许多时间,而制作出的报表却很美观。表格样式自动套用步骤如下:

（1）选取要格式化的范围,选用"格式"菜单中"自动套用格式"命令。出现如图 5-42 的"自动套用格式"对话框。

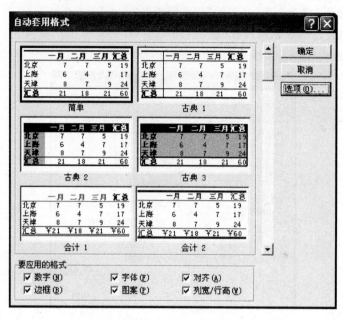

图 5-42　"自动套用"对话框

（2）在"格式"列表框中选择要使用的格式,按下"确定"按钮。这样,在所选定的范围内,会以选定的格式对表格进行格式化。

自动格式化时,格式化的项目包含数字、边框、字体、图案、对齐、列宽/行高。在使用中可以根据实际情况选用其中的某些项目,而没有必要每一项都接受。在图 5-42 的对话框中按下"选项"按钮,使应用格式选项出现。

5.1.8　任务实战

学期结束时,学校教务处要求各班级任课教师按要求制作学生成绩表上交教务处。学生成绩表样稿如图 5-43 所示。

学 号	姓 名	平时成绩	期末成绩	学期成绩
20093070001	程邵博	95.0	82.5	86.3
20093070002	陈浩	90.0	89.5	89.7
20093070003	陈军	70.0	64.0	65.8
20093070004	陈雅	78.0	90.2	86.5
20093070005	邓中赛	78.0	80.0	79.4
20093070006	丁春有	85.0	80.4	81.8
20093070007	方林超	86.0	87.4	87.0
20093070008	方曼	92.0	90.2	90.7
20093070009	韩卫香	95.0	84.6	87.7
20093070010	韩娟	90.0	80.9	83.6

图 5-43　课程成绩表之一

操作步骤：

（1）启动 Excel，新建一个工作簿，将其命名为 09 计算机＋姓名.xls。

（2）在"Sheet1"工作表中，输入如图 5-44 所示的内容。

提示：学号的输入方式为序列填充方式。

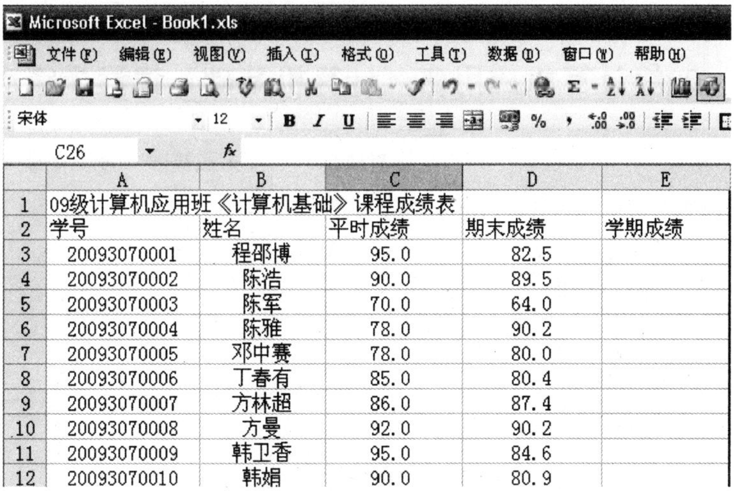

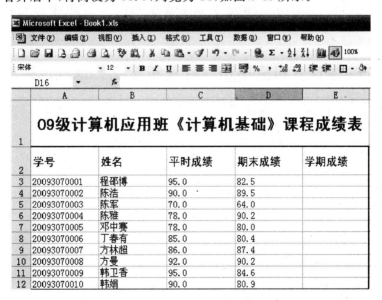

图 5-44　课程成绩表之二

（3）将标题"09 级计算机应用班《计算机基础》课程成绩表"的字体设置黑体，20 号字，加粗，并合并居中，行高设为 58.5，列宽为 14，如图 5-45 所示。

图 5-45　课程成绩表之三

（4）设置表头的字体为黑体，14 号，行高 35.25，列宽 14，如图 5-46 所示。

（5）将"成绩表"的数据区域设置为宋体，12 号字，并将所有内容都水平、垂直居中显示，如图 5-47 所示。

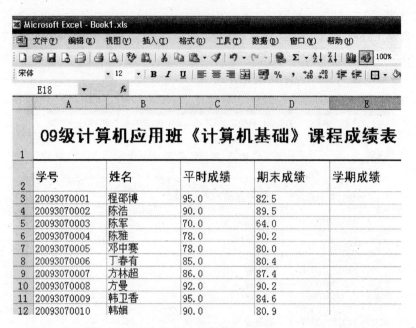

图 5-46　课程成绩表之四

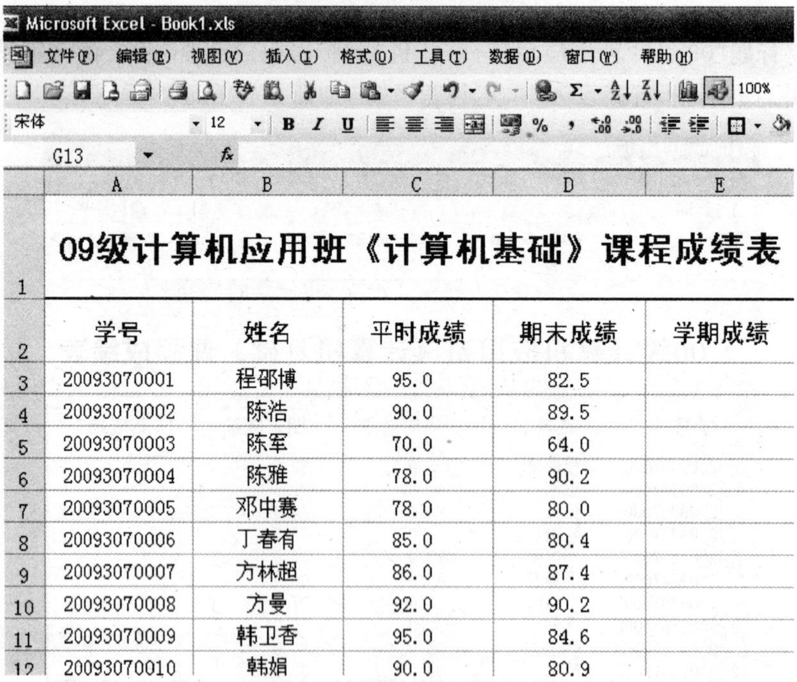

图 5-47　课程成绩表之五

　　(6) 计算学期成绩。公式为：平时成绩×0.3＋期末成绩×0.7(如表中程邵博的学期成绩为在 E3 单元格中输入＝SUM(C3×0.3＋D3×0.7))，并保留一位小数，计算结果如图 5-48 所示。

图 5-48　课程成绩表之六

（7）设置表格数据区域的行高为 18，列宽为 14，并添加淡紫色底纹如图 5-49 所示。

图 5-49　课程成绩表之七

（8）将工作表"Sheet1"重命名为"计算机基础"，如图 5-50 所示。

图 5-50　课程成绩表之八

5.2　中文 Excel 2003 的数据管理

5.2.1　案例引入

1. 案例

教务处根据各班级各任课教师上交的学生各科成绩表,生成各班级成绩统计表,进行学生成绩分析与统计。

2. 案例分析

首先,应将班级各科成绩表中相关分数内容复制新的工作表中,生成班级成绩统计表。然后,求出总分及平均分,使用排序、筛选、分类汇总、制作图表的功能完成学生成绩的分析与统计。

3. 相关操作步骤

(1)新建工作簿,将学生各科成绩表中学生学号、姓名、分数复制到学生班级成绩统计表中。

(2) 计算每个学生的总成绩及平均成绩。

(3) 使用排序功能，对学生总成绩进行降序排列，制作出班级成绩名次表。

(4) 使用筛选功能，筛选出不及格学生。

(5) 使用分类汇总功能，对不同等级成绩学生进行分类汇总。

(6) 根据成绩统计表结果，制作出相应图表。

5.2.2 编辑和使用公式

1. 输入公式

公式包括运算符，单元格引用位置，数值，工作表函数以及名称。在单元格中输入公式时，以等号"＝"开头，加上公式的表达式。输入公式的具体操作步骤如下：

(1) 选定需要输入公式的单元格。

(2) 按"＝"键，然后可用两种方法输入公式。可以直接在单元格中依次输入公式表达式的各个元素，输入完毕后按 Enter 键；可以用鼠标单击编辑栏的内容输入框，使光标显示在内容输入框中，然后依次输入公式表达式的各个元素，输入完毕后按 Enter 键，此时活动单元格向下移动。

上述操作完成后编辑栏的内容输入框依旧保持表达式本身，而相应的单元格中显示的则是公式表达式的运算结果。

2. 编辑公式

对于已经存在的公式，可以对其进行修改、移动、复制、删除等操作。修改公式的具体操作步骤如下：

(1) 单击包含要编辑公式的单元格，在编辑栏中对公式进行修改，或双击该单元格，直接在单元格中修改；

(2) 修改完毕后，按 Enter 键。

移动公式时，公式中的单元格引用不会改变；复制公式时，单元格的绝对引用不会改变，但单元格的相对引用会改变。移动单元格的具体步骤如下：

(1) 选中要移动公式的单元格；

(2) 将鼠标的指针指向选定区域的边框；

(3) 按下鼠标左键拖动。

复制公式的操作步骤如下：

(1) 选中要复制公式的单元格；

(2) 单击"编辑→复制"命令，或按 Ctrl＋C 快捷键，复制该公式；

(3) 选中目标单元格，单击"编辑→粘贴"命令，或按 Ctrl＋V 快捷键。

3. 输入函数

函数的输入是使用函数的前提，可以手工输入函数，也可用粘贴函数的方法输入函数。手工输入函数的方法同在单元格中输入一个公式的方法一样。需先在输入框中输入一个"＝"，然后输入函数本身即可。下面将详细介绍粘贴函数的方法。

使用粘贴函数是经常用到的输入方法。利用该方法，可以指导一步一步地输入一个

复杂的函数,避免在输入过程中产生键入错误。其操作步骤如下:

(1)选定要输入函数的单元格。例如选定单元格"C3"。执行"插入"菜单中"函数"命令,或者按下工具栏上的粘贴函数按钮 *fx*。之后,系统在屏幕上出现一个"插入函数"对话框,如图 5-51 所示。

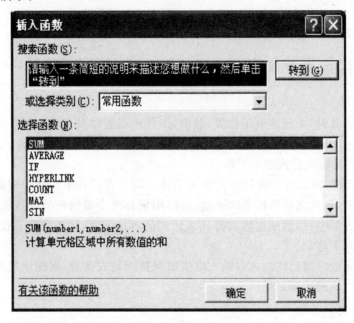

图 5-51 "插入函数"对话框

(2)从函数"选择类别"列表框中选择要输入的函数分类,再从"选择函数"列表框中选择所需要的函数。例如,选择求平均数函数"AVERAGE",按下"确定"按钮,弹出"函数参数"对话框,如图 5-52 所示。在"Numder1"框中输入要求平均值的单元格区域的名称;或在如图 5-53 中所示的"Number1","Number2","Number3"等中输入要求平均值的各个单元格名称;或在如图 5-54 所示的"Number1","Number2","Number3"等中输入要求平均值的单元格中的各具体数值。当开始在"Number2"参数框输入输入操作时,系统会自动显示出"Number3"参数框,依此类推会出现"Number4"、"Number5"…

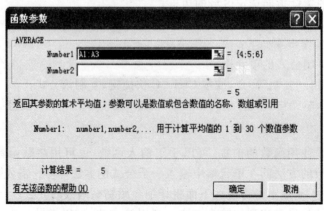

图 5-52 "输入单元格区域的名称"对话框

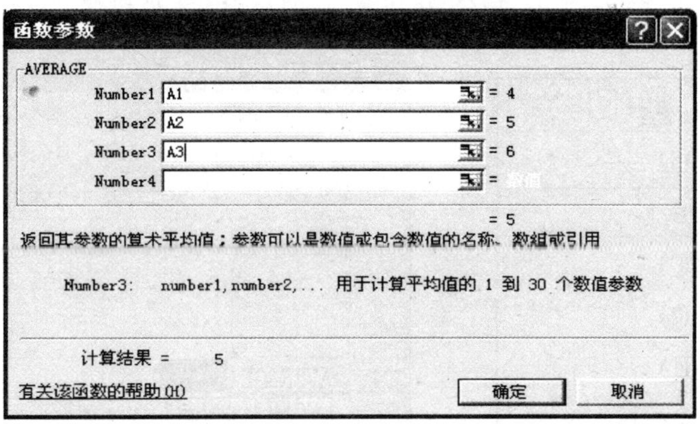

图 5-53　"输入各单元格的名称"对话框

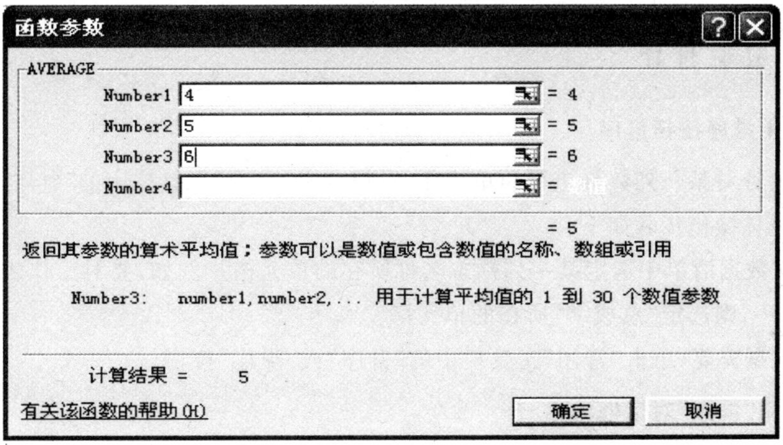

图 5-54　"输入单元格数值"对话框

（3）当按下"确定"按钮后，会看到在单元格中计算出了所求的平均值，在公式编辑栏中出现了刚才用函数编辑的公式。

4. 自动求和

在工作表窗口中的工具栏中有一个自动求和按钮 Σ ▾ 。利用该按钮，可以自动对活动单元格上方或左侧的数据进行求和计算。中文 Excel 2003 把"自动求和"的常用功能扩充为包含了大部分常用函数的下拉菜单，如图 5-55 所示。例如，选择下拉菜单中的"平均值"选项可以计算选区中的平均值。

使用自动求和按钮求和的一般步骤如下：

（1）选定需要求和及需要放置结果的单元格。

（2）单击常用"工具栏"上的自动求和按钮 Σ；或"自动求和"下拉列表中的任一选项，将自动显示出所选函数以及所要求的数据区域，例如，求 A1：A3 的平均值。如图 5-56 所示。

(3) 最后按下编辑栏中的"输入"按钮 ✔ ,或者按 Enter 按钮即可得到结果。

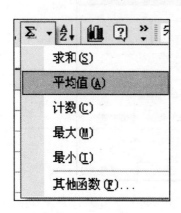

图 5-55　平均值菜单

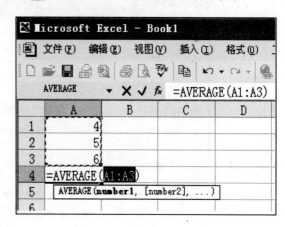

图 5-56　选定求平均值区域

5.2.3　数 据 排 序

1. 使用排序按钮排序

如果要针对某一列数据进行简单排序,可以单击"常用"工具栏中的"升序"按钮或"降序"按钮,具体操作步骤如下:

(1) 在数据清单中选定某一列标志名称所在的单元格。例如,要对工作表中的"总成绩"进行排序,则选定"总成绩"所在的单元格。

(2) 根据需要,单击"常用"工具栏中的"升序"或"降序"按钮。

2. 使用"排序"对话框排序

如果要对工作表中的数据进行比较复杂的排序,可以使用"排序"对话框。在该对话框中,用作排序的字段名称为"关键字",它是排序的依据,关键字可以只有一个,也可以有几个。当使用多个关键字进行排序时,称为"多重排序"。在多重排序中,第一个关键字称为"主关键字",第二个关键字称为"次关键字",若使用"主关键字"排序出现相同的数据时,在这个局部区域将按照"次关键字"进行排序。

具体操作步骤如下:

(1) 将光标定位到工作表中,单击"数据→排序"命令,将弹出"排序"对话框。如图5-57所示。

(2) 若将"外语"设为主关键字,按降序排列,次关键字设为"总成绩"按降序排列,则应在弹出的对话框中的"主要关键字"下拉列表框中选择"外语"选项,并选中其右侧的"降序"单选按钮;在"次要关键字"下拉列表框中选择"总成绩"选项,并选中其右侧的"降序"单选按钮,如图 5-58 所示。

(3) 单击"确定"按钮,多重排序的结果如图 5-59 所示。可以看到外语成绩按"降序"排列,当外语成绩相同时,则按总成绩"降序"排列。

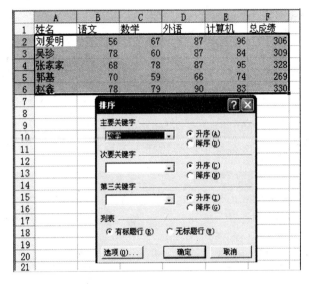

图 5-57 数据表及"排序"对话框

图 5-58 "排序"对话框

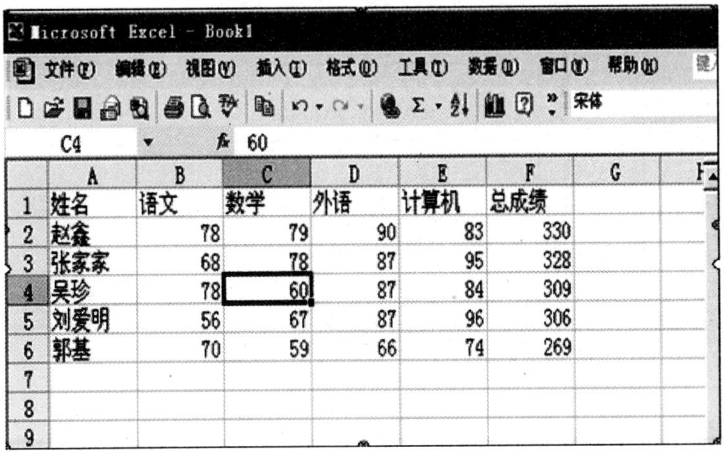

	A	B	C	D	E	F	G	F
1	姓名	语文	数学	外语	计算机	总成绩		
2	赵鑫	78	79	90	83	330		
3	张家家	68	78	87	95	328		
4	吴珍	78	60	87	84	309		
5	刘爱明	56	67	87	96	306		
6	郭基	70	59	66	74	269		
7								
8								
9								

图 5-59 排序结果

5.2.4　筛　选　数　据

1. 自动筛选

如果要执行自动筛选操作,在数据清单中必须有列标记。其操作步骤如下:

(1) 在要筛选的数据清单中选定任意一个单元格。

(2) 执行"数据"菜单中的"筛选"命令,然后选择子菜单中的"自动筛选"命令。

(3) 在数据清单中每一个列标记的旁边插入下拉箭头,如图 5-60 所示。

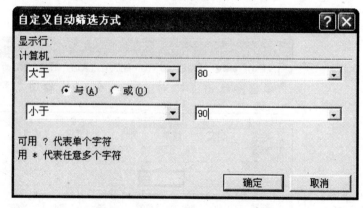

图 5-60　"自动筛选"数据

(4) 单击包含想显示的数据列中的箭头,就可以看到一个下拉列表,如图 5-61 所示。

(5) 选定要显示的项,在工作表中就可以看到筛选后的结果。若要选择下拉列表框中的"自定义"将弹出"自定义自动筛选方式"的对话框,如图 5-62 所示。可以筛选出"计算机"成绩在 80 分至 90 分之间的所有同学。

若要退出自动筛选,再依次单击"数据→筛选→自动筛选"命令即可。

图 5-61　下拉列表　　　　　　　　　图 5-62　"自定义筛选"对话框

2. 高级筛选

如果数据清单中的字段比较多,筛选的条件也比较多,自动筛选就显得十分麻烦。而使用"高级筛选"命令,可以快捷地筛选出结果。

　　要使用"高级筛选"功能,必须先建立一个条件区域,用来指定筛选的数据所满足的条件。条件区域的第一行是作为筛选条件的字段名,这些字段名必须与数据清单中的字段名完全相同,条件区域的其他行则用来输入筛选条件。需要注意的是:条件区域和数据清单不能连接,必须用一个空行将其隔开。

　　进行高级筛选数据记录的具体操作步骤:

　　(1) 在数据清单所在的工作表中选定一块条件区域,输入筛选条件:在 C16 单元格中输入"语文",在 C17 单元格中输入>=80;在 D16 单元格中输入"数学",在 D17 单元格中输入>=85;在 E16 单元格中输入"外语",在 E17 单元格中输入>=75,如图 5-63 所示。

	A	B	C	D	E	F	G	F
1	姓名	语文	数学	外语	计算机	总成绩		
2	赵鑫	78	90	90	83	341		
3	张家家	86	87	87	95	355		
4	吴珍	78	60	87	84	309		
5	刘爱明	56	67	87	96	306		
6	郭基	70	88	66	74	298		
7	张家家	86	87	87	95	355		
8								
9								
10								
11								
12								
13								
14								
15								
16			语文	数学	外语			
17			>=80	>=85	>=75			
18								
19								

图 5-63　"高级筛选"示例

　　(2) 选定数据清单中的任意一个单元格,单击"数据→筛选→高级筛选"命令,弹出高级筛选对话框。如图 5-64 所示。

　　图中对话框各项含义如下:

　　① 在原来区域显示筛选结果。筛选结果显示在原数据清单位置。

　　② 将筛选结果复制到其他位置。筛选后的结果将显示在"复制到"文本框中指定的区域,与原工作表共存。

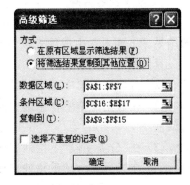

图 5-64　"高级筛选"对话框

　　③ 列表区域指要筛选的数据区域,可以直接在该文本框中输入区域引用,也可以用鼠标在工作表中选定数据区域。

　　④ 条件区域指含有筛选条件的区域,若要从结果中排除相同的行,可以选定"选择不重复的记录"选择框。

　　进行相应的设置后并单击"确定"按钮,结果如图 5-65 所示。

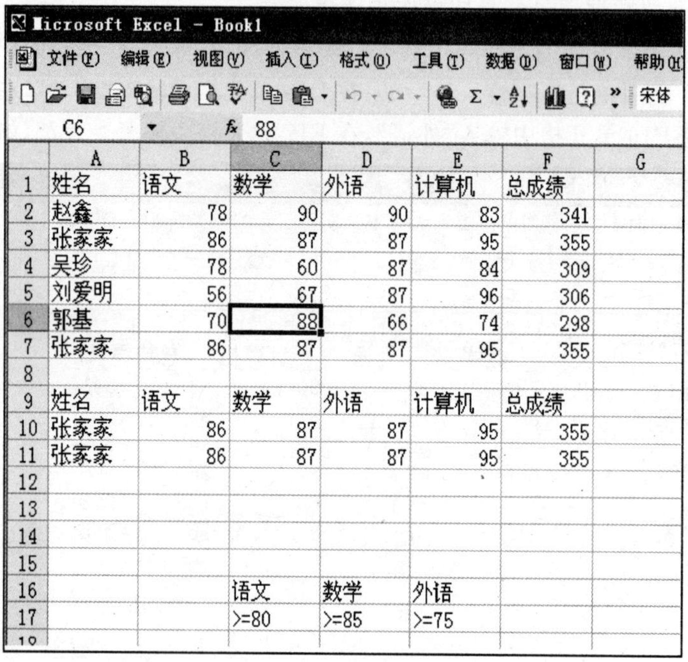

图 5-65　"高级筛选"结果示例

5.2.5　分 类 汇 总 数 据

　　当数据清单中包含大量数据时,需要一个工具分门别类地进行统计操作,Excel 为这一目的提供了分类汇总功能。分类汇总是对数据分析和统计的一个非常有用的工具,可以对数据清单中的某一字段进行求和、求平均值等运算操作。

1. 创建分类汇总

　　在进行分类汇总之前,首先并没有对工作表中的数据按类进行排序,否则得不到正确的结果。下面对学生成绩表按性别对数学和外语成绩进行分类汇总。

　　具体步骤如下:

　　(1) 对数据清单中的"性别"字段进行排序操作。

　　(2) 在数据清单中任意选中一个单元格,单击"数据→分类汇总"命令,弹出分类汇总对话框。

　　(3) 在"分类字段"下拉列表框选择"性别"选项。

　　(4) 在"汇总方式"下拉列表框中选择"求和"选项。

　　(5) 在"选定汇总项"列表框中选中"数学"和"外语"复选框,如图 5-66 所示。

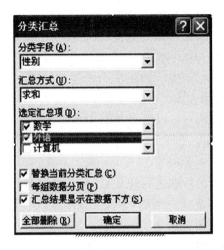

图 5-66 "分类汇总"对话框

（6）单击"确定"按钮，分类结果如图 5-67 所示。从汇总结果可以看出，数据清单中的数据已经按照"性别"进行了求和。单击左边的"—"按钮可以将相应的一类汇总结果折叠，以便查看其他类的数据，同时该按钮变为"＋"按钮；单击"＋"号按钮，则可以将折叠的汇总结果展开。

图 5-67 "分类汇总"结果

2. "分类汇总"对话框中的各项功能

（1）分类字段是指在该下拉列表框中可以指定进行分类汇总的字段。

（2）汇总方式是指在该下拉列表框中可以选择的汇总方式包括求和、求平均值、计数、求方差等。

（3）选定汇总项指在该列表框中可以选择多个要执行汇总操作的字段。

（4）替换当前分类汇总。如果已经执行过分类汇总操作，选中该复选框，会以本次操作的分类汇总结果替换上一次的结果。

（5）每组数据分页。如果选中该复选框，则分类汇总的结果按照不同类别的汇总结果分页，在打印时也将分页打印。

（6）汇总结果显示在数据下方。如果选中该复选框，则分类汇总的每一类会显示在本类数据的下方，否则会显示在本类数据的上方。

（7）全部删除。单击该按钮可以将当前的分类汇总结果清除。

5.2.6　制作图表

使用 Excel 对工作表中的数据进行统计后，得到的结果仍不能很好地显示出它的发展趋势或分布状况。为了解决这一问题，中文 Excel 可以将处理的数据绘成各种统计图表，从而更直观、形象地表现出数据之间的关系。图表是一种体现数据大小的变化趋势的图形表现形式，它可以将数据之间的差异和复杂及抽象的变化趋势形象地展现在用户面前，使原本枯燥无味的数据信息变得生动形象，以便用户能够清晰地读出表中的数据，理解各种数据间的关系。

下面通过一个实例来介绍图表的创建方法，具体操作步骤如下：

（1）在工作表中输入数据，制成表格，然后选中用于创建图表的数据区域，如图 5-68 所示。

	A	B	C	D	E	F	G	
1	姓名	部门	基本工资	奖金	地区津贴	水电	应发工资	
2	王东雷	车间	900	150	80	20	1110	
3	张山	财务	800	150	60	25	985	
4	高斌	车间	1000	135	80	38	1177	
5	张宏方	后勤	500	100	100	42	658	
6	张丽	销售	600	260	80	15	925	
7	吴有道	技术	1026	200	80	24	1282	
8	张建军	财务	760	100	100	34	926	
9								
10								

图 5-68　创建图表的数据示例

（2）单击"插入→图表"命令或"常用"工具栏中的"图表向导"按钮 ，弹出"图表向导-4 步骤之 1-图表类型"对话框，进入图表向导第一步。该对话框左侧"图表类型"列出了多种图表类型，如柱形图、饼图、圆环图等。每一种图表类型都包括若干子图表类型，用户可以在"子图表类型"列表中选择一种子图表类型。本例选择折线图类型，然后在"子图表类型"中选择一种子图表类型。如图 5-69 所示。

（3）选择完后单击"下一步"按钮，进入向导 2，如图 5-70 所示，在该对话框中有两个选项卡，其中"数据区域"选项卡用来设置或修改创建图表的数据区域，"系列"选项卡用来修改数据系列的名称、数值和坐标轴的标志等。

（4）设置完毕单击"下一步"按钮，进入向导 3，弹出图表选项对话框。在该对话框中有 6 个选项卡，分别用来设置标题、坐标轴、网格线、图例、数据标志以及数据表，本例在"标题"选项卡中分别输入各项内容，如图 5-71 所示。

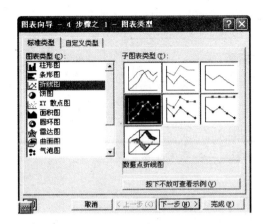

图 5-69　选择图表类型

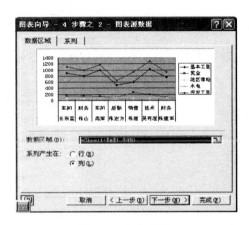

图 5-70　进入向导 2

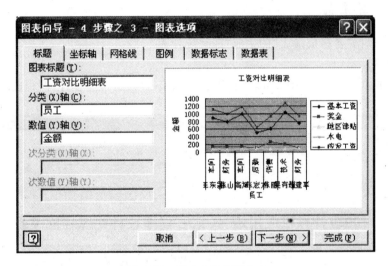

图 5-71　图表向导步骤之 3

　　（5）设置完毕后单击"下一步"按钮，进入图表向导的最后一步，弹出如图 5-72 的对话框。在该对话框中设置新创建图表的插入方式，如选中"作为其中的对象插入"单选按钮。

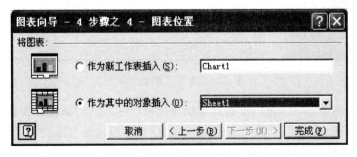

图 5-72　图表向导步骤之 4

(6) 设置完毕后单击"完成"按钮,根据数据表创建的图表如图 5-73 所示。

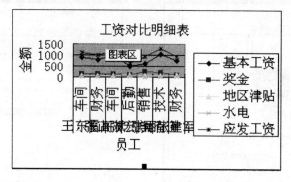

图 5-73　图表示例

5.2.7　任务实战

任务一:根据"各科成绩表"的生成"成绩统计表"。

操作步骤:

(1) 制作如图 5-74 所示的"09 级计算机应用班《C 语言程序设计》课程成绩表"。

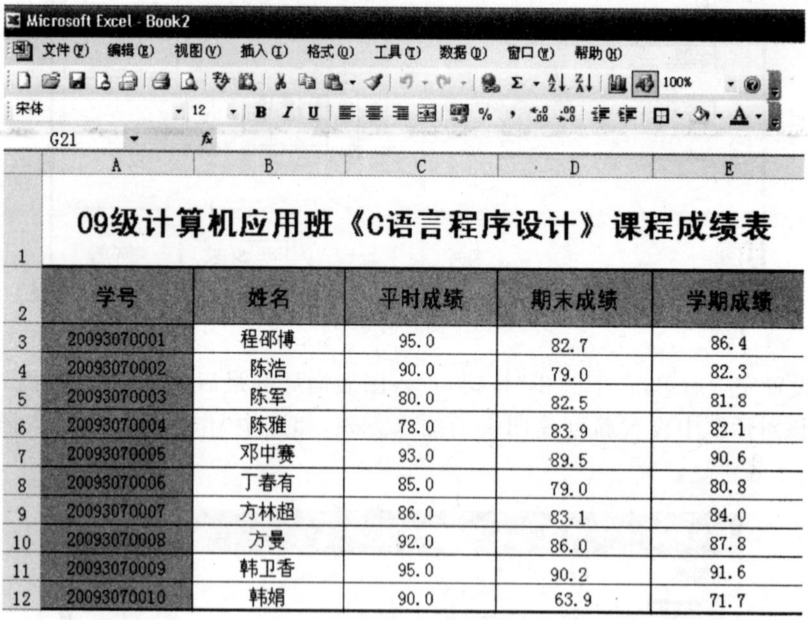

学号	姓名	平时成绩	期末成绩	学期成绩
20093070001	程邵博	95.0	82.7	86.4
20093070002	陈浩	90.0	79.0	82.3
20093070003	陈军	80.0	82.5	81.8
20093070004	陈雅	78.0	83.9	82.1
20093070005	邓中赛	93.0	89.5	90.6
20093070006	丁春有	85.0	79.0	80.8
20093070007	方林超	86.0	83.1	84.0
20093070008	方曼	92.0	86.0	87.8
20093070009	韩卫香	95.0	90.2	91.6
20093070010	韩娟	90.0	63.9	71.7

图 5-74　课程成绩表之一

(2) 制作如图 5-75 所示的"09 级计算机应用班《大学英语》课程成绩表"。

(3) 制作如图 5-76 所示"09 级计算机应用班《计算机组装与维护》课程成绩表"。

(4) 生成"成绩统计表",如图 5-77 所示。

任务二:将"成绩统计表"按"平均分"的降序排列。

09级计算机应用班《大学英语》课程成绩表

学号	姓名	平时成绩	期末成绩	学期成绩
20093070001	程邵博	95.0	82.7	86.4
20093070002	陈浩	90.0	79.0	82.3
20093070003	陈军	80.0	82.5	81.8
20093070004	陈雅	78.0	83.9	82.1
20093070005	邓中赛	93.0	89.5	90.6
20093070006	丁春有	85.0	79.0	80.8
20093070007	方林超	86.0	83.1	84.0
20093070008	方曼	92.0	86.0	87.8
20093070009	韩卫香	95.0	90.2	91.6
20093070010	韩娟	90.0	63.9	71.7

图 5-75　课程成绩表之二

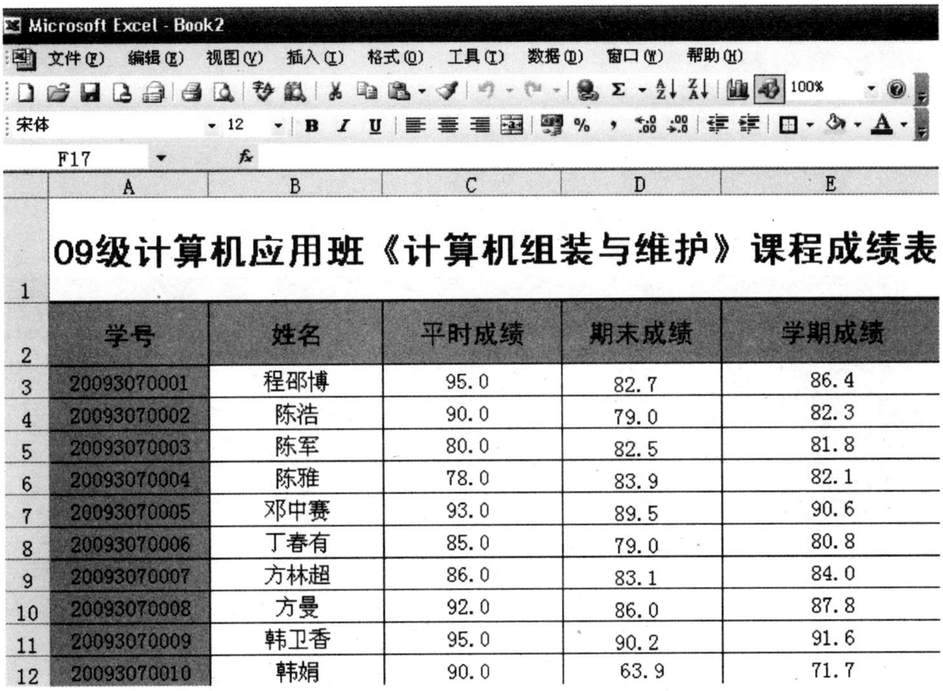

09级计算机应用班《计算机组装与维护》课程成绩表

学号	姓名	平时成绩	期末成绩	学期成绩
20093070001	程邵博	95.0	82.7	86.4
20093070002	陈浩	90.0	79.0	82.3
20093070003	陈军	80.0	82.5	81.8
20093070004	陈雅	78.0	83.9	82.1
20093070005	邓中赛	93.0	89.5	90.6
20093070006	丁春有	85.0	79.0	80.8
20093070007	方林超	86.0	83.1	84.0
20093070008	方曼	92.0	86.0	87.8
20093070009	韩卫香	95.0	90.2	91.6
20093070010	韩娟	90.0	63.9	71.7

图 5-76　课程成绩表之三

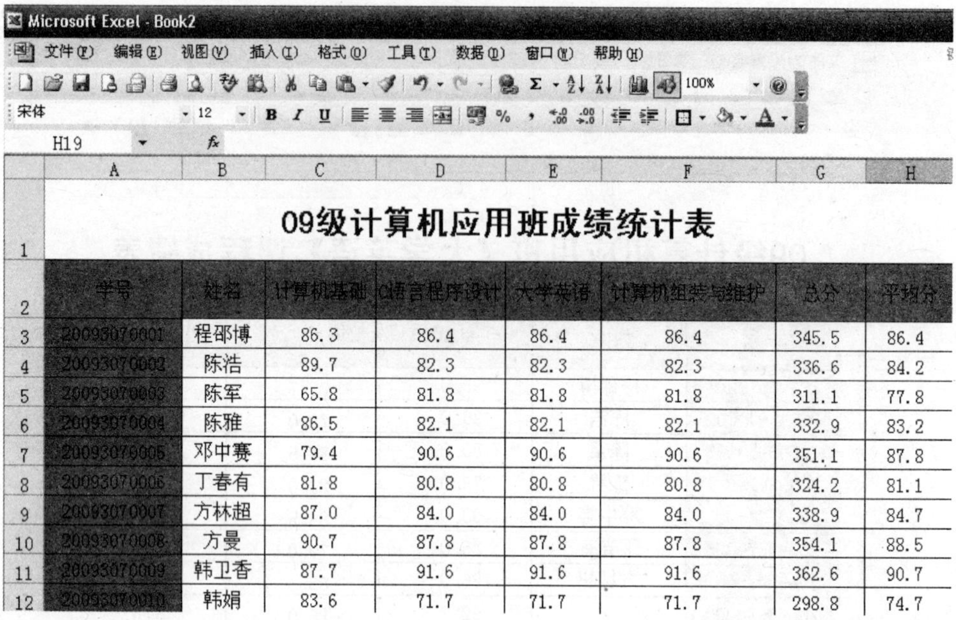

图 5-77　成绩统计表之一

选中"成绩统计表"的数据区域,单击"数据"菜单中的"排序"命令,选择以"平均分"为主要关键字,降序排列,如图 5-78 所示。

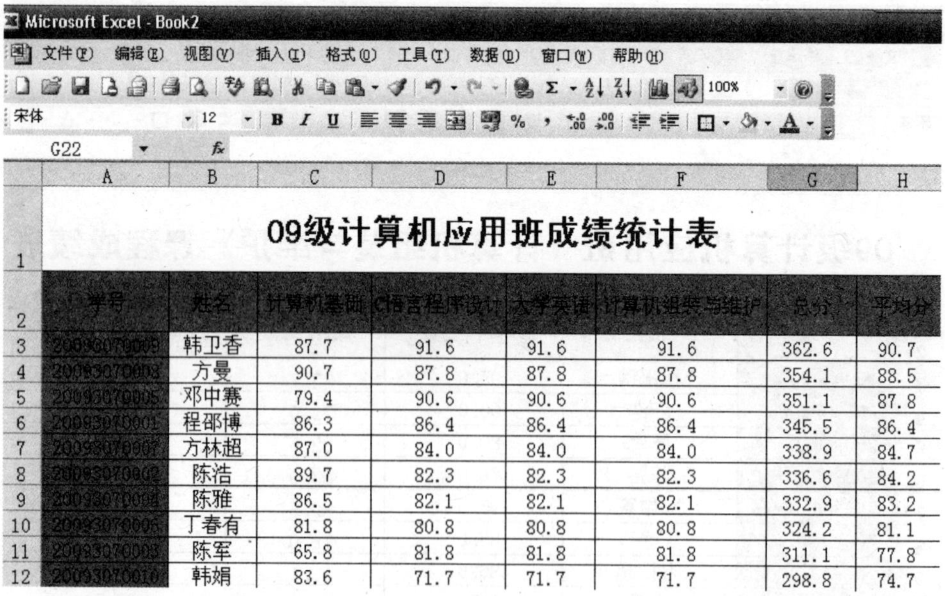

图·5-78　成绩统计表之二

任务三:筛选出"成绩统计表"中平均分在 80 分以上的学生记录。

具体步骤如下:

(1)在"成绩表"中选中任意一个单元格,单击菜单栏的"数据→筛选→自动筛选"命令,在数据清单中,每一列标记的旁边就会插入下拉箭头,如图 5-79 所示。

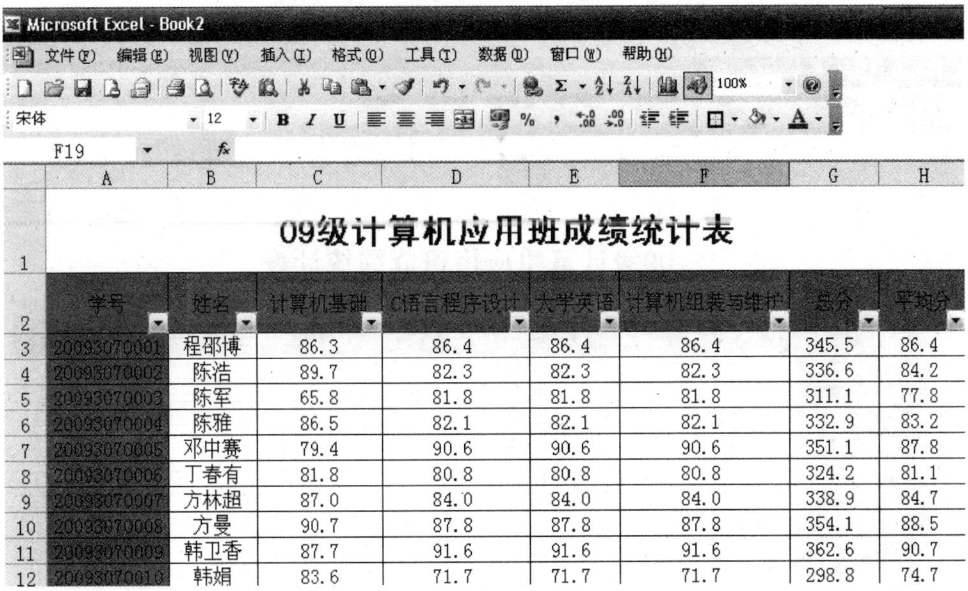

图 5-79 成绩统计表之三

(2) 单击"平均分"的下拉列表,选择"自定义",设置筛选条件为"大于 80",得到如图 5-80 所示的筛选结果。

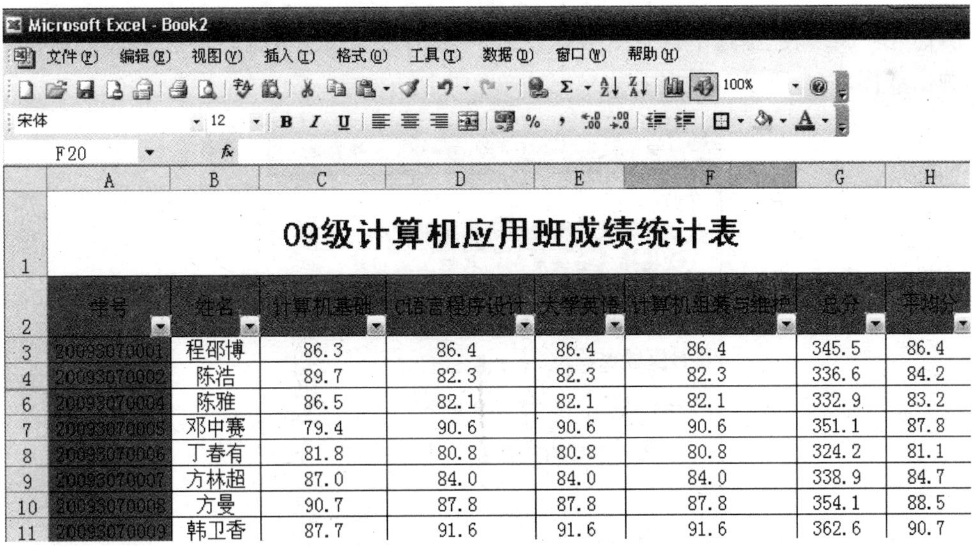

图 5-80 成绩统计表之四

任务四:筛选出"计算机基础"在 85 分以上(包括 85 分)且"大学英语"在 80 分以上(包括 80 分)的学生记录。

具体操作步骤如下:

(1) 在数据清单所在的工作表中选定一块条件区域,输入筛选条件。例如,在 C15、

D15 单元格中分别输入"计算机基础"、"大学英语";在 C16、D16 单元格中分别输入">＝85"、">＝80",如图 5-81 所示。

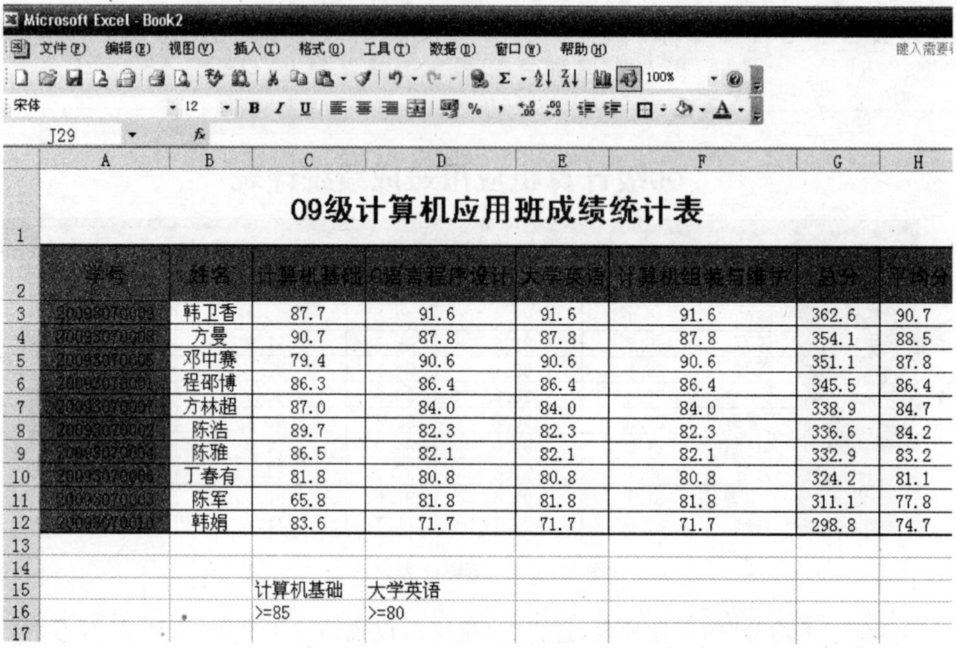

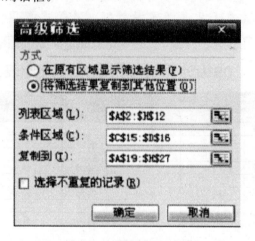

09级计算机应用班成绩统计表

	学号	姓名	计算机基础	C语言程序设计	大学英语	计算机组装与维护	总分	平均分
3	2009307003	韩卫香	87.7	91.6	91.6	91.6	362.6	90.7
4	2009307008	方曼	90.7	87.8	87.8	87.8	354.1	88.5
5	2009307005	邓中赛	79.4	90.6	90.6	90.6	351.1	87.8
6	2009307007	程邵博	86.3	86.4	86.4	86.4	345.5	86.4
7	2009307007	方林超	87.0	84.0	84.0	84.0	338.9	84.7
8	2009307002	陈浩	89.7	82.3	82.3	82.3	336.6	84.2
9	2009307004	陈雅	86.5	82.1	82.1	82.1	332.9	83.2
10	2009307006	丁春有	81.8	80.8	80.8	80.8	324.2	81.1
11	2009307003	陈军	65.8	81.8	81.8	81.8	311.1	77.8
12	2009307001	韩娟	83.6	71.7	71.7	71.7	298.8	74.7
13								
14								
15			计算机基础	大学英语				
16			>=85	>=80				
17								

图 5-81　成绩统计表之五

(2) 在"成绩表"中选中任意一个单元格,单击菜单栏的"数据→筛选→高级筛选"命令,弹出如图 5-82 所示对话框。

图 5-82　"高级筛选"对话框

(3) 设置完成后,单击"确定"按钮,结果如图 5-83 所示。

任务五:按性别进行分类汇总

操作步骤:

(1) 在"成绩统计表"中添加"性别"列,先将成绩表按"性别"排序。如图 5-84 所示。

	A	B	C	D	E	F	G	H
1				09级计算机应用班成绩统计表				
2	学号	姓名	计算机基础	C语言程序设计	大学英语	计算机组装与维护	总分	平均分
3	20093070009	韩卫香	87.7	91.6	91.6	91.6	362.6	90.7
4	20093070008	方曼	90.7	87.8	87.8	87.8	354.1	88.5
5	20093070005	邓中赛	79.4	90.6	90.6	90.6	351.1	87.8
6	20093070001	程邵博	86.3	86.4	86.4	86.4	345.5	86.4
7	20093070007	方林超	87.0	84.0	84.0	84.0	338.9	84.7
8	20093070002	陈浩	89.7	82.3	82.3	82.3	336.6	84.2
9	20093070004	陈雅	86.5	82.1	82.1	82.1	332.9	83.2
10	20093070006	丁春有	81.8	80.8	80.8	80.8	324.2	81.1
11	20093070003	陈军	65.8	81.8	81.8	81.8	311.1	77.8
12	20093070010	韩娟	83.6	71.7	71.7	71.7	298.8	74.7
13								
14								
15			计算机基础	大学英语				
16			>=85	>=80				
17								
18								
19	学号	姓名	计算机基础	C语言程序设计	大学英语	计算机组装与维护	总分	平均分
20	20093070009	韩卫香	87.7	91.6	91.6	91.6	362.6	90.7
21	20093070008	方曼	90.7	87.8	87.8	87.8	354.1	88.5
22	20093070001	程邵博	86.3	86.4	86.4	86.4	345.5	86.4
23	20093070007	方林超	87.0	84.0	84.0	84.0	338.9	84.7
24	20093070002	陈浩	89.7	82.3	82.3	82.3	336.6	84.2
25	20093070004	陈雅	86.5	82.1	82.1	82.1	332.9	83.2

图 5-83　"高级筛选"数据结果

	A	B	C	D	E	F	G	H	I
1				09级计算机应用班成绩统计表					
2	学号	姓名	性别	计算机基础	C语言程序设计	大学英语	计算机组装与维护	总分	平均分
3	20093070001	程邵博	男	86.3	86.4	86.4	86.4	345.5	86.4
4	20093070002	陈浩	男	89.7	82.3	82.3	82.3	336.6	84.2
5	20093070003	陈军	男	65.8	81.8	81.8	81.8	311.1	77.8
6	20093070006	丁春有	男	81.8	80.8	80.8	80.8	324.2	81.1
7	20093070007	方林超	男	87.0	84.0	84.0	84.0	338.9	84.7
8	20093070004	陈雅	女	86.5	82.1	82.1	82.1	332.9	83.2
9	20093070005	邓中赛	女	79.4	90.6	90.6	90.6	351.1	87.8
10	20093070008	方曼	女	90.7	87.8	87.8	87.8	354.1	88.5
11	20093070009	韩卫香	女	87.7	91.6	91.6	91.6	362.6	90.7
12	20093070010	韩娟	女	83.6	71.7	71.7	71.7	298.8	74.7

图 5-84　成绩统计表之六

（2）选中数据清单中的任意一个单元格，单击菜单栏的"数据"→"分类汇总"命令，弹出如图 5-85 所示对话框。

图 5-85　"分类汇总"对话框

（3）设置完成后，单击"确定"按钮，得到结果如图 5-86 所示。

1 2 3		A	B	C	D	E	F	G	H	I
1					09级计算机应用班成绩统计表					
2		学号	姓名	性别	计算机基础	C语言程序设计	大学英语	计算机组装与维护	总分	学期分
3		20093070001	程邵博	男	86.3	86.4	86.4	86.4	345.5	86.4
4		20093070002	陈浩	男	89.7	82.3	82.3	82.3	336.6	84.2
5		20093070003	陈军	男	65.8	81.8	81.8	81.8	311.1	77.8
6		20093070006	丁春有	男	81.8	80.8	80.8	80.8	324.2	81.1
7		20093070007	方林超	男	87.0	84.0	84.0	84.0	338.9	84.7
8				男 汇总	410.6			415.2		
9		20093070004	陈雅	女	86.5	82.1	82.1	82.1	332.9	83.2
10		20093070005	邓中赛	女	79.4	90.6	90.6	90.6	351.1	87.8
11		20093070008	方曼	女	90.7	87.8	87.8	87.8	354.1	88.5
12		20093070009	韩卫香	女	87.7	91.6	91.6	91.6	362.6	90.7
13		20093070010	韩娟	女	83.6	71.7	71.7	71.7	298.8	74.7
14				女 汇总	427.9			423.9		
15				总计	838.5			839.1		

图 5-86　"分类汇总"数据结果

任务六：制作成绩统计表相关图表

操作步骤：

（1）选中"成绩统计表"中的数据区域，单击"插入→图表"命令或常用工具栏中的图表向导按钮 ，弹出如图 5-87 所示"图表向导"对话框，在图表中选择一种图表类型。

（2）单击"下一步"按钮进入步骤 2，如图 5-88 所示。

（3）单击"下一步"进入步骤 3，设置图表标题、坐标轴、网格线、图列、数据标志、数据表，如图 5-89 所示。

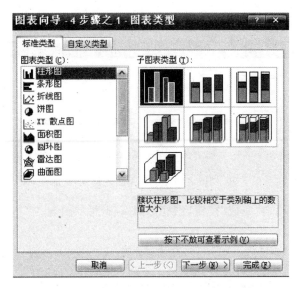

图 5-87　"图表向导步骤 1-图表类型"对话框

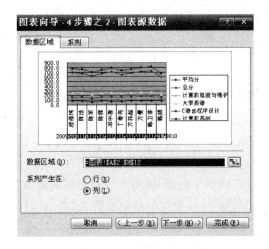

图 5-88　"图表向导步骤 2-图表源数据"对话框

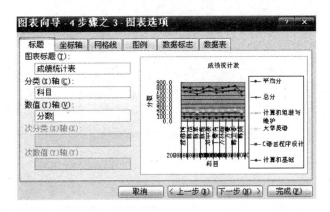

图 5-89　"图表向导步骤 3-图表选项"对话框

　(4) 单击"下一步"进入步骤 4,如图 5-90 所示,选择图表位置。

图 5-90　"图表向导步骤 1-图表位置"对话框

(5) 设置完毕后单击"完成"按钮,创建如图 5-91 所示图表。

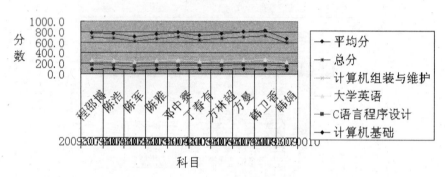

图 5-91　成绩统计图表之一

　(6) 对以上图表的格式做如下设置:将图表区的图案设置为"雨后初晴";图表的标题设置为黑色"华文行楷",18 号字;分类轴的标题设置为"隶书",16 号,粉红色;数值轴的标题设置为"楷体",16 号,鲜红色显示。

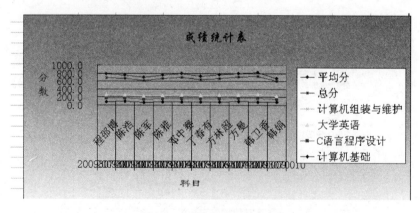

图 5-92　成绩统计图表之二

5.3　中文 Excel 2003 电子表格的打印输出

5.3.1　案例引入

1. 案例

学期结束后,教务处完成班级成绩统计表,将成绩表及统计表打印后备案。

2. 案例分析

要将电子表格打印,首先要按要求进行页面设置,然后预览,最后连接打印机打印输出。

3. 相关操作步骤

(1) 打开要打印的工作簿,选择要打印的工作表,使用页面设置对话框进行页面相关设置。

(2) 进行打印前预览,可退出预览页面进行页面设置的反复修改,直到满意。

(3) 打印输出,连接好打印机,设置好打印参数后打印输出。

5.3.2　打印格式设置

1. 页面设置

通过改变"页面设置"对话框中的选项,可以控制打印工作表的外观或版面。工作表既可以纵向打印也可以横向打印,而且可以使用不同大小的纸张。工作表中的数据可以在左右页边距及上下页边距之间居中显示。还可以改变打印页码的顺序以及起始页码。

执行"文件"菜单"页面设置"命令,有 4 个选项卡。

(1) "页面"选项卡,如图 5-93 所示,有以下几项可供选择。

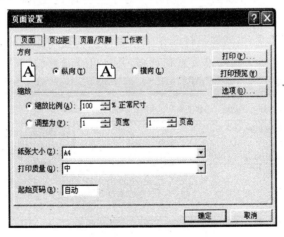

图 5-93　"页面"选项卡

① "方向"栏:可选择"纵向"或"横向",来确定打印时工作簿内容和纸张的纵横关系。

② "缩放"栏:调整"缩放比例"的百分比,可以调整打印版面相对于正常尺寸的比例;"调整为"可以调整打印版面为所需的页高和页宽。

③ "纸张大小":在"纸张大小"下拉列表框中,可选择纸张大小。

④"起始页码":在其编辑框中,可输入所需的工作表起始页的页码;如果要使 Microsoft Excel 自动给工作表添加页码,则输入"自动"。

(2)"页边距"选项卡,如图 5-94 所示。

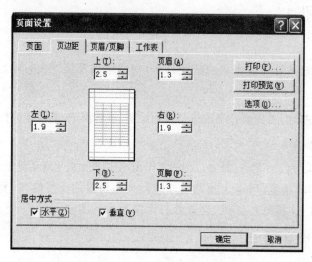

图 5-94 "页边距"选项卡

在相关位置分别输入页面的上、下、左、右及页眉、页脚的值,最后按下"确定"按钮即可完成;如果要使工作表中的数据在左右页边距之间水平居中,在"居中方式"标题下选中"水平"复选框;如果要使工作表中的数据在上下页边距之间垂直居中,在"居中方式"标题下选中"垂直"复选框。当二者均选定后,就可以看到文本显示在纸张的中间位置。

(3)"页眉/页脚"选项,如图 5-95 所示。对于要打印的工作表,可以为其设定页眉/页脚。除了采用系统已经定义的格式外,还可以自己设定所要的格式。控制选定工作表的页眉和页脚。所谓页眉和页脚是打印在工作表每页的顶端和底端的叙述性文字。可以增加、删除、编辑、设定格式和安排页眉和页脚,并且可查看它们打印时的外观。

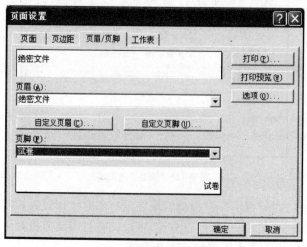

图 5-95 "页眉/页脚"选项卡

可以通过"页眉"和"页脚"标题下的下拉列表框,选定一个内部页眉/页脚,也可以选择"自定义页眉/页脚"按钮,建立一个自己的页眉/页脚。

(4)"工作表"选项,如图 5-96 所示,有以下几项可供选择。

① "打印区域":可以不打印一个完整的工作表,而只打印工作表的某一个区域。如仅打印"＄A＄1:＄A＄11"这一区域。

② "打印标题":当打印一个多页工作表时,常常需要在每一页上打印行或列标题。Excel 允许指定行标题、列标题或二者兼有。要设定打印在每页上端的行,选择"顶端标题行",要指定打印在每页左端的列,选择"左端标题列"。

③ "打印顺序":在"打印顺序"标题下,单击所需的打印顺序选项。

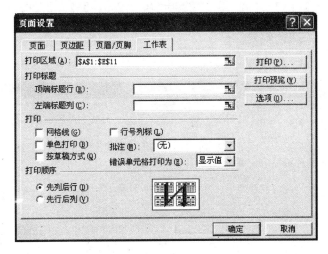

图 5-96　"工作表"选项卡

2. 冻结、分割窗口

1)冻结窗口

当工作表中内容很多时,就必须借助于滚屏缩放控制、冻结、分割窗口。滚屏显示时,滚动后往往看不到表格顶端的标题和项目内容,冻结窗口功能可以用来冻结表格顶部,使得顶部内容始终处于显示状态。操作步骤如下:

(1)单击不需要冻结区的左上角单元格如 B2,选择"窗口"菜单中的"冻结窗格"命令,出现如图 5-97 所示的冻结窗口。

(2)使用滚动条滚动屏幕时,可观察到单元格 B2 上边、左边线条内的内容被"冻"住。选择"窗口"菜单中的"撤消窗口冻结"命令可以撤消窗口的冻结。

2)分割窗口

所谓分割窗口就是将工作表放在 4 个窗格中,在每一个窗格中都可以看到工作表的内容。操作步骤如下:

(1)选择"窗口"菜单中的"拆分"命令,这时所选活动单元格式化边和左边分别出现分割线,工作表被分割为 4 个窗格,如图 5-98 所示。

(2)利用下方、右侧的滚动条在 4 个分离的窗格中移动;拖曳水平分割框、垂直分割

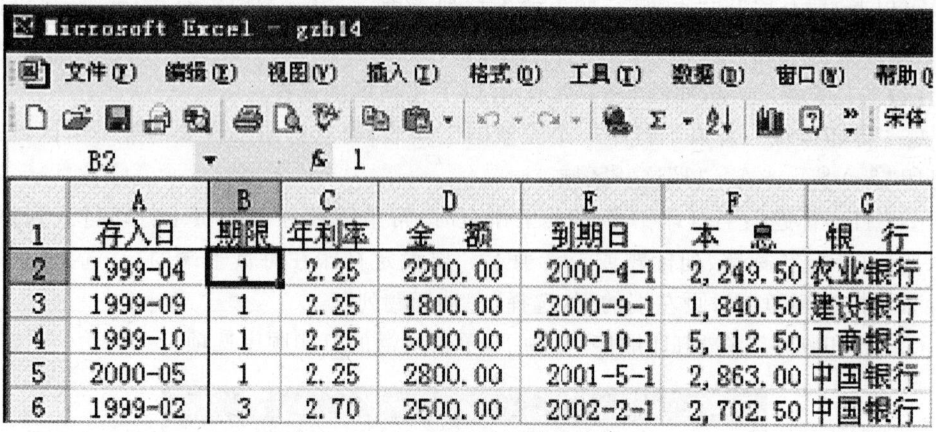

图 5-97　冻结的窗口

图 5-98　窗口的分割

框移动分割线的位置。

选择"窗口"菜单中的"取消拆分"命令,可以撤消窗口的分割设置。

3. 打印预览

在中文 Excel 中由于采用了"所见即所得"的技术,可以对一个文档在打印输出之前,通过打印预览命令或全真查看模式在屏幕上观察文档的打印效果,而不必经过先打印输出,再修改这一烦琐过程了。

执行打印预览的操作步骤是：选择"文件→打印预览"命令，在窗口中显示了一个打印输出的缩小版，如图 5-99 所示。也可以单击标准工具栏上的"打印预览"按钮。

打印预览状态时，屏幕上显示的打印预览窗口与编辑窗口不太相同，原编辑窗口中的工具栏、菜单消失了，而被几个按钮取代，见图 5-99 所示。可以通过这些命令按钮，以不同的方式查看版面效果，或调整版面的编排。屏幕低端的状态栏显示了当前的页号和选定工作表的总页数。窗口上方的几个按钮功能如下：

（1）下页是指显示下一页。如果下面没有可显示的页了，这个按钮变成灰色的。

（2）上页是指显示前一页。如果上面没有可显示的页了，这个按钮变成灰色的。

（3）缩放是指使页面放大/缩小，以便看得更清楚。当鼠标指针像一个放大镜时在光标处于预览页上的时候单击鼠标，可以放大页面，当预览被放大时，可以使用滚动条或箭头键滚动通过这一显示屏。再次单击缩放按钮，重新恢复到全页显示。

（4）打印是指引出打印对话框，从那里可以开始打印工作表，而不必从打印预览窗口退出，去选择文件菜单中的打印命令。

（5）设置是指引出页面设置对话框，利用这一便利工具，可以对"页面设置"对话框进行重设，而不必从文件菜单中调出。

（6）页边距是指显示用于改变边界和列宽的记号。这一按钮是预览窗口的一大特点，它使用户能拖动边界的水线，改变页边距有关的设置。

（7）关闭是指关闭预览窗口，并且显示活动表。

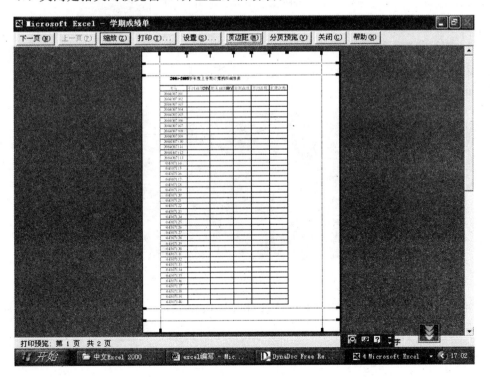

图 5-99 打印预览设置

项目 6　中文 PowerPoint 2003 的使用

6.1　中文 PowerPoint 2003 的概况

6.1.1　案例引入

PowerPoint 2003 是 Office 办公软件的成员之一。无论是在操作上还是在功能上,该版本仍然承继前一版本的优点,并简化了许多繁琐的操作步骤。现介绍嫦娥卫星绕月飞行动画 PPT 案例的制作。

6.1.2　启动 PowerPoint 2003

1. 使用"开始"菜单

（1）单击任务栏上的"开始"按钮,打开"开始"菜单;

（2）鼠标指向"程序",打开"程序"菜单;

（3）鼠标指向"Microsoft PowerPoint"单击,就可启动 PowerPoint 2003,如图 6-1 所示。

2. 使用快捷图标

双击桌面上的 PowerPoint 快捷图标就可启动 PowerPoint,如图 6-2 所示。

图 6-1　使用开始菜单启动 PowerPoint 2003

图 6-2　PowerPoint 2003 的快捷图标

用以上两种方法中的任意一种方法都可启动 PowerPoint 2003,用后一种方法启动比较方便、快捷。

6.1.3　PowerPoint 2003 窗口

1. PowerPoint 2003 的工作窗口组成

启动 PowerPoint 2003 后,PowerPoint 会打开一个空白的演示文稿文件,窗口如图

6-3所示。

图 6-3　PowerPoint 2003 窗口

PowerPoint 2003 的工作窗口由以下几个部分构成：

（1）标题栏。显示软件的名称及当前编辑的演示文稿的名称。

（2）菜单栏。使用 PowerPoint 2003 所用到的所有菜单项及所有菜单命令。

（3）"常用"/"格式"工具栏。所有 Office 软件默认打开的两个工具栏，包含可快速完成工作的常用命令按钮，可快速设置文本外观及文件编排格式的按钮，用户使用它们可以快速地完成工作。

（4）"绘图"工具栏。提供绘图工具，供用户在所建的演示文稿中手动绘图。

（5）状态栏。用于显示当前编辑的状态，位于屏幕的最下方。

（6）视图切换区。用于切换 PowerPoint 2003 的各个视图，当幻灯片处于"普通"视图模式下，可以用"幻灯片/大纲"视图切换标签切换"幻灯片/大纲"视图。

（7）幻灯片编辑区。用于浏览和编辑幻灯片，是 PowerPoint 2003 的主工作窗口。

（8）备注编辑区。用于列出演示文稿的应注意事项。

注意：PowerPoint 2003 不再预先出现"建新演示文稿"对话框，而是在右侧显示"新建演示文稿"的任务窗格，也是 PowerPoint 2003 的征对于前一版本来说新改进的部分。

2."新建演示文稿"任务窗格

启动 PowerPoint 2003 后，可以看到如图 6-3 右部所示的"新建演示文稿"任务窗格。

（1）打开演示文稿。打开已有的演示文稿，您建立过的演示文稿将出现在这里。

（2）新建。包含"空演示文稿"、"根据设计模板"、"根据内容提示向导"等选项。最后一个选项是新建演示文稿最迅速的方式，向导将一步一步地引导您确定演示文稿的内容及组织方式，您可以很轻易的利用它建立一个有相当高水准的演示文稿。

（3）根据现有演示文稿新建。将磁盘中保存的演示文稿加载到窗口中。

（4）根据模板新建。模板主要包含演示文稿的配色方案、图案、字体，您可以自行根据某一模板来新建演示文稿。

6.1.4　PowerPoint 2003 视图模式

PowerPoint 2003 的视图较前版本有所不同，PowerPoint 2003 有以下 4 种视图，即普

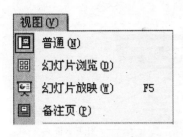

图 6-4 "视图"下拉菜单

通视图、幻灯片浏览视图、幻灯片放映视图和备注页视图。PowerPoint 2003 的 4 种视图之间切换的方法有两种：①利用"视图"菜单。在"视图"菜单下有 4 个命令，如图 6-4 所示，选择菜单中的前 4 个命令就可在 4 种视图之间进行切换。②在演示文稿窗口的左下角，有 3 个按钮，可以在前 3 种视图之间进行切换，如图 6-5 所示：

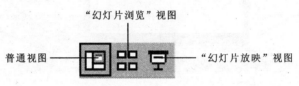

图 6-5 三种视图按钮

1. "普通"视图

"普通"视图是 PowerPoint 2003 的默认视图，在"普通"视图下又可分为两种视图：大纲视图和幻灯片视图。"大纲"视图与"幻灯片"视图可通过图 6-6 中所示的"幻灯片/大纲"视图切换标签来切换。

1) "幻灯片"视图

在"幻灯片"视图下，"演示文稿"的"幻灯片编辑窗口"一次显示一页幻灯片，供用户对幻灯片逐张进行编辑。如图 6-6 所示，"幻灯片"视图窗口分为三个部分：

图 6-6 幻灯片视图窗口

（1）幻灯片编辑区。用于编辑和浏览某页幻灯片，在幻灯片编辑区中切换各页幻灯片有两种方法：利用垂直滚动条上下翻动来切换各张幻灯片，一次可向前或向后翻动一张幻灯片；利用图中所示的"上一张幻灯片/下一张幻灯片"按钮来切换幻灯片，每按一次可向前或向后翻动一张幻灯片。

（2）幻灯片视图区。列出每张幻灯片的小缩略图，可浏览幻灯片，通过单击各个小缩略图，可在各张幻灯片之间进行切换，还可利用"幻灯片/大纲"视图切换标签在"幻灯片"

视图与"大纲"视图之间进行切换。

（3）备注编辑区。用于列出演示文稿的应注意事项。

2）"大纲"视图

在这种模式下，用户可以很方便地处理幻灯片的各级标题及其内容。"幻灯片"视图的窗口如图 6-7 所示：

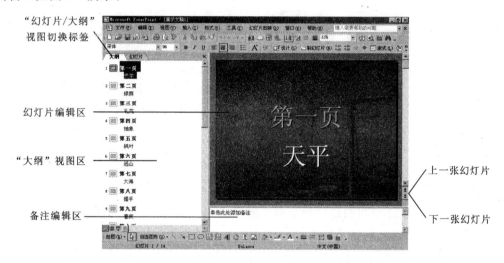

图 6-7　大纲视图窗口

如图所示，"大纲"视图窗口也分为三个部分：

（1）幻灯片编辑区。用于编辑和浏览某页幻灯片，在幻灯片编辑区中切换各页幻灯片有两种方法：利用垂直滚动条上下翻动来切换各张幻灯片，一次可向前或向后翻动一张幻灯片；利用图中所示的"上一张幻灯片/下一张幻灯片"按钮来切换幻灯片，每按一次可向前或向后翻动一张幻灯片。

（2）大纲视图区。列出每张幻灯片的大纲，可浏览和编辑幻灯片的大纲；通过单击大纲视图区中幻灯片页码后的"▦"可在各张幻灯片之间进行切换；在大纲视图区中的各张幻灯片的大纲文字上单击可编辑各张幻灯片的大纲；还可利用"幻灯片/大纲"视图切换标签在"幻灯片"视图与"大纲"视图之间进行切换。

（3）备注编辑区。用于列出演示文稿的应注意事项。

2. "幻灯片浏览"视图

在这种模式下，"演示文稿"窗口可同时显示多张幻灯片，以编号列出它们的顺序，用户可以非常方便的重排幻灯片顺序，或添加、删除幻灯片。"幻灯片浏览"视图窗口如图 6-8 所示。

3. "幻灯片放映"视图

创建好演示文稿后，若要进行演示，放映幻灯片的方法有三种：

（1）单击图 6-5 中所示的"幻灯片放映"按钮（第三个按钮）来放映幻灯片。

（2）选择执行"视图"菜单中的"幻灯片放映"命令。

（3）选择执行"幻灯片放映"菜单中的"观看放映"命令。

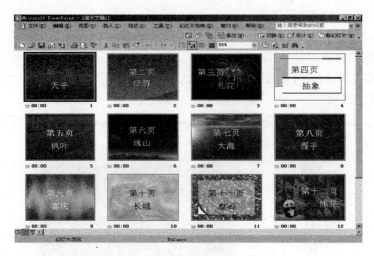

图 6-8　"幻灯片浏览"视图窗口

第(1)种与第(2)(3)两种放映方法的区别是：第(1)种方法是从当前幻灯片开始放映；而第(2)、(3)种方法不管当前幻灯片是第几张，都是从第一张幻灯片开始放映。

用全屏幕方式演示幻灯片的内容，一次显示一张幻灯片。按 PgUp 键，显示上一张幻灯片；单击鼠标或按 PgDn 键，显示下一张幻灯片；按 Esc 键，结束放映。

注意：不论幻灯片放映结束或是按 Esc 键中途结束放映，都将恢复为幻灯片放映前的视图模式。

4. "备注页"视图

在这种模式下，一张幻灯片被分为两部分，上半部分展示幻灯片内容，下半部分则让用户在幻灯片对应的备注框中输入该张幻灯片的备注内容（也可不建立备注，不影响幻灯片的编辑与放映）。"备注页"视图窗口如图 6-9 所示。

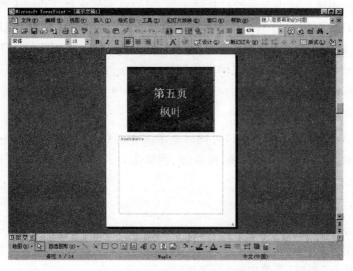

图 6-9　备注页视图窗口

6.1.5　退出 PowerPoint 2003

选择执行"文件"菜单中的"退出"命令,或者单击窗口右上角的"▣"按钮,可以退出 PowerPoint 2003。

在退出时,如果当前演示文稿没有存盘,系统会给出提示,出现如图 6-10 所示的对话框。选择"是",则存盘退出;选择"否",则不存盘退出;选择"取消",则不退出,继续操作。

图 6-10　退出 PowerPoint 窗口的提示框

6.1.6　操作实践

以下是嫦娥卫星绕月飞行动画 PPT 案例的制作。

(1) 准备素材:星空图、月球图和"嫦娥卫星"图片。

卫星

天空

月球

(2) 插入素材:运行 PowerPoint 2003,新建一空白幻灯片,执行"格式→背景"命令插入"星空图"作为背景。然后执行"插入→图片→来自文件"命令依次插入"月球图"和"卫星图",调整好大小比例和位置。

(3) 创建动画效果:鼠标左键选定"卫星图"执行"幻灯片放映-自定义动画"命令,展开"自定义动画"任务窗格,单击"添加动画"右侧的下拉按钮,在下拉列表中选择"动作路径-其他动作路径"在"基本"类型中选择"圆形扩展"命令。然后用用鼠标通过 6 个控制点调整路径的位置和大小。把它拉成椭圆形,并调整到合适的位置。

(4) 设置动画:用鼠标左键在"自定义动画"窗格中双击刚才创建的"圆形扩展动画",打开"圆形扩展"设置面板,鼠标左键单击"计时",把其下的"开始"类型选为"之前",速度选为"慢速(3 s)",重复选为"只到幻灯片末尾"。这样"嫦娥"就能周而复始地一直自动绕月飞行了。

(5) 绘制运行轨道线:用"自选图形"中的"椭圆"工具画一个椭圆图形,调整其大小和位置,让它与"圆形扩展动画"路径重合,再设置其"填充颜色"为"无填充颜色",为线条设置自己喜欢的颜色和粗细。最后鼠标右键单击"椭圆图形"执行"叠放次序→下移一层"命令,让"卫星"在它的上面沿轨道绕行。

(6) 环境处理:复制粘贴"月球图",让它与刚才插入的"月球图"完全重合。右键单击刚才粘贴的"月球图"执行"显示'图片'工具栏"命令,打开"图片"工具栏,选择其中的"裁剪"命令,从下往上裁剪刚才复制的"月球图"到适合的大小,使得"卫星"产生绕到月球背面的效果。

(7) 动画完成,执行"幻灯片放映→观看放映"命令,我们的"嫦娥"也能绕月了!

6.2　PowerPoint 2003　基本操作

6.2.1　创建演示文稿

1. 使用常用工具栏上的"部建"按钮

单击"常用"工具栏上的"▣"按钮,则新建一个空白的演示文稿,默认版式为"标题幻灯片",同时在窗口的右侧出现"幻灯片版式"任务窗格,可以选择幻灯片版式。PowerPoint 2003 的幻灯片版式一共有 4 种即:文字版式(6 种)、内容版式(7 种)、文字和内容版式(7 种)、其他版式(11 种)。

改变幻灯片版式的方法是:

(1) 将鼠标放在"幻灯片版式"窗格上的任一种版式上,则在版式图的右侧出现"▮"。

(2) 单击"▮",出现一下拉菜单,选择菜单中的"应用于选定幻灯片"命令。则选中的幻灯片版式就会应用于当前幻灯片。

2. 使用"文件"菜单中的"新建"命令

单击菜单栏上的"文件→新建"命令,则在窗口右侧出现"新建演示文稿"任务窗格。具体操作步骤如下。

(1) 单击"新建"栏中的"空演示文稿",则新建一个空白的演示文稿,默认版式为"标题幻灯片",同时在窗口的右侧出现"幻灯片版式"任务窗格,可以选择幻灯片版式。

(2) 单击"新建"栏中的"根据设计模板",则新建一个空白的演示文稿,默认版式为"标题幻灯片",同时在窗口的右侧出现"幻灯片设计"任务窗格,可以选择幻灯片模式。改变幻灯片模式的方法是:

① 将鼠标放在"幻灯片设计"窗格上的任一种模式上,则在模式图的右侧出现"▮"

② 单击"▮",出现一下拉菜单,选择菜单中的"应用于所有幻灯片"或"应用于选定幻灯片"命令。

则选中的幻灯片模式就会应用于所有幻灯片或当前幻灯片。

(3) 单击"新建"栏中的"根据内容提示向导",则出现向导对话框,可以根据向导一步一步地完成幻灯片的新建。

6.2.2 管理幻灯片

1. 打开幻灯片

打开幻灯片有两种方法：

（1）选择"文件"菜单中的"打开"命令；

（2）单击"常用"工具栏上的"![]"按钮，则会打开一个对话框，如图 6-11 所示。

图 6-11 "打开"幻灯片对话框

打开幻灯片演示文稿，有两种方法：

（1）直接在图 6-11 所示的对话框中的"文件名"文本框中输入要打开的幻灯片演示文稿文件的路径和文件名，然后单击"打开"按钮即可；

（2）点击图 6-11 所示的对话框中的"查找范围"下拉列表，如图 6-12 所示。

图 6-12 "查找范围"对话框

在点开的下拉列表中找到要打开的幻灯片演示文稿文件的位置，找到文件后，直接双击该文件名或单击该文件名再单击"打开"按钮即可。

2. 关闭幻灯片

关闭幻灯片有三种方法:

(1) 选择"文件"菜单中的"关闭"命令;

(2) 单击"常用"工具栏上的"■"按钮;

(3) 单击幻灯片文件窗口右上角的"■"按钮;

注意:在关闭幻灯片时,如果当前演示文稿没有存盘,系统会给出提示,出现如图6-10所示的对话框;选择"是",则关闭当前幻灯片并存盘;选择"否",则关闭当前幻灯片不存盘;选择"取消",则不关闭当前幻灯片,继续操作。

3. 保存幻灯片

保存幻灯片有两种方法:

(1) 选择"文件"菜单中的"保存"(或"另存为")命令;

(2) 单击"常用"工具栏上的"■"按钮,则会打开一个对话框,如图 6-13 所示。

图 6-13　幻灯片的保存对话框

保存幻灯片演示文稿,有两种方法:

(1) 直接在图 6-13 所示的对话框中的"文件名"文本框中输入要保存的幻灯片演示文稿文件的路径和文件名,然后单击"保存"按钮即可。

(2) 点开图 6-13 所示的对话框中的"保存位置"下拉列表,如图 6-14 所示:

图 6-14　"保存位置"对话框

在点开的下拉列表中找到幻灯片演示文稿文件要保存的位置,然后在如图 6-14 所示对话框中的"文件名"文本框中输入幻灯片演示文稿文件要保存的文件名字,再单击"保存"按钮即可。

注意:如果是新建的演示文稿,在编辑好后,使用文件菜单中的"保存"和"另存为"命令是一样的;如果编辑的是已经存在的文件,则编辑好后,使用文件菜单中的"保存"命令(或单击"常用"工具栏上的"保存"按钮)则是更新文件中的内容;而使用文件菜单中的"另存为"命令则是把当前文件换一个名字进行保存,而原文件依然存在。

6.2.3 打印演示文稿

选择"文件"菜单中的"打印"命令,会弹出如图 6-15 所示的对话框。

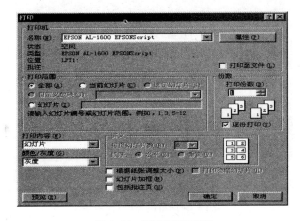

图 6-15 "打印"对话框

使用这个对话框进行设置可打印演示文稿,对话框中的选项设置如下。

• "打印内容"。有 4 个选项可供选择:幻灯片——一张纸可以打印一张幻灯片;备注页——每张纸的上半页打印幻灯片的内容,下半页打印备注页;讲义——可以选择每张纸印 2、3、4、6 或 9 张幻灯片;大纲视图——打印演示文稿的大纲内容。

• "打印份数"。设置要打印多少份。

• "打印范围"。有 4 个选项可供选择:全部——打印全部幻灯片;当前幻灯片——打印当前显示的幻灯片;选定幻灯片——只打印被选中的幻灯片;幻灯片——可输入要打印的幻灯片的编号,各编号间可用逗号隔开,若是连续的幻灯片范围,则范围间以"_"符号隔开。

• "打印至文件"。将要打印的幻灯片输出到文件中。

• "打印隐藏幻灯片"。"幻灯片放映"菜单中的"隐藏幻灯片"命令可以隐藏幻灯片。该选项可用于将被隐藏的幻灯片打印出来。

• "根据纸张调整大小"。根据打印纸张的大小调整幻灯片的输出大小。

• "灰度"。将幻灯片内容以灰度方式打印,这样,使用黑白打印机打印彩色演示文稿时,幻灯片的外观效果较佳。

•"纯黑白"。将幻灯片内容以黑白两色打印,其规则是将所有填充颜色转换为白色,文本和线条转换为黑色,所有填充对象均加上边框。图片以灰度方式显示。

•"幻灯片加框"。选中该复选框后,打印时幻灯片四周将被加上边框。

6.2.4　幻灯片打包

幻灯片可以打包到磁盘,即使使用的计算机上没有安装 PowerPoint 也可以播放幻灯片。幻灯片打包步骤如下:

(1) 选择"文件"菜单下的"打包"命令打开"打包向导"对话框,然后单击"下一步"按钮,如图 6-16 所示。

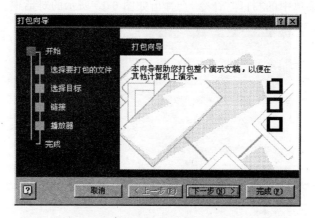

图 6-16　"打包向导"对话框之一

(2) 选择要打包的演示文稿,可以打包"当前演示文稿",也可以打包"其他演示文稿",如打包"其他演示文稿"可在文本框中直接输入要打包的演示文稿的路径和文件名,也可以按"浏览"按钮进行选择,然后单击"下一步"按钮,如图 6-17 所示。

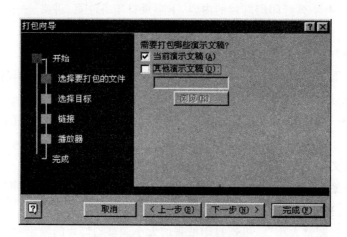

图 6-17　"打包向导"对话框之二

(3) 选择要打包到什么位置,可以打包到软盘,也可以选择目标打包。如果是选择目标打包,可在文本框中直接输入要打包的演示文稿的路径,也可以按"浏览"按钮进行选择,然后单击"下一步"按钮,如图 6-18 所示。

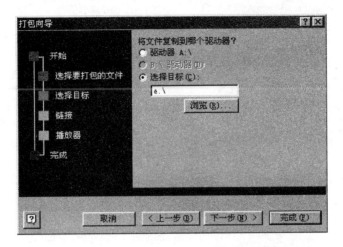

图 6-18　"打包向导"对话框之三

（4）选择是否包含链接文件和字体,如果幻灯片中用到了特殊的图片和文本,最好全选,然后单击"下一步"按钮,如图 6-19 所示。

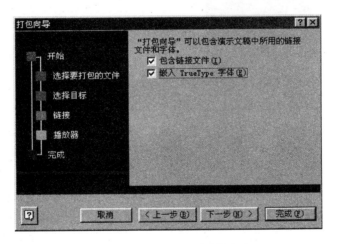

图 6-19　"打包向导"对话框之四

（5）选择在打包时是否将 PowerPoint 播放器打包进去。单击"下一步"按钮,如果你的计算机上没安装播放器,会在对话框上出现"下载播放器"按钮,单击此按钮可以下载安装播放器;选择将播放器打包进去,这样即使在没有安装 PowerPoint 的计算机上也可以播放幻灯片,然后单击"下一步"按钮,如图 6-20 所示。

（6）接着出现如图 6-21 所示的对话框,单击"完成"按钮,将开始对演示文稿进行打包。

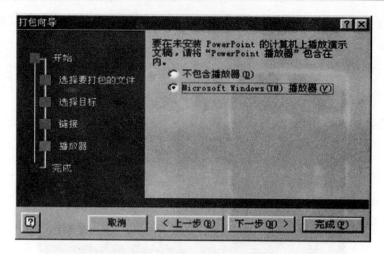

图 6-20　"打包向导"对话框之五

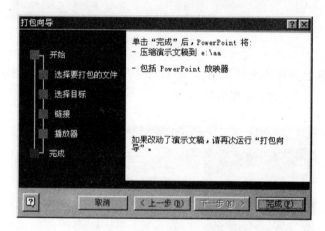

图 6-21　"打包向导"对话框之六

6.3　编辑幻灯片

6.3.1　文本输入与编辑

1. 文本输入

如果要在幻灯片中输入文本,在新建幻灯片时,要选择有文本输入框的版式,也可以在没有文本输入框的幻灯片中插入文本框来输入文本;选择输入法;然后在幻灯片的文本框中单击,会出现文本输入光标,输入文字即可。

2. 文本编辑

1) 字体

文本在输入好后,可根据需要进行编辑,在编辑文本之前,要先选中文本。选中要编辑的文本,执行"格式"菜单中的"字体"命令,出现如图 6-22 所示的对话框。在这个对话框中可以进行以下设置:

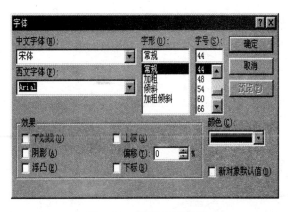

图 6-22　"字体"对话框

· 设置字体。如果输入是的中文文本,则点开"中文字体"下拉列表,在其中选择一种中文字体即可;如果输入是的西文文本,则点开"西文字体"下拉列表,在其中选择一种西文字体即可。

· 设置字形。默认情况下是"常规"字形,如果要加粗文本,则在"字形"下拉列表中选择"加粗";如果要倾斜文本,则在"字形"下拉列表中选择"倾斜";如果即要加粗文本,又要倾斜文本,则在"字形"下拉列表中选择"加粗倾斜"。

· 设置字号。如果要加大或缩小文字的大小,则在"字号"下拉列表中选择一种字号即可。

· 设置颜色。如果要改变文本的颜色,则在"颜色"下拉列表中选择一种颜色即可。

· 效果——下划线—选择此选项,则在文本下方加下划线。

· 阴影——可给文本添加阴影效果。

· 浮凸——可使文本出现立体浮凸效果。

· 上标——可使文本向上偏移一定的位移。(位移量可通过"偏移"列表设置)。

· 下标——选择此选项可使文本向下偏移一定的位移。

2) 项目符号和编号

设置好后,单击"确定"按钮即可。单击菜单栏上的"格式→项目符号和编号"命令,出现如图 6-23 所示的对话框。在这个对话框中可以任意选择一种项目符号或一种编号,也可以自定义设置。

3) 对齐

单击菜单栏上的"格式→对齐方式"命令,如图 6-24 所示,文本的对齐方式有 5 种:

· 左对齐:文本靠左边显示。

· 居中对齐:文本在正中显示。

· 右对齐:文本靠右边显示。

· 两端对齐:文本分两端对齐。

· 分散对齐:文本按文本框的宽度分散对齐。

在以上利用菜单命令进行的文本的编辑,在专用的"格式"工具栏中,使用相应的快捷按钮也可以完成,另外在"格式"工具栏中还可以进行以下文本的编辑:

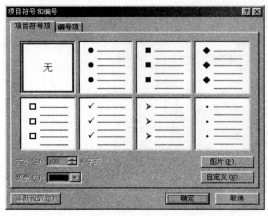

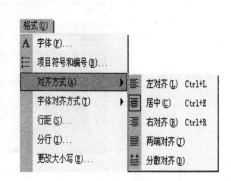

图 6-23　"项目符号和编号"对话框　　　　　　图 6-24　"对齐方式"级联菜单

・改变文本方向:选中要编辑的文本,单击"改变文本方向"按钮,可以改变文本的排列方式。

・增加、减小文本字号:选中要编辑的文本,单击"增大文本字号"按钮,可以使被选中的文本放大 4 点;选中要编辑的文本,单击"减小文本字号"按钮,可以使被选中的文本缩小 4 点。

6.3.2　编辑幻灯片母版

在演示文稿中创建了多张幻灯片时,如果要对每一张幻灯片都加入某些相同的内容或者对这多张幻灯片中的某一个内容进行修改,就需要对每张幻灯片逐张修改,很麻烦,费时又费力。在 PowerPoint 中加入了母版后,只须对母版进行修改,就可以应用到每张幻灯片,非常方便快捷。

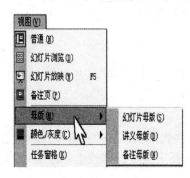

图 6-25　"母版"级联菜单

在 PowerPoint 2003 中有三种母版:即幻灯片母版、讲义母版和备注母版。选择"视图"菜单中的"母版"命令,如图 6-25 所示。选择其中的任意一个命令就可以进入相应的母版视图模式。

1. 幻灯片母版

选择"视图"菜单中的"母版"命令,再选择其中的"幻灯片母版"命令,则进入幻灯片母版视图,如图 6-26 所示。出现幻灯片母版后,可以编辑其中的标题样式和文本样式,可以插入日期、页码、页眉和页脚,所进行的修改会应用于所有幻灯片。

2. 讲义母版

幻灯片讲义视图显示幻灯片一共有 6 种显示方式:每页显示 1 张,每页显示 2 张,每页显示 3 张,每页显示 4 张,每页显示 6 张,每页显示 9 张。选择"视图"菜单中的"母版"命令,再选择其中的"讲义母版"命令,则进入讲义母版视图,如图 6-27 所示。出现讲义母版后,可以插入日期、页码、页眉和页脚,所进行的修改会应用于所有幻灯片。

图 6-26　"幻灯片母版"窗口

图 6-27　"讲义母版"窗口

3. 备注母版

可以在每张幻灯片中加入相应的备注信息,进入备注模式视图,页面会上、下一分为二,上半部显示幻灯片,下半部显示备注区,用户可在其中加入备注。选择"视图"菜单中的"母版"命令,再选择其中的"备注母版"命令,则进入备注母版视图,如图 6-28 所示。出现备注母版后,可以插入页码、页眉和页脚,并可以在备注文本区加入备注文本,所进行的修改会应用于所有幻灯片。

图 6-28　"备注母版"窗口

6.3.3 应用设计模板

PowerPoint 2003 中文版中共有 44 种设计好的模板供用户选用,而每一种模板均有不同的背景图案及文本格式。可以在"幻灯片设计"窗口的"应用设计模板"列表中单击现成的模板图标,将各种模板应用于演示文稿。

1. 打开模板

幻灯片的设计模板,可以自己设计,也可以使用 PowerPoint 2003 现成的设计模板。要给幻灯片加入设计模板,就必须先调出"幻灯片设计"任务窗格,调出的方法有两种:选择"格式"菜单中的"幻灯片设计"命令,或者单击"格式"工具栏中的"设计"按钮。则在屏幕的右侧出现"幻灯片设计"任务窗格,如图 6-29 所示。

图中"幻灯片设计"任务窗格分为三个部分:

(1) 在此演示文稿中使用:在这一栏中列出当前幻灯片中使用的设计模板。

(2) 最近使用过的:在这一栏中列出在应用幻灯片设计模板中最近经常用到的一些设计模板。

(3) 可供使用:在这一栏中列出 PowerPoint 2003 中所有的幻灯片设计模板,供用户使用。

图 6-29 "幻灯片设计"窗口

图 6-30 "幻灯片设计模式图"菜单

2. 应用模板

(1) 设计模板。将幻灯片设计模式应用到幻灯片中的方法是:

将鼠标放在"幻灯片设计"窗格上的任一种设计模板的模式上,则在模式图的右侧出现"·"。单击"·",出现下拉菜单,选择菜单中的"应用于所有幻灯片"或"应用于选定幻灯片"命令,如图 6-30 所示。

则选中的幻灯片设计模板的模式就会应用于所有幻灯片或当前幻灯片。也可以直接单击任意一种设计模板也可应用于当前幻灯片。

（2）配色方案。单击"幻灯片设计"任务窗格上方的"配色方案"链接，如图 6-31 所示。将鼠标放在"幻灯片设计"窗格上的任一种颜色方案上，则在颜色方案图的右侧出现"▮"。单击"▮"，出现下拉菜单，选择菜单中的"应用于所有幻灯片"或"应用于选定幻灯片"命令。

则选中的颜色方案就会应用于所有幻灯片或当前幻灯片的设计模板上。也可以直接单击任意一种颜色方案也可应用于当前幻灯片的设计模板上。

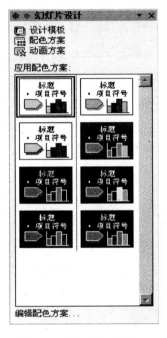

图 6-31 "配色方案"窗口

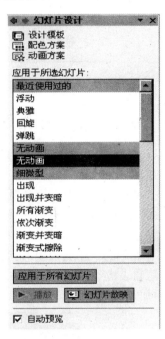

图 6-32 "动画方案"窗口

（3）动画方案。单击"幻灯片设计"任务窗格上方的"动画方案"链接，如图 6-32 所示。在"幻灯片设计"任务窗格上任意选择一种动画方案，就可以给幻灯片加上动画效果。

若单击"应用于所有幻灯片"按钮，则选择的动画效果就可以应用于所有幻灯片；单击"幻灯片放映"按钮，就可以从当前幻灯片开始放映幻灯片；单击"播放"按钮，则可以播放当前选择的动画效果；选择"自动预览"选项，则可以在选择了效果后，马上自动播放该动画效果。

如果对"幻灯片设计"任务窗格上列出的幻灯片设计模板不满意，可以点击"幻灯片设计"任务窗格下方的"浏览"，打开如图 6-33 所示的对话框，可选择任意一种设计模板。

图 6-33　"应用设计模板"对话框

6.3.4　创建表格幻灯片

可以在 PowerPoint 演示文稿的幻灯片中加入表格,建立含有表格的幻灯片。建立含有表格的幻灯片的方法如下:

(1) 单击"常用"工具栏上的"▢"按钮,则新建一个空白的演示文稿;

(2) 单击"格式"工具栏中的"设计"按钮,在窗口的右侧出现"幻灯片设计"任务窗格,给幻灯片加入一种自己喜欢的设计模板;

(3) 单击"格式"工具栏中的"版式"按钮,在窗口的右侧出现"幻灯片版式"任务窗格,选择"标题和表格"版式,如图 6-34 所示;幻灯片的版式应用为"标题和表格"版式,可以在幻灯片中加入表格,如图 6-35 所示;

图 6-34　"幻灯片版式"窗口

(4) 如图 6-35 所示,双击"添加表格"图标,出现"插入表格"对话框,如图 6-36 所示;

(5) 单击"确定"按钮,如图 6-37 所示,在幻灯片中加入表格,并同时出现"表格和边框"工具栏;

(6) 在幻灯片中的表格中的单元格中单击,出现文本光标,可以输入表格数据;

(7) 利用"表格和边框"工具栏中的"表格"下拉列表和其他快捷按钮可以对幻灯片中加入的表格和表格中的数据进行编辑;

图 6-35 插入表格后的效果窗口　　　　　图 6-36 "插入表格"对话框

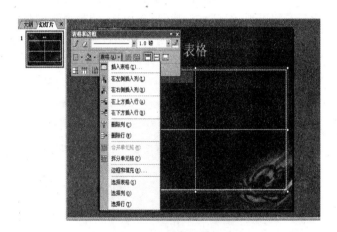

图 6-37 表格编辑命令菜单

（8）如图 6-37 所示，利用"表格"下拉列表中的表格编辑命令，可以对表格进行编辑。

另外还有一些关于表格的操作：可以在表格中再插入表格；可以在表格中插入列；可以在表格中手稿行；可以将表格中的行或列删除；可以将多个单元格合并成一个单元格；也可以将一个单元格拆分成多个单元格；可以设置表格的边框和填充；可以选择整个的表格；可以任意的选择表格的行和列。关于表格的具体编辑在 Excel 2003 中有详细的讲述，这里就不再重复讲述了。

6.4 放映幻灯片

6.4.1 切换幻灯片

幻灯片的播放是一张一张的播放的，为了增加幻灯片的可视性，可以给一些或所有的幻灯片加上切换效果。切换效果是指一张幻灯片进入下一张幻灯片，在进入时的效果。幻灯片的切换效果可以应用于当前幻灯片，也可以同时应用于多张（可以相邻也可不相邻）幻灯片，还可以应用于所有幻灯片。要给幻灯片加上切换效果，首先要先选中想加切换效果的幻灯片，选择幻灯片的方法：

1. 选择幻灯片

(1) 选择一张幻灯片:单击幻灯片的预览图。

(2) 选择不相邻的多张幻灯片:先单击一张幻灯片的预览图,再按住 Ctrl 键不松,单击其他幻灯片的预览图。

(3) 选择相邻的多张幻灯片:先单击相邻幻灯片中的第一张(或最后一张)幻灯片的预览图,再按住 Shift 键不松,单击相邻幻灯片中的最后一张(或第一张)幻灯片的预览图。

(4) 选择所有的幻灯片:选择"编辑"菜单中的"全选"命令。

2. 增加切换效果

将当前视图切换为幻灯片视图或幻灯片浏览视图。选择"幻灯片放映"菜单中的"幻灯片切换"命令,则在窗口右侧出现"幻灯片切换"任务窗格,选择要加幻灯片切换效果的幻灯片,如图 6-38,图 6-39 所示,在"幻灯片切换"任务窗格中设置给幻灯片加上切换效果:在"幻灯片切换效果"列表中列出的切换效果中选择一种切换效果,就可以将切换效果自动应用于所选幻灯片;如果在幻灯片的左下角出现"☆"标记,则说明该幻灯片加上了切换效果。

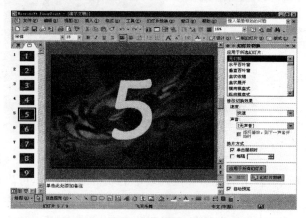

图 6-38 "幻灯片 5 切换"视图窗口

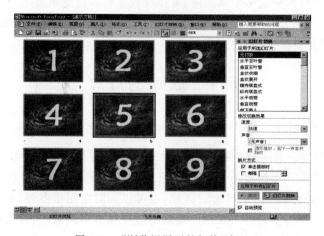

图 6-39 "浏览视图下的切换"窗口

3. 相关选项

（1）修改切换效果。在该项中设置幻灯片切换时的速度和声音。幻灯片切换的速度有三种——慢速、中速、快速。也可以给幻灯片切换时加上声音（可以选择系统所给声音，也可加入外部声音）。

（2）换片方式。可以单击鼠标时换片；还可以每隔一定的时间换片（时间自己设置）；也可以前两项并用。

① 单击"应用于所有幻灯片"按钮，则将当前选中的切换效果应用于所有的幻灯片。

② 单击"播放"按钮，则对当前幻灯片播放切换效果。

③ 单击"幻灯片放映"按钮，则从当前幻灯片开始播放幻灯片。

④ 选择"自动预览"选项，则当幻灯片设置了切换效果后会自动播放切换效果。

6.4.2　动画效果

为了使幻灯片的播放效果更好，不仅可以给幻灯片加入切换效果，还可以给幻灯片中的文本加上动画效果。文本动画效果就是幻灯片中的文本在幻灯片播放时的出现效果。幻灯片中的文本动画效果可以应用于当前幻灯片，也可以同时应用于多张（可以相邻也可不相邻）幻灯片，还可以应用于所有幻灯片。

1. 选择幻灯片

要给幻灯片加上切换效果，首先要先选中想加切换效果的幻灯片，选择幻灯片的方法：

（1）选择一张幻灯片：单击幻灯片的预览图。

（2）选择不相邻的多张幻灯片：先单击一张幻灯片的预览图，再按住 Ctrl 键不松，单击其他幻灯片的预览图。

（3）选择相邻的多张幻灯片：先单击相邻幻灯片中的第一张（或最后一张）幻灯片的预览图，再按住 Shift 键不松，单击相邻幻灯片中的最后一张（或第一张）幻灯片的预览图。

（4）选择所有的幻灯片：选择"编辑"菜单中的"全选"命令。

2. 加入动画效果

（1）打开要加幻灯片切换效果的幻灯片演示文稿。

（2）将当前视图切换为幻灯片视图或幻灯片浏览视图（切换方法见 6.1.4）。

（3）选择"幻灯片放映"菜单中的"动画方案"命令，则在窗口右侧出现"幻灯片设计"任务窗格，如图 6-40 与图 6-41 所示。

（4）选择要给幻灯片中的文本加上动画效果的幻灯片。

（5）如图 6-40、图 6-41 所示，在"幻灯片设计"任务窗格中设置给幻灯片中的文本加上动画效果。

① 在"幻灯片文本动画效果"列表中列出的文本动画效果中选择一种动画效果，就可以将动画效果自动应用于所选幻灯片的文本中。

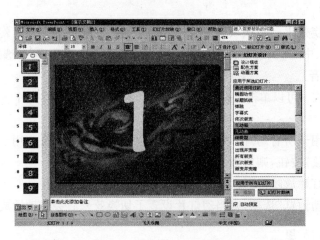

图 6-40 "幻灯片视图"窗口

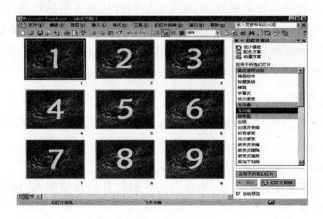

图 6-41 "幻灯片浏览视图"窗口

② 如果在幻灯片的左下角出现"☆"标记，则说明该幻灯片中的文本加上了动画效果。

③ 单击"应用于所有幻灯片"按钮，则将当前选中的动画效果应用于所有的幻灯片的文本中。

④ 单击"播放"按钮，则对当前幻灯片中的文本播放动画效果。

⑤ 单击"幻灯片放映"按钮，则从当前幻灯片开始播放幻灯片。

⑥ 选择"自动预览"选项，则当幻灯片中的文本设置了动画效果后会自动播放动画效果。

3. 自定义动画

（1）选择"幻灯片放映"菜单中的"自定义动画"命令，则在窗口右侧出现"自定义动画"任务窗格，如图 6-42 所示。

（2）在"自定义动画"任务窗格中可以设置自定义动画。

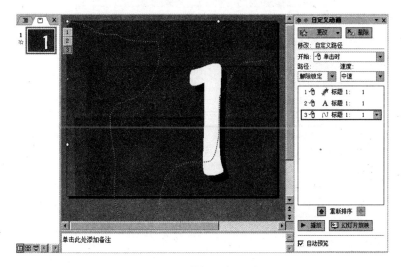

图 6-42　"自定义动画"窗口

①.单击"更改(或"添加效果")"按钮,出现下拉菜单,如图 6-43 所示,可以利用该下拉菜单设置文本在进入、退出时的动画效果;可以设置文本的强调动画效果、可以设置文本在退出时的动作路径(路径可以自己绘制)。

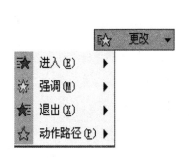

图 6-43　"添加效果"下拉菜单

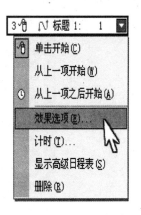

图 6-44　效果选项菜单

② 在"开始"下拉列表中可以设置带有动画效果出现的方式。若选择"单击时",则在单击鼠标时文本以设置的动画方式出现;若选择"之前"、"之后",则在幻灯片一放映文本就以设置的动画方式出现。在"速度"下拉列表中可以设置当前动画效果的速度。在"自定义动画"任务窗格的下半部的动画效果列表框中,选择一种设置好的动画方式,会出现一下拉菜单,如图 6-44 所示,选择"效果选项"命令,出现如图 6-45 所示的对话框。利用对话框中的"增强"选项中的"声音"下拉列表可以给文本的动画效果加上声音。

图 6-45　"设置动画效果"对话框

6.4.3　外部文件声音

在幻灯片中可心插入外部文件的声音,选择"插入→影片和声音→文件中的声音"命令,如图 6-46 所示。出现"插入声音"对话框,在对话框中选择要插入到幻灯片中的外部声音文件。在屏幕上弹出一对话框,如图 6-47 所示。选择"是",则在幻灯片放映时自动播放声音;选择"否",则在幻灯片放映时单击鼠标时播放声音。

图 6-46　插入声音菜单

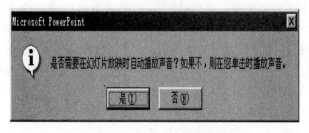

图 6-47　"选择声音"对话框

选择好后,在幻灯片上会出现一声音标记,表明声音加入成功,如图 6-48 所示。播放幻灯片就可以听到加入到幻灯片中的声音。

图 6-48 声音标记

6.4.4 录制旁白

打开要录制旁白的演示文稿,选择"幻灯片放映"菜单中的"录制旁白"命令,出现如图 6-49 所示的对话框。单击"设置话筒级别"按钮,出现如图 6-50 所示的对话框,可以设置话筒的音量;单击"更改质量"按钮,出现如图 6-51 所示的对话框,可以设置录音的音质;然后单击如图 6-49 所示的对话框中的"确定"按钮,系统将开始放映幻灯片,此时可以通过话筒录制旁白。

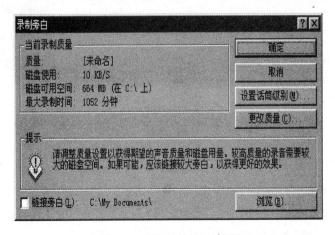

图 6-49 "录制旁白"对话框

所有幻灯片的旁白录制好后,出现如图 6-52 所示的对话框。单击"保存"按钮,在幻灯片预览图下会出现幻灯片的旁白时间,如图 6-53 所示。

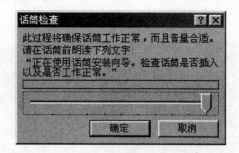

图 6-50　"话筒检查"对话框

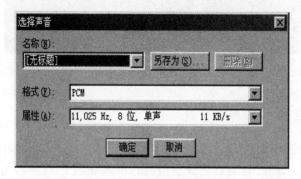

图 6-51　"选择声音"对话框

图 6-52　"保存"对话框

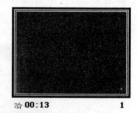

图 6-53　旁白时间图示

6.4.5　幻灯片放映

幻灯片的放映方法有以下三种:

(1) 选择"幻灯片放映"菜单中的"观看放映"命令。注意,要从当前幻灯片开始放映,可以单击图 6-5 中的第三个按钮。

(2) 使用专用的播放器播放,执行后会出现如图 6-54 所示的对话框,选择好演示文稿文件后,单击"显示"按钮就可以播放选中的演示文稿中的幻灯片。

(3) 打开 Windows 的"资源管理器"选择要播放的演示文稿文件,执行"文件"菜单中的"显示"命令,就可以播放选中的演示文稿中的幻灯片,如图 6-55 所示。

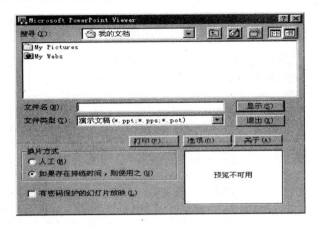

图 6-54　"放置设置"对话框

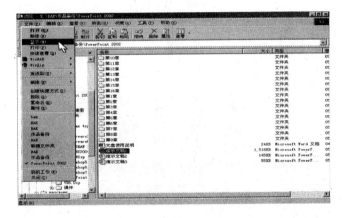

图 6-55　选择播放文件

6.5　综合项目实战

6.5.1　案例引入

　　将表格中的数据制作成图表放在 Powerpoint 演示文档中演示给观众看,增加演示文稿的直观性,这是制作演示文稿最为常用的基本方法和表现方式能。

　　现在,以具体实例制作为例,展示 Powerpoint 演示文档制作图表的具体制作过程:基本图表、图表动画显示、图表修饰。

6.5.2　任务实战

　　任务一:制作基本的图表,如图 6-56 所示。

　　1)插入图表

　　(1)启动 PowerPoint 2003,新建一个空白文稿或打开需要添加图表的演示文稿。

　　(2)在一空白幻灯片中,单击"常用"工具栏上的"插入图表"按钮,进入图表编辑状态,如图 6-57 所示。

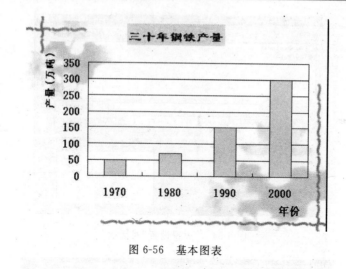

图 6-56 基本图表

演示文稿1 - 数据表

		A	B	C	D	E
		第一季度	第二季度	第三季度	第四季度	
1	东部	20.4	27.4	90	20.4	
2	西部	30.6	38.6	34.6	31.6	
3	北部	45.9	46.9	45	43.9	
4						

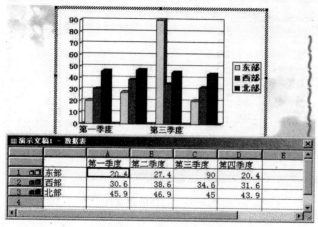

图 6-57 图表编辑窗口

(3) 在数据表中,删除不需要的第 2、3 行,修改其中的内容,并填入需要的数据,如图 6-58所示。

演示文稿1 - 数据表

		A	B	C	D	E
	年份	1970	1980	1990	2000	
1	产量	50	70	150	300	
2						
3						
4						

图 6-58 修改数据表操作窗口

2) 图表设置

(1) 修改图表类型:在图表区右击鼠标,在随后弹出的快捷菜单中,选“图表类型”选项,打开“图表类型”对话框,如图 6-59 所示,根据数据的需要选定一种图表类型后,确定返回。

图 6-59　"图表类型"对话框

（2）设置图表选项：在图表区右击鼠标，在随后弹出的快捷菜单中，选"图表选型"选项，打开"图表选型"对话框，在"标题"标签中，设置好图表和数值轴标题等内容，如图6-60所示。然后切换到其他标签中，完成其他选项的设置，全部设置完成后，确定返回。

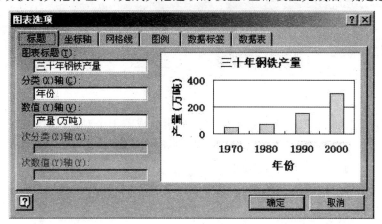

图 6-60　"图表选项"对话框

（3）修改字符参数：选中"图表标题"（相当于一个文本框），然后将鼠标移至"文本框"周边处，双击鼠标，打开"图表标题格式"对话框，如图 6-61 所示，切换到相应的标签中，设置好字符的相关参数后，确定返回。

注意：仿照上面的操作，设置数值轴标题字符的相关参数。

3）调整大小

图表编辑完成后，在图表编辑区外围任意位置单击一下，退出图表编辑状态，然后选中图表，并将鼠标移至图表边缘成双向拖拉箭头状时，按住左键拖拉，将图表调整至合格的大小即可。

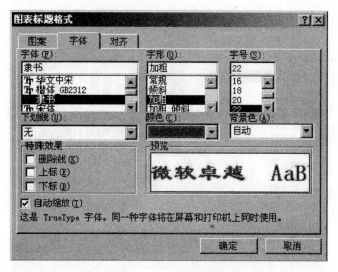

图 6-61　"图表格示"对话框

任务二:图表高级操作

把图表分割成一个个图形对象,然后为其添加动画效果。

(1)在图表区中右击鼠标,在随后出现的快捷菜单中,选"组合→取消组合"选项,此时,系统会弹出一个提示框,如图 6-62 所示,单击"是"按钮。

图 6-62　组合提示框

(2)再重复上面的"取消组合"操作,将图表拆分成若干个对象(如图 6-63)。

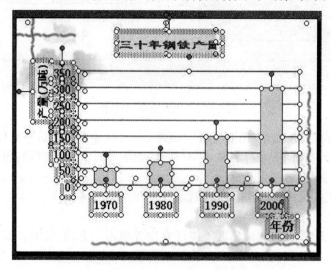

图 6-63　图表取消组合操作窗口

（3）选定"1970年"对应的图形，右击鼠标，在随后弹出的快捷菜单中，选"自定义动画"选项，打开"自定义动画"任务窗格，单击"添加动画"右侧的下拉按钮，在随后出现的下拉列表中，选"进入→飞入"选项，为选中的对象添加动画。

注意：具体设置什么样的动画，请根据图表的实际情况确定。

（4）重复上面第3步的操作，为其他图形对象添加上动画效果。

放映一下看看，图表是不是动起来了?!

注意：图表经过这样"取消组合"后，与数据表之间的链接即被切断，图表成了一个独立的图形对象了。

任务三：图表修饰

下面，我们把图表的"柱形"打扮打扮（如图6-64）。

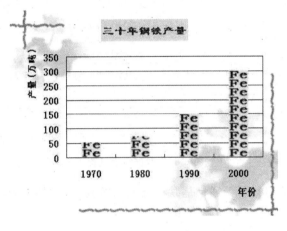

图 6-64　柱形图表修饰

（1）准备一张合适大小（推荐使用 50×50 的），且与图表内容相适应的小图片。

（2）在幻灯片的图表区中双击鼠标，再次进入图表编辑状态。

（3）在其中任意一个"柱形"上单击一下，使得每个"柱形"中间出现一个控制按钮，一个小黑点（如图6-65）。

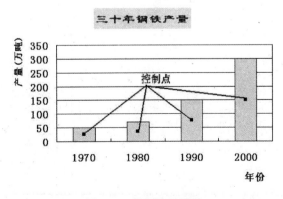

图 6-65　控制按钮图示

　　然后右击鼠标,在随后弹出的快捷菜单中,选"数据系列格式"选项,打开"数据系列格式"对话框(如图 6-66)。

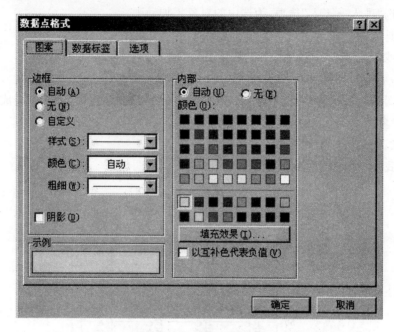

图 6-66　数据格示设置

　　(4)切换到"图案"标签下(通常是默认标签),按其中的"填充效果"按钮,打开"填充效果"对话框(如图 6-67)。

图 6-67　填充效果设置

(5) 切换到"图片"标签中,单击其中的"选择图片"按钮,打开"选择图片"对话框,定位到图片所在的文件夹,并选中相应的图片,按"插入"按钮返回到"填充效果"对话框,再选中"层叠并缩放"选项,并设置好下面的数值(见图 6-66),确定返回到"数据系列格式"对话框。

注意:"层叠并缩放"选项下面的方框中的数值设置越小,则每个"柱形"上的显示的图片越少,反之则越多(推荐使用 30)。

(6) 再次按确定按钮退出,一个极具个性化的图表制作完成。

习 题 6

一、选择题

1. 在 PowerPoint 2003 中,提供了( )种视图模式。
   A. 4　　　　　　　B. 6　　　　　　　C. 3　　　　　　　D. 5
2. 调整幻灯片次序或复制幻灯片用( )视图最方便。
   A. 备注页视图　　　　　　　　B. 普通视图
   C. 幻灯片浏览视图　　　　　　D. 幻灯片放映视图
3. 浏览模式下选择分散的多张幻灯片可按住( )键选择。
   A. Shift　　　　　　B. Ctrl　　　　　　C. Tab　　　　　　D. Alt
4. PowerPoint 下保存的演示文稿扩展名是( )。
   A. ppt　　　　　　B. xls　　　　　　C. txt　　　　　　D. doc
5. 要想使每一章幻灯片中都出现某个对象(除标题幻灯片)需在( )中插入该对象。
   A. 标题母板　　　B. 幻灯片母板　　C. 标题占位符　　D. 正文占位符
6. 放映幻灯片时,要对幻灯片的放映具有完整的控制权,应使用( )放映方式。
   A. 演讲者放映　　B. 观众自行浏览　　C. 展台浏览　　D. 自动放映
7. 当在幻灯片中插入了声音以后,幻灯片中将会出现( )。
   A. 喇叭标记　　　B. 一段文字说明　　C. 链接说明　　D. 链接按钮
8. 在放映幻灯片时,如果需要从第 2 张转至第 5 张,应( )。
   A. 在制作时创建第 2 张转至第 5 张的超链接
   B. 停止放映,双击第 5 张后再放映
   C. 放映时双击第 5 张就可切换
   D. 右击幻灯片,在快捷菜单中选择第 5 张
9. 在 PowerPoint 中,以下( )不能启动帮助系统。
   A. 单击菜单中的"帮助"按钮
   B. 单击工具栏中的"帮助"按钮
   C. 右击对象并从快捷菜单中选择"帮助"命令
   D. 按 F1 快捷键
10. ( )不可以在"格式"菜单中进行设置。

　　　　A. 幻灯片背景　　　　　　　　　　　　　B. 幻灯片版式
　　　　C. 幻灯片应用设计模板　　　　　　　　　D. 影片和声音

二、填空题

　　1. PowerPoint 2003 有三种视图观看幻灯片,分别为 _____、_____
和_____。

　　2. 创建演示文稿的 3 种方法分别为_____、_____和_____。

　　3. 在 PowerPoint 2003 中有三种母版,分别为 _____ 母版、_____ 母版和
_____母版。

　　4. 一般情况下,新建演示文稿的第一张幻灯片为标题幻灯片,其中包括两个占位符:
_____和_____。

　　5. 如果想放映部分幻灯片或改变幻灯片的放映顺序,则可以采用_____的放映方式。

三、思考题

　　1. 一个好的演示文稿应该符合哪些条件? 根据这些条件如何具体地进行设计?

　　2. 怎样在演示文稿中增加新幻灯片?

　　3. 在幻灯片中如何插入表格和图表?

　　4. 在幻灯片放映时,如何通过插入动作按钮切换幻灯片?

项目 7 Internet 及网络基础

7.1 计算机网络简介

在信息技术飞速发展的今天,计算机已经应用到社会的各个领域。人们希望能够通过计算机找到所要了解的或是可以想像的信息,因此对计算机也提出了新的要求:希望能够共享大型计算机和其他计算机的信息资源;同时还希望能与其他计算机之间建立通信联系,相互传递信息,促使计算机技术和通信技术结合,向网络化方向发展。

计算机网络代表了当今计算机体系结构发展的一个重要方向,与人们的学习、工作和生活有着密切的联系。

1. 定义

所谓"网络"就是把一些分散的"节点"通过某种"手段"连接起来,形成一个整体。例如常见的电网、公路网等。计算机网络中这些分散的"节点"就是计算机,或者是较小的计算机网络,而"手段"则是通信线路和设备。综上所述,主计算机网络就是将地理位置不同并有独立功能的多个计算机系统通过通信设备和线路连接起来,在功能完善的网络软件支持下实现彼此之间的数据通信和资源共享。

2. 特点

计算机网络的特点是能实现数据信息的快速传输和集中处理,可共享计算机系统资源,提高了计算机的可靠性及可用性,能均衡负载互相协作。

3. 分类及其结构

计算机网络可按拓扑结构、网络覆盖、信息交换方式、网络使用权限等进行分类,其中本节仅介绍按网络覆盖范围和网络拓扑结构进行划分。

1) 按网络覆盖范围分类

(1) 局域网 LAN(local area network)。是指一个较小的地理范围内各种计算机互连的网络。其传输不超过 10 km,但网内传输速度快(10~100 Mb/s),一般由一个部门或公司组建,地理范围仅在建筑楼内或单位内部。

(2) 城域网 MAN(metropolitan area network)。其规模要比局域网大,其覆盖范围通常是一个城市,作用为几十至几百千米,由若干局域网或主机系统互联而成。比如,随州电信网及其用户共同构成一个城域网。

(3) 广域网 WAN(wide area network)。也称远程网,其地理分布较大,常常是一个国家或多个国家。一般利用电话线,有线电视线等进行连接,但其速度较低(比如 56 kb/s 的 modem)。如著名的 Internet 网络。

具体分类如表 7-1 所示:

表 7-1　计算机网络分类

计算机之间的距离	计算机所在地	网络分类
10 m	机房	局域网
10 km	城市	城域网
1000 km	跨省、市、国家、洲	广域网

2）按网络拓扑结构分类

网络拓扑结构是指网络中各节点的地理分布和互连关系的几何构形。局域网的拓扑结构有：星型、总线型、环型、和网状等几种，如图 7-1 所示：

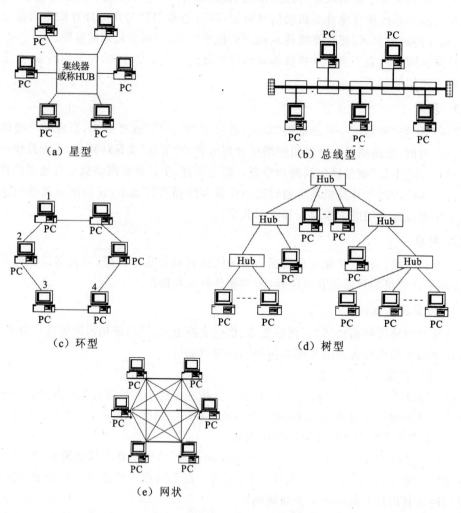

图 7-1　局域网拓扑结构示意图

4. 计算机网络设备

网络设备包括网卡、网关、网桥、中继器、集线器、路由器、交换机及调制解调器等。

5. 网络协议和网络参考模型

1) 网络协议

协议是对等的网络实体之间通信的规则,可以简单地理解为网络上各计算机彼此交流的一种"语言"。网络通信协议设计的基本原则是层次化,层和协议的集合被称为网络体系结构。相邻层之间的接口定义了下层向上层提供的基本操作和服务,下层向上层提供的服务分两种形式:面向连接的服务和无连接的服务。

2) 网络参考模型

计算机网络中已经形成的网络体系结构主要有两种:OSI 开放系统互联参考模型和TCP/IP 参考模型。OSI 开放系统互联参考模型(Open System Interconnection Reference Model)由国际标准化组织(ISO)制定,分为 7 层:物理层、数据链路层、网络层、传输层、会话层、表示层、应用层。TCP/IP 参考模型是因特网(Internet)的基础。和 OSI 的 7 层协议比较,TCP/IP 参考模型中没有会话层和表示层。通常说的 TCP/IP 是一组协议的总称,TCP/IP实际上是一个协议族(或协议包),包括 100 多个相互关联的协议,其中 IP(Internet Protocol,网际协议)是网络层最主要的协议;TCP(Transmission Control Protocol,传输控制协议)和 UDP(User Datagram Protocol,用户数据报协议)是传输层中最主要的协议。一般认为 IP、TCP、UDP 是最根本的三种协议,是其他协议的基础,如图 7-2 所示。

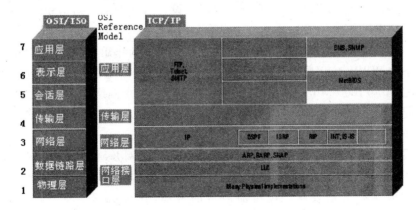

图 7-2　OSI/ISO 对照 TCP/IP 示意图

7.2　Internet 应用基础

Internet(因特网)是继报纸、杂志、广播、电视这四大媒体之后的一种新兴的信息载体。它给人们带来了信息界的革命,即允许人们主动的参与,而不是被动地接收信息。互联网从硬件角度讲是世界上最大的计算机互联网络(Internet),它连接了全球不计其数的网络与电脑,也是世界上最为开放的系统。

不管网络具有何种规模,只要遵循共同的网络通讯协议 TCP/IP,就可以加入到Internet 中。因此也可以说 Internet 是由通信线路连接、基于统一的通信协议 TCP/IP,由众多网络互连而形成的网络。

7.2.1　案例引入

园区网典型案例——XX中学校园网需求分析

1. XX中学网络现状

目前，XX中学已有部分楼宇内部单独组建了网络，但楼宇与楼宇之间并没有相互连接。它们主要分布在办公大楼（145个信息点）、教学楼（32个信息点）、图书馆（90个信息点）、实验楼电脑室（共两间，分别62个和64个点）。另外，有部分楼宇需要建立网络，它们分别是教师宿舍（70个信息点）、学生宿舍（两幢楼，共约384个信息点）、饭堂（5个信息点）、体育馆（10个信息点）、试验楼的部分实验室（15个信息点）。

上述计算机房主要是根据不同的配置情况来用于办公、教学、试验。虽然有些已单独组网，但仍相互独立没有互联。图书馆资料信息未采用开放的服务方式，图书信息查询仍需到图书馆。各科室基本上都以单机方式工作，计算机上网比率仍然较低。目前配置的计算机也仅用作一般的计算机教学之用。综上所述，XX中学计算机应用水平和使用效率还有待于改进和提高。

2. 用户需求分析

设计一个网络，首先要为用户分析目前面临的主要问题，确定用户对网络的真正需求，并在结合未来可能的发展要求的基础上选择、设计合适的网络结构和网络技术，提供用户满意的高质服务。

网络在XX中学日常教学办公环境中起着至关重要的作用，校园网的运作模式会带来大量动态的WWW应用数据传输，会有相当一部分应用的主服务器有高速接入网络的需求（目前为100/1000 Mb/s，今后可能会更高）。这就要求网络有足够的主干带宽和扩展能力。同时，一些新的应用类型，如网络教学、视频直播/广播等，也对网络提出了支持多点广播和跨带高速接入的要求。

除上述考虑外，还要注意到由于逻辑上业务网和管理网必须分开，所以建成后校园网应能提供多个网段的划分和隔离，并能做到灵活改变配置，以适应教学办公环境的变化以及实现移动教学办公的要求。按目前通常的考虑，建议数据信息点的接入以交换10/100 Mb/s自适应以太网端口接入为主，以供带宽需求较高用户或应用使用。整个方案设计的目的是建设一个及数据传输和备份、多媒体应用、语音传输、OA应用和Internet访问等于一体的高可靠性、高性能的宽带多媒体校园网。

3. 功能需求

（1）满足计算机教学科研、行政办公需要，提供了各种教学、办公工具和支撑平台，并提供丰富的计算机软硬件系统资源。

（2）具有完善的办公事务处理能力，包括电子公文传递、电子公文管理、电子邮件、邮件收发等无纸办公自动化功能。

（3）满足信息情报交流的需要，方便学校各级领导和教学合演人员对各种信息资料、科技情报的检索和查阅。包括Web查询、电子公告、电子新闻等。

（4）具有远程通信能力，借助电话网等通信手段，以最低的通信成本，方便地实现远程互联,跨越地域限制,满足学校要求,加强各类之间的业务联系和信息资源共享。

（5）具有收集、处理、查询、统计各类信息资源的能力,充分利用原有数据资源,为学校领导提供准确、快捷的数字信息,实现数据化管理和智能化决策。

（6）学校网络系统要确保整个计算机网络系统的可靠性、安全性,并具有一定的冗余。容错能力强,确保信息处理安全保密。

（7）学校信息网络系统要保证使用和技术先进,便于非计算机专业人员使用,并能不断满足学校未来业务发展的需要,具有很强的扩展能力。

7.2.2　技术支持

企业局域网络由主干网、部门局域网、Internet 接入网和远程访问系统 4 个部分组成。

1. 主干网设计

目前流行的网络设计方案为三层设计模型,将网络分为核心层、汇聚层和接入层。

主干网包括网络的核心层和汇聚层,目前主干网大多采用千兆以太网。千兆以太网是一个全面支持网络管理和多媒体通信的全动态交换式网络。主干网应选用企业级交换机,如神州数码 DCRS-7500、DCRS-5500 系列交换机、思科 Catalyst5000 系列交换机以及 3Com、Intel、Bay 等公司的高档交换机。

整个主干网以网络设备为中心,地理上以机房为中心向外辐射,通过各部门几个大结点构成主干网。中心结点机房配置企业级交换机作为网络中心交换机。为实现网络动态管理和虚拟局域网,在中心结点交换机上还配置第三层交换模块和网络监控模块。主干各结点及服务器采用 100/100 Mb/s 速率连接。

2. 部门级局域网设计

企业中原有的较小规模的局域网服务器以 100 Mb/s 速率连接至主干交换机上,部门局域网采用接入层交换机如神州 DCS-3000 系列交换机、DCS-2000 系列交换机等,或使用原有的 100 Mbps 交换机。

3. Internet 接入网设计

Internet 介入系列由快速一台主干网连接部分、防火墙部分、Internet 信息服务部分、用户管理和认证计费部分组成,网络服务器和网管工作站可以采用 HP/IBM、联想等公司的高档计算机服务器和工作站。路由器可以采用神州数码的 DCR-1700 系列或者 DCR-2500 系列路由器通过 DDN 专线于互联网相连。防火墙可采用前轴数码的 DCFW-1800S/E 系列防火墙。Web 服务器可采用微软的 IIS 等。

4. 远程访问系统设计（WAN）

企业的远程访问系统包括通过公用电话网和通过 CHINANET 构成的企业内部虚拟专用网络（VPN）两部分。WAN 除了使用于企业本部门以外、室内那些快速以太网无法连接的用户访问企业网络。这些部门通过公用电话网和访问服务器直接访问总部的

Intranet 网络。而对于市区以外的部门和单位,则利用 CHINANET 和 Internet 及数据加密技术构成企业的内部虚拟专用网。

园区网的设计策略应当重点注意的问题如下:

(1) 广播问题的解决:使用基于端口的 VLAN 和 802.1q 的 VLAN 进行网段之间的隔离,并使用三层交换机或路由器进行不痛网段之间的互联互通,从而保证广播限制并做到必要的数据包的互访。

(2) 网络便捷技术:使用了大量的路由器进行连接,主要原因在于很多远程的互访必须使用路由器技术实现。

(3) 网络安全解决方案:使用访问控制列表的方式在三层设备中予以实现。

7.2.3　任务实战

荣成"校校通"工程

1. 用户需求

荣成市中小学"校校通"工程是荣成市实现城市数字化的重要组成部分,是全市教育现代化的基础。工程的规划要求荣成市中小学"校校通"工程应全面提高教育教学水平,加快信息化建设速度,以信息化带动教育的现代化,实现教育的跨越,为全市经济和社会发展培养高素质人才提供保障。

整个工程包括三个部分,即市教育信息网络中心,教育网络平台和下属中小学。网络分成两部分,荣成市教育城域网络和全市乡镇中心小学以上的校园网络。教育城域网络采取租用现有的宽带光纤和方式,市教育信息网络中心和全国教育科研网联接;教育网络平台与直属学校,乡镇中小学连接。

工程发展分为 4 个阶段;

(1) 2002 年 10~11 月,主要对全市中小学教师分层次进行培训。

(2) 2002 年 2 月~2003 年 2 月,建成荣成市教育信息网络中心。

(3) 2003 年 3~4 月,完成学校的微机室和多媒体教室的建设及全市中小学校园建设

(4) 2003 年 7 月,全面完成荣成市中小学"校校通"工程并验收。

2. 设计原则

1) 先进性原则

(1) 采用的系统结构应当是先进的,开放的体系结构。

(2) 采用先进的网络技术,如网络交换技术,网管技术,通过智能化的设备及网管软件实现对计算机网络系统的有效管理与控制,实时监控网络运行情况,及时排除网络故障,及时调整和平衡网上信息交流量。

(3) 先进的现代化管理技术,以保证系统的科学性。

2) 实用性原则

实用性就是能够最大限度地满足实际工作要求,是每个自信系统在建设过程中所必须考虑的一种系统性能,它是自动化系统对用户最基本的承诺,所以,从实际应用的角度

来看,为了提高办公自动化和管理信息系统的实用性,这个性能很重要。

3）可扩充,可维护原则

根据软件工程的更能,系统维护在整个软件的生命周期中所占比重最大的,因此,提高系统的可扩充性和可维护性是提高管理信息系统性能的必备手段。

4）安全保密原则

一个用户的数据相当一部分就是该用户的秘密,尤其是教育行业的一些机要文件,学生档案等,是绝对重要的数据,因此安全和保密性对办公自动化系统显得尤其重要,系统的总体设计必须充分考虑这一点。服务器操作系统平台最好基于 UNIX、NT、OS2 等,数据库可以选 Informix、Oracle、Sybase、DB2 等,这样可以使系统处于 C2 安全级基础之上。数据库操作权限控制,设备钥匙,密码控制,系统日志监督等多种手段防止系统数据窃取篡改。

5）可靠性原则

一个大中型计算机系统每天处理的数据量一般都较大,系统每个时刻采集大量的数据,并进行处理,因此,任一时刻的系统故障都有可能给用户带来不可估量的损失,这就是要求系统具有高度的可靠性。

6）经济性原则

在满足系统需求的前提下,应尽可能选用价格便宜的设备,以便节省投资,即选用性能价格比好的设备。总之,以最低成本来完成计算机网络的建设。

方案特点:

（1）Web 服务:学生可以通过浏览 Web 的方式在线学习。

（2）FTP 服务:老师可通过 FTP 服务器下载或上传课件资料。

（3）电子邮件服务:教师以及学生之间可通过 E-mail 方式门交流信息。

（4）视频点播服务:学生可通过视频点播的方式随时的观看的教师授课影像。

（5）网络直播:教师授课的现场影像可以通过网络实时发送各过客户端,实现网络教学功能。这些影像还同时存储下来,以便日后学生通过视频点播方式再次观看。

（6）远程办公:可以实现远程对教育网内的关键资料和关键应用的安全访问。

（7）视频会议:由于神州系列交换机可以对视频等的实时业务提供优先级和带宽的保障,整个网络系统可以提供对视频会议的良好支持。教师通过该系统可以在不走出办公室的情况下进行全区的可视会议。

（8）网络电话:为充分利用线路/端口资源,在网内部实现 IP 电话是一个经济有效的方法。只要通过添加 IP 语音网管就可实现网内以及对外的话音通讯。神州数码公司系列交换机可以语音等的实时业务提供优先级和带宽保障,整个网络系统可以提供对 IP 电话的良好支持。

7.3　Internet 常用软件

7.3.1　Internet Explorer 浏览器

当用户接入 Internet 之后,就可以打开 Web 浏览器查看各种信息了,目前最流行的

Web 浏览器是微软公司的 Internet Explorer(简称 IE),它是一个专门用于定位和访问 WWW 信息的浏览器,下面以 IE6.0 为例说明浏览器软件的使用方法。

1. IE 的启动

可通过以下两种方法启动 IE:双击桌面上的 IE 图标🦋或从开始菜单中打开 IE 图标。 IE 启动后的主窗口如图 7-3 所示。

图 7-3　浏览器窗口示意图

2. 设置主页

从"工具"菜单"Internet 选项"中打开"常规"选项卡,或者右击 Internet 图标,单击 "属性",打开"常规"选项卡,如图 7-4 所示。

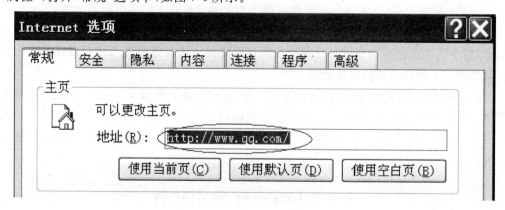

图 7-4　"Internet 选项"对话框

在如图标记处,输入要更改的主页网址,比如:http://www.google.com 最后单击 "确定"。

3. 浏览网页

在地址栏中(即标记位置处)输入网址,比如 http://cn.yahoo.com 按回车即会出现如下图所示,雅虎中国的主页如图 7-5 所示:

图 7-5   雅虎中国的主页

7.3.2   Foxmail 电子邮件收发软件

Foxmail 是国人自己开发的一个电子邮件收发的工具。使用它,可以不进入免费信箱的站点就把邮件接收到本地硬盘上阅读,也可以先把信件写好之后再联网发送出去。这样就可以节省上网时间。与 Outlook Express 相比,它更符合中国人的使用习惯,并且支持多账号和多 pop3,又有账号加密的功能。

同样的,在使用 Foxmail 之前,要求必须有一个电子信箱账户,并且知道它的接收服务器和发送服务器的地址。比如使用 126 的信箱,它的接收服务器(pop3 服务器)的地址是 126.com,而它的发送服务器(smtp 服务器)的地址是 smtp.126.com。

1. Foxmail 的下载与安装

下载 Foxmail 站点很多,在此仅介绍一下其下载的官方网站:http://www.foxmail.com.cn 或者 http://fox.foxmail.com.cn/download.htm。

Foxmail 的安装如图 7-6 所示,然后按照"安装向导"一步一步地进行下去,直到最后选择"完成"(注意安装过程中一定要选择"接受此协议"否则将会退出安装程序)。

2. 邮件客户端 Foxmail 的设置

(1) 当第一次启用 Foxmail 时,将会出现 Foxmail 用户"向导"对话框,点击"下一步"之后,即出现一个要求输入用户名(其中用户名是用来标示个人账户名)的对话框,如图 7-7 所示。

(2) 当设置好"用户名"之后,点击"下一步",即弹出要求设置"发送者姓名"与"邮件地址"(其中邮件地地址即是已经拥有的电子邮件地址),如图 7-8 所示。

安装 - Foxmail
Foxmail 5
欢迎使用 Foxmail 安装向导
欢迎使用 Foxmail 安装程序。接下来将会把 Foxmail 5.0 安装到你的计算机上。
强烈建议在继续安装之前关闭其他正在运行的应用程序，这样会有助于在安装过程中避免任何冲突。
单击[下一步]按钮继续进行安装，或者单击[取消]按钮退出安装程序。
下一步(N) >
取消

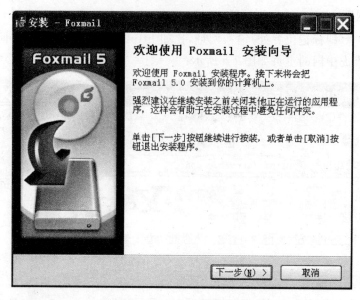

图 7-6 Foxmail 安装向导

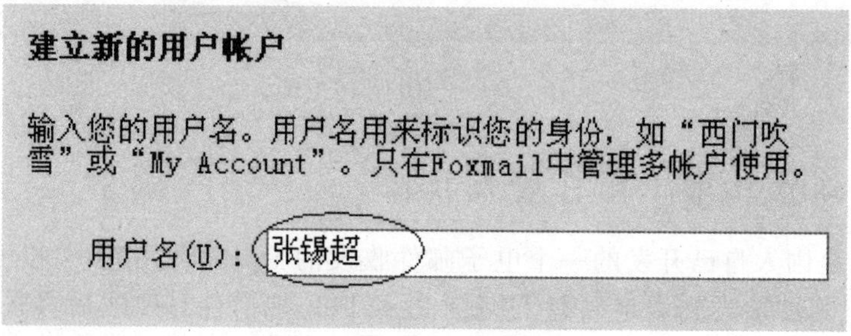

建立新的用户帐户
输入您的用户名。用户名用来标识您的身份，如“西门吹雪”或“My Account”。只在Foxmail中管理多帐户使用。
用户名(U)：张锡超

图 7-7 “输入用户名”对话框

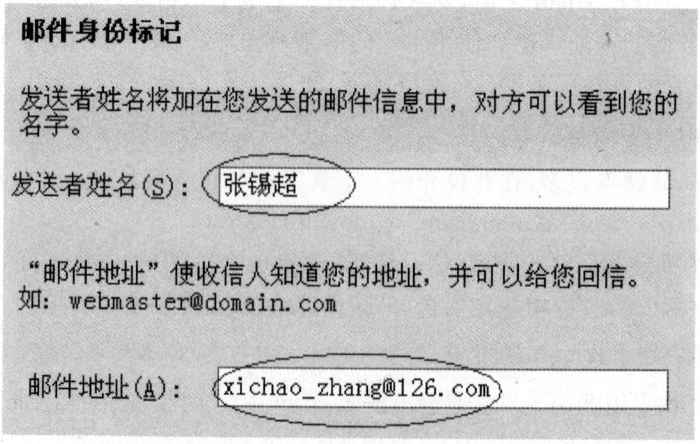

邮件身份标记
发送者姓名将加在您发送的邮件信息中，对方可以看到您的名字。
发送者姓名(S)：张锡超
“邮件地址”使收信人知道您的地址，并可以给您回信。
如：webmaster@domain.com
邮件地址(A)：xichao_zhang@126.com

图 7-8 设置“发送者姓名”与“邮件地址”

（3）继续点击"下一步"，即要求输入"密码"，其中 pop3（接收邮件服务器），及 SMTP（发送邮件服务器）都已经按默认设置完毕，比如 126 邮箱的 pop3 服务器域名为：pop3.126.com，SMTP 服务器域名为 smtp.126.com，如图 7-9 所示。

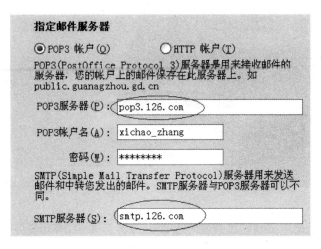

图 7-9　指定邮件服务器

注意：并非所有的邮箱都如此，比如 163.net 设置即为 pop.163.NET（而不是 pop3.163.NET）。因此对于不同的邮箱，应当登录到其所在服务器查阅后，再进行设置。

（4）接着进行"向导"中的最后一个设置，如图 7-10 所示。

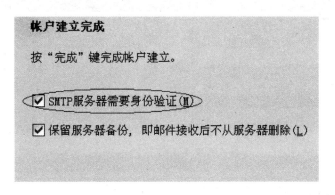

图 7-10　完成帐户建立

注意：一般而言，SMTP 服务器都需要进行"身份验证"的，至于服务器上是否保留备份邮件由用户本人习惯而定（建议保留备份）。

（5）设置完成后，系统将会自动进入 Foxmail 的主界面，在常用工具栏中点击"收取"命令，即可收取电子邮件到本地硬盘，如图 7-11 所示。

7.3.3　FlashFXP 文件传输软件

FlashFXP 是一个非常好用的且功能强大的 FXP/FTP 软件，融合了一些其他优秀

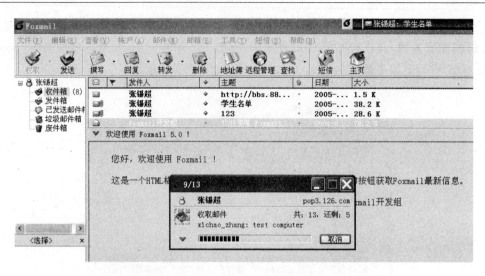

图 7-11　Foxmail 主界面

FTP 软件的优点它的主要功能是将本地文件上传到远端的 FTP 服务器上,或从 FTP 服务器上下载文件。

在使用之前,需要在软件中对 FTP 服务器进行用户的设置,只有设置正确,才能登录到 FTP 服务器上。FlashFXP 的常用下载地址为:http://www.onlinedown.net/soft/2506.htm。先打开 FlashFXP,它的界面如图 7-12 所示。

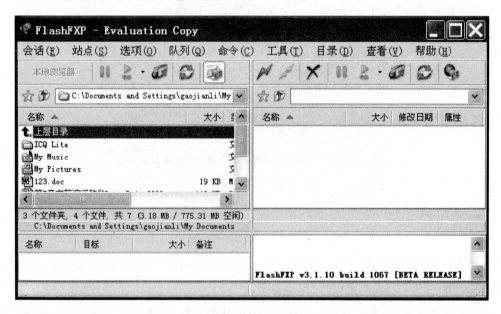

图 7-12　FlashFXP 界面

以下是随州职业技术学院(校园内行政楼)进入其 FTP 站点的设置方法:从菜单栏中"站点"选择"站点管理器"命令,于是弹出"站点管理器"对话框,如图 7-13 所示的对话框。单击左下角的"新建站点"按钮,然后在弹出的"新建站点"对话框中的"站点名称"栏中输入站点名称,这里输入"随职院",单击"确定"按钮。于是出现如图 7-13 所示,右边的栏目被激活,填入站点"随职院"的各项信息,如图 7-14 所示。

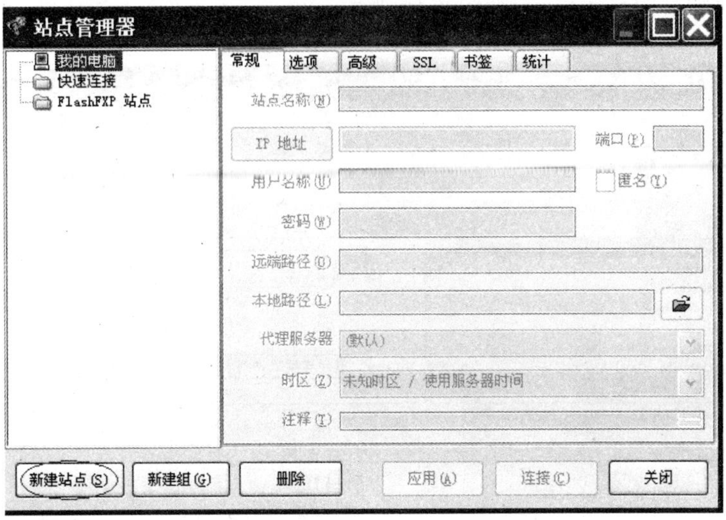

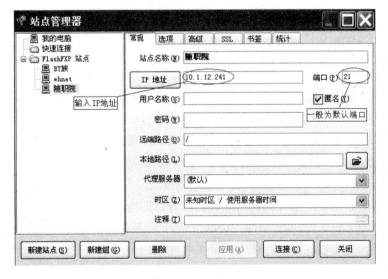

图 7-13　"站点管理器"对话框之一

图 7-14　"站点管理器"对话框之二

(1)"IP 地址"栏中输入网站的 FTP 的地址。一般地,如果该站点提供 FTP 上传服务,都会给出 FTP 地址的。这里,输入 10.1.12.241。

(2)"端口"栏中输入该 FTP 服务器的端口,一般默认的都是"21",如果有特殊情况,相信会有特别的说明。

(3)一般情况下系统默认为"匿名"(如果有用户名的话可以在"有户名"栏中输入站点用户名)在此选择匿名。

（4）单击"应用"按钮命令，将站点加入到管理器中。这时候，可以直接单击"连接"命令，马上连接到该站点的 FTP 服务器。单击"关闭"按钮，关闭该窗口回到主操作接口。以下为连接成功后的显示信息，如图 7-15 所示。

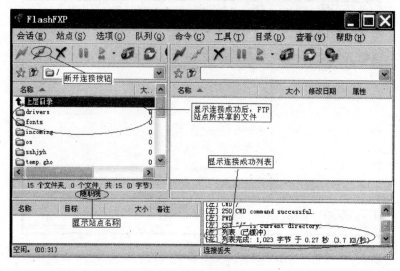

图 7-15　连接成功后的信息

7.3.4　Hotmail 及 MSN

1. Hotmail 的使用

Hotmail 是免费的基于 Web 电子邮件服务，可以通过它在不同电脑上收发和查看自己的电子邮件。以下是它的工作方式：

（1）连接上 Internet，并且拥有一个 Hotmail 账户。如果没有 Internet 连接，Windows 中的连接向导可以帮助设置一个 Internet 连接。

（2）发送邮件时，该邮件将被转换两种标准格式之一，即如一方使用的是 Windows PC，而另一方使用的是 Mac，两者之间仍然能阅读对方发的电子邮件。

（3）登录 Hotmail 后，可以访问 Hotmail Web 服务器。点击 Send（发送）就可将邮件从这些服务器发送给收件人。邮件将保留在收件人的服务器上，直至该收件人登录并查收该邮件。

2. MSN 的使用

获取 netpass 账号，如图 7-16 所示。第一次使用 MSN 时，当选择"获得一个.NET Passport"将会弹出".NET Passport 向导"对话框，需要点击"下一步"按钮，则系统会让用户选择有没有电子邮件，如果有就不用申请，如果没有可以申请一个 MSN Hotmail 电子邮箱，如图 7-17 和图 7-18 所示。

以"有电子邮件"进行讲述，点击"下一步"，然后根据需要进行选择。

图 7-16　获得一个 NET Passport

.NET Passport 向导

有电子邮件地址吗?

通过输入电子邮件地址和 .NET Passport 密码,您可以登录到可以接受 Passport 的任何网站。

有电子邮件地址吗?

如果有电子邮件可以直接选择(此为系统默认)

○有。

○没有,我想注册一个 MSN Hotmail 电子邮件帐户。

不需要 Hotmail 帐户吗?如果是这样,请注册一个来自其他提供商的电子邮件帐户,然后返回到此向导将其注册为您的 Passport。

无论用户有无电子邮件均可选择

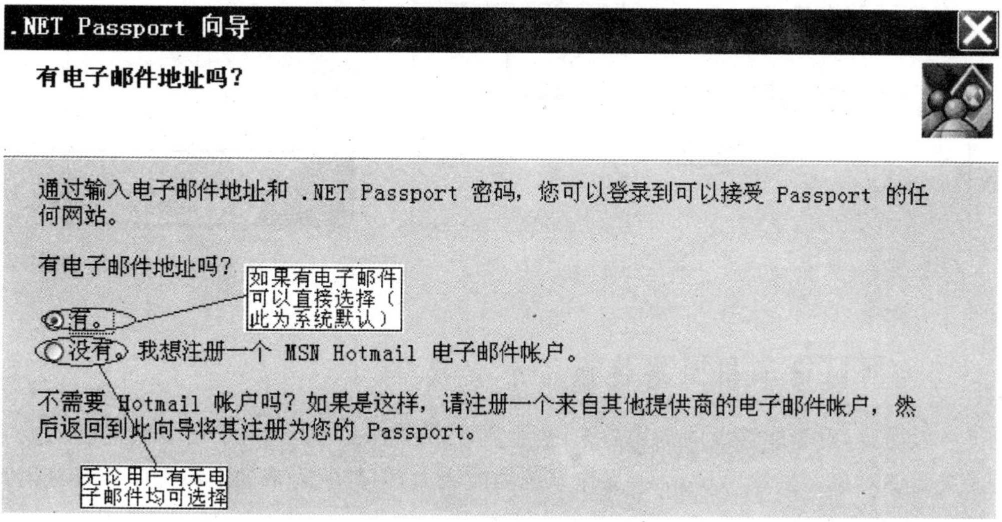

图 7-17　NET Passport 向导之一

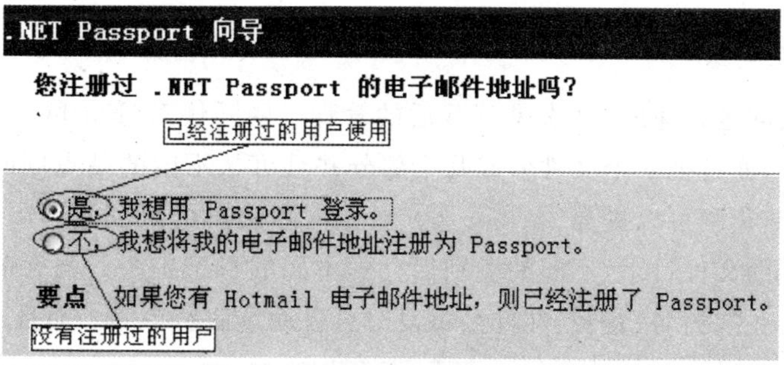

.NET Passport 向导

您注册过 .NET Passport 的电子邮件地址吗?

已经注册过的用户使用

○是,我想用 Passport 登录。

○不,我想将我的电子邮件地址注册为 Passport。

要点　如果您有 Hotmail 电子邮件地址,则已经注册了 Passport。

没有注册过的用户

图 7-18　NET Passport 向导之二

　　由于整个过程都是在注册，所以要选择"不"，进行以后的设置，将联接上一个网页要求用户注册，注册成功之后将会出现图 7-19 所示的窗口。选择登录后，即可以登上 MSN 的主界面，如图 7-20 所示。

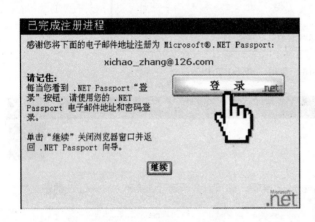

图 7-19　注册成功界面　　　　　　图 7-20　登陆 MSN 后的界面

7.3.5　网际快车和网络传送带下载软件

　　一般而言，对于能够上网的用户来说，上网下载文件必不可少，于是下载速度就成了最为关注的对象。虽然 Windows 操作系统功能庞大，但其所附带的下载程序却有着很大的缺陷，比如下载速度不理想，不支持断点下载等。

　　针对这种情况，于是出现了许多专用下载式工具，如网际快车，网络传送带，网络蚂蚁，迅雷等。

1. 网际快车

　　下载的最大问题是速度，其次是下载后的管理。网际快车（FlashGet）就是为解决这两个问题所写的，通过把一个文件分成几个部分并且可从不同的站点同时下载可以成倍的提高速度，下载速度可以提高 100%～500%。网际快车可以创建不限数目的类别，每个类别指定单独的文件目录，不同的类别保存到不同的目录中去。强大的管理功能包括支持拖拽、添加描述、更名、查找、文件名重复时可自动重命名等等。而且下载前后均可轻易管理文件。

1) 下载网际快车（FlashGet）

下载 FlashGet 可以登录如下网页地址：http://www.skycn.com/soft/879.html。如果电脑中没有专用下载管理工具，则会出现如图 7-21 所示对话框，选择好保存位置后，Windows 自带下载工具就会将其下载到用户所选择的保存位置。

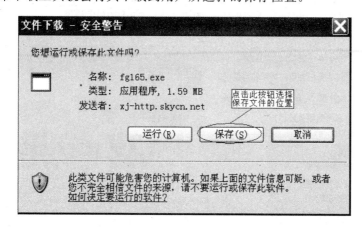

图 7-21　"你想下载工具的保存文件"对话框

2) 配置网际快车

下载完软件后，按窗口提示双击安装键，系统进入安装状态，待安装完成后，其在桌面上的快捷图标为 。由于安装过程比较简单，这里着重介绍如何配置 FlashGet。

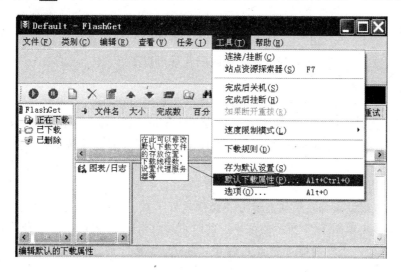

图 7-22　FlashGet 打开界面

首先进行软件的基础配置，也就是要确立下载后的软件要放置到哪里，并对他们进行分类管理。在如图 7-22 所示中，单击"工具"菜单下的"默认下载属性"命令，出现如图 7-23所示的对话框。

在类别栏目中可以定义一些栏目用于对下载后软件的分类，以便于对其进行管理。FlashGet 已经默认定义了一些栏目，如觉得它的分类不合理可以进行修改、添加及删除。

图 7-23　FlashGet 下载属性设置

在"另存到"栏中可以定义要把下载的文件放置到哪个位置，FlashGet 软件默认把下载的文件放置到 C:\Downloads 中，但建议用户把这路径修改到硬盘空间较大的另一个盘符中。其他的设置这里就不做更改，选取默认配置就可以了。

3）使用网际快车

有多种方式可利用 FlashGet 来完成文件下载常用的有两种：

（1）托拽链接地址到悬浮窗方式。启动 FlashGet 软件后。能看见在桌面多了一个小的浮动窗口 。如果桌面没有显示这个浮动窗口，可以通过点选软件设置中的"查看→悬浮窗"选项，即把要下载的链接拖拽入该窗口中，即能显示具体下载功能界面。

（2）右键快捷键方式。第一种方式需要 FlashGet 软件处于运行状态，如果 FlashGet 没有运行，可以借助鼠标右键快捷键方式操作软件下载。在想要下载文件的链接处点击鼠标右键，则会出现图 7-24 所示的菜单。此时直接点击"使用网际快车下载"就可完成对下载的链接工作。不管选取那种方式操作，FlashGet 软件都会出现如图 7-25 所示的对话框。

在对话框中，如没特殊要求一般可不做任何更改，为方便软件管理建议依据文件类型在类别选择中选择和目标软件相适应的类别。这样配置好后点击"确定"，FlashGet 开始下载被链接的文件，如图 7-26 所示。

在上图的界面中可以看见文件的下载信息，包括下载速度、所需要的时间、完成进度等。文件下载完毕后，如果提前配置了防病毒扫描，这时系统将自动完成对已下载文件的病毒检查工作。

图 7-24 右键快捷方式下载

图 7-25 FlashGet 下载界面

2. 网络传送带

"网络传送带"(net transport)是一个支持 HTTP、FTP、MMS 和 RTSP 协议的下载工具,亦称影音传送带。

(1) 下载网络传送带。网络传送带可以直接在该公司网站上下载,网址是:http://www. xi-soft. com。

(2) 设置网络传送带。安装之后运行网络传送带,在桌面底部任务栏右侧显示网络传送带图标 。右键单击该图标,弹出快捷菜单,如图 7-27 所示。单击菜单上"显示网络传送带主窗口"命令,弹出"网络传输带"主窗口,如图 7-28 所示。

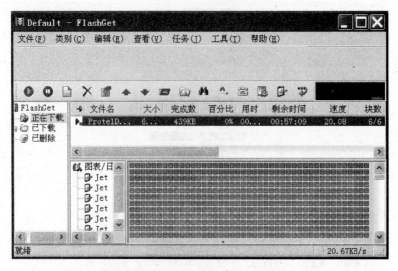

图 7-26　FlashGet 下载文件进程

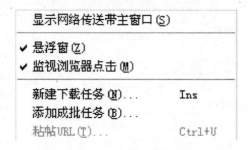

图 7-27　打开网络传送带快捷方式

图 7-28　"网络传送带"主窗口

　　单击"工具"菜单,选择"选项",在弹出的"选项"对话框中可进行各项设置,如图 7-29 所示。在"监视"选项卡中,选中"下载确认"前的复选框,否则在浏览影音文件的时候,会自动下载;在"系统"选项卡中,根据需要选择各项功能。

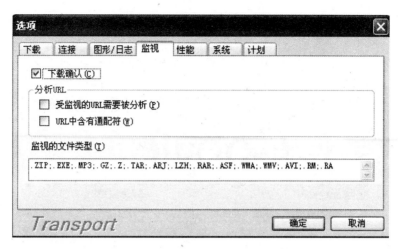

图 7-29　"选项"设置

在图 7-27 中,若选中"悬浮窗",则会在桌面上出现该软件的悬浮窗口 网络传送带 ,该窗口可以在显示文件下载进程状态。要用网络传送带下载文件时就选中"监视浏览器点击",否则可以使其处于不选中状态。

(3) 使用网络传送带。进行各项设置后,用鼠标点击网页流媒体文件链接时,影音传送带软件会自动运行,并提示是否下载,让用户进行确认。确认前用户可以选择下载的路径,或者给要下载的文件重命名等。

7.3.6　常用搜索引擎

搜索引擎有许多种,如 Google、Baidu 等知名网站。在此以 Google 为例介绍一下搜索引擎的使用。

首先输入网址:www.google.com,则 Google 将会按照 Windows 版本的语言,自动变更界面。比如 Windows 是中文版,则 Google 网站的语言在浏览器中显示的也是中文。下面是 Google 的中文版界面如图 7-30 所示。

1. Google 的搜索功能

(1) 网页快照功能。当搜索内容站点或网页不存在时,可以调用 Google 事先为用户储存的大量应急网页,经 Google 处理后,搜索项均用不同颜色标明,另外还有标题信息说明其存档时间日期,并提醒用户这只是存档资料。实际上 Google 将检索的网页都做了一番"快照"然后放在自己的服务器上,这样做的好处是不仅下载速度极快,而且可以获得互联网上已经删除的网页。

(2) "手气不错"功能。利用该功能可以将您带到 Google 推荐的网页。您无须查看其他结果,省时方便。例如,要查找随州职业技术学院,只需输入:"随州职业技术学院"再点击"手气不错"按钮,Google　就直接带您到该学院的主页:www.szvtc.cn。

(3) "相似网页"功能。点击"相似网页"连接时,Google 侦察兵便开始寻找与这一网页性质类似的网页,一般都是同一级别的网页。例如,若这页是某大学的首页,那么

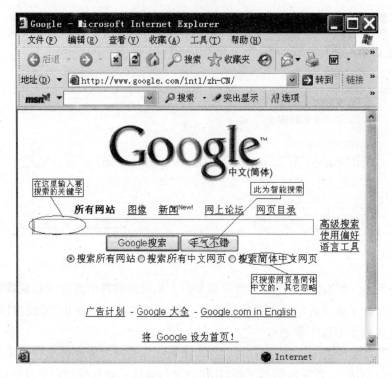

图 7-30　Google 的中文版界面

Google 侦察兵就会寻找其他大学的首页。但如果这页是某大学计算机科学系,Google 侦察兵就去找其他大学的计算机科学系,而不是其他大学的首页。Google 侦察兵可以"一兵多用"。如果您对某一网站的内容很感兴趣,但又嫌消息不够,Google 侦察兵会帮您找到其他有类似资料的网站;如果您在寻找某种产品的信息,Google 侦察兵会提供给您相关信息,供您比较,做出选择;如果您在某一领域做学问,Google 侦察兵会成为您的助手,帮您快速找到大量资料。Google 侦察兵已为成千上万网页找到相似网站,但越是有个性的网页,其相似页就越少。例如,您独树一帜的个人主页就很难有相似页。同样,如果某公司有多个网址(如 company.com 和 www.company.com),Google 侦察兵可能无法对某一网址提供足够的信息。但这种情况实属罕见,Google 侦察兵将是您出色的助手。

2. Google 搜索的基本知识

(1)"and"的使用。在 Google 查询时不需要使用"and",因为 Google 会在关键词之间自动添加"AND"。Google 提供符合您全部查询条件的网页。如果您想逐步缩小您的搜索范围,只需输入更多的关键词。

(2)不支持"or"。由于 Google 不支持"OR"搜索,所以 Google 无法接受"或者包含词语 A,或者包含词语 B"的网页。如:您要查询"牛奶"或"鸡蛋",就必须分两次查询。一次查牛奶,一次查鸡蛋。

(3)不使用"词干法",也不支持通配符"＊"搜索,而需要输入完整的词语。

Google 只搜索完全一样的字词。例如,查询"googl"或"googl＊",不会得到类似

"Googler"或"googlin"的结果。

（4）忽略部分词语。Google 通常会忽略"http"和"com"等字符，以及数字和单字，此类字词过于频繁出现于大部份网页，不仅无助于查询，而且大大降低搜索速度。

（5）用"＋"可将这些字词强加于搜索项，但"＋"之前必须留一个空格。

（6）支持"—"功能。有时候，排除一些关键词比增加关键词更有利于缩小查询范围。Google 支持此项"—"功能，用以有目的地删除某些无关的网页，但减号之前必须留一个空格。

（7）冒号功能。某些词后面添加冒号，在 Google 中便具有了特殊功能。Google 支持这样的特殊操作符。比如 link：site。

（8）专用语查询。只要在专用词语上加上双引号，就可以准确地进行查询。这一方法在查找名言警句或专有名词时显得格外有用。此外一些标点符号，如"—"、" "、"＋"、"＝"、"，""'"也可作为短语连接符。例如，尽管没有加引号，mother-in-law 仍作为专用语处理。

习　题　7

一、填空题：

1. Internet 服务提供商的英文缩写是_____。

2. 因特网（Internet）上最基本的通信协议是_____。

3. 一台集线器上接了 16 台计算机，此网络是一个_____网络。

4. 某电子邮件为：rabbit@126.com；该电子邮件所在的服务器域名为_____。

5. 因特网中的每台主机至少有一个 IP 地址，而且这个 IP 地址在全网中必须是_____的。

6. 根据网络覆盖范围不同，可将计算机网络分为_____、_____、_____（用英文宿写）。

二、选择题：

1. 为了实现电话拨号方式连接 Internet，除了要具备一条电话线和一台 486 以上的计算机外，另一个关键的硬设备是（　　）。
   A. 网卡　　　　　　B. Modem（调制解调器）C. 服务器　　　　　D. 路由器

2. 与 Web 站点和 Web 页面密切相关的一个概念称"统一资源定位器"，它的英文缩写是（　　）。
   A. UPS　　　　　　B. USB　　　　　　　C. ULR　　　　　　D. URL

3. 下列属于微机网络所特有的设备是（　）。
   A. 显示器　　　　　B. UPS 电源　　　　　C. 服务器　　　　　D. 鼠标器

4. 通过 Internet 发送或接收电子邮件（E-mail）的首要条件是应该有一个电子邮件（E-mail）地址，它的正确形式是（　　）。
   A. 用户名@域名　　　　　　　　　　B. 用户名♯域名
   C. 用户名/域名　　　　　　　　　　D. 用户名.域名

5. 计算机网络的目标是实现（　　）。

A. 数据处理　　　　　　　　　　　　B. 文献检索

C. 资源共享和信息传输　　　　　　　D. 信息传输

6. 域名是 Internet 服务提供商(ISP)的计算机名,域名中的后缀. gov 表示机构所属
类型为(　　　)。

　A. 军事机构　　　　B. 政府机构　　　　C. 教育机构　　　　D. 商业公司

7. 下列哪个软件不是浏览软件?(　　　)

　A. Internet Explorer　　　　　　　　B. Netscape Communicator

　C. Lotus 1-2-3　　　　　　　　　　　D. Hot Java Browser

8. 互联网计算机在相互通信时必须遵循统一的(　　　)。

　A. 软件规范　　　　B. 网络协议　　　　C. 路由算法　　　　D. 安全规范

9. 关于 ADSL,以下哪种说法是错误的?(　　　)

　A. ADSL 的传输速率通常比在 PSTN 上使用传统的 MODEM 要高

　B. ADSL 可以传输很长的距离,而且其速率与距离没有关系

　C. ADSL 的非对称性表现在上行速率和下行速率可以不同

　D. 在电话线路上使用 ADSL,可以同时进行电话和数据传输,两者互不干扰

10. 通常使用的电子邮件软件是(　　　)。

　A. Outlook Express　　　　　　　　B. Photoshop

　C. PageMaker　　　　　　　　　　　D. CorelDraw

11. 100BASE-TX 网络采用的物理拓扑结构为(　　　)。

　A. 总线型　　　　　B. 星型　　　　　　C. 环型　　　　　　D. 混合型

12. 下面的 IP 地址中哪一个是 B 类地址?(　　　)

　A. 10. 10. 10. 1　　　　　　　　　　B. 191. 168. 0. 1

　C. 192. 168. 0. 1　　　　　　　　　　D. 202. 113. 0. 1

13. 关于 ADSL,以下那种说法是错误的(　　　)。

　A. 利用现有电话线路提供数值接入

　B. 行和下行速率可以不同

　C. IYONG 分离器实现语音信号和数字信号分离

　D. 用 4 对线路进行信号传输

14. 从技术角度上讲,因特网是一种(　　　)。

　A. 互联网　　　　　B. 广域网　　　　　C. 远程网　　　　　D. 局域网

15. 一个校园网与城域网互联,它应该选用的互联设备为(　　　)。

　A. 交换机　　　　　B. 网桥　　　　　　C. 路由器　　　　　D. 网关

16. 在以下网络协议中,哪些协议属于数据链路层协议(　　　)。

　　　　　　　Ⅰ. TCP　　　Ⅱ. UDP　　　Ⅲ. IP　　　Ⅳ. SMTP

　A. Ⅰ、Ⅱ和Ⅲ　　　B. Ⅰ和Ⅱ　　　　　C. Ⅲ和Ⅳ　　　　　D. 都不是

17. 在因特网域名中,com 通常表示(　　　)。

　A. 商业组织　　　　B. 教育机构　　　　C. 政府部门　　　　D. 军事部门

18. TCP/IP 参考模型将网络分成 4 层,它们是(　　　)。

Ⅰ.网络接口层   Ⅱ.网络层   Ⅲ.传输层   Ⅳ.应用层

A. Ⅰ和Ⅱ   B. Ⅰ、Ⅱ和Ⅲ

C. Ⅱ、Ⅲ和Ⅳ   D. Ⅰ、Ⅱ、Ⅲ和Ⅳ

19. 电子邮件应用程序实现 SMTP 的主要目的是(   )[2004 年 9 月三级网络选择题第 40 题]

A.创建邮件   B.管理邮件   C.发送邮件   D.接收邮件

三、简答题

1. 什么是计算机网络？其主要特点是什么？

2. 根据网络拓扑结构的不同可将计算机网络分为几类？各有何特点？

3. 什么是网络协议？简要说明 OSI/ISO 模型与 TCP/IP 模型的区别。

4. Internet 上的主机 IP 地址和主机域名有什么关系？

5. 简要说明 Internet 的接入方式。

四、实训题

练习一   申请免费电子邮箱

(1) 输入要申请电子邮箱的服务器地址，比如：如果想申请一个 163 邮箱就可以先输入其网址：http://www.163.com；在这以 126 的邮箱为例。首先应输入：http://www.126.com，如附图 7-1 所示：

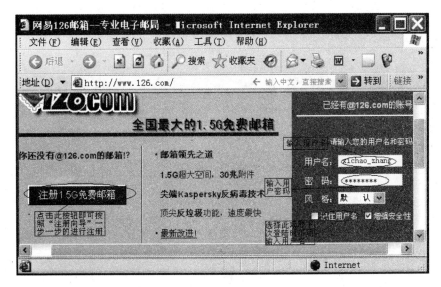

附图 7-1

(2) 点击"注册 1.5G 免费邮箱"，弹出如附图 7-2，其具体注册方法请参考下图。

当按照上图说明填写完毕之后，点击"完成"即可。注册成功之后即会出现如附图7-3对话框。

注意：当输入用户名之后一定要进行检测，看是否被占用，如果被占用立即更换用户名，否则不会注册成功的。

如果下次想登录电子邮箱则在附图 7-1 中的"用户名"处填入注册的用户名，"密码"

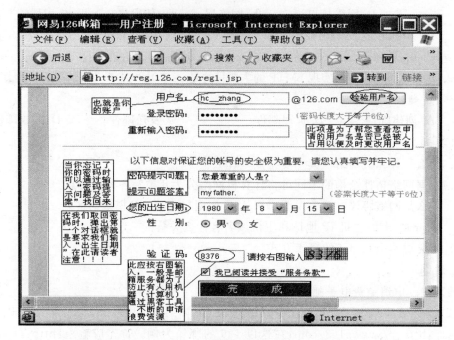

附图 7-2

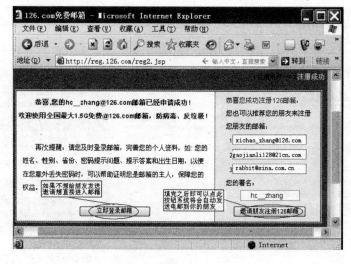

附图 7-3

处输入注册的密码,然后点击"登录"即可。

练习二　使用 Foxmail 收发电子邮件

(1)点击 Foxmail 主界面上的"撰写"按纽,即弹出如下附图 7-4 所示的窗口。

(2) 在收件人栏中填入:abcd19800815@163.net;抄送(同时也给另一个人发达同样的邮件)填入:xichao_zhang@126.com;主题:计算机 0402 计算机基础成绩单;主题下面是正文部分,可以对成绩单进行描述,当然这封邮件还没有设置完,还需要添加附件。

(3) 添加附件的具体方法如下:首先点击常用工具栏上的"附件"按钮即会弹出"打

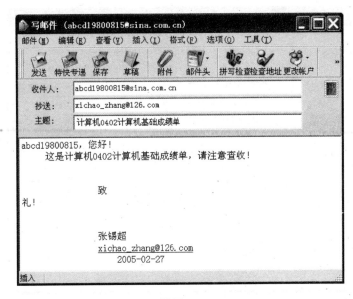

附图 7-4

开"对话框,要求找到要求添加附件的位置如附图 7-5 所示。然后点击"打开"即可将此文件添加到附件中,如附图 7-6 所示。

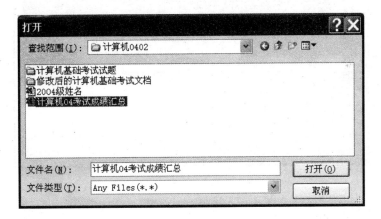

附图 7-5

(4) 最后点击"发送"即可。发送成功之后,在 Foxmail 主界面中的"已发送邮件箱"里就会显示已发送的邮件。

练习三　常用的下载工具

(1) 使用网际快车将网络传送带给下载到 D:\downloads 中,然后安装网络传送带。

(2) 安装完毕后,打开网络传送带后,即会出现图标 ，如果双击它即会弹出其主界面如附图 7-7 所示。

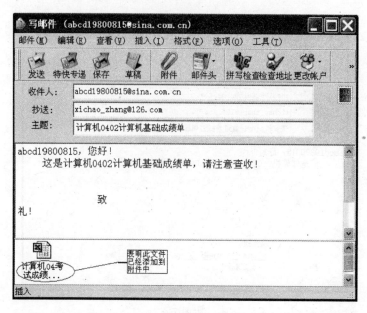

附图 7-6

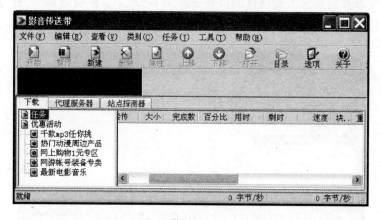

附图 7-7

练习四　常用搜索引擎

（1）输入：www.google.com，打开 Google 搜索主页。

（2）在搜索栏中输入"全国计算机等级考试二级 C 语言笔试试题"，即可以找到相关的许多试题。

项目8 计算机日常维护及病毒防治

8.1 计算机日常维护

8.1.1 案例引入

1. 案例一

7月初,由于期末考试临近,中午的时候,武汉某高校的一宿舍的两位同学都开着电脑在复习备考。正常运行一会之后,电脑忽然不停重启。当天晚上,这两位同学打开电脑又恢复正常。

案例一分析:

因为7月武汉午间室外温度一般在36 ℃左右,室内同时开了两台电脑,加上6位同学身上辐射出红外线的温度,所以当时室内温度高达40 ℃以上。而微型计算机能正常工作的适宜温度一般为10 ℃~35 ℃,当温度过高时不利于机器散热,影响机器内各部件的正常工作。当时室内温度已经高达40 ℃以上,已经超过微型计算机能正常工作的适宜温度,所以会不停地重启。当晚上温度降至微型计算机能正常工作的适宜温度之内时,电脑自然又恢复正常。

2. 案例二

某电脑的上方安装了一个变频空调,每当空调和电脑一起使用时,电脑会不停重启。当关闭变频空调后电脑恢复正常。

案例二分析:

电磁干扰也是导致计算机出现故障的一个重要原因,许多时候电脑死机、重启就是因为电磁干扰造成的,像高压线、变压器、变频空调、电弧焊等设备都存在较大的电磁干扰。如果主机抗干扰能力差,就会出现意外重启或频繁死机等现象。在案例二中,上方变频空调变频时产生的高次谐波对下面的电脑形成了强大的电磁干扰,所以电脑会不停地重启。

8.1.2 计算机使用环境

电脑正常使用是需要一定外界环境条件保证的,外界环境异常也会导致电脑出现无法正常使用的故障。该环境的好坏直接影响计算机系统的稳定性、故障率和使用寿命,因此,创建计算机适宜的使用环境是计算机维护的重要内容。一般来讲,计算机对使用环境没有特殊要求,它可以在家庭、办公室,甚至很多公共场合使用。但是,计算机对工作环境也有一些基本要求,主要表现为以下几方面。

1. 环境温度

微型计算机能正常工作的适宜温度一般为10 ℃~35 ℃。若温度过低,驱动器读写磁盘时容易出错,不利于 DRAM(随机动态存储器)关机后释放存储电量。也容易产生静电,对人体和微机都不利。若温度过高,不利于机器散热,影响机器内各部件的正常工作。同时,温度变化过大,接插件间易产生接触性故障。在条件许可的情况下,最好在放置微机的室内加装空调,确保微机在适宜的温度下工作。

2. 环境湿度

在放置计算机的室内,其相对湿度一般在 20％～80％范围内。湿度过低,空气会过份干燥而产生静电,进而干扰计算机的正常工作;湿度过高,会由于结露,使机器内部的芯片引发氧化腐蚀,造成接触不良或短路现象。

3. 环境洁净

灰尘是影响微机正常运行的一个重要因素。机房内灰尘过多,就会附落在磁盘磁头、硬件接口、插头插座上,轻则导致接触不良、读写障碍等故障,重则损坏计算机,缩短计算机的使用寿命。因此,除尘是计算机维护的重要内容。

4. 工作电源

微型计算机对工作电源有两个基本要求:一是电压要稳,二是在机器工作期间供电不能间断。电压不稳不仅会造成磁盘驱动器运行不稳定,引起读写数据错误,而且对显示器和打印机也会有影响。为了获取稳定的电源,可以使用交流稳压电源。为防止突然断电,可以加装持续供电电源(UPS),让计算机在断电情况下继续工作一段时间,使用户能及时处理完计算工作或保存好数据。

5. 防电磁、静电干扰

过量的电磁辐射,会使计算机的元部件磁化,过高的静电,可能会击穿半导体芯片,影响电脑的正常工作。因此,计算机应远离强大的电磁辐射源,如,电视机、冰箱、音箱等。同时,要保持机房内一定的湿度,防止静电的产生;在打开机箱维修时,应释放身体上的静电,避免不必要的静电故障。

6. 避免与其他强电设备共用电源

强电设备(如空调、冰箱、电炉)在起动时会造成电压出现一个瞬间低值,在停止时,会造成电压出现一个瞬间高值。这种现象会对连接在一起的其他用电设备造成负面影响,严重时会烧毁用电设备。因此,电脑应和强电设备分别供电。

7. 安装主机接地线

现在有许多电脑只接有火线和零线,没有接地线,这种做法使微机的烧毁的可能性增大,当机箱带电时,会危及人身安全。为了提高安全性,可以从主机上引出一根线接在地面上,减少静电和高强电磁的干扰。

8.1.3　任务实战

1. 硬件的日常维护

1) 硬盘的日常维护

(1) 注意防尘、防高温、防潮、防电磁干扰。在灰尘严重的环境下,灰尘会被吸附到电路板表面、主轴电机的内部,影响磁头的读写操作。硬盘的使用温度以 20 ℃～25 ℃为宜,过高或过低都会使晶体振荡器的时钟主频发生改变,还会造成硬盘电路元件失灵,磁介质也会因热胀效应而造成记录错误。湿度过高时,电子元件表面可能会吸附一层水膜,氧化、腐蚀电子线路,以致接触不良,甚至短路,还会使磁介质的磁力发生变化,造成数据的读写错误。湿度过低,容易产生静电。另外,不要使硬盘靠近强磁场,如音箱、喇叭等,以免硬盘数据因磁化而损坏。

(2) 硬盘工作时不能断开电源。硬盘在工作时突然关闭电源,可能会导致磁头与盘片猛烈磨擦而损坏硬盘,还会使磁头不能正确复位而造成硬盘的划伤。关机时一定要注意面板上的硬盘指示灯是否还在闪烁,只有当硬盘指示灯停止闪烁、硬盘结束读写后方可关机。

(3) 注意防震。如果要移动硬盘或机箱,最好等待关机后,硬盘完全停止转动再移动主机,可避免因瞬间波动对硬盘造成伤害。在硬盘的安装、拆卸过程中应多加小心,尽量减少震动。

(4) 避免频繁的格式化操作。不管是低级格式化还是高级格式化,过于频繁,对盘片都有不同程度的损伤。在不重新分区的情况下,可采用加参数"Q"的快速格式化命令。

2) 显示器的日常维护

(1) 防潮。在大气较潮湿时要定期打开计算机的电源,以便加热元器件驱散湿气。来达到防潮的效果。

(2) 避免阳光或强光照射。显示器的显像管荧光粉在强光照射下会老化,降低发光效率。发光效率降低后,为了得到较亮的效果,只好调高显示器的亮度、对比度,这样进一步加速显像管灯丝和荧光粉的老化,最终缩短显示器的寿命。因此应该把显示器摆放没有光照的地方,或者在窗户上加挂深色窗帘,以减轻光照强度。

(3) 防尘。显示器应放置在洁净的环境中,最好用后用防尘罩罩起来。

(4) 消磁。当显示器靠近电视机、电冰箱、音箱等磁源设备时,有可能会被磁化,常见现象是显示器出现色斑或局部变色。现在很多显示器都具有消磁功能,可以利用 OSD 菜单中消磁选项自动消磁,也可以采用专用消磁器手动消磁。将屏幕右下方 Menu 按钮按一下,如图 8-1 所示。屏幕上将出现以下对话框,如图 8-2 所示。通过菜单选择键,如图 8-3 所示。选择消磁,如图 8-4 所示。将 Menu 按钮再按一下即可完成手动消磁。

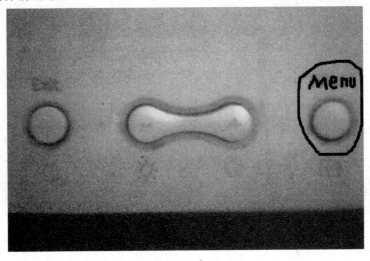

图 8-1　Menu 按钮

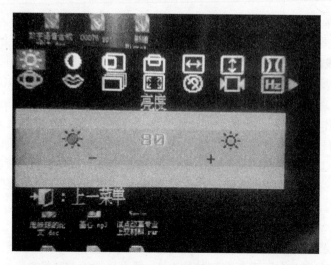

图 8-2　对话框

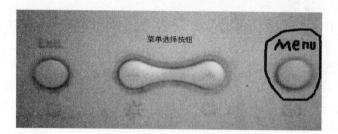

图 8-3　菜单选择按钮

图 8-4　消磁界面

（5）保持合适的温度。显示器应该放在通风的地方，并且预留一定的散热空间，天气炎热的时候不要长时间使用，必要的时候用空调或者风扇强制散热。

（6）清洁显示屏。显示器表面一般都涂有特殊的涂层，目的是为了有更好的显示效果和保护视力功能，而有机溶剂（如酒精）会溶解特殊涂层，使之效能降低或消失。所以一定要用专用的清洁套装，如图 8-5 所示。

图 8-5　专用屏幕清洗剂

3）光驱的日常维护

（1）防尘。定期检查光驱上是否有灰尘，若较多灰尘，则用干燥的软毛牙刷刷去；尽量避免光驱长时间在外暴露。

（2）减少读盘时间。不用光盘时，应该把光盘从光驱里面拿出来，让光驱保持空闲状态，也可以把经常要使用的文件拷贝到硬盘上或者采用虚拟光驱软件，来减少读盘时间，延长光驱寿命。

（3）调整激光头功率。只有当激光头老化，需要调整驱动电源来提高激光管功率时，才应该请专业维修人员调试，自己也可以调试，但调整的角度绝对不要超过 10°，调整的过大，会使得激光头烧坏。

4）打印机的日常维护

（1）喷墨打印机的维护。

① 内部除尘。用柔软的湿布清除打印机内部灰尘、污迹、墨水渍和碎纸屑，不要擦拭齿轮、打印头和墨盒附近的区域，不能使用挥发性液体（如稀释剂、汽油、喷雾型化学清洁剂）清洁打印机。

② 及时更换墨盒。喷墨打印机型号不同，使用的墨盒型号以及更换墨盒的方法也不相同。为保证打印质量，墨水应使用与打印机相配的型号，墨水盒是一次性用品，用完后要更换。更换墨盒必须按《使用手册》中规定的程序进行。任何违反规定程序的更换墨盒操作不仅会对打印机的机械部件造成破坏，还会使打印机不能识别新旧墨盒，导致打印机

不能正常工作。墨盒一旦装机,在不更换时,不要将它从打印机上取下,因为墨盒取下后,空气会进入墨盒的出墨口,再装上后这部分空气会被吸入打印头而使打印机出现空白,并对打印头造成致命损害。旧墨盒用完,从打印机上取走后,应立即换上新墨盒,否则,时间过长会使打印头干涸而造成不可修复的损害。

③ 定期清洁喷头。喷墨打印机的喷头由很多细小的喷嘴组成。喷嘴的尺寸与灰尘颗粒差不多。如果灰尘、细小杂物等掉进喷嘴中,喷嘴就会被阻塞而喷不出墨水,同时也容易使喷嘴面板被墨水沾污。此外,若喷嘴内有气泡残存,也会发生墨水喷射不良的现象。因此,应定期进行清洗操作,防止喷嘴阻塞。若清洗达不到目的,则更换新的喷头。

④ 适时使用清洁剂。墨水一旦干涸会产生结晶体,可使用有效的清洁剂将已结晶的墨水再度还原溶解,进而排除喷嘴阻塞的状况。一般选择不伤害喷头的非离子型界面活性剂。

(2) 激光打印机的维护。

① 保持良好的使用环境。激光打印机最适宜的工作温度是 15 ℃~25 ℃,相对湿度是 40%~50%左右,如果温度和湿度相差较大的话,可能会影响到激光打印机的正常使用,严重的甚至会损坏设备。激光打印机要求电压保持稳定,如果电压不稳的话,应该使用稳压器,以保证打印机的正常使用。

激光打印机在使用时有少量的不良气体产生,这种气体对人体的健康有一些影响,因此应该注意激光打印机在安放时其排气口不能直接吹向用户,建议在激光打印机附近放置一盆绿色植物,它会对有害的气体起到很好的过滤和吸收作用,保护人体的健康。

② 保持激光打印机自身的清洁。保持激光打印机的清洁其实关键在于除尘。激光打印机是依靠静电原理来进行工作的,因此它自身吸附灰尘的能力非常的强;而在打印时在成千上万的碳粉颗粒通过静电吸附在纸上的同时,不可避免地会有一些残留物留在机内的一些部件上。如果不能够及时地清除这些粉尘的话,高温作用会将这些粉尘"烧制"成坚硬的固体,从而使激光打印机发生故障,影响打印机的正常使用。

使用清洁纸清洁。清洁纸具有很强的吸附功能,使用时将它放入纸槽,选择打印一份空白文档,让清洁纸到打印机内部正常的运行一次,清洁纸会粘走滚轮和走纸道上的粉尘,基本上 3~5 次便能完成清洁工作。

打开打印机进行内部清洁。打开打印机的机盖,取出硒鼓,再用干净柔软的棉布轻轻地来回擦拭滚轴等一些相关的部位,擦去小纸屑和积累的灰尘,可以根据实际情况在布上粘上少许的水。为了保持臭氧过滤器的清洁,臭氧过滤器至少应该一年更换一次。

③ 及时更换硒鼓或加碳粉。硒鼓使用时间长了,有可能被划伤,这时要及时更换硒鼓;打印时,显示屏显示碳粉将用完的信息时,须及时加碳粉或更换硒鼓,保证打印文稿的质量。

④ 保持良好的使用习惯。卡纸是激光打印机最容易出现的一个故障,要注意正确的用纸。在向纸盒装纸之前,应将纸捏住抖动几下,以使纸张页与页之间散开,以减少因为纸张之间的粘连而造成的卡纸,尤其在一些湿度较大的阴雨天更应如此。纸盒不要装得太满。虽然打印机的纸盒都有一个额定数,但是在装纸时建议不要将纸盒装得太满,一般情况下安装额定数的 80%~90%是比较合理的。注意打印介质的质量。激光打印机的精度是比较高的,因此对打印介质也是比较敏感的,一些质量较差的打印介质往往会出现卡纸的现象。所以在选购打印介质时一定要注意质量,不要因小失大。

如果出现了卡纸故障,只要按照打印机卡纸处理的应急说明去做,卡纸故障基本上可以排除。切忌使用蛮力,这样反而会伤及打印机的部件。

5) 键盘的日常维护

(1) 更换键盘时,必须切断微机电源。

(2) 键盘远离水源。大多数键盘没有防水装置,一旦有液体流进,则会使键盘受到损害,造成接触不良、腐蚀电路和短路等故障。如果不小心将大量液体进入键盘时,应当尽快关机,将键盘接口拔下,打开键盘用干净吸水的软布或卫生纸擦干内部的积水,最后在通风处自然晾干即可。

(3) 定期对键盘进行清洁工作。键盘的清洁主要是清洁表面的污垢,一般清洁可以用柔软干净的湿布擦拭键盘,对于顽固的污渍可以用中性的清洁剂或者少量洗衣粉清洗掉。对于缝隙内的污垢可以用棉签清洁,注意所有的清洁工作都不要用医用消毒酒精,以免对塑料部件产生不良影响。电容式键盘的很多故障是由于电容间不洁净所致,需要打开键盘进行内部除尘处理。

(4) 不能用太大的力量来操作键盘。一般情况下,键盘的弹性都比较良好,我们操作时只要轻轻敲击就可以输入指定的字符,而且输入完成以后对应按键在弹性的作用下自动恢复到正常状态。但是如果我们使用较大的力气来敲打键盘时,可能会使按键上的弹簧发生形变,从而丧失弹性,时间长了,键盘上的按键就会受到损伤。

(5) 尽量使用工作电流大的电源和工作电流小的键盘。目前许多计算机把电脑开机功能集成在键盘上,可以更方便地启动计算机。采用这样的开机方式,最好选用工作电流大的电源和工作电流小的键盘,否则容易导致故障。

2. 软件的日常维护

1) 利用 CMOS 设置程序

(1) 加电开机后,计算机进入自我检测状态,当屏幕下方提示"Press ＜DEL＞ to enter setup 下面"后,如图 8-6 所示。

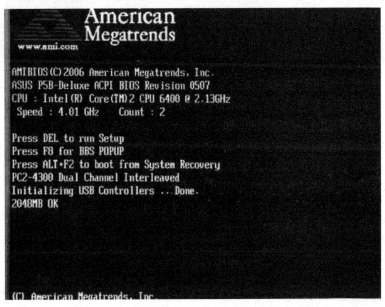

图 8-6　按下＜DEL＞后进入界面

（2）按 Del 键，即进入 CMOS 设置程序主界面，如图 8-7 所示。

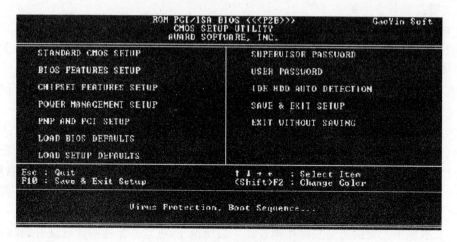

图 8-7　CMOS 设置程序主界面

（3）键入回车以后，如图 8-8 所示。

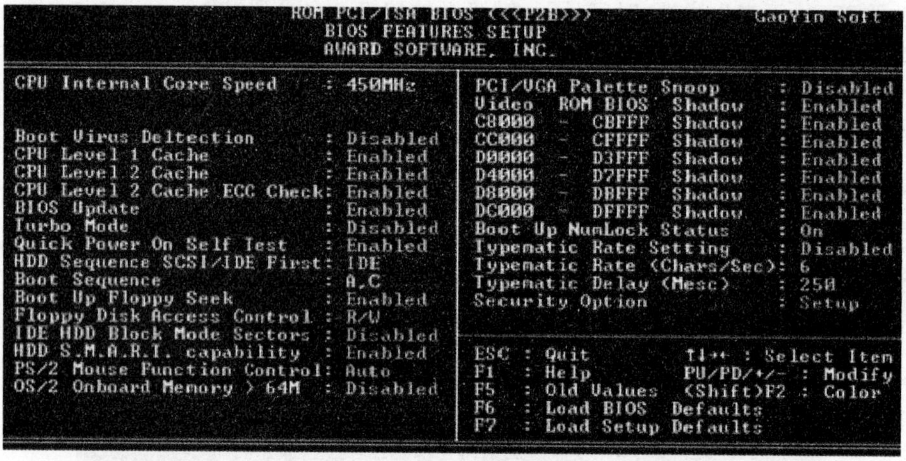

图 8-8　键入回车后的界面

（4）选择 Boot Sequence，用 PageDown 选择启动次序为 CD-ROM C、A，如图 8-9 所示。

（5）按 Ese 返回，选 Save & Setup 后回车，如图 8-10 所示。

（6）按 Y 键后回车，如图 8-11 所示。

2）用磁盘清理程序清理磁盘上的文件

系统用长了，必然会产生大量的无用文件，这些无用文件被称为垃圾文件，垃圾文件占据大量的磁盘空间，影响系统的执行效率，因此需要定期进行磁盘清理。

清理方法为：

（1）单击任务栏中"开始"，选择"程序"，如图 8-12 所示。

（2）选择"附件"，如图 8-13 所示。

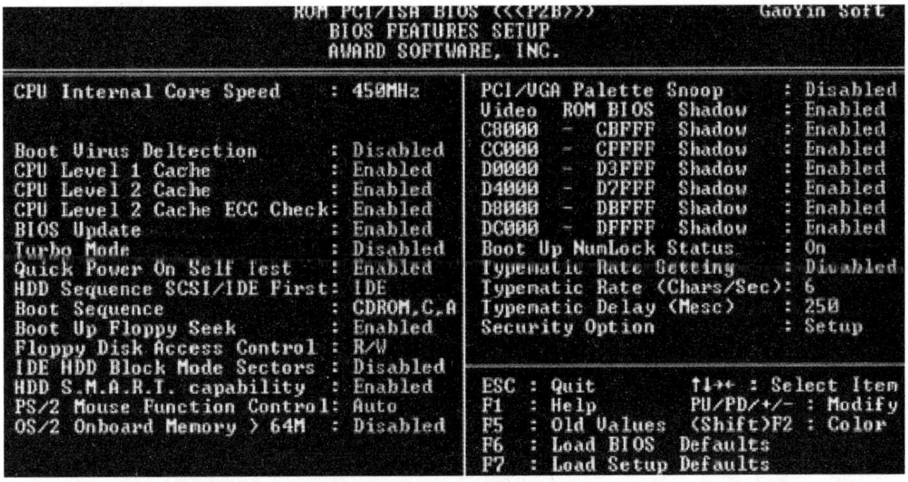

图 8-9　Boot Sequence 选择界面

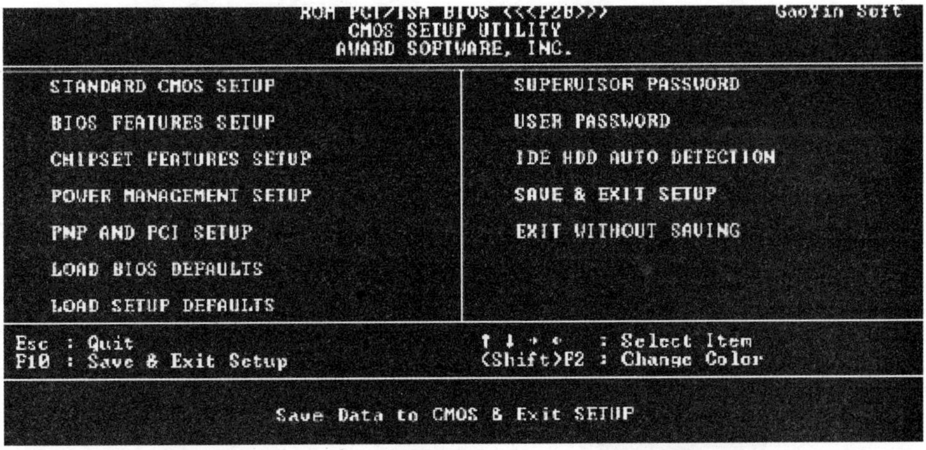

图 8-10　选 Save & Setup 后回车

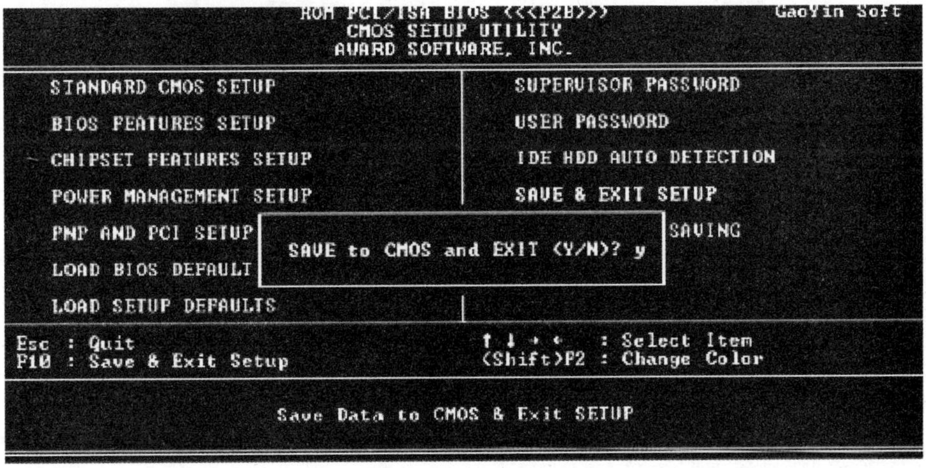

图 8-11　选"Y"键后回车

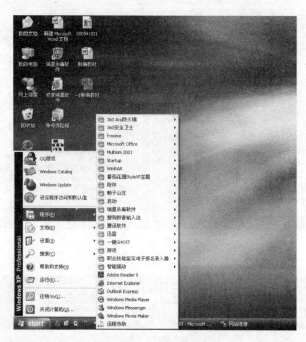

图 8-12　单击"开始"

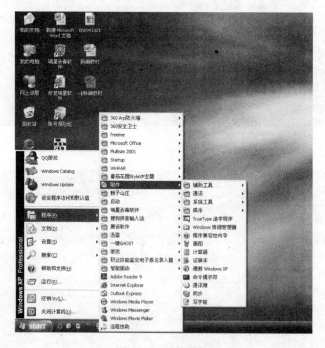

图 8-13　选择附件

（3）选择"系统工具"，如图 8-14 所示。

（4）选择"磁盘清理"，如图 8-15 所示。

图 8-14　选择"系统工具"

图 8-15　选择"磁盘清理"

（5）单击"磁盘清理"后，将出现下列对话框，如图 8-16 所示。

图 8-16　"磁盘清理"对话框

（6）选择需要清理的对象，如图 8-17 所示。

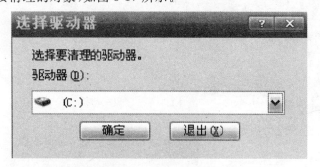

图 8-17　选择清理的对象

3）用磁盘碎片整理程序清理磁盘上的碎片空间

磁盘上的文件被删后，在磁盘上留下一段未使用的空间，当再次向磁盘写入文件时，如果文件比该空间大，则文件在写满这段空间后，就跳至下一个未使用的空间继续保存，这样一个文件在磁盘上保存的位置就有多个，导致读写文件时，磁头在盘片上跳来跳去。使读写速度下降，甚至在磁道上产生坏道。磁盘碎片整理就是把磁盘上不连续的文件经过分析计算后，腾出可用空间，把文件连续地保存在磁盘上，提高磁盘的读写效率。

具体操作方法：

（1）单击任务栏中的"开始→程序→附件→系统工具"菜单中的磁盘碎片整理程序，如图 8-18 所示。

图 8-18　碎片整理

（2）选择需整理的磁盘后，整理程序自动分析计算磁盘上的碎片空间，然后提示是否需要整理。如图 8-19 所示。

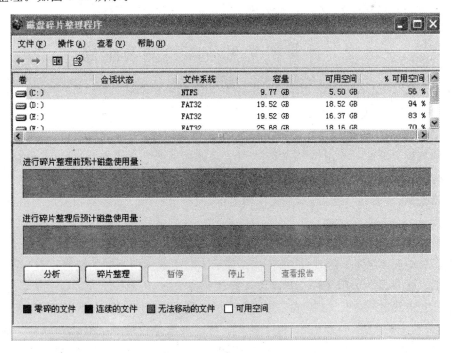

图 8-19　自动分析界面

在进行碎片整理时,应注意:

① 因为磁盘清理后会留下许多碎片,所以先进行磁盘清理后再进行碎片整理。

② 在进行碎片整理时,应关闭其他应用程序。应用程序在运行时,要向硬盘读写数据,导致磁盘碎片的变化。而碎片整理程序总是读取硬盘上最差的文件结构进行整理。这样会导致碎片整理程序不断重新开始,整理无法进行。

③ 在碎片整理期间,不要轻易中断。因为在碎片整理期间,磁盘上的数据正在进行大迁移,比整理前还要凌乱,一旦中断,再执行时速度会更慢。

4) 利用控制面板进行设置与维护

控制面板是 Windows 系统自带的一个管理系统资源的工具,里面有 20 多个工具,几乎涵盖了所有的软硬件资源的管理,是系统维护的得力工具。控制面板的基本操作在前章节已讨论过,这里不再叙述。

5) 利用注册表来维护系统

注册表是 Windows 的系统配置和应用软件的注册文件,其内容包括系统中的硬件信息,用户的注册信息,文件夹和程序图标的属性设置信息,系统中安装的软件信息,用户使用的端口信息。系统在运行时要不断引用注册表中相关信息,若注册表被破坏,系统将无法引导,因此可以通过修改注册表内容而达到维护的目的。

注册表内容的查看和修改主要通过注册表编辑器来完成,注册表编辑器的文件名是 regedit.exe 或 regedit32.exe。由于注册表内容较多,这里只举一个维护实例:隐藏桌面上的 Internet Eexplorer 图标。在 HKEY_CURRENT_USER\Software\Microsoft\Windows\CurrentVersion\Policies\Explorer 下新建一个 reg-dword 数据项,名为 nointerneticon,将其值设为 1 即可。

维护系统的软件还有很多,这里不再一一列出。

8.2 计算机常见故障检测及维修

8.2.1 案例引入

1. 案例

电脑黑屏是比较容易出现的现象,尤其在一些较老的电脑或组装电脑中,电脑出现黑屏,大多是由于接触不良或硬件损坏造成的,下面是显卡接触不良所引发的黑屏故障。

故障现象:计算机开机后,屏幕无任何显示,但有自检声。显示器指示灯为桔黄色,无字符。

分析处理:这是显示控制信号未正常传输至显示器。检查一下显示器与显示卡的连接情况。未发现接触不好的现象,那可能是显示卡与主板插槽之间的接触不良,拔下显示卡重新插入试一试。电脑往往会出现以下症状。

(1) 电脑发出一声长、二声或三声短蜂鸣声。这种信号(可能会重复)表明显示卡有问题,应关断主机电源,打开机箱,检查显示卡与扩展槽是否接触良好。如怀疑扩展槽问题,可以用插拔法更换显示卡所在扩展槽来排除;如故障仍未排除,可把显示卡换接到其他相匹配的微机上检查,若其他微机换卡后也为"黑屏",则判断故障在显示卡上;若显示卡在其他微机上工作正常,则故障就在主板上。

(2)电脑发出二声短蜂鸡声。这种故障可能在主板和显示卡或显示器本身(可能性很小)。关掉电源,断开显示器,拆去显示卡,重新启动系统。如果两声短音还存在,说明问题出在主板上,应维修主板。但如果声音变成一声长、一声短,则也许正确的 POST 过程注意到显示卡不存在,应关断电源,重新安装显示卡,但不连接显示器。重新启动系统,如果二声短嘟嘟信号在 POST 中依然存在,则为显示卡故障;但如果听到只有一声短音,则显示卡是好的,是显示器本身引起了这种错误信号,应检修显示器。在显示器脱离主机、主机进行上电测试期间,要确保 POST 过程一直有电,这期间可以观察驱动器 A 的操作,判断其系统功能。在 POST 过程完成后,A 驱指示灯会亮。当驱动器停止时,键入DIR A:命令,驱动器应再次旋转,指示灯再亮,这表明系统功能正常,主机系统板完好。经过上述检测可以判定显示器"黑屏"的故障部位。

(3)显示器黑屏,且电源指示灯不亮,这类故障多为显示器本身故障。首先应检查显示器电源线是否接好,电源插头与 220V 交流插座是否接触良好,显示器电源开关是否打开。在确认 220V 交流电正确送入显示器内部后,可判定为显示器故障。

(4)显示器黑屏,且电源指示灯亮,这类故障现象定位较复杂,故障可能发生在显示器、显示卡、主板或信号电缆等部位。检测时首先调节亮度、对比度旋钮,观察屏幕有无明暗变化,排除把亮度、对比度关死而"黑屏"的现象。若调节亮度、对比度旋钮屏幕仍为"黑屏",则应检查主机至显示器信号电缆是否插接完好,有无断头、断线故障;在确认信号电缆完好后,进行 POST(POWER ON SELF TEST 上电自检)检测。POST 检测是计算机在每次打开电源开关后,便自动开始执行 POST 诊断程序来检测计算机各系统部件正常与否的过程。检测中一发现问题就向操作者提供出错信息或一系列蜂鸣声。在显示器"黑屏"这一故障中,POST 检测的屏幕信息我们看不到,但可以通过一系列蜂鸣声来判断故障的部位。

8.2.2　计算机故障处理与诊断

1. 计算机故障处理的一般原则

(1)先软件,后硬件。计算机软件出错的频率比硬件高得多,实践证明,80%的计算机故障出自软件,而只有一小部分来源于硬件。因此,在诊断的时候应先从软件入手。

(2)先电源,后负荷。主机箱内的电源是各部件的动力来源,当出现故障时,应先检测电源有无故障,若无故障,再检查其他部件。

(3)先外设,后主机。当计算机出现故障时,应遵循先外设后主机的原则,先检查外设的电源线,外设与主机的信号线连接是否有问题,检测外设是否损坏,检查外设的驱动是否正常。确信外设无故障后,才开始检查主机。

(4)先简单,后复杂。先排除简单的故障,再排除复杂的故障。当计算机故障较多时,这是十分有效的方法。把简单的故障排除了,复杂的问题也变得明朗了,有利于快速查明和排除剩下的故障。

(5)先了解分析,后动手。先了解故障现象,根据故障现象分析故障原因,然后制定出解决方案,最后动手执行。这是排查微机故障的基本方法。这个过程不能颠倒,否则,排查时会出现盲目性,甚至会把没有问题的部件弄出故障。在实际排查时,这个过程也经常反复,直到找问题的所在。

(6) 先断电,后拆卸。在拆卸部件时,一定要先断电,带电作业,很容易损坏部件,也易出安全事故。

2. 硬件故障常用诊断方法

计算机故障确定为硬件故障后,往往要借助一定的手段和方法来判明故障原因和故障发生的部位。目前较常用的手段有人工检测法和程序工具检测法。

1) 人工检测法

人工检测法是指不采用专门的仪器、设备或程序,通过手工方式查明故障的原因位置。常用的手工方法有以下几种。

(1) 最小配置法。计算机在只保留电源、键盘和显示系统而不连接其他任何外设的情况下,仅借助于 CMOS 设置程序也能够工作。根据这一特性,当计算机在出现较严重的故障时,可以一件件地拔出非必需的设备,每拔出一件,就开机试验一次,这样可以查找出故障部位。这就是最小配置法。在拔掉外设时,一定要拔掉其电源线,以排除电源干扰。

(2) 拔插法。拔插法是将插件或芯片拔出或插入来寻找故障原因的方法。当故障范围缩小至板卡、内存条和 CPU 时,这是一种十分有效的方法。查看拔出的部件接口是否损坏或锈蚀,若有锈蚀,易造成接触不良的故障,可用细砂纸打磨干净。若接口完好,可以再重新插上或换个扩展槽再插上,插时注意接口接合紧密。

(3) 交换或替换法。将正常工作的机器上的部件与怀疑有故障的机器上的相同部件进行互换试验,或用备用部件替换认为有故障的部件,以确认部件故障。在采用交换或替换法时,最好在相同型号的微机上进行,若计算机型号不同,则要清楚互换的设备主机是否支持。若不支持,则可能会出现旧故障未除,又添新故障的情况。

(4) 直接观察法。直接观察法是指通过看、听、摸、闻等方式查找故障。

看,查看机器的各个部件有无异常现象。例如:机箱内有无金属异物,接口插头有无接触不良;电路板上的焊头有无松焊,脱焊;电路板上有无烧焦痕迹,主板有无断裂变形等。

听,听微机工作中有无异常声音发出。若有,则根据系统设定的提示声音,判断故障的位置。

摸,用手触摸元器件,感觉是否过热。元器件在工作时发热是正常的,但温度过高乃至发烫,则可能出现短路或过载等情况。

闻,闻机箱内有无异味发出。若有焦糊味,则可能有短路现象发生,此时,应立即切断电源进行检查,在没有查明故障之前,不要连接电源。

(5) 比较测试法。在两部相同类型的微机之间,选取相同的测试点,将测得的电压、电流、波形等特征进行分析比较,找出不同之处,判明故障。

(6) 轻按、敲击法。计算机工作的状况时好时坏,这种现象大多是由接触不良造成的,可以对接触不良部件进行轻按敲击,查明故障部位。

2) 软件工具诊断法

常用的软件工具是 POST(加电自检程序),计算机在启动时,会检测计算机的硬件是否存在及其配置是否正确。当计算机检测到错误之后,会出现相应的提示,根据这些提示就可判明故障的位置。除 POST 之外,也可以采用专门的系统测试工具软件,进行测试。

8.2.3 任务实战

1. 计算机启动故障及维修

1) 计算机启动过程分析

要维修系统启动故障,有必要了解计算机的启动过程,计算机的启动过程如下:

(1) 计算机接入电源。

(2) 执行主板上 ROM BIOS 中的自检程序 POST。

(3) 寻找硬盘,在硬盘 0 面 0 道 1 扇区读取硬盘分区信息。

(4) 寻找活动分区,并执行该分区下的引导记录,开始装入操作系统。

2) 故障分析

(1) 加电过程故障分析。计算机加电后会出现一序列的反应,如,主机面板指示灯亮,显示器电源指示灯亮,CPU 和电源散热扇会转动等。如上述反应都未出现,则可能是主机电源故障。

计算机带电后,应该执行 ROM BIOS 上的自检程序。若未执行自检程序且显示器"黑屏",则有可能是 CPU、内存、主板、显示卡或显示器故障。当 CPU、内存、主板、显示卡或显示器采用替换法或比较测试法检测正常后,则可能是 ROM BIOS 损坏或感染病毒。

若是电源故障,可找专业维修人员进行维修或更换一只好的电源。若是 ROM BIOS 损坏,可以换一块新的同型号的 BIOS 芯片,或采用人工热拔插法回写 BIOS 数据。

(2) 自检过程故障分析。POST 在自检时有一个先后顺序,首先检测 CPU、主板、基本内存和 ROMBIOS,以保证系统的基本运行;然后初始化显卡,测试显存,检测显示器接口,以保证基本的显示输出。如果是冷启动,还会检测扩展内存、CMOS 的完整性,并根据 CMOS 中的设置对键盘、软驱、硬盘及 CD-ROM 进行检测,还会对串/并口及其他部件进行检查。

在检测和初始化显示系统之前,POST 检测到错误,只能用 PC 喇叭以声音的长短和多少的形式给出有关的错误信息。目前,BIOS 流行的版本有 AMI 和 AWARD,它们提示的系统错误信息与声音对应关系如表 8-1、8-2 所示。

表 8-1 AMI BIOS 声音与故障对应关系

声 音	故 障
1 短	内存刷新失败
2 短	内存 FCC 校验错误
3 短	640kb 基本内存校验失败
4 短	系统时钟错误
5 短	CPU 错误
6 短	键盘控制器错误
7 短	系统实模式错误,不能切换到保护模式
8 短	显示内存错误
9 短	ROM BIOS 奇偶校验错误
1 长 3 短	内存错误
1 长 8 短	显示卡错误

表 8-2　AWARD BIOS 声音与故障对应关系

声　音	故　障
1 短	系统正常启动
2 短	CMOS 奇偶校验错误
1 长 1 短	内存或主板错误
1 长 2 短	显示卡错误
1 长 3 短	键盘控制器错误
1 长 9 短	存储 BIOS 程序的 Flash ROM 或 EPROM 芯片局部错误
长声不停	内存条没插好或内存条损坏
短声不停	电源故障
无声无显示	电源或 BIOS 程序损坏

在显示系统初始化之后，POST 检测的信息将出现在屏幕上，除了显示 BIOS、CPU、内存的基本信息外，还在屏幕上显示硬盘驱动器（HDD）、光盘驱动器（CD-ROM）以及即插即用（PNP）设备信息。在这一阶段，POST 检测到的错误以文字形式提示在屏幕上，开机后看到的信息即是。

（3）装入操作系统时故障分析。计算机在自检结束后，寻找硬盘，找到后，读取硬盘主引导扇区的信息，并执行主引导记录。主引导程序检查分区表中的自举分区标志和分区结束标志 55AAH，若找到则转向主分区，执行主分区中引导扇区中的引导程序，开始启动操作系统。

在这一阶段常见的故障是找不到自举分区或存在多个自举分区；找不到分区结束标记或分区标记被改动；文件分配表内容被改动等。

如果分区表内容被改动，可利用工具软件进行修复，如利用诺顿医生或 KV3000 等软件来修复；也可用备份的分区表内容来覆盖已损坏的分区表。若发现是病毒所致，应先除毒，后恢复分区表。最无奈的办法是重新分区和格式化。

2. CPU 常见故障及维修

CPU 处理器是一台 PC 电脑中最重要的配件之一，各种数据的运算、处理等过程都是由 CPU 处理器来完成的。如果把一台电脑比作是一个人体，那么 CPU 处理器便可以看作是人脑，控制着整体机器各个配件的相到协调运作。由于 CPU 处理器的集成度很高，因此其可靠性非常强，正确使用电脑的情况下出现 CPU 处理器损坏烧毁的机率并不是很高，但也不可排除人为原因引起的 CPU 处理器损坏、烧毁等现象。特别是在安装过程和超频使用的情况下，极易引起 CPU 损坏烧毁，给我们的使用带来了很多的麻烦。

一般情况下，CPU 处理器损坏后的故障非常容易判断的。当 CPU 处理器损坏后，最直接的故障就是电脑无法正常开机，按下机箱电源按钮以后机器无任何的反映，机箱喇叭无鸣叫声，显示器没有信号。如果出现以上的现象，基本可以断定是处理器出现了问题。

那么我们在安装使用 CPU 时要注意些什么问题呢？在 CPU 处理器出现故障以后我们应该从哪几个方面入手检查排除故障呢？一般情况下我们可以按下如下的步骤进行

判断和排除。

（1）检查 CPU 处理器是否安装到位。

目前的处理器插槽设计都非常标准，主板使用什么样的芯片则决定安装什么型号的处理器，高中低端划分明确，特别是 AMD 处理器划分更细。

CPU 目前还是以针式结构为主，安装上采用了针脚对针脚的防呆式设计，方向不正确是无法将 CPU 正确装入插槽中的，在检查时我们把重点放在安装是否到位上。目前 AMD 采用了 754 和 939 两种接口，如图 8-20 所示。英特尔则主要采用的是 478 针和 LGA775 针的接口，如图 8-21 所示。主板上的 CPU 处理器插槽都有定位措施，如果处理器安装不到位则无法将主板上的 CPU 处理器的压杆压下，因此在安装时一定要细心，千万不要用蛮力，特别是对 478、754、939 三种针式接口，蛮干的后果便是将 CPU 处理器的针脚弄折，造成处理器损坏。

图 8-20　AMD 采用的 754 接口　　　　图 8-21　英特尔 LGA775 处理器接口

（2）检查 CPU 风扇的运行是否正常。

CPU 由于集成度非常高，因此发热量也非常大，特别是目前处理器的频率都非常高，3.0GB 都已不再鲜见，因此风扇对于 CPU 的稳定运行便起到了至关重要的作用。目前 CPU 处理器都加入了过热保护功能，超过一定的温度以后便会自行关机，不会像早期的产品一样因为发热量过大而致使处理器烧毁，但过高的温度会使 CPU 使用寿命明显减短，并且最重要的是风扇安装不到位或与者处理器接合不紧密，会使电脑频繁的死机，影响我们的正常使用。因此我们除了要为处理器选择一款性能优势的散热器外，还要经常检查风扇的工作情况，经常对 CPU 风扇进行检查和保养。比如在温度较低的情况下，CPU 风扇的润滑油容易失效，导致工作中噪音明显增大，这时就要考虑为 CPU 风扇进行清理和加，如图 8-22 所示。

另外，在炎热的夏季我们还要格外的注意 CPU 处理器的散热状况，除了要选择一款性能不错的 CPU 散热器外，一款不错的机箱对于散热也是非常重要的。

（3）检查是否因为超频使用引起故障。

这一项主要针对的是超频用户。目前 CPU 处理器的频率已经相当的高，完全能够满足我们日常生活的各种需求，没有必要再进行超频使用。但很多朋友仍然不满足，都选择将处理器超频使用。当然超频后的 CPU 在性能上的提升是肯定的，但对电脑的稳定

图 8-22　AMD 处理器采用的插槽及散热风扇接口规格

性和处理器的使用寿命是非常有害的。超频后的 CPU 对散热的要求将更高，在加入更高的电压下极容易导致 CPU 处理器的烧毁。很多情况下便是因为对 CPU 进行超频以后导致机器无法正常运行。因此，在非必要的情况下，建议大家不要对处理器进行超频。

当出现能够正常开机去进入不了操作系统时，用户就得考虑是不是因为对处理器进行超频后导致的故障，可以进入主板的 BIOS 中将 CPU 的电压、外频等恢复到默认设置，便可能解决问题。

（4）检查跳线的设置是否正确。

这一项主要是针对老主板老处理器的用户而言，目前新主板和 CPU 一般都不会进行硬件跳线的设置。对于采用硬件跳线的老主板用户，设置起来比较复杂，稍不注意便会造成各种参数设置出错。因此在 CPU 出现问题时首先要检查各项参数及跳线的设置是否正确，认真检查主板，阅读主板说明书，仔细设置好各项参数。

如果处理器烧毁或者压坏的，应该这样检查：打开机箱，卸掉 CPU 风扇，拿出 CPU 后用肉眼观察处理器是否有被烧毁、压坏过的痕迹。现在 AMD 采用的 754 接口和 939 接口，英特尔采用的 478 接口的处理器，核心比较娇嫩，在安装风扇时稍有不慎便会将 CPU 压坏，因此安装时一定要注意力度要适中、方法要正确、防止用蛮力将 CPU 处理器压坏。

另外，处理器都是通过针脚与插槽连接的，虽然号称是"零插拔力"插槽，但如果插槽的质量不好，CPU 在插入时的力度还是很大，大家在安装时要保持针脚与插槽的平衡，在安装时一定要检查处理器的针脚是否有弯曲的现象，不要一味的插或拔，否则很容易损坏针脚。

一般情下不要经常进行 CPU 插拔，极易引起接触不良的现象。

3. 内存常见故障及维修

内存与 CPU 和外部存贮器交换数据，高频率状态下的要求对于电子设备而言总是非常严格的，再加上内存是超大规模集成电路，其内部的晶体管有一个或少数几个损坏就可能影响计算机的稳定工作，同时表现出的故障现象也不尽相同，所以给我们的维修工作带来一定的难度。下面为大家整理出内存出现的故障，并一一排除。

（1）屏幕提示"内存不足"。出现这种现象的原因是，内存条容量太小或打开的应用程序太多。

排解方法:增加内存条,扩充内存容量;减少内存驻留程序的数量;减少打开窗口的数量,以释放被占用的内存空间。

(2) 接触不良。当内存条与内存插槽接触不良时,常出现系统不能启动;系统运行时,突然死机或重启,或屏幕出现乱码、花屏等现象。如图 8-23 所示。

排解方法:采用插拔法,把内存条拔下然后再插下,或者更换插槽再插下。

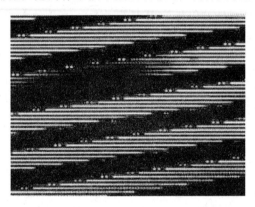

图 8-23　花屏

(3) 内存参数设置不正确。当内存参数设置不正确时,常出现数据传输错误和系统运行不稳定等现象。

排除方法:重新启动计算机进入 CMOS 设置程序,重新设置内存参数。

(4) 内存条间不兼容。常导致系统无法启动或其他莫名其妙的错误。

排解方法:更换与已有内存条相同速度相同型号的内存条。

(5) 内存条损坏或内存插槽损坏。若内存条损坏,可用替换一条内存条。若内存插槽损坏,可将内存条换一个内存插槽插上,若全部槽都有坏了,只有更换主板了。

4. 硬盘常见故障及维修

(1) CMOS 设置程序中硬盘参数设置错误。常出现的故障现象是开机后找不到硬盘,或硬盘工作不稳定等。

排解方法:进入 CMOS 设置程序,重新设置硬盘参数。也可利用硬盘自检程序获取硬盘参数。

(2) **硬盘主引导扇区损坏。**常见的故障现象是系统不能启动,提示无效的分区表信息等。主引导扇区共有三部分组成:MBR(主引导记录)、分区表、分区结束标记。

排解方法:可用 DEBUG 程序查看故障出现的位置,若 MBR 和结束标记被损坏,可用软盘启动计算机,用 FDISK/MBR 来修复。若自举分区标记被破坏,可用 DEBUG 来修复,也可启动 FDISK 命令,在主菜单选择 Set Active Partition 来设置。若主引导扇区是由于病毒而损坏,则应先杀毒而后修复。

(3) 主分区引导扇区损坏。主分区引导扇区主要包括操作系统引导程序和 I/O 参数表。

排解方法：损坏后，常见的故障是操作系统不能装入。若其内容有备份，可以把备份的内容回写；也可利用工具软件来修复，如诺顿医生；也可用格式化命令重写引导扇区。

(4) 硬盘接口或控制器损坏。常见故障现象是磁盘启动失败，找不到系统盘，提示硬盘控制器损坏等。

排解方法：先检查 CMOS 设置程序中关于 IDE 设备的选项"On-chip Primary PCI IDE"和"On-chip Secondary PCI IDE"是否启用(Enabled)，其次检查硬盘连线是否插接好，用插拔法换一个 IDE 口插接以排除 IDE 口故障。若是硬盘控制器故障，可用一块多功能扩展卡代替，同时要屏蔽主板上硬盘控制器。

(5) 硬盘物理损坏。硬盘物理损坏主要包括坏道和坏扇区。

排解方法：当出坏道后，可以将坏道划分成一个分区，闲置不用；如果坏道过多，可对硬盘进行低级格式化修复。当硬盘上出现坏扇区时，可运行硬盘扫描程序对坏扇区进行标记和重新映射扇区。

5. 显示卡常见故障及维修

(1) 接触不良。常见的故障是显示器无显示。

排解方法：把显卡拔出来，清洁显卡金手指和扩展槽后再插下，或换槽插下，注意让显卡金手指与扩展槽排线紧密接触。

(2) 驱动程序安装不正确。常见现象是显示器显示色质较差，同屏显示的颜色数达不到规定数量。有可能是驱动程序版本不兼容或安装环境不正确造成的。

排解方法：用显卡自带的驱动程序或下载较新版本的驱动程序进行安装，并严格按操作说明进行。

(3) 显卡设置错误。主要表现在系统资源冲突上，具体表为显卡的中断号，内存范围地址，输入/输出范围地址被其他设备占用。

排解方法：进入设备管理器，手工更改相冲突的设置，或者先卸载其他设备，重启后，再安装有冲突的设备。

(4) 显卡或扩展槽损坏。

排解方法：换一块显卡或换一个扩展槽插下。

6. 光驱常见故障及维修

(1) 光驱不能工作。在 DOS 状态下，检查 Config. sys 文件中是否加载光驱硬件驱动程序(如 SONY 的 ATAPI_CD. SYS)，在 Autoexec. bat 文件中加载软件驱动程序 Mscdex. exe。只有都加载后，光驱才能正常工作。在 Windows 状态下，光驱驱动程序在系统设备驱动程序库中，每次启动 Windows，光驱会自动安装。其次，检查光驱连线是否正确，插接是否紧密，+5 V、+12 V 电源电压是否正常。

(2) 光驱图标丢失。光驱图标丢失的原因很多，有时是人为修改或通过其他工具软件修改造成的，有时是由病毒所致，有时是在 Windows 9x 状态下，在 Config. sys 和 Autoexec. bat 文件中加载了光驱驱动程序所致。如果是人为有意造成的，可修改相应的设置或使用相应的软件还原；如果是病毒所致，应清杀病毒；在 Windows 9x 状态下，除掉 DOS 下的光驱驱动，让 Windows 9x 加载光驱 32 位驱动程序。

(3) 光驱读盘困难。光驱读盘困难，有可能是光盘太脏或光盘质量低下造成的，也可能是光驱的兼容性差造成的;也可能是激光头需要清洗或激光头老化所致。因此,在选用光盘时,要选用干净、质量较好的光盘,防止把灰尘带进光驱;应该定期清洗激光头,若激光头老化,可调整激光头的读写功率,增强读盘能力;用兼容性较好的光驱。

7. 软驱常见故障及维修

(1)检测不到软驱。常见的原因是 CMOS 设置程序中关于软驱类型设置为 none,或将软驱控制器(floppy controller)设置为禁用(disabled)。

排解方法:将软驱类型大小设置为与实际软驱类型一致的值(常用的是 1.44 MB,3.5 in),将 Floppy controller 设置为启用(Enabled)。

(2)软驱不能读写软盘。若是软驱线接触不良,则应检查连线是否插接正确。若软盘故障,则检查软盘是否写保护,使用的软盘类型是否匹配,软盘是否损坏。

(3)软驱故障。可能是磁头老化,或灰尘太多,或软盘控制器损坏所致。

排解方法:定期清洁软驱,尤其是磁头;如果软盘控制器损坏,可用多功能卡代替,但要屏蔽主板上的软驱控制器。

8. 鼠标常见故障及维修

(1)鼠标不灵活。常见的原因是鼠标内积有灰尘或污垢,可将鼠标打开,清洁内部及鼠标球;有时是因为桌面不平整或震动造成的,可以在鼠标下加垫鼠标垫。

(2)检测不到鼠标。一般是鼠标或鼠标接口故障引起的。鼠标接口有串口、PS/2口、USB口等,若接口出了故障,最简单的办法是将鼠标换个接口插下去,或加接口转换头后插下。如果鼠标本身损坏,由于鼠标便宜,一般采用换鼠标的方法。

(3)鼠标不能使用或移动无规律。这种现象一般是由于鼠标占用的资源与其他设备占用资源相冲突而造成的,如鼠标占用的中断号与显卡、网卡、MODEM 等设备占用的中断号相同,导致死锁的出现。解决方法是重新分配相冲突设备的使用资源,或手工指定鼠标资源。

9. 打印机常见故障及维修

打印机的主要功能是打印输出,常见的故障是打印机不能正常打印。具体解决方法如下。

(1)打印机连接不正确或接触不良。检查打印机电源线、数据线是否插接好,数据线有无断裂痕迹。

(2)打印机接口损坏。用替换法将打印机接到其他计算机上,如果打印机能正常使用,则说明打印机接口损坏,可换一个接口试验。

(3)驱动程序问题。打印机是非即插即用设备,必须正确安装驱动程序后才能运行。应该先检查打印机是否安装驱动程序,驱动程序安装是否正确,有无被损坏。一般的解决方法是删除现有的驱动,重新安装,或进行升级安装。

(4)打印机本身故障。一般情况下,打印机能自检成功并能打印自检页,则说明打印机正常。如果打印机本身有故障,自检就会失败。打印机附送说明书中有常见的打印机故障现象及解决方法,这里不一一列出。

8.3　计算机病毒防治

8.3.1　案例引入

1. 案例

U 盘病毒，Autorun 文件和 RavMonE. exe 病毒。

如图 8-24 所示，左侧是带病毒的 U 盘，右键菜单多了"自动播放"、"Open"、"Browser"等项目；右侧是杀毒后的，没有这些项目。这里注明一下：凡是带 Autorun. inf 的移动媒体，包括光盘，右键都会出现"自动播放"的菜单，这是正常的功能。

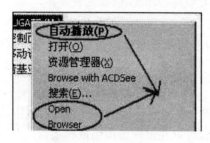

图 8-24　带病毒 U 盘的右键菜单

打开"我的电脑"，在菜单栏上点"工具"，点"文件夹选项"，出现一个对话框，选择"查看"标签，然后对照下图，可发现隐藏的 Autorun 文件，如图 8-25 所示。

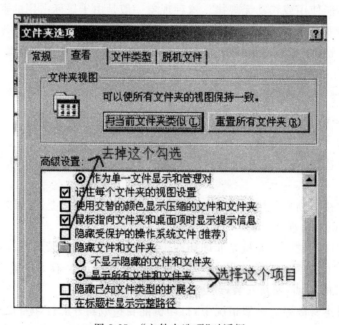

图 8-25　"文件夹选项"对话框

2. 案例解析

目前的 U 盘病毒都是通过 Autorun. inf 来进入的；Autorun. inf 本身是正常的文件，但可被利用作其他恶意的操作；不同的人可通过 Autorun. inf 放置不同的病毒，因此无法简单说是什么病毒，可以是一切病毒、木马、黑客程序等；一般情况下，U 盘不应该有 Autorun. inf 文件；如果发现 U 盘有 Autorun. inf，且不是你自己创建生成的，请删除它，并且尽快查毒；如果有貌似回收站、瑞星文件等文件，而你又能通过对比硬盘上的回收站名称、正版的瑞星名称，同时确认该内容不是你创建生成的，请删除它；同时，一般建议插入 U 盘时，不要双击 U 盘，另外有一个更好的技巧：插入 U 盘前，按住 Shift 键，然后插入 U 盘，建议按键的时间长一点。插入后，用右键点击 U 盘，选择"资源管理器"来打开 U 盘。

8.3.2　计算机病毒定义

随着计算机和网络的普及，计算机病毒有了广阔的活动场所，而流行猖獗起来。计算机病毒有很强的破坏力，前几年发生的"熊猫烧香"病毒，使得全世界数以百万计的计算机处于瘫痪状态。经过计算机病毒多次洗礼，现在人们已认识到防毒、查毒、杀毒已成为计算机维护的重要内容。

计算机病毒是什么？ 在我国 1994 年正式颁布实施的《中华人民共和国计算机信息系统安全保护条例》中明确提出"计算机病毒，是指编制或在计算机程序中插入的破坏计算机功能或毁坏数据，影响计算机使用，并能自我复制的一组计算机指令或者程序代码。"

跟生物界的状况是一样的，细菌、病毒跟人类都是生物体，甚至在大部分情况下，这些微生物也并非完全有害，也会与人体共存。电脑中的病毒跟正常程序一样，都是使用基础原理一致的源代码编写、执行的，只是软件执行的是用户需要的、正常的功能，病毒执行的是用户不需要的、不正常的功能，这里有一个辩证的相对性在里面。简单的例子，比如稍微熟悉电脑的朋友都知道 Format、del 的 DOS 命令代表格式化硬盘和删除文件，假设我 autorun. inf 中使用了 Format 或 del 命令，那么表示我可以让别人的机器被格式化，或者删除了一些文件，而这其实不需要太高深的电脑知识。

8.3.3　计算机病毒特点

计算机病毒具有如下特点：

1. 可执行性

计算机病毒是一段可执行程序，但不是一个完整的程序，而是寄生在其他可执行程序上，当用户调用染毒的可执行程序时，计算机病毒先于可执行程序执行，窃取到系统的控制权，让系统在带毒的状态下运行，从而进行传染和破坏活动。

2. 传染性

计算机病毒会通过各种渠道从已被感染的计算机扩散到未被感染的计算机，在某些情况下造成被感染的计算机工作失常甚至瘫痪。计算机病毒通过将自身的代码强行连接到其他程序或存储介质上，达到自我繁殖的目的。它可通过各种可能的渠道，如软盘、光盘、计算机网络等去传染其他的计算机。如果一台计算机染毒，如不及时处理，那么病毒会在这台机子上迅速扩散,被感染的文件又成了新的传染源,当与其他机器进行数据交换或通过网络接触时,病毒会继续进行传染。

3. 潜伏性和可触发性

一个计算机被病毒感染后,一般不会马上发作,而是在合法文件中隐藏一段时间,对其他系统进行传染,它在系统中潜伏的时间越长,染毒的范围就越大。计算机病毒具有预定的触发条件,这些条件可能是时间、日期或敲击某个按键等。病毒运行时,触发机制检查预定条件是否满足,一旦满足,就执行感染或破坏程序,对系统进行感染或攻击。

4. 破坏性

任何病毒只要侵入系统,都会对系统及应用程序产生不同程度的影响。轻者会降低计算机工作效率,占用系统资源,重者可导致系统崩溃。常见的破坏行为有破坏数据,删除文件或加密磁盘,格式化磁盘,破坏文件分区表,占用系统内存,攻击主板 BIOS 等。

5. 隐蔽性

为了易于隐藏,大部分病毒代码设计的非常短小。并且它们通常附在正常程序中或磁盘较隐蔽的地方,如果不用专用病毒检测程序是很难发现的。当计算机受到传染后,系统通常仍能正常工作,用户在短时间内不会感到任何异常。正是由于隐蔽性,计算机病毒才能够轻松扩散在各种系统之中。

6. 变异性

当一种计算机病毒产生后,它的结构原理有可能被其他人掌握,于是有些人以他个人的意图进行任意改动,从而又产生出一种不同于原版本的新的计算机病毒(又称为变种)。这就是计算机病毒的变异性。并且,现在有些计算机病毒在自我复制时自动发生变异,使得每次感染的结果不同。

8.3.4 计算机病毒分类

要及时地查杀病毒,有必要对病毒进行较详细的了解,因为病毒编写者的意图、心态,采用的手段、方式各不相同,病毒的表现形式也多种多样,对病毒的划分没有一个统一的标准,所以病毒的分类可按多个角度去分。根据病毒的传染方式,可分为以下基本 5 类。

1. 引导型病毒

这类病毒占据磁盘引导区或主引导区,而将真正的引导区内容转移或替换,当计算机从感染了引导区病毒的硬盘或软盘启动,或当计算机从受感染的软盘中读取数据时,病毒就先于操作系统加载到内存,获得系统的控制权,待病毒程序执行后,将控制权交给真正的引导区内容,这个带病毒的系统表面正常,实际上病毒已隐藏在系统中并待机传染、发作。

引导型病毒包括主引导区病毒和引导区病毒。主引导区病毒将病毒寄生在硬盘主引导区中。引导区病毒是将病毒寄生在磁盘逻辑主分区中。

1991 年 3 月 6 日爆发的米开朗基罗病毒就是典型的引导型病毒,它侵入计算机磁盘引导区,常驻系统内存。一到 3 月 6 日用户开机若出现黑画面,就表明硬盘数据已破坏。

2. 文件型病毒

这类病毒通常寄生在可执行文件(如＊.COM,＊.EXE等)中,成为程序文件的一个外壳或部件。一旦运行这样的程序文件,病毒便被激发,执行大量的操作,并进行自我复制,同时附着在系统其他可执行文件上,并留下标记,以后不再重复感染。这类病毒为了隐藏自己,常常对它们的编码进行加密或采用其他技术。感染这类病毒的文件,大多发生了长度、日期和时间的变化。文件型的病毒依传染方式的不同,又可分为非常驻内存型和常驻内存型两种,非常驻内存型病毒将自己寄生在＊.COM,＊.EXE或是＊.SYS的文件中。当这些中毒的程序被执行时,就会尝试去传染给其他文件。常驻内存型病毒常驻在内存中,只要其他执行文件被执行,就对其进行感染,对磁盘造成的伤害更大。

1987年发生的黑色星期五病毒就是典型的文件型病毒,每逢13日星期五就会被触发,发病的唯一征兆是磁盘驱动器的灯一直亮着,它会删除任何将要执行的中毒文件。

3. 宏病毒

宏病毒就是一种寄生在文档或模板的宏中的计算机病毒,是一种特殊的文件型病毒。一旦打开这样的文档,其中的宏就会被执行,宏病毒就会被激活,并驻留在通用模板(如Word中的Normal.dot)上。以后,所有自动保存的文档都会"感染"上这种宏病毒。其实是把具有特定功能的宏代码附加在指定文件上,通过文件的打开、存储等操作,实现宏命令在不同文件不同机器之间进行传递,达到传染的目的。常见的宏病毒有微软Office系列的Word宏病毒、Excel宏病毒。

4. 混合型病毒

混合型病毒是至少两种以上病毒的混合,不仅传染可执行文件而且还传染硬盘引导区,被这种病毒传染的系统破坏性非常大,甚至用Format命令格式化硬盘都不能消除病毒。

5. 网络型病毒

网络病毒以计算机网络为平台进行传播,除了破坏本地系统外,还攻击网络中的可执行文件,臃塞网络,拒绝网络服务,窃取他人计算机上的资料和控制权,导致网络和他人系统的瘫痪。常见的网络型病毒有以下几种。

1) 脚本病毒

脚本病毒是随着脚本语言的广泛应用而大量流行起来的,常见的脚本语言有ASP(active server pages),PHP(hypertext preprocessor),VBScript,Java Script等,脚本语言的功能非常强大,它们利用Windows系统的开放性特点,通过调用一些现成的Windows对象、组件,可以直接对文件系统、注册表等进行控制。脚本病毒一般是直接通过自我复制来感染文件的,病毒中的绝大部分代码都可以直接附加在其他同类程序的中间,有的将自己的代码附加在文件的尾部,有的直接生成一个文件的副本,将病毒代码拷入其中。

脚本病毒主要依赖于网络进行传播,有的通过电子邮件进行传播,有的通过局域网共享传播,有的通过感染htm、asp、jsp、php等网页文件传播。

新欢乐时光病毒是一个较典型的脚本病毒,这个病毒是用VBScript编写的,感染扩展名为.html/htm,.asp,.php,.jsp,.htt和.vbs文件,感染后在每个目录中都会生成

folder. htt 和 desktop. ini，并在 Windows 系统目录 System 中生成一个名字叫 Kernel. dll 的文件（Windows 9x/Me）或 kernel32. dll（Windows NT/2000），感染后电脑运行速度明显变慢，在任务列表中可以看到有大量的 Wscript. exe 程序在运行。

2）网络蠕虫病毒

蠕虫病毒在互联网环境下自我复制传播，它检测与当前计算机联网的所有计算机，如果它检测到网络中的某台机器未被占用，通过计算网络地址，将自身的拷贝发送至未被传染的计算机，一旦病毒进驻计算机，就会大量占用机器内存，造成系统死机，同时蠕虫病毒在网络中大量发送，往往导致网络过分拥挤，甚至中断。蠕虫主动攻击互联网内的所有计算机。操作系统和应用程序的漏洞和弱点为蠕虫传播提供了良好途径。常见的蠕虫病毒有美丽杀手、爱虫病毒、红色代码以及 2003 年 1 月爆发后造成巨大损失的 Sql 蠕虫王等。

3）木马类病毒

木马其实是一个客户端/服务器程序，服务器程序叫被控制端，根植于他人计算机，客户端程序叫控制端，被别有用心的人控制，控制端向被控端发出请求，被控端收到请求后，就在他人电脑中活动，搜集他人计算机中的资料信息发回控制端，使别有用心的人得到他人的资料，甚至电脑的控制权，从而在他人电脑中进行非法活动。最常见的木马便是试图窃取登录窗口的用户名和密码，或者试图盗窃用户的注册信息和账号信息。

木马病毒常常用来进行远程控制，盗取别人机器上的一些重要文件或密码等，而且其变种繁多，还可长时间潜伏在电脑之中，使用户极难发现。国内常见的冰河病毒就是一个木马，它的功能非常强大，可以进行远程控制。

以上列出的只是常见的几种病毒，从不同的标准可以划分出不同的类型。如，根据病毒的破坏性，还可以将病毒分为良性病毒和恶性病毒。同时，新的病毒不断出现，其传播手段也更加隐蔽，破坏性更大。

8.3.5　任务实战

1. 计算机病毒预防

防止计算机病毒侵入计算机，最好的方法就是预防。我们要树立预防的思想，堵塞各种病毒的入侵途径，保证计算机系统的安全。以下是常见的预防办法。

（1）不要随便使用来历不明的软件、软盘、光盘，打开压缩文件或使用从网上下载的软件时，先杀毒后使用。许多计算机病毒寄生在文件或磁盘上，当拷贝带毒的文件或读写带毒的磁盘时，病毒就会侵入计算机系统。因此，使用来历不明的软件时，使用来历不明的盘子启动计算机或交换数据时，最好先用防毒软件查杀病毒，在确信没有病毒后再使用。

为提高传输效率，现在大多数文件都先压缩后传输。这就为病毒的传播提供了温床，有很多病毒都是随压缩文件一起传输，打开压缩包时，病毒就侵入系统。网络也是病毒传播的良好途径，从网上下载文件时，最好到知名网站下载，下载后先用杀毒软件杀毒后使用。

（2）安装防毒软件，并经常用防毒软件查杀病毒。由于病毒的隐蔽性，使得病毒的入侵防不胜防,安装杀毒软件的目的就是检测系统中是否感染了病毒,若感染,就执行杀毒操作或隔离受感染的文件。经常用防毒软件检测系统,可以达到防患于未然的目的。

(3) 经常更新防毒软件及其病毒库。有人认为电脑上一旦安装了防毒软件就会百毒不侵,一劳永逸,其实不然,因为新的病毒层出不穷,防毒软件只能查杀已知的病毒,对新病毒,旧的防毒软件不识别或不能查杀,因此有必要经常升级防毒软件及其病毒库,提高防毒软件识别和查杀病毒的能力。

(4) 安装或打开防火墙或实时监控软件。防火墙或实时监控软件能对病毒进行实时过滤。开启后,它始终监测着系统内部的资源,一旦发现病毒入侵或向其他资源感染,就自动将其清除。防火墙同时也是系统与外部网络之间的一道"安全过滤墙"。从本地系统进入外部网络的信息和从外部网络进入本地系统的资源都要经过防火墙的控制过滤,以确定哪些资源可以进入本地系统,哪些资源可以向外部网络发送。有效地防止了内部系统的病毒向网络传播,外部网络的病毒向内部系统侵袭。

现在除了专用的防火墙和实时监控软件外,许多防毒软件都已带有防火墙或实时监控功能。

(5) 使用安全的杀毒方式。有人电脑上感染了病毒之后,才想起安装防毒软件,这样安装的杀毒软件不但杀不了毒,甚至连防毒软件本身都染上了病毒。这时,应该用干净的防毒软盘或U盘或光盘重新启动计算机,从软盘、U盘或光盘上查杀硬盘上的病毒。若没有这样的盘子,也可在网上进行在线杀毒。目前有许多在线杀毒网站,如瑞星在线杀毒等。

(6) 为系统软件或应用软件打上必要的补丁,堵塞系统漏洞。如,Windows和IE都存在多种Bug,为各种网络病毒大开方便之门。可以用专用漏洞检测软件进行扫描,查出漏洞,然后打上补丁。也可用Windows Update直接到微软网站上,让微软为系统进行全面检查,然后打上安全补丁。

(7) 采取必要的安全保护措施。例如:若无特殊情况,不设置或减少共享文件夹;不打开陌生的电子邮件;不浏览恶意网站;把一些重要的文件设置为只读权限或属性;监测写盘操作;安装上网安全助手等。

2. 计算机病毒检测与清除

计算机万一中了"毒",必须把毒清除出去,否则就会产生严重后果,查杀病毒的方法一般有两种:手工清除法和自动清除法。

1) 手工清除法

手工清除法是利用计算机表现的各种症状,来判断是否中毒。若中毒,则根据不同类型病毒的不同特征来手工清除掉。

常见的中毒现象有:莫名其妙地死机;突然重新启动;数据丢失或异常;屏幕上出现一些无聊的画面或提示;磁盘空间不明原因地变小;程序不能运行或运行异常;系统运行速度变慢;不写盘或写盘时丢失数据;封锁键盘或输入码紊乱等。确认计算机中毒后,可采用手工方法清除。

对于引导型病毒,它主要攻击磁盘的引导区或主引导扇区。平时,可以备份引导区的内容,一旦遭到该类病毒袭击,可用Debug或其他专用软件将备份内容回写,或利用防毒软件(如金山毒霸)的硬盘修复功能来修复。

对于文件型病毒,它主要感染.exe,.com,.sys 和.doc 类型的文件,并将病毒代码添加到正常程序的代码中,这类病毒采用手工方式难以查杀,往往采用杀毒软件来清除。可以将较重要的文件设置为只读,以防病毒改写。

木马型病毒是一个特殊的程序,一般清除方法就是删除木马程序,就达到了杀毒的目的。对于攻击 BIOS 类的病毒,可找一块类型相同的主板,采用专门的软件或利用热拔插法将 BIOS 内容回写,以达到消毒的目的。

手工清除法速度慢,效率低,难度大,不易掌握,因此自动清除法得以流行。

2)自动清除法

自动清除法是指借助防毒软件自动地检测清除病毒,维护系统的安全。常见杀毒软件有以下几种。

(1)瑞星系列杀毒软件。瑞星是国内反病毒战线的重要组成力量,它推出的杀毒软件以瑞星命名,有防火墙、防毒墙、杀毒软件等。目前较为流行的是瑞星杀毒软件 2004 版和 2005 版。2004 和 2005 版能够扫描系统漏洞,并提供解决方案;提供智能升级服务;能拦截病毒和恶意代码;提供了注册表修复工具、硬盘数据保护系统、病毒实时监控系统、DOS 杀毒工具等。瑞星的网址为 http://www.rising.com.cn。

(2)金山毒霸。金山是杀毒软件的后起之秀,影响较大的是金山毒霸系列产品。金山毒霸查毒范围广,可查杀几万种病毒及其变种;具有硬盘修复功能;提供防火墙过滤功能;能扫描系统漏洞。金山的网址为 http://db.kingsoft.com。

(3)江民系列杀毒软件。江民系列杀毒软件是江民公司的产品,在国内防杀病毒软件市场上占较重要的地位。KV3000 是老牌的杀毒软件,能杀上千种引导型和文件型病毒。新推出的 KV2005,采用新研发技术,与操作系统底层紧密接合,防杀毒能力更强,能防杀几万种病毒。其网址为 http://www.jiangmin.com。

(4)KILL 系列杀毒软件。KILL 是北京冠群金辰公司的产品,它采用新型的主动内核反病毒技术,突破了传统反病毒技术的被动杀毒模式,与操作系统、网络使用环境实现无缝连接,确保用户的网络系统处于主动内核的保护之下。其网址为 http://www.kill.com.cn。

3. 瑞星杀毒软件 2005 版使用

1)基本功能

(1)实时监控功能。能在打开陌生文件,收发电子邮件和浏览网时,查杀和截获病毒,全面保护计算机不受病毒侵害。

(2)杀毒主程序。杀毒主程序是用户的主界面,从这里可以进行病毒的查杀、软件的设置和启动各种相关的工具、设置等。

(3)方便实用的工具程序。2005 版中自带了 10 多种工具,有病毒隔离系统,嵌入式杀毒工具,漏洞扫描工具,硬盘备份工具,增量升级软盘制作工具,瑞星 DOS 杀毒工具,注册表修复工具,制作硬盘安装备份工具等。

(4)其他服务。瑞星短信通工具,方便地实现短信收发,短信沟通。瑞星网站链接工具,通过点击,可以随时登陆瑞星网站,了解最新动态。

2）安装

在安装瑞星杀毒软件之前，应关闭其他正在运行的程序，并卸载其他杀毒软件，以免引起其他问题。安装时，将瑞星杀毒软件光盘放入光驱，系统自动显示安装画面，单击"安装瑞星杀毒软件"，在出现的安装语言选择框中，选择"简体中文"，在"最终用户许可协议"框中，选择"我接受"。在检查序列号框中，输入产品的序列号和用户 ID，此后安装程序自动对系统内存进行扫描，以确保安装环境是无毒的。然后选择瑞星杀毒软件的安装目录，当文件复制完成后，选择"完成"按钮，即结束安装。

3）查杀病毒

启动瑞星杀毒软件 2008 后，出现瑞星杀毒软件主界面，如图 8-26 所示。在"查杀目录"下设置要查杀病毒的磁盘或目录（一般先扫描内存和引导区），选中的磁盘或目录前有"√"，然后单击"查杀病毒"按钮，杀毒软件就按指定的目录开始查杀病毒。在查毒过程中，可以随时暂停或停止杀毒，杀毒结束后，显示扫描和杀毒的报告结果。

图 8-26　瑞星杀毒软件 2008 的主界面启动

4）功能设置

在主界面下单击"详细设置"按钮进入"瑞星设置"框，如图 8-27 所示。在此对话框下，可进行 8 种设置：扫描设置，定制任务，计算机监控，嵌入式杀毒，定时升级，硬盘备份和其他设置。

（1）扫描设置。在此对话框上方有"恢复为"和"储存为"两个选项。"恢复为"用来设置扫描的安全级别，有低、中、高安全级别和用户自定义第一、二、三套级别；"储存为"是指把用户当前的自定义设置存储起来，可存储为用户自定义第一、二、三套设置。

（2）高级设置。单击图 8-27 的高级设置，出现如图 8-28 所示的对话框。在此框中，可以设置扫描文件的类型；查杀病毒的类型；加快杀毒速度的系统优化设置；发现病毒时的处理方式；杀毒失败时的处理方式；杀毒结束的处理方式；信息中心的设置。

（3）定制任务设置。用来指定定时扫描；开机扫描；使用屏保杀毒和关机时检测软盘

图 8-27　"瑞星设置"框

图 8-28　"高级设置"对话框

等设置。

　　(4) 计算机监控设置。有 8 大监控设置,分别是文件监控,注册表监控,内存监控,邮件监控,网页监控,引导监控,漏洞攻击监控,自动启动计算机监控等。

　　(5) 嵌入式杀毒设置。设置使用 Office/IE 嵌入式杀毒,拦截病毒或恶意代码。

　　(6) 定时升级设置。设置具体的时间来定时升级瑞星杀毒软件。

（7）定时备份。设置具体时间进行数据备份,通过定时备份保证数据的备份是较新的,这样恢复数据时才能最大限度的减少损失。

（8）其他设置。用于指定是否使用声音报警;是否保存历史记录;是否使用瑞星助手等。

5）瑞星工具

在主界面下,单击"瑞星工具",打开瑞星工具界面,如图8-29所示。

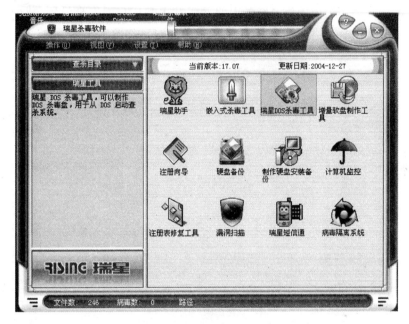

图8-29　瑞星工具界面

（1）瑞星助手。启动瑞星助手后,在桌面上出现一个小狮子"卡卡"图标,双击"卡卡",显示瑞星助手的帮助功能:启动瑞星短信通,自由收发短信;访问"卡卡"虚拟社区参与在线交流;访问瑞星网站,了解最新病毒、漏洞信息;查询IP地址;启动瑞星程序;智能升级瑞星杀毒软件至最新版;提交病毒样本;新特性,新功能介绍。选中某一选项,单击下一步按提示操作。

（2）嵌入式杀毒工具。启动嵌入式杀毒工具后,弹出瑞星嵌入式查杀设置工具对话框,在该框中,选择要设置为嵌入查杀的软件,瑞星杀毒软件将在必要时被激活,对文件进行病毒查杀。

（3）瑞星DOS杀毒工具。该工具能够制作DOS状态下的启动软盘和USB启动盘,其功能有:能够启动操作系统,能够查杀病毒,能够进行硬盘数据的灾难恢复,可以清除某些无法在Windows下清除的病毒。

（4）增量软盘制作工具。通过制作增量升级软盘,可以使用少量的软盘来升级瑞星杀毒软件,升级时需要使用瑞星安装光盘。

（5）注册向导。该程序自动尝试接入瑞星网站,引导用户完成产品注册。

（6）硬盘备份。能将硬盘上的数据完全保护起来,当系统遭到破坏或瘫痪时,可以使用瑞星硬盘数据恢复程序来最大限度地恢复系统和数据。

（7）制作硬盘安装备份。能够自动生成最新的瑞星软件安装包，它会将用户当前使用的瑞星软件还原制作成安装程序进行安装，从而省去了安装老版本再升级致电新版本的繁琐过程。

（8）计算机监控。用于监控计算机系统的操作，防止病毒感染计算机系统。

（9）注册表修复工具。对注册表进行扫描，修复已经被修改的常规注册表项。

（10）漏洞扫描。扫描操作系统的升级补丁状况和用户的安全设置，减少安全隐患，双击"漏洞扫描"工具，打开瑞星系统安全漏洞扫描窗口，如图 8-30 所示。

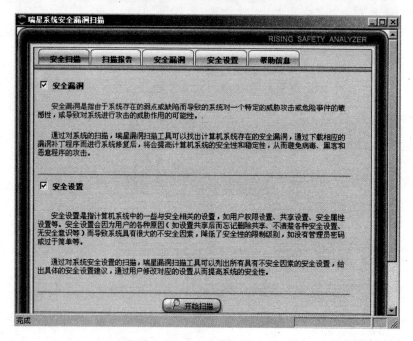

图 8-30 系统安全漏洞扫描窗口

通过对系统安全设置的扫描，列出系统所具有的不安全因素的安全设置，给出具体的安全设置建议，通过用户修改对应的设置，从而提高系统的安全性。

·"安全扫描"选项卡：提供扫描工具进行系统扫描；

·"扫描报告"选项卡：列出系统基本信息，系统存在的安全漏洞数量，系统不安全设置的数量及可修复的程度；

·"安全漏洞"选项卡：列出在当前系统上发现的安全漏洞，并提供下载这些补丁程序的微软网站链接。下载补丁后，即可运行补丁程序，进行系统漏洞修复；

·"安全设置"选项卡：列出当前系统上的不安全设置，并提供自动修复功能。

6）在线升级

在主界面，单击"在线升级"按钮，则瑞星杀毒软件自动检测网络配置，连接到瑞星网站，检测用户 ID，完成杀毒软件的在线升级。

习　题　8

一、填空题

1. 计算机正常工作的适宜温度一般为_____℃,相对湿度为_____范围内,对工作电源有两个基本要求,一是_____,二是_____。

2. CMOS 设置程序存储在主板上_____芯片中其设置结果保存在主板上_____芯片中。开机后,按住_____键,进入 CMOS 设置程序。

3. 磁盘上垃圾文件一般位于_____和_____中。

4. 注册表是 Windows 的_____和_____的注册文件,其内容的查看和修改通过注册表编辑器_____来完成。

5. 开机后首先运行的系统硬件检测程序叫_____。如果检测到某个硬件不正常,则以_____或_____来进行提示。

6. 计算机病毒是指_____。具有_____、_____、_____、_____、_____、_____6 大特征。根据病毒的传染方式,可分为 5 类,查杀手段有_____和_____两种。

二、选择题

1. 硬盘在工作时应注意(　　)。
   A. 噪声　　　　　　　B. 震动　　　　　　　C. 潮湿　　　　　　　D. 日光

2. 显示器使用时间长了,屏幕表面有污垢,用(　　)清洁。
   A. 柔软的纱布　　B. 粗布　　　　　　C. 毛刷　　　　　　　D. 酒精

3. 关于硬盘碎片整理,说法错误的是(　　)。
   A. 先磁盘清理,后进行碎片整理　　　　B. 在整理期间,不要轻易中断
   C. 可照常读写硬盘　　　　　　　　　　D. 最好在空闲时间整理

4. 屏幕显示"HDD Controller Failure",通常表明故障是(　　)。
   A. 软驱故障　　　　　　　　　　　　　B. 硬盘故障
   C. 光驱故障　　　　　　　　　　　　　D. 外围设备故障

5. 在 Windows 状态下,发现显示方式只是 640×480,和 16 色,最可能原因是(　　)。
   A. 没有安装相应的显示驱动程序　　　　B. 显示器指标低下
   C. 显示卡指标低下　　　　　　　　　　D. 显示卡显存太小

6. 如果开机后找不到硬盘,首先应检查(　　)。
   A. 硬盘损坏　　　　　　　　　　　　　B. 硬盘上引导程序损坏
   C. 硬盘上染有病毒　　　　　　　　　　D. CMOS 的硬盘参数丢失

7. 软盘防止病毒感染的主要方法是(　　)。
   A. 不要与有病毒的软盘放在一起　　　　B. 进行写保护
   C. 保持软盘清洁　　　　　　　　　　　D. 定期对软盘格式化

8. 引导型病毒主要攻击目标是(　　)。
   A. 磁盘引导区或主引导区　　　　　　　B. 可执行文件

C.阻塞网络　　　　　　　　　　　　　D. 主板 BIOS 芯片

三、简答题

1. 硬盘的日常维护有哪些内容？
2. 计算机故障处理的一般原则是什么？
3. 计算机病毒的预防手段有哪些？

四、实训题

练习一　用磁盘清理程序清理磁盘

1) 打开磁盘清理程序

在桌面上，依次单击"开始→程序→附件→系统工具→磁盘清理"命令，启动磁盘清理程序，弹出选择驱动器对话框，如附图 8-1 所示。选择要清理的驱动器，按"确定"按钮后，弹出磁盘清理对话框，如附图 8-2 所示。

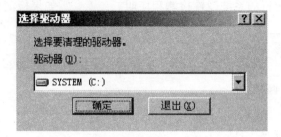

附图 8-1

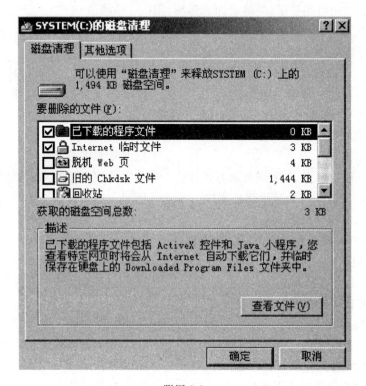

附图 8-2

2）磁盘清理的操作

（1）清理垃圾文件。在"磁盘清理"对话框下，选择"磁盘清理"标签，在"要删除的文件"下选择将要清理的文件类型，每选中一类，前面有"√"出现，下面有一个"查看文件"按钮，可查看将要删除的文件。单击"确定"后，系统自删除选中的文件。

（2）删除 WINDOWS 组件和不用的程序。在"磁盘清理"对话框下，选择"其他选项"标签，下面有清理"WINDOWS 组件"和清理"安装的程序"选项，单击"WINDOWS 组件"下的清理按钮，弹出"WINDOWS 组件向导"，在"组件"下，选择已安装的组件，按提示操作即可删除。

单击"安装的程序"下的清理按钮，可以删除不用的程序，以释放磁盘空间。

练习二　注册表的使用

1）打开注册表编辑器

单击"开始"菜单，选择"运行"命令，在"打开"文本框中输入"regedit. exe"，确定后，打开注册表，如附图 8-3 所示。

附图 8-3

2）查看注册表结构

在"我的电脑"下有 5 个根项，在根项下有若干子项，每个子项有若干个值项。值项类型有 7 类：

REG_BINARY　　　　用于存储二进制数据。

REG_DWORD　　　　用于表示双字节数据。

REG_SZ　　　　　　用于存储字符串

REG-DWORD-LITILE/BIG-ENDLAN　　存储类型与 REG-DWORD 同，但值最同位字节最先存储

REG-RESOURCE-LIST　　　保留给设备驱动程序使用

REG-QWORD　　　用于存储 64 位数据

REG-MULTI-SZ　　在单个值项中存储多个字符串值，每个字符串值都用 NULL 字符分隔

3）注册表的常用操作

包括备份注册表，注册表的恢复，复制注册表项名，注册表的还原，注册表值的添加、更改、删除与重命名。

4）注册表优化系统

具体操作实例如下：

（1）禁止光盘自动运行：

在 HKEY_CURRENT_USER\Software\Microsoft\Windows\CurrentVersion\Policies\

explorer 下，新建 dword 子项 nodrivetypeautorun，将值设置为十进制为 181。

（2）禁用开始菜单中的"运行"项：

在 HKEY_CURRENT_USER\Software\Microsoft\Windows\CurrentVersion\Policies\

explorer 下，新建 dword 子项 norun，将值设置 1。

（3）禁用右键快捷菜单：

在 HKEY_CURRENT_USER\Software\Microsoft\Windows\CurrentVersion\Policies\

explorer 下，新建 dword 子项 noviewcontextmenu，将值设置为 1。

（4）隐藏桌面上图标：

在 HKEY_CURRENT_USER\Software\Microsoft\Windows\CurrentVersion\Policies\

explorer 下，新建 dword 子项 nodesktop，将值设置为 1。